AF136872

MARTIN MUCHA

Papierkrieg

KALTER MÄRZ Arno Linder, Anfang dreißig, lebt im schönen Wien. Als Doktor der klassischen Philologie ist er aufgrund desaströser Universitätsreformen stark armutsgefährdet – nur mit mehr oder weniger legalen Nebenjobs kann er sich notdürftig über Wasser halten.

In einer eisigen Märznacht stolpert Arno auf dem Heimweg über ein betrunkenes Mädchen. Als er beschließt, die Schöne nach Hause zu fahren, stellt er fest, dass das Töchterchen aus reichem Hause offenbar in einen Mordfall verwickelt ist. In der Hoffnung, für sein Schweigen gut bezahlt zu werden, beginnt sich Arno für die Hintergründe der Affäre zu interessieren und entwendet dem Ermordeten Handy und Notebook. Doch damit beginnen seine Schwierigkeiten erst richtig: Mit der Mordwaffe in seinem Besitz wird er von der Polizei in die Mangel genommen. Seine Anstellung an der Uni droht verloren zu gehen. Und dann taucht auch noch ein serbischer Kunsthändler namens Mihailovic auf, der Arno eine antike Papyrusrolle zweifelhafter Herkunft anbietet …

 *Martin Michael Mucha, 1976 in Graz geboren, studierte in Wien Philosophie, Geschichte sowie Theologie und promovierte anschließend in Philosophie. Seit fast zehn Jahren arbeitet er im Bereich Drehbuch für Kino- und Fernsehfilme. Seiner ausgedehnten Reisetätigkeit, vor allem nach Asien und Afrika, entsprang bisher ein Bild-/ Textband über Afghanistan und Tadschikistan. Der Autor lebt als verheirateter Familienvater in Wien. Seine Jugend verbrachte er allerdings in einem Dorf im Vorarlberger Walgau.*

Bisherige Veröffentlichungen im Gmeiner-Verlag:
Das Diamantcollier (2020)
Funkenfeuer (2018)
Liebessiegel (2015)
Erbschleicher (2014)
Seelenschacher (2014)
Beziehungskiller (2013)

MARTIN MUCHA

Papierkrieg

Kriminalroman

GMEINER

Dieses Buch wurde vermittelt durch
die Literaturagentur erzähl:perspektive, München
(www.erzaehlperspektive.de).

Personen und Handlung sind frei erfunden.
Ähnlichkeiten mit lebenden oder toten Personen
sind rein zufällig und nicht beabsichtigt.

Die automatisierte Analyse des Werkes, um daraus
Informationen insbesondere über Muster, Trends und
Korrelationen gemäß § 44b UrhG (»Text und Data
Mining«) zu gewinnen, ist untersagt.

Bei Fragen zur Produktsicherheit gemäß der Verordnung
über die allgemeine Produktsicherheit (GPSR) wenden Sie
sich bitte an den Verlag.

Gefällt mir!

Facebook: @Gmeiner.Verlag
Instagram: @gmeinerverlag
Twitter: @GmeinerVerlag

Besuchen Sie uns im Internet:
www.gmeiner-verlag.de

© 2010 – Gmeiner-Verlag GmbH
Im Ehnried 5, 88605 Meßkirch
Telefon 07575/2095-0
info@gmeiner-verlag.de
Alle Rechte vorbehalten

Lektorat: Claudia Senghaas, Kirchardt
Herstellung / Korrekturen: Daniela Hönig / Doreen Fröhlich
Umschlaggestaltung: U.O.R.G. Lutz Eberle, Stuttgart
Foto: Lutz Eberle, Stuttgart
Druck: Libri Plureos GmbH, Friedensallee 273,
22763 Hamburg
Printed in Germany
ISBN 978-3-8392-1054-3

»Had me a whiskey, and I chased it,
Got me some trouble, gonna face it,
But if I had a trump card, I would place it,
That's for sure ...«

Rory Gallagher

Raymond Aronofsky appears courtesy by Thomas Welte.

Kapitel 1

Vor mir lag ein Zehneuroschein. Nagelneu, geradezu druckfrisch. Noch mit dieser besonderen Steife und der angenehm strukturierten Oberfläche, von der die Finger nicht mehr lassen können. Verschiedene Rosatöne, ein Rundbogen, ein silberner Sicherheitsstreifen mit Hologramm. Seriennummer N16167872334.

I

Bei einer Lehrverpflichtung von vier Stunden die Woche hat man jede Menge Zeit, und so erledigte ich eines schönen Märztages für einen Freund einen Auftrag. Er hatte mich gebeten, DVDs zu kaufen, eine Spindel mit 100 Stück der silberglänzenden Scheiben. Er hatte ein unschlagbares Angebot aufgetan und nun war ich auf dem Weg zum Reumannplatz. ComServe2000 hieß die Firma, Leibnizgasse 31, Stiege I, Tür 6. Das war irgendwo in Favoriten, ich wollte gegen 10 Uhr vormittags dort sein.

Als ich in Favoriten den U-Bahn-Schacht hinaufkam, blies mir ein eisiger Wind entgegen und die Passanten duckten sich in ihre aufgestellten Kragen. Vor ein paar Tagen war es noch frühlingshaft gewesen, aber der Winter war zurückgekehrt und er hatte mächtig schlechte Laune. Die Straßen waren nass und ich suchte mit dem Adresszettel in der Hand nach dem Laden.

Als ich dann vor einem heruntergekommenen Gemeindebau stand, hatte ich die Nässe in meinen Schuhen und in meinen Socken, und meine Zehen fühlten sich wie Überlebende der Titanic-Katastrophe, die irgendwo im Nordatlantik treiben und langsam erfrieren. Immerhin mussten sie in den ausgetretenen Latschen keinen weißen Hai fürchten.

Der Gemeindebau stammte aus den 50ern, war grau und unansehnlich. Er hatte zwar die richtige Hausnummer, aber einen Hinweis auf ComServe2000 konnte ich nirgends entdecken. Ich ging einmal um den alten Betonkasten herum. Das ganze Gebäude war abgewohnt und trostlos. Die Klingelanlage war total verschmiert, sodass kein Name mehr zu lesen war. Also läutete ich einfach bei der im Prospekt angegebenen

Nummer. Eine undeutliche Stimme bellte mir ein »Ja, bitte?«
entgegen. Ich erklärte mein Anliegen und nach einer miss-
trauischen Pause summte der Türöffner. Ich ging in die Ein-
fahrt hinein. Es war dunkel und die Mülltonnen an beiden
Wänden verbreiteten einen unangenehmen Geruch. Es stank,
so wie Müll eben stinkt. Im Dunkeln war es gar nicht so einfach, die Stiege I zu finden, und als ich im Flur gezwungen
war, einer Urinlacke auszuweichen, war mir das Haus mitsamt seinen Bewohnern gründlich verhasst.

Das Treppenhaus war schmierig und schlecht beleuchtet. Als ich an der Tür mit der Nummer 6 angekommen war,
hätte ich am liebsten kehrtgemacht. Es war eine stinknormale
Wohnungstür, allerdings mit dicken Sicherheitsschlössern
versehen, und anstelle eines Familiennamens war in schlechter Handschrift ComServe2000 auf den weißen Kunststoff
geschmiert.

Ich läutete und hörte jemanden hinter der Tür. Ein Auge
starrte durch den Spion. Ich vernahm gedämpft zwei Stimmen,
eine rief fragend, die andere antwortete brummend. Was sie
sagten, konnte ich nicht verstehen. Riegel wurden bewegt,
Schlüssel gedreht und langsam öffnete sich die Tür Zentimeter für Zentimeter. Eine dicke Kette, die ausgereicht hätte,
Fenrir zu fesseln, kam zum Vorschein und ein Gesicht erschien.
Irgendwer hatte da wohl ein mächtig schlechtes Gewissen.

»Was willst du?«, fragte eine weibliche Stimme.

»Ich komme wegen der DVDs.«

»Er will DVDs«, rief sie nach hinten, einem anderen zu.

»Gib sie ihm«, kam die Antwort. Eindeutig ein Mann im
Hintergrund.

»Okay, komm rein.«

Die Kette wurde weggeschoben und die Tür öffnete sich.
Vor mir stand eine dralle Blondine, vielleicht 20 Jahre alt, mit

halblangen Haaren, einem engen weißen Top und einer haut-engen Leggins. Neonrosa. Sie hatte mehr Kurven als die Nür-burgring-Nordschleife und versteckte keine davon. Ihr Blick war leicht glasig und in der rechten Hand, an der jede Menge Goldblech und bunte Steine baumelten, hielt sie eine gelbe Bierdose.

»Komm rein«, sagte sie schleppend und ich folgte ihrer Einladung. Die Wohnung war schmuddelig, alles vollgeräumt mit Elektronik und Zubehör. Die Blondine nippte an ihrer Dose.

»Wie viele willst du denn?« Hinten im anderen Zimmer hörte ich ein Geräusch und kurz darauf kam ein Mann, Mitte 50, zu uns herein. Er hatte öliges schwarzes Haar mit vielen grauen Strähnen, glatt nach hinten gekämmt, trug ein weißes Rippshirt, eine Goldkette und war ganzkörpertätowiert wie ein Maorihäuptling. Ein Tschik hing wie ein Orden in seinem Mundwinkel, eine violette Plastikjogginghose mit silbernen Streifen vervollkommnete die Aufmachung. Auf dem Rücken hatte er einen durchsichtigen Plastiksack mit DVD-Spindeln, mindestens 200 Stück. Er ließ den Sack zu Boden krachen und kurzzeitig erschien er mir wie ein moderner Krampus, der den Nikolaus erschossen und den armen Alten ausgezogen hatte bis aufs letzte Hemd.

Das Girl war in der Küche verschwunden, ich hörte Blech knacken, die Kühlschranktür schlagen, und sie stand in der Tür, neckisch an den Rahmen gelehnt, und nahm einen tie-fen Schluck. Ihre Augen waren stark geschminkt, eines blau geschlagen, und der Lippenstift, nicht biersicher, schon ein bisschen verwischt.

»Eine Spindel«, sagte ich.

»Was?« Er war konsterniert. »So kleine Mengen gehen net, schleich dich.«

»Er ist ja schon da, gib ihm doch wenigstens die Spindel, ist ja eh wurscht.« Sie lächelte mir zu. »Wir verkaufen normalerweise nur Geräte, das Zubehör geht da immer nebenbei mit.«

Er holte ein Messer raus, ließ es schnappen und schlitzte den Plastiksack auf, dann warf er mir eine Spindel zu.

»Lass stecken, für den Kleinkram verrechne ich dir nix«, sagte er, als ich mein Geld hervorholen wollte. Er ging zu dem Mädchen hinüber, nahm ihr das Bier aus der Hand und tat einen Zug. Sie steckte sich einen Tschik an und die beiden lächelten sich so vergnügt zu, wie es nur eine Mischung aus Hormonen und Alkohol möglich macht. Ohne Zweifel waren sie glücklich, auf ihre Art jedenfalls, und ich neidete ihnen ihr Glück so sehr, dass es schlimmer nicht mehr ging. »Willst du nicht lieber noch was anderes haben? Neue MacBooks, Plasmabildschirm oder ein iPhone?«

»Wennst an Freund hast, der was a iPhone haben will, schick ihn vorbei. Wir können's auch gleich freischalten, dann kannst du mit jeder Sim halafonieren.«

Er griff sich die Kleine, die sich an ihn schmiegte wie ein Kätzchen, und ich war draußen. Ich lief schnell zur Straße raus, steckte den Kopf in den Kragen meines Mantels und schlug die Richtung zur Nationalbibliothek ein.

Die Nasenlöcher der beiden waren rot gewesen wie die Banner der Sowjetunion. Die Geschäftsidee, mit geklauter Elektronik das schnelle Geld zu machen, war definitiv nicht vereinbar mit der Tsunamiwelle an Koks und Bier, auf der die beiden Vögel ritten. Wahrscheinlich arbeitete er oder ein Freund von ihm am Flughafen. Ich hatte die Kartons mit dem Logo der Flughafengesellschaft gesehen, in denen sie die Elektronik aufbewahrten. Die zwei waren auf dem besten Weg, im Knast zu landen.

Immerhin hatte ich nicht zu zahlen gebraucht, und so stellte sich die Frage, was ich mit den zehn Euro anfangen sollte. Sie kamen wie gerufen. Wie immer, wenn das akademische Jahr sich dem Ende zuneigt, waren meine finanziellen Angelegenheiten schwer zerrüttet. Ich verschob die dringende Frage auf später und verbrachte den Tag im Lesesaal der Nationalbibliothek.

II

Es war so gegen 17 Uhr, als ich ausgelaugt vom stundenlangen Exzerpieren und mit leerem Magen das Gebäude verließ. Über dem Heldenplatz wölbte sich der violette Abendhimmel, gegen den sich die bronzenen Reiterstandbilder schwarz abhoben. Im Hintergrund bildeten die Kuppeln der beiden Museen eine Scherenschnittkulisse. Wien zeigte sich in seiner ganzen imperialen Schönheit. Auf dem Heldenplatz hingegen quatschten meine Schuhe in den Regenlacken, der Wind pfiff mir durch den Mantel und die Hand an meiner Ledertasche war nach wenigen Sekunden eingefroren. Das half mir, ein Urteil zu fällen. Ich würde die zehn Euro weder in Nahrungsmittel noch in dringend notwendige Unterwäsche investieren, meine Seele musste hofiert werden. Sie brauchte ein Wellness-Weekend und ich wusste auch schon, wo und bei wem ich bekommen würde, was ich wollte.

Eugen wohnte zu der Zeit in der Anastasius-Grün-Gasse im 18. Bezirk. Er nannte eine kleine Einzimmerwohnung sein Eigen, in der sein Bett den meisten Platz einnahm, ein altes Leninplakat von der Wand lachte und immer eine Espressokanne Kaffee auf dem Herd stand.

So war es auch diesmal. Kaum war ich durch die Wohnungstür gekommen, hatte ich bereits eine Tasse des kochend heißen Liquidkoffeins in Händen, hergestellt von der verehrungswürdigen Firma Illy, und fand mich auftauend auf einem alten Sofa wieder. Eugen saß mir gegenüber auf seinem Bett und kramte ein Brett hervor. Nichts im Leben ist umsonst, und bei Eugen zahlt man mit Backgammon. Eigentlich ein schönes Spiel, aber nach unzähligen Niederlagen, denen nur unwesentlich wenige Siege gegenüberstanden, machte es einfach keinen

Spaß mehr, gegen ihn anzutreten. Aber Preis ist Preis, und dem kann man nicht entrinnen.

Auch diesmal waren unsere Backgammonspiele keine Duelle, sondern Hinrichtungen. Ich kam mir vor wie ein Delinquent, der einen Schokodegen schwingt, während sein Gegner eine wohlgeschliffene Katana in Händen hält. Endstand 20 zu 4.

Nicht nur das Ausmaß der Niederlage war monumental, sondern auch die Qualität derselben war erschütternd. Nur einmal gelang es mir, durch geschicktes Taktieren eine 6er-Prime aufzubauen, Eugen war blockiert und beim Hinauswürfeln konnte meinem Sieg nur mehr ein zweimaliges 6 und 1 gefährlich werden. Eine Chance von 2 zu 1296, aber genau das trat ein und ich musste Eugen eine Möglichkeit einräumen, mich zu schlagen. Zeus warf die Schicksalslose und die Moiren beschlossen meinen Untergang, was der Göttervater mit einem Nicken seines fürchterlichen Hauptes quittierte. Mit den Unsterblichen auf seiner Seite würfelte Eugen richtig und ich war draußen. Das Ergebnis war, dass ich so schlecht würfelte, dass ich meinen geschlagenen Stein erst wieder ins Spiel bringen konnte, als Eugen nur noch acht Steine in seinem Endfeld hatte. Da er daraufhin zwei hohe Päsche warf und ich zweimal 2 und 1, musste ich eine doppelte Niederlage einstecken.

Wie immer hatte aber auch diese Niederlage ihr Gutes und so musste ich nicht für das zahlen, dessentwillen ich eigentlich gekommen war: zehn Gramm bestes Schweizer Gras.

Um Viertel nach zwölf machte ich mich auf den Weg zur U6 und fuhr heim.

III

Das Erste, was mir auffiel, als ich zu Hause um die Ecke bog, war ein silberglänzender Mercedes SLR, der direkt vor der Haustüre des Mietshauses geparkt war, in dem ich wohnte. Ich bin wahrlich kein Autonarr, aber bei diesem Wagen war ich bereit, eine Ausnahme zu machen. Geduckt wie eine Raubkatze lauerte er am Gehsteig, zum Sprung bereit. Alles an diesem Auto war Kraft, gepaart mit Eleganz. Ich blieb stehen und genoss den Anblick. Im Halbdunkel der Straßenbeleuchtung schien es, als ob sich die Kiemenschlitze an den Türen im Rhythmus einer tatsächlichen Atmung bewegen würden. Ich war noch nicht allzu lange in Kontemplation versunken – ansonsten hätte mich die Eiseskälte, mit der der Wind durch die Straßenfluchten Wiens pfiff, aus meinen angenehmen Träumen gerissen –, als ich im Augenwinkel eine Bewegung wahrnahm.

Die Haustüre hatte sich geöffnet und heraus fiel, mehr als dass es ging, ein junges Mädchen. Etwa 20, langes kornfarbenes Haar. In eine Guccikombination aus Tweed und scharlachfarbener Seide gehüllt, stolperte die Kleine auf den Benz zu. Aus einer winzigen Tasche, an der ich im Dunkel das D&G-Logo gerade noch ausmachen konnte, holte sie nicht ohne Mühe einen Autoschlüssel hervor. Schwankend drückte sie den Schlüssel, und der Kompressor zwinkerte ihr mit seinen Blinkern zu. Offenbar wollte sie sich voll des guten Weines, oder welche Chemikalien auch immer in ihren Venen toben mochten, hinter das Steuer ihres Wagens setzen.

Sonst eigentlich nicht die Hilfsbereitschaft in Person, machte ich nun doch ein paar Schritte auf die Kleine zu, sie hatte es gerade geschafft, ohne umzufallen von der Gehsteigkante hinunter auf die Straße zu gelangen, und sprach sie an. Es wäre doch schade, sowohl um den Benz, als auch um das Kleid, das Herr Gucci offenbar einzig und allein für das Mädchen angefertigt hatte, dachte ich.

Artig ergriff sie meinen angebotenen Arm, meinen wohlmeinenden Worten aber konnte sie augenscheinlich nicht den geringsten Sinn entlocken. Ihre braunen Augen blickten mich nur verständnislos an. Irgendetwas wollte sie mir sagen, aber ihre wunderbar geformten Sprechwerkzeuge waren nicht mehr in der Lage, etwas anderes als ein niedliches Blubbern zustande zu bringen.

Ich ergriff die Gelegenheit, entwand dem Mädchen sanft die Schlüssel und öffnete ihr die Beifahrertür. Ich wartete, bis der Mechanismus nach oben aufgeschwungen war und bugsierte sie sanft auf den ledernen Sitz. Nachdem ich sie angeschnallt hatte, ging ich auf die andere Seite des Wagens und nützte die Gelegenheit, die sich mir in Form einer willenlosen Schönheit bot, die nicht nur im Alkohol, sondern auch im Geld zu schwimmen schien, schamlos aus. Es ist zwar nicht gentlemenlike, aber die Gelegenheit, ein solches Auto zu fahren, kommt nur einmal im Leben. Außerdem war es fast noch eine gute Tat.

Wir waren keine 200 Meter weit gekommen, als mir der Gedanke kam, dass auch bei wunderbarstem Motorenschnurren der Weg nicht eigentlich das Ziel sein konnte. An der ersten roten Ampel hielt ich und wollte meine schöne Beifahrerin nach ihrem Ziel befragen, aber da war nicht viel herauszuholen aus der Kleinen. Nur ein genuscheltes »Heim« war ihr zu entlocken, dann war sie sanft entschlummert. Die Ampel schaltete auf Grün und ich fuhr weiter. Ganz konnte ich dem Spaß nicht entsagen, und so ließ ich den Motor erst richtig kommen und anschließend sachte die Kupplung schleifen. Die Reifen bissen und 400 Pferde katapultierten uns die Felberstraße hinunter, der Wagen lag perfekt, wie auf Schienen ging es dahin, kein unkontrolliertes Schlenkern, kein Korrekturlenken war nötig. Auch beim Schalten in den Zweiten verhielt sich das Auto so sanft wie ein Kätzchen, perfekt ausbalanciert verteilte sich der Druck auf beide Achsen, es war herrlich.

Noch ein wenig wollte ich den Spaß auskosten, mit quietschenden Reifen unter der Westbahn hindurch, danach mit ordentlich Gas die Schlossallee runter nach Schönbrunn. Was für einen Rausch ein solch seelenloses Ding wie ein Verbrennungsmotor doch erzeugen kann. Langsam gewann ich wieder die Herrschaft über mich und ließ den Benz sanft an einem der Parks ausrollen. Ich beugte mich zu meiner Kopilotin hinüber und wollte sie sanft wecken, aber da war nichts zu machen. So gönnte ich mir einen kurzen Augenblick lang den Genuss des Anblicks ihrer nackten, weißen Schenkel, bevor ich ihr den Rock wieder über das Knie hinunterzog.

Wenn sie mir schon nicht sagen konnte, wo sie hinwollte, dann vielleicht ihre Handtasche. Ich holte mir die kleine Tasche, tatsächlich D&G, und öffnete den Druckknopf. Die Brieftasche lag zuoberst, aber mich interessierte sofort etwas anderes. Waffenöl und Pulvergeruch kamen aus der Tasche, wo doch irgendein wie auch immer benannter ›Fragrance‹-Duft hätte vorherrschen sollen. Ich nahm die Brieftasche weg, und tatsächlich kam darunter ein seidenes Tuch zum Vorschein, das nur ungenügend die Form eines kleinen, gedrungenen Revolvers verdeckte. Ich legte die Brieftasche auf das Armaturenbrett und nahm den Revolver vorsichtig mit dem Taschentuch heraus. Was für eine Verschwendung, dachte ich, das eigelb gefärbte Seidentuch war fleckig vom Öl. Der Revolver selbst war alt und schwarz. Etliche Schrammen im Metall sowie im Holzgriff verrieten häufigen Gebrauch. Außerdem war er kurzläufig und die Kammer noch mit allen sechs Schuss gefüllt. Ich schnupperte. Kein Zweifel, aus der Waffe war vor Kurzem ein Schuss abgefeuert worden. Behutsam legte ich die Knarre zurück in die Tasche und nahm die Hände meiner Gastgeberin genau in Augenschein. Sie waren schlank und wohlgeformt, ein schmaler Weißgoldring an der linken Hand war der einzige Schmuck, und auch Pulverrückstände konnte ich weder sehen noch riechen. So viel CSI hatte ich gesehen, um mich soweit auszukennen.

Ein wahnwitziger Plan formte sich hinter meiner Stirn. Ich schaltete das Radio ein, schloss meinen iPod an das von Mercedes entworfene iPod-Dock an und ließ mir von Lester Young ›That's All‹ in der wunderbaren Version von ›A Night out with Verve‹ blasen. Bei seinem zweiten Einsatz, der ganz sachte rauchig das kleinere Thema des ersten Solos abwandelt, war ich mir sicher, was zu tun wäre, schließlich hatte ich genug Chandler und Hammett gelesen. Wo so viel Geld herkam, dass das Fräulein Tochter Gucci trägt und Benz fährt, könnte auch für mich was drin sein.

Ich öffnete die Brieftasche und sah die Karten durch. Schließlich wurde ich fündig. Sabine Meyerhöffer, Untere Schreibergasse 6, irgendwo oben in Grinzing. Ich steckte mir eine der Karten ein, Lester jubilierte gerade über dem verrückten Rhythmus von ›In a little spanish town‹, und fuhr dann weiter. ›Highway to Hell‹ hätte zwar besser gepasst, aber das wusste ich zu diesem Zeitpunkt noch nicht.

Einen Moment lang machte ich mir Sorgen, wie denn die genaue Adresse zu finden wäre, da mein Fahrgast nicht imstande gewesen wäre, mir zu helfen. Aber auch daran hatte Mercedes – oder war es der findige Herr Papa gewesen? – gedacht, und ein GPS-Gerät eingebaut. Die Bedienung war kinderleicht und schon führte mich der elektronische Lotse mit der Stimme von Brad Pitt hinaus in die schöne Gegend.

Die Straßen waren nur wenig befahren, das GPS arbeitete gut, Lester blies wie gewohnt stilsicher und souverän, das Auto zu fahren war wie Schokolade essen und auf dem Beifahrersitz saß eine Schönheit. Aber irgendwie wurde ich dabei nicht richtig glücklich. Lag es am Dope in meiner Tasche, daran, dass das Mädchen möglicherweise eine Tatverdächtige war, die eine Mordwaffe in ihrer Handtasche verstaut hatte, oder dass ich vorhatte, die Arbeit der staatlichen Aufklärungsorgane zu behindern, um dadurch zu ein wenig Geld zu kommen? Dass ich mich dabei selbst strafbar machte?

IV

Langsam lichteten sich die Reihen der dicht verbauten Miets-
häuser, die Grünflächen wurden großzügiger, die Mietskaser-
nen verschwanden und an ihre Stelle traten Einfamilienhäu-
ser. Als die Autos teurer und die Architekturen kostspieliger
wurden, war ich oben in Grinzing.

Die Untere Schreibergasse fand ich ohne Probleme. Als
mich Brad anwies zu halten, leistete ich Folge und genoss
den Ausblick, der sich mir unverstellt von störenden Bauten
bot. Unter mir lag die Stadt in ihrem Nachtschmuck, über
mir spannte sich der dunkle Himmel prachtvoll über das
Wiener Becken. Ich war direkt vor einer Garage zum
Stehen gekommen. Der Garagenöffner tat seinen Dienst
und ich parkte den Benz. Neben mir stand eine grüne
Jaguarlimousine mit hellbeigen Ledersitzen, offensichtlich
Papas Kutsche. Schnell durchsuchte ich die Handtasche des
Mädchens, um Anhaltspunkte für mein weiteres Vorgehen zu
finden, es waren aber keine da. So ließ ich einfach die in das
Seidentuch gehüllte Waffe in meine ramponierte Ledertasche
gleiten. Neben meinem Gemoll und der Tusculumausgabe
von Sophokles' Tragödien fühlte sie sich sichtlich unwohl.
Ich ließ das Schloss einschnappen, hängte mir die Tasche
um die Schultern, stieg aus und hob das Mädchen aus dem
Wagen. Sie war leicht wie eine Feder, und da ich in den
Sommermonaten so manch grobmechanische Arbeit ver-
richtete, um mein dürftiges Dozentengehalt aufzubessern,
verfügte ich auch über die nötige Kraft, um die Mademoiselle
zum Haus zu tragen.

Dieses selbst war geschmackvoll in die Hanglage eingefügt,
zweistöckig und weitläufig. Schöne alte Fichten und Birken

umstanden den Bau und entzogen ihn teilweise der Neugier Fremder.

Alleine der Blick dem Schreiberbachtal entlang zur Donau hinunter wäre mein Lebenseinkommen wert gewesen. Rundum nur Grün, Weingärten, ein plätschernder Bach und zu Füßen der Villa die Millionenstadt. Schnell erreichbar, aber doch weit genug entfernt, um nicht von der misera plebs behelligt zu werden.

Der Weg führte mich über einen schönen Rasen durch einen Garten, der im Sommer sicherlich eine Pracht war. Von meiner Position aus konnte ich ein erhelltes Fenster ausmachen, offensichtlich die Küche. Ich stieg eine Steintreppe hinunter, dem erhellten Fenster zu, neben dem sich der Hintereingang befand.

Vor der Tür angekommen, ließ ich meine Tasche zu Boden sinken und wollte gerade läuten, als sich die Tür wie von selbst öffnete. Heraus schaute eine junge Frau. Sie öffnete mir die Tür und ich trat ein. Offenbar war die Art des Heimkommens der jungen Dame kein ungewöhnliches Vorkommnis, ich hatte eher den Eindruck, als handele es sich hierbei um ein wohlvertrautes Ritual.

Die Brünette wies mir den Weg zu einem kleinen Sofa, auf das ich das Mädchen bettete.

»Danke, dass Sie sie heimgebracht haben«, sagte die Dame mit einem starken slawischen Akzent. Offensichtlich handelte es sich um das Hausmädchen. Sie trug einen dünnen Hausmantel über einem Pyjama und flauschige Hausschuhe, alles in verschiedenen Rosatönen gehalten.

»Dobré večer«, probierte ich mein dürftiges Tschechisch. Die Miene der jungen Frau hellte sich auf. »Hier ist meine Karte, bitte richten Sie aus, dass man morgen mit mir Kontakt aufnehmen möge. Es gibt da ein paar Dinge, die ihr Vater wissen sollte.«

Das Mädchen nickte und steckte die Karte ein. »Wollen Sie vielleicht einen Kaffee? Ich kann nicht schlafen und allein ist es so langweilig.«

»Vielen Dank, aber es ist schon spät, vielleicht ein anderes Mal, ich muss leider heim.«

»Soll ich Ihnen Taxi rufen?«

»Nein danke, ist nicht nötig, ich komme allein zurecht.« Ich ging auf die Tür zu. Die Brünette glitt geschmeidig an mir vorbei und öffnete sie.

»Auf Wiedersehen. Übrigens, ich bin Ivanka.« Sie lächelte mich schüchtern an.

»Hat mich auch sehr gefreut. Ich bin Arno und der Meinung, dass nächtens alle Türen von so schönen Frauen geöffnet werden sollten.« Vielleicht war es keine schlechte Option, eine Verbündete in diesem Haushalt zu haben.

Schnell war ich draußen, hängte mir die Tasche um die Schultern, klappte den Kragen meines Mantels hoch und machte mich auf den Weg zur Grinzinger Straße. Irgendwo würde ich dort sicherlich ein Taxi finden. Was auch tatsächlich geschah. Ich ließ mich zur Rotenturmstraße bringen, ging wieder ein paar Meter zu Fuß und stieg in ein zweites Taxi, das mich zum Westbahnhof brachte. Es sollte keine zu offensichtliche Verbindung zwischen meiner Wohnung und der Adresse in Grinzing geben. Am Westbahnhof, der in seiner denkmalgeschützten Scheußlichkeit wie ein Mahnmal für die Sünden der Nachkriegsarchitektur wirkt, ging ich in die Gepäckaufbewahrung und legte die Waffe in ein Schließfach. Da niemand anwesend war, musste ich mir auch keine Sorgen machen, elektronische Kameras gibt es dort nicht. Fürs Erste würde dieses Versteck reichen müssen. Wenn ich später mehr über die Begleitumstände herausgefunden hätte, würde mir garantiert noch ein geeigneterer Platz dafür einfallen. Ich hatte sogar schon einen im Sinn. Die elektronische Schlüsselkarte steckte ich einfach hinter meine Kreditkarte, auch für sie würde sich noch ein besseres Versteck finden lassen. Aber jetzt hatte ich erst einmal 24 Stunden, bis irgendwer das Schließfach öffnen konnte.

Die Felberstraße hinauf war ich allein unterwegs, keine Polizei, kein Blaulicht, alles war ruhig. Die Uhr zeigte zehn nach zwei, für das gesamte Unternehmen hatte ich demzufolge etwa eineinhalb Stunden benötigt, ungefähr die Zeit, die ich auch gebraucht hätte, um von Eugen aus zu Fuß nach Hause zu kommen. Alles war soweit in Butter. Ich schloss auf und trat in den Hausflur.

Nun war Glück gefragt. Aus welcher Wohnung war die Kleine gekommen? Im Parterre fand sich nichts, auch im ersten Stock, wo sich meine eigene Wohnung befand, war nichts zu sehen. Im zweiten Geschoss aber wurde ich fündig, eine der Wohnungstüren war nicht ganz geschlossen, sondern nur angelehnt. Ein Lob den Schlössern im Haus, die ohne Schlüssel von außen nicht zu schließen sind. Ich nahm mir ein Taschentuch aus dem Mantel, um keine Spuren zu hinterlassen, und öffnete die Türe. Nachdem ich sie sachte hinter mir geschlossen hatte, lauschte ich. Nichts war zu hören, kein Geräusch bis auf mein Herz, das mir aus dem Hals springen wollte. Ich stellte meine Tasche vorsichtig ab und zog die Schuhe aus. Unten hatte ich sie zwar ordentlich abgeputzt, aber man weiß ja nie. Ich stellte die Sachen unter einen kleinen Schemel und sah mich um.

Das kleine Vorzimmer hatte zwei Durchgänge, einen in die Küche, den anderen in ein Wohnzimmer, in dem eine Stehlampe mit Pergamentschirm warmes Licht ausstrahlte. An den Wänden hingen ein paar geschmacklose Bilder, eine gewaltige Homecinema-Anlage mit Flachbildschirm, Surround-Boxen und einem wohlgefüllten DVD-Regal bildete den Rest der Einrichtung. Vor einer Couch befand sich ein Rauchglastisch, auf dem in wüster Unordnung Schnapsflaschen, Aschenbecher und benutzte Gläser herumstanden. Dazu kam noch eine Alufolie mit weißem Pulver. Auf der Couch, einem massiven Ensemble aus Leder, saß der Hausherr. Wenn einer sitzt, ist es schwer, seine Größe abzuschätzen, aber der Mann war etwa 1,85 und um die 100 Kilo schwer. Ein fader grauer Anzug, ein weißes Hemd mit geöffnetem Kragen und eine lose Krawatte bildeten seinen Aufzug. Er war ein schwerer Mann gewesen, sauber rasiert, um die 50. Er hatte ein Profil, das einer Büste Cäsars gut zu Gesicht gestanden hätte. Das dünne schwarze Haar klebte am Kopf, überall schimmerte rosig die Kopfhaut durch. Irgendwoher kam er mir bekannt vor, aber ich kam nicht dahinter, woher.

Sein mächtiger Brustkasten war von mehreren Schüssen getroffen, alles ein rotes Durcheinander aus frischem roten und geronnenem schwarzen Blut, Stofffetzen und drei schwarzen Löchern. Ich beugte mich über ihn und besah mir seine Hände, die neben ihm auf der Couch lagen. Sie waren schlank, mit langen Fingern, die auf beiden Seiten von je einem schweren, massigen Goldring geschmückt waren. Am rechten Armgelenk trug er eine massiv goldene Uhr, irgendeine Rolex, an den Füßen teure Lederslipper. Ich war mir nicht sicher, ob es sich um ein Krokodil handelte, vielleicht war es auch nur ein Imitat. Seine Augen waren geöffnet und starrten an die Wand. Der allgemeine Eindruck war der einer soliden Leblosigkeit.

Ich ging durch das Wohnzimmer nach hinten, wo sich sein Schlafzimmer befand. Das Bett war nicht gemacht und die seidenen Laken zerknittert. Das Schlafzimmer war nahezu völlig leer, bis auf einen kleinen Sekretär, auf dem sich ein neues MacBook Air in silbergrau befand.

Ich ging in die Küche und fand glücklich ein paar Einweg-Handschuhe, wie sie für Küchenarbeit verwendet werden. Ich nahm mir zwei und machte mich daran, die Wohnung ein wenig zu untersuchen.

Alles in allem war sie auffallend leer und unpersönlich. Auf dem Sekretär fanden sich ein paar kleine Bücher mit Wahrscheinlichkeitstabellen, wie sie Spieler verwenden. Sie behandelten verschiedene Pokerspiele und Backgammon. Da sie offensichtlich auf Polnisch geschrieben waren, nutzten sie mir wenig. Ich machte mir aber eine Gedankennotiz, mir ein deutsches Exemplar für Backgammon aufzutreiben. Ansonsten waren da noch Werbeschreiben und vier Briefe von Banken. Die meisten Laden waren ebenso leer wie der kleine Tresor im Geheimfach. Im Schrank nur ein paar Anzüge, Hemden und anderes Kleinzeug.

Danach machte ich mich daran, den Mann zu untersuchen. Seine Taschen waren leer. Sein Feuerzeug, selbstredend Dupont 6284 in Gold, lag auf dem Tisch, neben mehreren leeren und halb vollen Zigarettenschachteln. Marlboro und chinesische Lungentorpedos, deren Tabak so schwarz war wie die Nacht. Allein die Brieftasche, in der sich Visitenkarten, ein Ausweis, sein Handy und ein paar Euro in bar fanden, war interessant. Den Namen auf dem Ausweis merkte ich mir, der Mann hieß Mirko Slupetzky. Die Visitenkarten notierte ich mir in mein Notizbuch, in griechischer Schrift. Direkt neben ein paar Stichworten zu einer philologischen Analyse, das würde keinem auffallen. Sein Handy hätte mich sehr interessiert, aber es war ausgeschaltet und ich kannte seinen Code nicht. Ich steckte es trotzdem ein, vielleicht fand sich ja ein Weg, an den Dateninhalt zu kommen. Außerdem hatte ich noch nie ein iPhone in der Hand gehalten.

Das MacBook Air ließ ich in meine Tasche gleiten, mitsamt den dazugehörigen Kabeln. Auf der Festplatte war sicher etwas zu finden. Schließlich ging ich mit den beiden Gläsern, die Lippenstiftspuren aufwiesen, in die Küche und putzte sie sauber, worauf ich sie ins Regal zurückstellte. Dann machte ich schnell das Bett und wischte über einen Großteil der glatten Flächen, es musste ja niemand wissen, dass sich die kleine Benzpilotin in der Wohnung aufgehalten hatte. Da ich mir um die Patronenhülsen keine Sorgen zu machen brauchte, schließlich war ein Revolver benutzt worden, war ich gerade dabei, mich wieder hinauszuschleichen, als mir die beiden Schlüsselbunde neben der Türe auffielen. Ich sah sie schnell durch und nahm dann den mit den Ersatzschlüsseln. Einen für die Haus- und Wohnungstüre, einen für den Postkasten und einen für das Auto des Toten, einen Skoda. Sachte lehnte ich die Tür wieder an und schlich hinunter, und als ich meine eigene Wohnungstür hinter mir schloss, lehnte ich mich dagegen und atmete mehrmals tief durch.

Es war still in der Wohnung, dunkel und wohlig warm. Bevor der angenehme Teil des Abends beginnen konnte, musste ich schnell den elektronischen Schließfachschlüssel verschwinden lassen und die Handschuhe, die ich oben getragen hatte, verbrennen. Der billige Kunststoff verglühte rückstandslos, nur die Schlüsselkarte stellte mich vor ein Problem. Schließlich ließ ich sie einfach ins Altpapier gleiten. Zwischen den Seiten einer uralten Ausgabe der New York Review of Books war sie bis morgen sicher, falls ich bis dahin Besuch bekommen sollte.

Danach entledigte ich mich meiner kalten, nassen Kleider und zog die Haussachen an, die ich klugerweise winters immer über die Heizung hänge. Schließlich ließ ich mich auf die Couch sinken und holte die Wellnessutensilien hervor.

Ich hatte zwar den ganzen Tag nichts gegessen und durch die Taxifahrten auch noch das letzte Geld verbraucht, aber dafür hatte ich zu kiffen wie ein Weltmeister.

Sorgfältig faltete ich den Umschlag einer Philologenzeitschrift und riss ein rechteckiges Stück ab. Eine der kurzen Kanten knickte ich und rollte das Ganze ein. Mit viel Kraft und Geschick hielt der Filter seine Form und ich nahm mir zwei lange Papierchen aus der Schachtel. Ich leckte die gummierte Seite des einen an und fügte beide zu einem L zusammen. Danach zerkleinerte ich eine der Dolden und mischte die kleinen, harzig duftenden Freunde mit Shag. Nachdem ich den Filter eingesetzt hatte, würzte ich nach Herzenslust und rollte das hauchzarte Papier. Es knisterte verlockend wie das Geschenkpapier früher zu Weihnachten, der Duft stieg mir in die Nase, mein Mund wurde trocken und meine Finger schweißnass vor Vorfreude.

Schließlich legte ich mein Kunstwerk vor mich auf den Tisch, dimmte das Licht und sorgte für Musik. Ich kramte im Regal und holte eine Scheibe heraus, zog sie andächtig aus der Hülle und legte sie auf den Plattenteller. Ich schaltete den Strom ein, die Boxen summten kaum wahrnehmbar, und legte den Arm auf die Platte. Das vertraute Knacken und Rauschen hob an, Keith spielte ein open-e-Riff, Charlie stieg ein und Mick ließ ein saftiges ›Oh yeah‹ hören. ›Rocks off‹ ging ab wie immer und vor mir lagen die 32 Minuten der ersten LP von ›Exile on Main Street‹.

Ich gab mir selbst Feuer und inhalierte tief, hielt den Atem an, solange es ging, um dann ganz langsam auszuatmen. Das THC schlug ein, und der ganze Tag mit all seinen Vorkommnissen war plötzlich unwichtig geworden. Meine Füße kribbelten und eine heiße Hand schien mich am Hinterkopf zu packen. Als ich fertig ausgeatmet hatte, ging gerade der straighte Teil von ›Rocks Off‹ in das atmosphärisch-psychodelische Zwischenspiel über. ›It's all mesmerized‹, raunte Mick. Dem war nichts hinzuzufügen.

Ich saß noch zwei LP-Längen im Dunkel, vergrub mich im schweren, erdigen Heroinsound der Stones und machte mir Gedanken. Das führte aber zu nichts. Dann ging ich ins Bett. Und das alles wegen zehn Euro.

Kapitel 2

I

Der nächste Morgen kam zu früh. Nach vier Stunden Schlaf bin ich einfach noch nicht so weit, ein neues Heute zu ertragen. Nichtsdestotrotz quälte ich mich aus dem Bett, setzte Kaffee und Tee auf, schenkte mir den Kaffee ein, holte die Zeitungen und aß ein Stück altes Brot. Mehr hatte ich nicht zu Hause.

Die Philologie ist zwar eine schöne, sinnliche und verständnisvolle Geliebte, aber Geld lässt sich mit ihr nur schwer verdienen. Sie ist eine Göttin und keine Hure. Zuerst muss man jahrelang schuften und sich quälen und nach mancher Prüfung, Arbeit und Dissertation landet man, wenn man Glück hat, an der Uni. Man beginnt, die akademische Karriereleiter hinaufzuklettern, als Externer Lektor, der niedrigsten Lebensform an einer Hochschule. Sogar die malaiischen Putzfrauen blicken auf einen herab. Kein Wunder bei einem Einkommen von zehn mal 535 Euro jährlich. Sozialversichert ist man damit selbstverständlich nicht.

Ich rasierte mich, schloss meine morgendliche Toilette ab und schaute in den Kleiderschrank, um zu eruieren, was ich denn anziehen sollte. Schließlich sollte ja der Vater der blonden Schönheit einen guten Eindruck von mir haben. Außerdem hatte ich zu Mittag eine Vorlesung zu halten, zwei Stunden mit acht unbegabten Studenten griechische Partikel analysieren. Dagegen erscheint ein Wettschwimmen gegen einen weißen Hai als reinstes Vergnügen.

Ich zog mir eine hellbraune Hose an, mein tabakfarbenes Jackett, ein olivgrünes Hemd mit einer schwarz-weiß-rot quergestreiften Krawatte. Schwarz-Weiß-Rot bis in den Tod, das konnte heute tatsächlich eintreffen.

Ich nahm gerade den letzten Schluck aus meiner Tasse, es war gegen halb neun, als mein Handy klingelte. Eine unbekannte Nummer. Ich nahm das Gespräch an, eine unbeteiligte, klar artikulierende Frauenstimme sprach mit mir.

»Hier Frau Klarett, im Auftrag der Kanzlei Meyerhöffer & Unrath. Sie haben heute um 9.30 Uhr einen Termin mit Herrn Dr. Meyerhöffer, Herr Gehlen. Gedenken Sie, diesen Termin einzuhalten?«

Ich war im Begriff, mit »Sicherlich« zu antworten, als ich begriff, dass es sich hierbei wohl um eine rhetorische Frage handelte, denn die Sekretärin hatte bereits aufgelegt. Offenbar war die Kanzlei sehr bekannt, denn die Kenntnis der Adresse war stillschweigend vorausgesetzt worden. Außerdem hieß ich gar nicht Gehlen, Herr Meyerhöffer traf offenbar seinerseits Vorsichtsmaßnahmen.

Ich schenkte den letzten Rest vom Kaffee ein, trank ihn in einem Zug aus und füllte meine Thermoskanne mit dem Sencha. Danach fischte ich den elektronischen Schlüssel aus dem Altpapier und packte alles in meine verschlissene, braunlederne Tasche. Ich warf meinen Mantel über und machte mich auf den Weg.

Unten im Hausgang öffnete ich den Briefkasten meines Obernachbarn und steckte den Inhalt schnell in die Innentasche meines Jacketts. Dann schloss ich meinen blauen Mantel aus grobem Wollstoff und trat hinaus.

Auf der Straße, es nieselte und ein bitterkalter Wind pfiff um die Häuserecken, war nicht viel los. Keine Polizei, keine Neugierigen, nichts. Offenbar war der Mord noch immer nicht entdeckt worden. Ich schaute mich unbeteiligt um, ob nicht irgendwo das Auto stand, zu dem mein Schlüssel passen könnte.

Auf der anderen Straßenseite stand ein alter, weißer Skoda Octavia. Ich nahm mein Herz in die Hand und überquerte die Straße, außer mir und ein paar Autofahrern war niemand zu sehen. Der Schlüssel passte. Ich rutschte auf den Fahrersitz und schaute mich kurz um. Der Wagen stank nach Zigarettenqualm, der Aschenbecher quoll über. Ein Archäologe hätte ihn für den Inhalt eines Urnenfeldes gehalten und sofort Ausgrabungen begonnen. Im Handschuhfach lagen verschiedene Spielkartenpäckchen, benutzte und unbenutzte. Unter dem Sitz fand sich eine Dokumentenmappe. Die steckte ich schnell in meine Tasche und war auch schnell wieder zurück auf der anderen Straßenseite.

Gegen den Wind gestemmt, ging ich die Felberstraße hinunter zum Westbahnhof. Dort holte ich die Knarre ab, es war niemand da, der mich gesehen hätte. Ich schaute mich ein bisschen um, konnte aber auch heute keine Kameras entdecken.

Da es ruhig und warm war, holte ich mein eigenes Handy heraus und machte einen Anruf.

II

»Martin Reichegger.«

»Hi, Reichi. Arno da. Hast du heute gegen Mittag Zeit?«

»Ja, ich hab bis halb zwölf Staatsrecht, danach bin ich frei.«

»Gut, sag, kennst du eine Kanzlei Meyerhöffer & Unrath?«

»Ja, ganz groß im Wirtschaftsgeschäft. Waren anfangs beim Bawagprozess im Gespräch. Der alte Meyerhöffer ist ein Duzfreund vom Elsner. Bei der Konsumpleite waren sie auch dabei.«

»Weißt du, wo die sitzen?«

»Ja, weiß doch jedes Kind, Stallburggasse 9.«

»Danke. Treffen wir uns im Bräunerhof um zwölf? Sag dir dann alles Weitere.«

»Ausgezeichnet.«

»Bis nachher.«

Wir legten auf. Ich kannte Martin schon ewig, er war genau der Mann, den ich jetzt brauchen konnte. Außer Jus interessierte er sich nur für Computer.

Danach machte ich mich auf in die Kanzlei. Meyerhöffer war sichtlich interessiert, sonst hätte er mir gewiss nicht bereits um halb neun einen Termin geben lassen. Wer weiß, wie lange man normalerweise auf ein Gespräch mit ihm warten musste, solange man nicht Millionär war, oder Mitglied im Jaguarklub Wien.

Die Stallburggasse liegt im ersten Bezirk, direkt neben der Hofburg, dort, wo nur 60.000-Euro-Autos parken und die Pelzmäntel der Damen niemals falsch sind. Nummer 9 war ein Gründerzeitbau mit reichdekorierter Fassade. Ein winziges Schild, schwarz mit Goldemaille, wies auf die Kanzlei im 3. Stock hin. Ich drückte den Knopf, die Tür wurde geöffnet und ich trat ein. Ein Wachmann saß direkt hinter der Tür und starrte Löcher in die Luft. Er war schwer gebaut und trug einen blauschwarzen Overall.

»Gehlen, ich habe einen Termin bei Meyerhöffer & Unrath.«

Er nickte mir zu und spielte weiter an seinem Elektroschocker herum. Er sah so aus, als ob die Funktion seines Zerebralsystems durch wiederholtes, versehentliches Selbstschocken schwer gelitten hätte. Neben einer gewundenen Stiege mit überladen verziertem Schmiedeeisengeländer fand sich ein Jugendstilift, der offenbar für zahnstocherdünne Menschen konzipiert war, aber auch von denen hätten nur jeweils zwei zur gleichen Zeit hineingepasst. Ich stieg ein und drückte die 3. Oben öffnete sich die Tür und ich folgte einem langen Gang, bis ich an eine geschnitzte Holztür kam. Dort läutete ich erneut und ein Summen hieß mich einzutreten.

Ich befand mich in einem quadratischen Raum, etwa sechs mal sechs Meter groß, der mit zwei Yuccapalmen, einem roten Perser auf dem kostbaren Parkett, Aktenschränken und einem monumentalen Schreibtisch gefüllt war. Hinter dem Ungetüm saß die Frau, mit der ich telefoniert hatte. Sie trug ein graues Kostüm und eine hellgraue Bluse mit altrosa Halstuch. Ihre Haare hatte sie zu einem Dutt zusammengesteckt. Obwohl die Haare blond waren, wirkten sie grau, so stark war die Ausstrahlung der wohlbeabsichtigten Biederkeit ihrer Aufmachung. Sie war noch keine 30 und recht hübsch.

Mit einem Blick hatte sie mich taxiert und in die Kategorie ›Unbedeutende Hausierer‹ eingeordnet.

»Gehlen, ich habe einen Termin.«

»Sehr wohl«, ihre Stimme war kalt wie Eis. »Die Türe links. Nehmen Sie aber noch kurz auf den Stühlen Platz.« Sie wies mir mit der Hand den Weg. Danach kümmerte sie sich wieder um ihren Flachbildschirm. Mich beachtete sie nicht mehr als ein Stäubchen am Fußboden.

Ich ging durch den Bogen neben ihrem Schreibtisch in den nächsten Raum. Dort befanden sich derselbe kostbare Parkettboden, ein roter Läufer, ein paar Stühle mit Zeitschriften auf den Tischchen davor und in den Seitenwänden zwei Türen, die einander gegenüberlagen. Auf der einen stand ›Dr. Meyerhöffer‹, auf der anderen ›Unrath‹.

Ich legte meinen Mantel ab, setzte mich auf die schwarzen Ledermöbel, stellte meine Tasche neben mich und nahm mir eine Zeitschrift. Es war die neue Ausgabe der ›Yacht‹, das traf sich gut, denn ich wollte mir sowieso ein neues Boot anschaffen. Seit Abramowitsch auf dem Seinigen zwei Hubschrauberlandeplätze hatte, kam mir mein eigenes irgendwie lausig vor. Es waren zwar ein paar ganz nette Stücke vorgestellt, aber nichts, das mich so richtig begeistert hätte. Sodass ich froh war, als sich die Sekretärin nach 15 Minuten blicken ließ und verkündete, dass ich eintreten dürfe. Ähnlich musste Gottes Sprechzimmerhilfe klingen, wenn ein kleiner Sünder einen Termin beim großen Boss ergattert hatte. Ich schnappte mir noch schnell zwei Visitenkarten und stand auf.

III

Ich klopfte und trat ein. Vor mir lag ein Büro, durch dessen straßenseitige Fenster auch jetzt, im trüben März, viel Licht hereinkam. In der einen Ecke stand eine Chaiselongue, mit grünem Stoff bezogen, in der anderen ein grünglänzender Gummibaum mit üppigen, fleischigen Blättern. Mir gegenüber befand sich ein Schreibtisch, solides Holz, mit Laptop, Schreibunterlage und Papier. Hinter dem Schreibtisch stand ein schwarzer Schrank, der die gesamte Breite des Büros einnahm. In seinen gläsernen Türen waren Bücher zu sehen, Rechtskommentare und Ähnliches.

In der linken Wand, der Straßenseite gegenüber, befand sich eine Tür. Aus der kam mein Gesprächspartner, der sich mit einem Handtuch über das frisch rasierte Kinn fuhr. Offenbar hatte er gerade seine Morgentoilette hinter sich gebracht. Er war in einen Dreiteiler aus edler, grauer Baumwolle gekleidet. Englischer Schnitt, er musste einen guten Schneider haben. Eine unauffällige Krawatte, die noch nicht gebunden um seinen Kragen lag, machte deutlich, wie früh die Stunde war. Insgesamt war er durchschnittlich gebaut, sein Gesicht war allerdings außergewöhnlich. Mit seinen tiefliegenden braunen Augen, der hohen Stirn und dem nach hinten gebürsteten schwarzgrauen Haar sah er aus wie eine leicht gealterte Version von George Clooney. Er hätte durchaus den ältlichen Liebhaber in einem 50er-Jahre-Film spielen können. Etwas extravagant trug er einen dazu passenden Bleistiftstrich-Oberlippenbart, Marke Errol Flynn. Mit einer wohlmanikürten Rechten wies er auf den Stuhl vor seinem Schreibtisch.

»Nehmen Sie doch bitte Platz.« Seine Stimme war warm, die Worte perlten präzise, und in Vokalbildung und Klangfärbung sprach die alte Monarchie. So mussten die Protagonisten in Musils ›Mann ohne Eigenschaften‹ gesprochen haben.

Ich nahm Platz und harrte der Dinge, die da kommen würden. Einer Ledertasche entnahm er ein Notizbuch, ebenfalls in braunes Leder gebunden. Natürlich mit Monogramm. Er öffnete das Buch und zog meine Visitenkarte heraus.

»Herr Doktor Linder, nehme ich an.« Dabei blickte er mich fragend an. Ich nickte.

»Sie haben gestern meine Tochter nach Hause gebracht, dafür danke ich Ihnen, aber warum wollten Sie mich sprechen?« Seine Augen fixierten mich, nahmen mich in ein stummes Kreuzverhör. »Wollte ich jeder männlichen Bekanntschaft meiner Tochter eine Stunde widmen, so käme ich nicht mehr zur Arbeit.«

Ich erzählte ihm die gestrige Begebenheit, ohne allerdings die rechtlich problematischen Aspekte des Ganzen zu erwähnen.

»Schön und gut, aber was geht mich das an? Einen Maria-Theresia-Orden werden Sie doch nicht erwarten.«

»Bei Ihrer Tochter fand sich eine benützte Schusswaffe und in der Wohnung, die sie verlassen hatte, das Ergebnis der Benützung.«

»Ich verstehe nicht ganz.« Während dieser Worte zerriss er langsam und methodisch meine Karte zu winzigen Fetzen, ohne mich auch nur eine Sekunde aus den Augen zu lassen.

»Eine Leiche. In der Wohnung fand sich eine Leiche.«

»Und Sie wollen diesen Mord, von dem ich nichts weiß, meiner Tochter anhängen? Doktor der Philologie, was ist das? Eine Krankheit?«

»Wenn, dann eine schlecht bezahlte.«

»Sie wollen mich also erpressen.« Er ließ die Papierschnipsel in einen Aschenbecher auf dem Tisch fallen.

»Nichts läge mir ferner. Ich bin der Meinung, dass Ihre Tochter weiterhin das tun sollte, was leichtsinnige junge Leute gerne tun.« Ich machte eine kleine Pause. »Und nicht für zehn Jahre einfahren. Das wäre sicher nicht gut für Ihre Geschäfte. Juristerei braucht den Anschein von Wohlanständigkeit und Solidität. Aber das wissen Sie besser als ich.«

»Für mich ist das, und bleibt es auch, Erpressung.«

»Warum immer so negativ? Ich bewahre Ihre Tochter vor Unannehmlichkeiten. Sehen Sie mich eher als Kindermädchen. Über das hinaus, was ich jüngst geleistet habe, werde ich auch weiterhin alles mir Mögliche tun, um den Ausgang der Ermittlungen von Ihrer Tochter wegzulenken …«

»… und wenn das gut geht, erwarten Sie eine kleine Erkenntlichkeit meinerseits«, vollendete er meinen Satz.

»So in etwa hätte ich mir das gedacht.«

»Warum sollte ich mich in einem solchen Fall nicht nach professioneller Hilfe umsehen?«

»Niemand würde für ein bisschen Geld so ein Risiko eingehen.«

»Aber Sie schon. Irgendwie nehme ich Ihnen nicht ab, dass Sie so ein harter Kerl sind.«

»Wir Philologen sind Tänzer am Rande des Vulkans, Buhlen der Gefahr. Wir genießen das Adrenalin, denn bereits ein einfacher Beinbruch oder eine kariesbedingte Zahnextraktion kann das Ende der Existenz bedeuten. Als Externer Lektor kommt man nicht in der Genuss einer Krankenversicherung, auch Pension und Sozialversicherung kennen wir nur vom Hörensagen.«

Zum ersten Mal bekam sein Panzer aus Selbstsicherheit einen Riss. Er runzelte die Stirn. Ich fuhr ungerührt fort: »Wie der berühmteste Vertreter meiner Zunft sagte: Das glatte Eis ist Paradeis, für den, der drauf zu laufen weiß …«

Ich hatte dick aufgetragen, aber er schien mir genau der Typ dafür zu sein.

Meyerhöffer holte ein Zigarettenetui nebst Feuerzeug aus einer Schreibtischschublade, zündete sich umständlich den Glimmstängel an und inhalierte tief. Dann nahm er den Aschenbecher mit den Fetzen meiner Karte, lehnte sich zurück und verbrannte das Papier.

»Gut. Ich denke, bis zum Abschluss der polizeilichen Ermittlungen brauchen wir voneinander nichts mehr zu hören. Anschließend können Sie sich ja bei mir melden. Kontakt mit meiner Tochter verbietet sich von selbst. Besondere Gewissenhaftigkeit muss ich Ihnen wohl nicht ans Herz legen« – seine Fassade begann weiter zu bröckeln, die kultivierte Modulation machte einer Mundart Platz, die nach Dosenbier und Hundepisse roch – »wenn Sie pfuschen, bin ich meine Lizenz los und Sie gehen in den Knast. Und darauf können Sie sich freuen, denn wenn ich Sie vorher in die Finger kriege ...«

Er zerdrückte die Zigarette im Aschenbecher auf seinem Schoß, als ob sie ein widerliches Insekt wäre. Dazu hatte er eine böse Miene aufgesetzt, das Frau Gräulich draußen wahrscheinlich zum Seelendoktor treiben würde. Ich probierte nur mein unverschämtestes Lächeln, dasselbe, das ich meinem Klassenvorstand gezeigt hatte, als er eine Woche vor den Abschlussprüfungen meinte: »Linder, die Matura schaffen Sie nie!« Mit gekräuselten Lippen stand ich auf, wartete nicht mehr auf seine Reaktion und schloss die Tür von draußen. Im Vorzimmer saß noch immer Fräulein Gräulich vor ihrem Computer und legte Patiencen. Neben ihr stand ein Teller mit Croissants, ich schnappte mir zwei, warf ihrem erbosten Antlitz eine Kusshand zu und war schon draußen.

Unten saß noch immer der Sicherheitsmann, an dem das Leben immer noch vorbeizog, der immer noch mit seinem Schocker spielte, und draußen war es immer noch zum Fürchten kalt.

IV

Es war viertel vor elf, ich hatte also noch etwa eine Stunde, bis ich mich mit Reichi treffen sollte. Die Zeit vertrieb ich mir in der Nationalbibliothek, recherchierte etwas im Internet, blätterte Zeitschriften durch und wusste danach ein bisschen mehr über den Anwalt und dessen Töchterchen.

Danach machte ich mich auf zum Bräunerhof. Witzigerweise liegt er direkt neben der Kanzlei, aber da ich ja schon den ganzen Tag mit einer Mordwaffe unterwegs war, von Laptop und iPhone nicht zu reden, kam es auf das bisschen Unvorsichtigkeit auch nicht mehr an. Mit Hybris strafen die Götter, wen sie verderben wollen. Geld hatte ich auch keines mehr, hoffentlich würde Reichi zahlen.

Das Café zum Bräunerhof ist verraucht, die Möbel sind durchgesessen, die Bezüge fadenscheinig, die Bedienung unfreundlich. Doch wie alle anderen großen Cafés auch hat es einen ganz eigenen Charme. Es ist still, nur das Rascheln des Zeitungspapiers singt im Duett mit dem hellen Klirren des Steinguts auf den silberglänzenden Servierplatten. Es riecht nach Tabak und Kaffee, einer ästhetischen Kombination, die nur der von Speck mit Eiern ebenbürtig ist. Als Sahnehäubchen sind aber die Ober zu nennen. Gekleidet in Schwarz und Weiß, die Frackschöße ebenso verschlissen wie die Polsterbezüge, stehen sie rauchend und Kaffee trinkend neben der Kassa.

Wehe dem, der sie ruft, er wird mit so viel Verachtung und Bosheit gestraft, als ob er ein verurteilter Kinderschänder wäre. Aber auch an der Unfreundlichkeit kann sich ein Herz erfreuen, ist sie doch viel schöner als die moderne McDonald's-Servilität des implantierten Dauerlächelns.

In typisch wienerischer Unterwürfigkeit gegenüber Titeln und Ämtern wird vor dem Herrn Professor und dem Hofrat gekatzbuckelt, inklusive der Frage nach »der Frau Gemahlin ihrem Wohlbefinden«. Durch all diese Unterwürfigkeitstünche dringt aber stets die Verachtung des Gastes durch den Ober und ironisiert sie immanent. Der Titelträger verachtet seinerseits den inferioren Ober, ließe sich aber nie etwas anmerken. Beide wissen um das Spiel und spielen es um seiner selbst willen.

Dieses Schauspiel, ein höchster Ausdruck menschlicher Kultiviertheit, das fast im Range eines religiösen Kultes steht, verfehlt nie seine Wirkung, den eingeweihten Beobachter zu faszinieren. Wie der Karneval in Venedig, der das wahre Ich hinter Masken verbirgt, tarnt sich hier die tatsächliche Meinung hinter einer sprachlichen Maske der Freundlichkeit und Wertschätzung.

Ich hatte meinen Kaffee vor mir und las mich durch den Feuilletonteil der FAZ, die Krone hatte ich gerade geschafft, als Reichi eintraf.

Draußen regnete es mittlerweile wieder. Reichi schälte sich aus seiner NORTH-FACE-Jacke, legte die GORE-TEX-Mütze daneben, ließ sich auf dem Stuhl mir gegenüber nieder und winkte dem Ober.

»Was trinkst du? Mir ein Bier und ein kleines Herrengulasch bitte«, bestellte er zur Bedienung gewandt.

»Noch einen großen Mokka für mich, das wär's. Danke.«

»Sehr wohl.« Hinter der steinernen Maske des Obers ließ sich nicht ausmachen, ob er nur uns oder auch unsere Nachkommen bis ins siebte Glied verwünschte.

»Also, schieß los, warum geht's?« Seine Sprache hatte im Lauf der Zeit einen starken Wiener Einschlag angenommen, hinter der aber in Vokalfärbung und Betonung der Alemanne hervorlugte.

»Ich brauch deine Hilfe.«

»Dacht ich mir doch, sonst rufst du eh nicht an.«

Ich schaute noch einmal kurz um uns, wir saßen in der Ecke neben dem Fenster und die Tische rundherum waren unbesetzt.

»Kannst du mir einen Computer knacken, ich meine das Passwort?«

»Windows oder Mac?«

»Mac.«

»Welcher?«

»AirBook.«

»Ausgezeichnet.« Seine Hände reibend, zitierte er wieder die Simpsons.

»Also kannst du's?«

»Sicher, kein Problem. Woher hast du denn das Gerät? Geklaut? Du weißt schon: Sobald du im Internet bist, kann man jeden Mac physikalisch identifizieren.«

»Der Besitzer braucht's momentan nicht, ist aber sozusagen derzeit nicht erreichbar, darum komm ich nicht rein.«

»Schon gut, ich mach's dir. Hab noch nie ein AirBook in der Hand gehabt.« Moralische Grundsätze zählen nicht zu Reichis Fehlern. Sein Gesicht nahm den Ausdruck des Technikfetischisten an, der sich an Mainboardspezifikationen, Durchsatzraten und Chipdesign begeilt. Ich holte das Gerät aus meiner Tasche und gab es ihm, er schnalzte mit der Zunge und ließ es in seiner Umhängetasche verschwinden.

»Und Reichi«, ich holte ihn aus seinem Elektroniklust-Universum auf die Erde zurück, »kein Wort zu niemandem.«

»Sicher. In was bist du da wieder reingerutscht?«

Ich zuckte mit den Achseln.

Reichi drehte sich um. »Entschuldigen's, Herr Ober, was ist mit unserer Bestellung?«

»Kummt scho, kummt scho, kann a net hexn.«

Wir warteten ja gerade erst eine Viertelstunde. Gut Ding will eben Weile haben. Reichi ließ nicht locker: »Aber die Getränke können S' doch schon bringen?«

»Nur net hudln, die Herrn, kummt scho no alls.« Außer uns war nur eine 80-Jährige in Begleitung ihrer Mutter da. Die beiden tranken Wein und aßen Krautfleckerln.

Reichi drehte sich wieder zu mir um und wir grinsten uns mit Verschwörermiene zu.

»Das war alles?«, stieg Reichi wieder auf das ursprüngliche Thema um.

»Eigentlich schon. Kannst du auch ein iPhone knacken? Ich will dabei aber nicht geortet werden.«

»Was treibst du, Arno? Lebst du jetzt vom Elektronikklau? Hab dir immer gesagt, mit Altgriechisch wirst du noch verhungern.«

»Nein, ist nicht geklaut, niemand wird Anzeige erstatten. Also was ist, kannst du's?«

»Nein, aber ich kann dir eine Adresse geben, Türken-Handyladen, eigentlich ist der Besitzer Ägypter, der macht so was. Ist eh bei dir um die Ecke. Märzstraße im 15ten.«

»Der neben der Straßenbahnhaltestelle beim Kent?«

»Genau der.«

Jetzt war es an mir, Mr. Burns die Ehre zu geben: »Ausgezeichnet.«

»Du solltest aber etwas Geld mitnehmen, der macht das nicht umsonst.« Ich nickte zuversichtlich.

»Du bist wieder pleite, stimmt's?«

»Na ja, pleite ist relativ. Der Sudan kommt auch irgendwie über die Runden.«

»Wann hast du das letzte Mal gegessen?«

»Vor einer Stunde, zwei Croissants.«

In diesem Moment brachte der Ober Bier, Kaffee mit Wasserglas und ein kleines Herrengulasch.

»Na, Sie haben S' doch noch derwartet«, ließ sich der Ober hören.

»Knapp«, meinte Reichi, »und bringen S' dem Herrn auch ein Gulasch.«

»An klein Herrn?«

»Genau.«

»Wird aber dauern, ist viel los heut.«

Den Rest der Unterhaltung vergaß ich, denn der rote Gulaschsaft mit glänzendem Spiegel, auf dem ein gebratenes Ei lag, garniert mit einer Frankfurter und einer fächrig geschnittenen Gewürzgurke, ließ mir das Wasser im Munde zusammenlaufen.

V

Gut gesättigt saß ich hinter dem Schreibtisch in dem kleinen Kabuff, das ich mein Büro schimpfte. Die Architektur der Universität Wien, die nach den Vorstellungen des Kaisers Franz Joseph erbaut wurde, legt viel Wert auf grandiose Fassaden und schmuckvolle Repräsentationsräume. Alleine die beiden Haupttreppen nehmen mehr Platz ein als ein mittleres Einfamilienhaus. Darunter leiden aber notwendigerweise die Räume, in denen sich akademische Arbeit und Leben abspielen. Mein Raum war eben nur der schäbigste und kleinste im ganzen Gebäude.

Vollgeräumt mit Akten von längst vergessenen Konferenzen und Tagungen, sodass gerade noch ein Schreibtisch hineingezwängt werden konnte. Mein Samowar stand auf einem Stapel Zeugnisunterlagen aus den frühen 70ern. Alles in allem war mein Kabuff ganz Staub und Verwesung. Zwei mumifizierte Topfpflanzen, deren Artbestimmung sich nicht einmal ein Botaniker zugetraut hätte, vervollkommneten den vorherrschenden Charakter der Hoffnungslosigkeit.

Ich hatte gerade meine Lehrverpflichtung hinter mich gebracht und nun lag auf meiner Schreibtischunterlage die Max-Niemeyer-Ausgabe von Heideggers ›Sein und Zeit‹. Irgendein wohlmeinender Zeitgenosse hatte sie mir einmal geschenkt. Die stümperhaften Etymologien des Freizeitphilologen hatten mich aber nur angewidert und sachlich war bei ihm nichts gesagt, was sich nicht besser auch bei Kant gefunden hätte. Neben dem Buch lagen ein paar Blätter braunes Packpapier und mein Schweizer Messer. Sorgfältig schnitt ich den Schriftsatz der inneren Blätter heraus, sodass ein Hohlraum entstand. Die entfernten Papierreste ließ ich in den

Papierkorb fallen. Nachher würde ich sie mitnehmen und entsorgen. Als ich nach etwa zehn Minuten mit der Arbeit fertig war, nahm ich meine Aktentasche auf den Tisch, holte den Revolver heraus und legte ihn in das nun hohle Buch. Ein bisschen Watte dazu, damit die Waffe weniger Spiel hatte, dann klebte ich die inneren Seiten so zusammen, dass sich beim flüchtigen Prüfen dem Blick nur die vollständigen Seiten zeigen würden. Einer genauen Inspektion würde das niemals Stand halten, aber vorerst war es gut genug. Ich ließ die Parafernalien meiner Arbeit gerade verschwinden und wollte das Buch in das braune Packpapier einschlagen, als es an der Tür klopfte.

Ich setzte mein freundliches Gesicht auf und ließ hereinbitten, doch es handelte sich nicht um Studenten. Ein Paar, das aussah wie der Fuchs und die Katze aus der Pinocchio-Zeichentrickserie, trat ein. Der eine war lang und hager, mit rotem Haupthaar und einem flauschigen roten Backenbart, der sich in Verbindung mit seiner spitzen Nase wie ein Fuchsgesicht ausnahm. Hinter ihm kam sein Kompagnon herein. Kleiner, fettgepolstert mit runder Brille und leicht hinkend. Er war schwarzhaarig, mit einem dünnen langen Schnauzer, der wirkte wie die Schnurrbarthaare einer Katze. Sie stellten sich vor und nahmen unaufgefordert Platz. Man hatte also die Leiche gefunden und die Polizei begann, Ermittlungen anzustellen.

Ich legte ›Sein und Zeit‹ neben mir auf den Schreibtisch und fixierte meinen Besuch mit strengem Blick. »Meine Herren, was kann ich für Sie tun?«

»Beantworten Sie einfach unsere Fragen«, ließ sich der Fuchs hören, während die Katze ein Päckchen Zigaretten aus ihrem braunen Mantel hervorkramte, umständlich eine herausschüttelte und sie mit einem Benzinfeuerzeug anzündete.

»Die Polizei muss gut entlohnt werden, bei den heutigen Benzinpreisen«, merkte ich an, wartete, bis die Katze genüsslich den Rauch ausblies, und sagte daraufhin: »Außerdem herrscht im gesamten Gebäude Rauchverbot.« Die beiden zuckten simultan mit den Achseln und die Katze aschte ungerührt auf das Linoleum.

»Quis custodit custodes?«, seufzte ich resignierend.

»Was haben Sie gesagt?«

»Nichts, nur dass Zeit Geld ist. Also, was ist jetzt mit den Fragen, die Sie mir stellen wollten? Nur zum Rauchen werden Sie ja nicht gekommen sein.«

»Kommen S' uns nicht blöd, wir können Sie auch mit auf'n Kort nehmen, wenn's das is, was Sie wolln.«

»Mir schlottern die Knie. Außerdem, könnt sein, dass ich mir gleich die Hosen nass mach.« Ich holte mir den Samowar und schenkte mir eine Tasse ein. Der kupferfarbene Assam füllte die Tasse, und ich führte sie zum Mund, wobei mir der würzige Duft in die Nase stieg. Mit einem geübten Schlenker ließ ich den Tee durch meine Gurgel rinnen. Sofort war der Tag wieder freundlich und heiter. Ich goss noch ein wenig nach und stellte die Tasse wieder auf den Tisch. Es geht doch nichts über einen guten Mangalam.

»Also, Herr Linder, Sie sind wohnhaft Felberstraße 32, Tür 6.«

»Ja.«

»Hier steht«, die Katze wies auf einen schmierigen Notizblock, »dass Sie«, er runzelte seine Stirn, hielt den Block dem Fuchs vor die Nase, »Philo, was sind Sie von Beruf?«

»Philologe.«

»Was ist das?«

»Ich bin Sprachgelehrter für die klassischen Sprachen.«

»Aha«, ein Blitz des Erkennens erhellte die beiden Gesichter,

»Lateinisch und so! Was es nicht alles gibt!« Die zwei blickten sich verwundert an. Sie waren eine Show, Ben Stiller ein Dreck dagegen.

»Wir haben die sichere Zeugenaussage, dass Sie gestern, oder vielmehr heute Nacht, erst gegen zwei nach Hause gekommen sind.«

»Um was geht's denn, soll ich wegen Zu-spät-nach-Hause-kommens erschossen werden?«

Die Katze schob den Stuhl, auf dem sie saß, geräuschvoll nach hinten, stand auf und beugte sich über meinen Schreibtisch. Ich lächelte ihr freundlich ins Gesicht.

»Sie sind ja eine Nummer.« Dabei zerdrückte er das Enkerl der Zigarette, die er zuvor angeraucht hatte, erbarmungslos auf meiner Schreibunterlage. Damit richtete er einen Millionenschaden an.

»Die Fragen stellen wir. Wann sind Sie heimgekommen, was haben Sie davor gemacht und was danach?«

»Und haben Sie Zeugen?«, ergänzte der Fuchs.

»Ich bin so gegen zwei nach Hause gekommen.«

»Die Hausmeisterin sagt, dass Sie um zehn nach zwei das Haustor geöffnet haben.«

»Kann sein. Davor war ich bei einem Freund.«

»Wo ist das, was haben Sie dort gewollt und kann der das bestätigen? Wann sind Sie von dort aufgebrochen?«

»Im 18ten, Athanasius-Grün-Gasse. Der kann das bestätigen und aufgebrochen bin ich so circa um halb eins.«

»Dann hätten Sie aber viel früher zu Hause sein müssen, so gegen zehn vor eins.«

»Ja, hätte ich nicht die U-Bahn verpasst, war die letzte. Ich musste zu Fuß gehen. Ist ein ganzes Stück, das braucht durchaus seine Zeit.«

»Und warum haben Sie kein Taxi gerufen?«

»Auf der Uni verdient man nicht so wie bei der Polizei. Wir haben auch kein Spesenkonto, das irgendwelche Zuhälter auffüllen.«

»Das gilt nur für die Chefs, wir kriegen immer nur …«, brauste die Katze auf, bis der Fuchs sie kühl unterbrach und den Satz beendete: »Nur weil ein paar Großkopferte bestechlich sind, muss das nicht auch für uns kleine Beamten gelten!«

»Jaja, der Fisch stinkt immer vom Kopf her.«

Nach einer kurzen Pause nahm der Fuchs den Faden wieder auf. »Und dann?«

»War ich gegen zwei Uhr zu Hause und bin schlafen gegangen.«

»Sofort?«

»Ja.«

»Sie wohnen im ersten Stock, die Hausmeisterin sagt aber, dass Sie zuerst in den zweiten hinauf sind. Und lange gebraucht haben.« Der Fuchs klopfte, wie um das Gesagte zu untermauern, auf die Ausgabe von ›Sein und Zeit‹, die vor ihm lag und in der sich die Tatwaffe befand. Kurz war mir ein wenig übel, doch der Fuchs schien mit Büchern nicht viel anfangen zu können, denn ihm fiel das hohle Geräusch überhaupt nicht auf. Die Katze rauchte eine weitere Zigarette an und war allem anderen gegenüber gleichgültig.

»Ich war vielleicht ein bisschen betrunken, da vertut man sich manchmal. Soll in den besten Familien vorkommen.«

»Vor dem Haus, als Sie nach Hause kamen, da haben Sie auch nichts bemerkt?«

»Nein, überhaupt nicht.«

»Haben Sie den Herrn in der Wohnung über Ihnen gekannt?«

»Nein, ich kenne niemanden im Haus. Warum?«

»Weil er tot ist, darum.«

»Soll ich jeden Toten kennen?«

»Nein, nicht jeden, den aber schon. Wir haben Ihren Namen durch den Computer laufen lassen. Raten Sie mal, was wir gefunden haben.«

»Dass ich die Reinkarnation von Jack the Ripper bin und nun in meinem neuen Leben auf Männer stehe?«

»Sie haben früher für Erwin Bender gearbeitet.«

»Ein Studentenjob, na und, jetzt arbeite ich für die Inzersdorfer Schlachthöfe. Wollen Sie mir deswegen den Rinderwahnsinn anhängen?« Während ich Phrasen drosch, arbeitete mein Hirn auf Hochtouren. In Benders Kasino hatte ich den Toten also schon mal gesehen, nur wann und in welchem Zusammenhang?

»Wie viele Studenten arbeiten in illegalen Kasinos? Beim größten Gauner in der Branche?«

»Hat sich halt irgendwie ergeben. Außerdem war ich nur in einem Nachtklub beschäftigt, von Spielen hab ich keine Ahnung. Auf jeden Fall ein besserer Job als in einem Callcenter.«

»Sie waren damals in eine unsaubere Sache verwickelt. Kurze Zeit darauf haben Sie bei Bender aufgehört. Nur wegen Ihrer Aussage ist Bender damals nicht in den Knast.«

»Kann sein, ich hab damals nur die Wahrheit gesagt.«

»Slupetzky hat Bender ausgenommen. Dann hat er aufgehört zu spielen und jetzt ist er tot.« Der Fuchs warf der Katze den Ball zu, den sie aufnahm.

»Ausgerechnet in Ihrem Haus hat er sich verkrochen und jetzt ist er tot. Wenn das kein Zufall ist.« Die Katze warf den Ball zurück.

»Slupetzky ist Anfang Dezember eingezogen, Sie Anfang Jänner. Noch so ein Zufall. Gerade in der Nacht, in der

Sie genau zur Tatzeit zu Hause gewesen wären, wenn Sie nicht …«

»… die letzte U-Bahn verpasst hätten! Da steckt doch was dahinter! Seien Sie doch nicht blöd! Sagen Sie uns, was Sie wissen, einmal sind Sie noch davongekommen, aber diesmal werden Sie nicht so viel Glück haben. Sie können froh sein, wenn Sie nur einsitzen, weil das bedeutet: Sie haben das Ganze überlebt.«

»Ich kann Ihnen wirklich nicht helfen, meine Herren. Es tut mir leid. Ich habe alles gesagt, was ich weiß.«

Die beiden sprangen auf. »Na gut, für diesmal gehen wir, aber wenn Ihnen was einfällt, rufen Sie uns an! Wir sehen uns.«

Katze und Fuchs gingen, wie sie gekommen waren, ohne Gruß und Höflichkeit. Ich blieb allein zurück und starrte auf das runde Dutzend Tschikstummel, das meinen Boden zierte. Die Katze hatte die Asche fein säuberlich zu zwei kleinen Häufchen auf meinem Schreibtisch zusammengeschoben. Ich trank noch etwas Tee und wartete ein Weilchen, dann ging ich auch.

VI

Es war an der Zeit, die Waffe loszuwerden. Noch einmal würde ich nicht so ein Glück haben. Ich verließ das Institut, ging über die Philosophenstiege hinauf zur Universitätsbibliothek und dort nach hinten zu den Magazinräumen.

Ich kannte Häuptling Fritz seit der Zeit, als die Zettelkataloge der UB in den Aleph eingearbeitet worden waren. Damals hatte ich Namen, Signaturen und Schlagworte eingegeben. Manchmal träume ich heute noch davon: Ich sitze vor dem Computer und tippe endlose Zahlenreihen ein. Eine Ewigkeit lang. Und irgendwann fehlt eine Zahl, das bedeutet, ich habe einen Fehler gemacht, alles wieder von vorn. Immer wache ich schweißgebadet auf.

Häuptling Fritz ist ein Urgestein. Mit Cowboystiefeln, Lederkluft und indianischen Halsketten, Adlerfedern im langen, blauschwarzen Haar und wettergegerbtem Gesicht sieht er aus wie einer der Krieger Geronimos auf den berühmten Fotos. Eigentlich kommt er aus Stegersbach und heißt Hans Schindegger, aber alle Welt nennt ihn nur Häuptling Fritz. Ich fand ihn im Magazin, zwischen deckenhohen Regalen voller staubiger Bücher, meterweit unter der Erde. Fritz saß vor einem Schreibtisch und reparierte einen Bucheinband. Messer, Karton und Leim in verschiedenen Varianten lagen vor ihm ausgebreitet. Im Mundwinkel hing ihm die obligatorische Camel. Er kam aus einer Zeit, als der Marlboro-Mann noch nicht erfunden war und nur Hausfrauen die weiß-roten KKK-Zigaretten rauchten.

»Diese Scheißkopierer«, schimpfte er vor sich hin, »alles wird heute nur mehr kopiert, aber niemand liest mehr. Darüber gehen die ganzen Buchrücken kaputt!«

Er drehte sich nicht um, wie die alten Indianer erkannte er den Menschen an seinem Gang.

»Mittlerweile geben wir mehr Geld für Reparaturen als für Neubeschaffungen aus! Da reden sie von Gleichberechtigung, Nichtraucher- und Umweltschutz, aber sie sollten da oben lieber mal für die Bücher kämpfen!«

Ich stellte mich neben ihn und holte das Packpapierpäckchen aus meiner Aktentasche. »Du musst mir helfen.«

»Du willst doch nicht schon wieder ans Giftschränkchen?«

»Nein, diesmal geht's nicht um die Grimoire.«

»Gott sei Dank. Was ich damals einen Stress bekam, als sie herausgefunden hatten, dass ein Buch ausgeliehen worden war, das auf dem Index Librorum Prohibitorum steht!«

»Nein, diesmal ist es kindisch. Ich hab nur ein Päckchen, ein Buch in Packpapier eingeschlagen, es ist sehr wertvoll. Darum will ich es nicht zu Hause lassen, vielleicht kannst du es mir aufbewahren?«

»Unter den anderen im Packpapier wird es nicht auffallen, ich weiß da ein gutes Plätzchen.« Er wurde ernst und er blickte von seiner Arbeit auf. »Aber irgendwie hab ich dabei ein ungutes Gefühl. Bist du sicher, dass es keine Abschrift der Interviews nach der Roswell-Landung ist, oder eine Untersuchung über die sexuellen Vorlieben von Ratzinger?«

»Nein, sicher nicht, das Buch ist ganz harmlos. Steht fast nichts drin.«

»Was für eines ist es denn?«

»›Sein und Zeit‹.«

»Mein Gott, in was für eine Sache bist du diesmal hineingeschlittert?« Er starrte mich an und wartete eine Sekunde auf eine Antwort, dann hob er abwehrend die Arme und sagte: »Nein, sag nichts, dann muss ich auch nicht lügen. Ich pass drauf auf, aber geh jetzt, ich muss weiterarbeiten, bin schon ein paar Jahre im Rückstand.«

Ich grüßte und ging. Über die Schulter schaute ich noch einmal zurück. Er stand an seinem Pult und klebte weiter an den alten Buchwracks. Die Zunge klemmte zwischen den Zähnen wie vorher, nur dass er diesmal den Kopf schüttelte.

Es war Zeit, nach Hause zu fahren.

VII

In der U-Bahn saß ein kleines Mädchen auf dem Schoß seiner Mutter. Die Kleine war vielleicht zwei Jahre alt und repetierte immer aufs Neue die zwei Dutzend Worte, die sie bereits gelernt hatte. Immer und immer wieder. Die Mutter war öko-alternativ, mit blonden, teilweise rosa eingefärbten Dread-locks, die sie zu einem Pferdeschwanz zusammengebunden trug. Kornblumenblaue Augen, die gleichen, die auch ihre Tochter hatte. Ihre Unterlippe war mit einem hauchdünnen Silberring gepierct. Mutter und Tochter waren in Naturfarben gekleidet. Auf dem T-Shirt der Mutter stand ›SpeedyConKiwi‹, was immer das auch heißen mochte. Ihnen gegenüber saß ein Herr, vielleicht 60, mit Wohlstandsbauch, Halbglatze und Spießbürgeroutfit. Der Wiederholungsdrang des allerliebst lispelnden Kindes ging ihm sichtlich auf die Nerven, bis er schließlich die Beherrschung verlor und losbrüllte: »Geh hern S', bringen S' des Kind zum Schweigen oder i machs!«

Leider musste ich in diesem Moment aussteigen und konnte den weiteren Fortgang nicht mehr beobachten. Sind alle Wiener Arschlöcher oder bloß die Männer, oder ist Gott schon lange tot und wir sind in der Hölle und wissen es bloß nicht?

Ich fuhr den U-Bahn-Schacht mit dem Lift hinauf. Vor dem Ausgang lümmelte das ewig gleiche Dutzend Hauptschüler herum, rauchend und vorsichtig zum anderen Geschlecht schielend.

Ich wollte gerade die Straße überqueren, da heulte neben mir die Sechs-Liter-Maschine eines Pontiac TransAm 77 auf. Ich musste nicht hinsehen, um zu wissen, wer da im Wagen saß. Mike, ein Mittfünfziger, hatte langes, krauses Blondhaar, das die Zeit langsam grau färbte. Sein Gesicht war rot wie Feuer, die Nase begann, eine rot-bläuliche Färbung anzunehmen, und die kleinen Schweinsäuglein blickten flink umher. Mit seiner schwarzen Lederjacke saß er hinter dem Lenkrad. In der Rechten hielt er ein 16er Blech. Er beugte sich über den Beifahrersitz und öffnete mir die Tür. »Steig ein. Fahren wir ein bisschen.« Während er sprach, ließ er den Motor aufheulen.

Ich stieg ein und mit quietschenden Reifen ging's los.

»Die Kiberei war heute Morgen bei mir, die haben eine Leiche gefunden.« Er nahm einen Zug aus der Dose. »Der neue Nachbar von mir. Ist erschossen worden. Waren sie auch schon bei dir?« Er rauchte eine an, ohne das Blech aus der Hand zu geben.

»Vorher im Büro.«

»Ist dir aufgefallen, die schauen aus wie der Fuchs und die Katze bei Pinocchio?«

Ich nickte.

»Hast du eine Ahnung, um was es da geht?« Er sah mich ernst an, als er das fragte.

»Keine Ahnung.«

»Gut.«

Wir fuhren noch ein gutes Stück unter der Westbahn hindurch und blieben in einer der Nebenstraßen der Hadikgasse stehen. Eine ruhige Gegend, mit kleineren Häusern, Gärten und ein klein wenig Grün. Mike lehnte sich nach hinten, fischte aus der Kühltasche hinter seinem Sitz ein neues Bier und knackte es mit der Rechten, ohne den Tschik aus der Hand zu nehmen. Dann drehte er das Radio auf, ziemlich laut, sodass von außen niemand hören konnte, was geredet wurde. ›You shook me‹ von Zep röhrte, in der Fassung der BBC-Sessions, die Mike immer im Auto hört.

»Agneshka sagt, dass du gegen zehn vor eins zu Hause warst.«

»Kann sein.«

»Was ich weiß, ist das in etwa die Mordzeit.«

»Kann sein.«

»Agneshka war noch draußen. So um zehn vor eins. Hat irgendeinem spanischen Lastwagenfahrer eine gute Nacht gewünscht.«

»Na und, das ist ihr Job, davon lebt sie. Und du auch.«

»Sie sagt, sie kann sich so gut erinnern, weil da ein unglaubliches Auto vor der Tür gestanden ist. Sportbenz.«

»Gar nicht gewusst, dass deine Mädchen so gut Deutsch können.«

»Ja, ja, die können mittlerweile echt gut Deutsch sprechen, aber schauen können sie noch besser. Soll ich dir sagen, was Agneshka außerdem gesehen hat?« Rhetorische Pause. »Dich. Hast dir den Benz angeschaut. Dann ist ein Mädchen rausgekommen. Aus unserem Haus. Die hast du in den Wagen eingeladen und bist abgerauscht.«

Er rauchte eine neue an und genoss ein paar Takte von ›Dazed and Confused‹.

»Ich bin ein Gentleman, die Kleine war voll und ich hab sie heimgefahren.«

»Hast du das der Kiberei auch erzählt?«

»Nein. Direkt danach gefragt haben sie ja nicht.«

»Gut, ich werd's ihnen nämlich auch nicht verraten, und Agneshka weiß, woher der Honig auf ihren Brötchen kommt. Also, Kleiner, schieß los. Was spielst du da?«

»Nichts, ich hab nur ein Mädchen heimgefahren.«

»Und dann hast du eine Leiche gefunden.«

»So ungefähr.«

»Hast du die Puffn? Katze und Fuchs haben's nämlich nicht.«

»Kann sein.«

Ganz schien ihn die Antwort nicht zu befriedigen. Irgendwas stimmte da nicht.

»Weißt du, wer die Leich is?«

»Slupetzky, Spieler, hat Bender ausgenommen.«

»Ah, so ist das. Die Kiberei hat mich nach dir gefragt.« Er schaute kurz zum Fenster raus. »Also sag scho, was hast du damit zu tun?«

»Fast nichts, hab's eh schon gesagt. Das Mädchen heimgefahren und vielleicht, wenn ich's richtig mach, schaut ein bisserl ein Geld heraus. Ihr Papa ist g'stopft und will nicht, dass sie Gwirks mit den Kriminesern kriegt.«

»Wie viel?«

»Nix Genaues weiß ich nicht. Ein bisserl halt.«

»Und wenn's die Kleine war und sie finden's raus? Dann sitzt du ein wegen Beihilfe!«

»Die Kleine war's nicht.«

»Woher willst das wissen?«

»Sie war viel zu betrunken dazu, die hätte niemals eine Puffn halten können. Wahrscheinlich ist sie gerade erst aufgewacht gewesen, die hat irgendwas Schlimmes drin gehabt.«

»Weißt du, was?«

»Im Slupetzky seiner Wohnung hab ich nichts gefunden. Auch in ihren Sachen nicht, keine Ahnung, was die sich dort reingepfiffen hat. Blutgasanalyse steht mir leider keine zur Verfügung. Wenn ich mal im Lotto g'winn, leist ich mir sicher so ein CSI-Labor, mit allem Drum und Dran.«

Mike winkte ab, denn gerade stieg Page in ›Whole Lotta Love‹ ein. Der Unison-Bend auf D, mit der leisen Bluenote auf dem D der A-Seite, fusionierte mit dem Heavy-Metal-Rhythmus der zweiten Riff-Figur, hundertmal gehört und noch immer magisch. Mike seufzte und sagte verträumt: »Und da gibt's Idioten, die der Meinung sind, Zep hätten einfach keinen Blues.«

Wir schwelgten ein bisschen im Sound, kamen aber nach dem Gitarrenbreak wieder auf unser eigentliches Thema zurück.

»Du glaubst also wirklich, dass es nicht das Mädchen war?«

»Nein, außerdem hatte Slupetzky alle drei Kugeln im Brustkorb. Wenn die Kleine nicht einen Knarrenfetisch hat, hätt sie das nicht mal nüchtern auf einer Zielscheibe hingekriegt. Aber das muss der Paps ja nicht wissen. Wenn er ein Fünkchen Angst hat, zahlt er umso besser.«

»Mhm«, Mike nahm noch einen Schluck, »und warum tust du dir das an?«

»Weil ich pleite bin.«

»Du hast doch Eltern, oder nicht?«

»Mit Armut, Erniedrigung und Verachtung lernt man im Laufe der Jahre umzugehen, Angst kennt man keine mehr, weil ein Leben, in dem sich ein gebrochener Finger als Ende der Existenz herausstellen kann, überleben nur die Härtesten. Diejenigen, die keine Nerven haben. Die Schwächlinge sterben gleich im ersten Semester, wenn sie sich aus Angst vor der Zugluft die Türen ihrer Wohnungen nicht zu öffnen getrauen und jämmerlich vor ihren Folianten mit antiken Komödien verhungern. Wie unser Berühmtester sagte: Was uns nicht umbringt, macht uns härter.«

In diesem Moment begannen Zep den Blues von ›I can't quit you, Baby‹ und ich ließ die Schwermut wirken.

»Womit man aber nicht umzugehen lernt, ist die eigene Mutter. Die Angst vor einem Anruf, der Frage, ob man denn nun endlich einen Job habe, ob es im Leben eine Frau gäbe und dergleichen mehr. Einen guten Freund hab ich verloren, als seine Mutter dem Mittdreißiger zu Weihnachten ein Fahrrad geschenkt hat. Die Demütigung überlebt nicht einmal ein Sprachgelehrter. Im März hat ihn der Lungenkrebs geholt – gestorben ist er aber an der Schmach und nicht an zwei Schachteln filterloser Gitanes, wie uns die Gesundheitsministerin glauben machen will.«

»Und was hast du jetzt vor?«

»Ich werd zum Bender schauen, was der zum Slupetzky sagt.«

»Soll ich dich runterfahren? Mit den Öffis brauchst du eine halbe Ewigkeit dorthin, der sitzt doch mittlerweile in Simmering unten.«

Ich wollte gerade antworten, als uns ein hartes Klopfen aus der Konversation riss.

Auf dem Gehsteig stand eine Oma mit Einkaufswagen und schwang ihren Spazierstock wie eine Keule. Mike lächelte, machte die Musik aus und öffnete das Fenster. Die Oma schimpfte wie ein Rohrspatz, Mike lachte auf und startete den Motor. Dann rasten wir mit quietschenden Reifen die Wohnstraße entlang. Die schimpfende Oma mit dem Krückstock in der Hand wurde rasch kleiner.

VIII

Mit der weißen Kirche, dem Amthaus für den XI. Bezirk und den begrünten Wohnanlagen wirkte Simmering, wo Bender zu dieser Zeit seinen Nachtklub unterhielt, am Enkplatz fast wie eine niederösterreichische Kleinstadt. Vom Enkplatz zweigte die Dittmanngasse ab, dort waren ein paar Wohnhäuser, ein verwilderter Garten mit einer roten Backsteinmauer und eben am toten Ende der Gasse Benders Nachtklub.

Mike ließ mich am Enkplatz aussteigen, die letzten paar Meter ging ich zu Fuß. Es war jetzt gegen sechs Uhr und eigentlich müsste der Laden geöffnet haben. Ich klopfte, ein Schiebefenster in der Tür ging auf, ich wurde beäugt und eingelassen. Es hat durchaus seine Vorzüge, wenn man Anzug und Krawatte trägt.

Drinnen sah es aus wie in dem Lokal früher im Dritten. Eine Bar mit Spiegelwand und Flaschenbatterien. Im Raum verstreut ein paar gepolsterte Sitzgelegenheiten, etliche davon in dunklen Ecken. Zwei Stangen waren auch zu sehen, aber es tanzten noch keine Mädchen. Ein paar Gäste saßen allein und versuchten, sich mit Drinks für den Abend in Stimmung zu bringen. Die Klientel schien noch immer die gleiche wie früher zu sein. Spielwütige Chinesen, die mit 2 und 7 vor dem Flop All-In gehen und dafür 80 Stunden pro Woche arbeiten. Türken in Glanzplastik-Trainingsanzügen in Pink und Grün, mit Goldkettchen und Springmessern in der Tasche. Gegelte Yuppies in Armani oder Versace, die den Sekt mit Fünfhundertern zahlen und Kokshaufen auf den Spiegeltischen vor sich offen liegen haben. Man sieht echte Diamanten neben gefaketen Adidas-Trainingshosen sitzen, riecht einen Duft von Edmond Roudnitska neben dem vom Dönerstand am Enkplatz.

Eigentlich ist Glückspiel in Österreich für Private legal, seit einer Novelle in den 90ern auch Poker und Black Jack, aber eine gewisse Klientel, die entweder in den legalen Casinos Hausverbot hat oder das Flair des Illegalen genießt, steht auf die Hinterzimmercasinos. Außerdem ist für jeden ein guter Kredit zu haben und die Einsätze haben kein Limit.

Noch war alles leidlich sauber, aber in der Früh musste man durch knöchelhohe Cocktails aus Körperflüssigkeiten waten. Überall würden Kondome liegen, glitschig wie Bananenschalen, und so mancher hatte seine eigene Version der uralten Slapsticknummer gebracht.

Ich steuerte die Bar an, beugte mich über den Tresen und fragte das blonde Bubi dahinter nach Bender. Ich biss auf Granit, Babyface wollte mir nichts sagen. Als ich soweit war, ärgerlich zu werden, legte sich mir eine schwere Hand auf die Schulter. Ich hatte mich gerade auf das Schlimmste eingestellt, den Kampf eines in die Enge getriebenen Katers gegen einen Dobermann, als mich ein breites Schwyzerdütsch aufatmen ließ.

Fred war einmal Fleischerlehrling gewesen, bis er herausfand, dass man mit 202 Zentimetern Körpergröße als Preisboxer besser Geld verdienen kann. Die harte Schule kam ihm zugute, als er sich nach einem Beruf mit weniger Risiko umschaute und Rausschmeißer im Klublokal der Hells Angels in Zürich wurde. Nun war er Ende 40, immer noch gebaut wie ein junger Muhammad Ali und der einzige Mensch, den ich kannte, der nahezu alle Länder der Welt bereist hatte, um in jedem Land eine Nummer zu schieben.

In langen Nächten an der Bar hatte er mir ein paar der Geschichten erzählt, persönlich fand ich die am besten, in der ein Saudi-Prinz und ein Privatpuff in Er Ryad vorkamen.

»Goht scho in Ordnung, Karli, er ischn Fründ vom Chef. Mach üs zwo Sauer und bring's ins Eck.« Ohne seine Hand, in die locker ein kleiner Sattelschlepper gepasst hätte, von meiner Schulter zu nehmen, führte er mich in eine der dunklen Ecken.

»Lass die aluaga, lang isch her. Was treibsch all a so?« Nachdem ich ihm meine momentanen Lebensumstände geschildert hatte, kamen die Drinks.

»Karli, mach a Sound a, muss üs niamad zualosa.« Karli nickte und verschwand, worauf Musik aus den Boxen quoll. Fred hob das Glas und wir tranken. Die Whiskey Sour waren stark und die Eiswürfel klirrten.

»Mir sind a klele nervös momentan, die Kiberei will üs was ahänga. Aber seg, warum bisch do, bruchsch was?«

»Sag, Fred, Slupetzky, sagt dir der Name was?«

»Wegat dem Arschloch homma 's Gfrett. Zerscht zockt er 'n Boss ab und denn lot er sich verschüaßa, der Trottel. Jetzt mana die Kiberer, dass mir dahinter stecken!«

»Was weißt du außerdem von ihm?«

»Des söll dir dr Chef sega, der ka des bessr.«

Wir machten unsere Gläser leer, schwelgten noch ein bisschen in Erinnerungen an die gute alte Zeit, dann standen wir auf und Fred brachte mich ins Büro vom alten Bender.

Mittlerweile war mehr los im Klub und in den hinteren Zimmern wurde sicher schon gespielt. Babyface hatte Verstärkung hinter der Bar bekommen, die er auch dringend nötig hatte. Die Mädchen schwirrten wie die Bienen um die Tische und an einer der Stangen wurde getanzt. Rundherum saßen ein paar der Anzugträger, alle im Stil der Wallstreetbroker der 90er gekleidet, und winkten mit Fünfzigern.

Wir gingen an der Bar vorbei nach hinten. Fred holte einen Schlüssel heraus und sperrte eine Tür auf, hinter der ein langer Gang zum Büro des Alten führte. Dort klopfte er servil, öffnete die Tür, spähte vorsichtig hinein und winkte mich daraufhin ebenfalls in das Zimmer.

Bender hatte sich in den letzten fünf Jahren nicht verändert. Er musste jetzt knappe 80 sein und sah damals wie heute aus, als ob er die 100 lange hinter sich hätte. Sein dünnes graues Haar lag eng an seinem mit Altersflecken übersäten Totenschädel. Die Augen lagen so tief in den Höhlen, dass nur ganz hinten ein leichtes Schimmern wahrzunehmen war. Seine bleistiftstrichdünnen Lippen verzogen sich zu einem Lächeln, als er mich erkannte.

Ich ging auf den Schreibtisch zu und wir schüttelten uns die Hände. Seine waren kalt und unwillkürlich hatte ich Furcht davor, ihm mit meiner Berührung die Haut von den Händen zu ziehen, so lose schien sie auf den Knochen zu sitzen.

»Setz dich, Kleiner. Schön, dich zu sehen. Was führt dich zu mir?«

Seine Stimme klang rau, immer wieder musste er sich für längere Pausen im Satz unterbrechen, um Luft zu holen. Das war neu. Vertraut hingegen war seine Sprache. Bender artikulierte klar wie ein Burgschauspieler, nur am Ende der Sätze, wenn ihm die Luft auszugehen drohte, verschluckte er ab und zu eine Silbe. Seine Sprache schien sich direkt aus dem Wien der Zwischenkriegszeit herübergerettet zu haben. Herzmanovsky, Polgar und Kraus mochten einmal so geredet haben. Sein Deutsch stammte aus einer Zeit, als die Hakoah noch um den österreichischen Meister gegen die Amateure spielte. Außerdem war er der einzige Mensch, den ich kannte, der noch Frigidaire zum Kühlschrank sagte. Ein Wort wie Eisschrank wäre für ihn ein Neologismus gewesen.

Wir machten etwas Small Talk, bis ich mit meiner Frage nach Slupetzky rausrückte. Bender sah kurz Richtung Fred, dann fokussierte er wieder mich und legte los.

»Slupetzky kam mit dem Mauerfall in den Westen. War anschließend fast die ganzen 90er auf irgendwelchen Kreuzfahrtschiffen. Hat dort fette Millionärinnen ausgenommen. Hat damals auch in den Staaten gepokert. Irgendwas ist dort schief gelaufen und er ist in Wien gelandet, so vor zehn Jahren ungefähr. Er hatte ein paar Tische laufen, an denen er sich immer wieder blicken ließ. Hat ein bisschen gewonnen, aber nicht viel. Bis er mir letzten September einmal ganz ordentlich die Bank gesprengt hat. Deswegen glauben die Krimineser auch, dass wir was damit zu tun haben. Die haben keine Ahnung, ist für mich doch die beste Werbung, wenn einer bei mir gewinnt. Dann kommen die ganzen anderen Idioten, die, mit denen man wirklich Geld verdienen kann. Entweder verlieren sie gleich, oder sie gewinnen und fuchteln bei meinen Mädels mit den Scheinen herum. Ich schau schon drauf, dass niemand mein Geld mit über meine Schwelle nimmt.«

»Also waren es Werbeausgaben?«

»Genau.«

»Ist sicher nötig in der jetzigen Zeit.«

»Wie meinst?«

»Na ja, alles internationalisiert sich. Deine Branche auch. Gegen die Multis wird's sicher langsam schwer, sich im Geschäft zu halten.«

Er musterte mich kurz. Seine kalten Augen hätten mir fast einen Schauer über den Rücken gejagt, wenn ich sie nicht bereits von früher her gewohnt gewesen wäre. Er nickte.

»Du hast schon recht. Und seitdem die Wettlokale wie Pilze aus dem Boden schießen … Dagegen kommt man nicht an.« Bender atmete schwer, wischte sich mit einem Taschentuch den Schweiß vom Totenschädel und fuhr fort. »Seitdem hat der Slupetzky nicht mehr gespielt, weder bei mir noch sonstwo.«

»Könnt es nicht sein, Bender, dass du mit ihm einen Deal gehabt hast? Er gewinnt bei dir, ihr teilt das Geld, du hast die Werbung und er den Ruhm und ein bisschen Kleingeld?«

Bender sah mich erstaunt an. »Wie kommst'n darauf, Kleiner?« Er schien mir fast ein wenig stolz auf mich zu sein.

»Bei dir gewinnt niemand, wenn du es nicht willst. Am wenigsten marschiert er dann auch noch mit der Marie hinaus. Dort, wo so einer hingeht, kann man nichts mehr mitnehmen.«

»Ja, das letzte Hemd, das hat keine Taschen. Da liegst du richtig. Könnt sein, dass ich mit ihm geredet hab. Aber da ist ja nichts Böses dabei.«

»Warum hat der Slupetzky aufgehört zu spielen, so viel wird er doch nicht behalten haben? Oder hat er dich übers Ohr gehauen?«

Fred, der hinter mir stand, lachte lauthals auf, auch Bender schmunzelte amüsiert.

»Nein, der Slupetzky ist zu mir gekommen. Er hat mir damals den Deal vorgeschlagen. Hat gesagt, er hätte da was in Aussicht, wofür er ein kleines Startkapital bräuchte, danach würde er das Spielen aufgeben. Ich hab da einfach in Öffentlichkeitsarbeit investiert. Offenbar war sein Geschäft nicht das gesündeste.«

»Was für eine Art Geschäft war das denn?«

»Weiß ich nicht genau, irgendwas mit dem Osten, er konnte gut Russisch und kannte da wohl noch ein paar Leute von früher. Irgendeine Schmuggelsache.«

»Drogen? Zigaretten?«

»Ach hör auf, nein, was anderes. Was, weiß ich aber nicht.«

»Hast du das der Polizei auch gesagt?«

»Nein, wenn ich denen sage, dass ich manipuliere, ist es aus mit meinem Lokal! Ich bin ein alter Mann, auf dem Arbeitsmarkt heute nehmen sie mich nicht mehr!« Bender und Fred lachten unisono, wie über einen guten Scherz. Höflichkeitshalber stimmte ich mit ein.

66

»Weißt du was über seine Geschäftspartner, irgendjemand dabei, den du kennst, oder irgendeinen Kontakt, etwas in der Hinsicht?«

»Weißt du, Kleiner, ich bin nicht die Auskunft. Warum willst du das denn eigentlich alles wissen?«

»Ich hab in der Angelegenheit selber ein kleines Interesse.«

»Hör doch auf mit dem Blödsinn. Wenn du Geld brauchst, komm zu mir, ich nehm dich mit Handkuss. Ich hab mit Slupetzky nur den Deal gemacht, seine Leute hab ich nie kennengelernt. Slupetzky war ja auch kein Anfänger.«

»Woher weißt du denn, dass es sich dabei um Schmuggel gehandelt hat? Du willst mir doch nicht sagen, dass dich die Sache überhaupt nicht interessiert hätte.«

»Na ja, ich hab einen auf ihn angesetzt. Der sollte ein Auge auf ihn werfen, schließlich war's ja irgendwie auch mein Geld.«

»Und, was hat dein Auge herausgefunden?«

»Das war ein Stümper. Er hat nur gemerkt, dass Slupetzky oft unten in Schwechat am Flughafen war, beim Cargo-Terminal. Hat todsicher was mit Schmuggel zu tun, aber was er geschmuggelt hat und mit wem, das weiß ich nicht.«

»Wo kann ich deinen Detektiv finden? Arbeitet er noch für dich?«

»Sicher, ist hinten bei den Spieltischen.«

»Kann ich ihn sprechen?«

»Wenn du willst, kein Problem, aber der wird dir auch nicht viel sagen können.« Bender gab Fred ein Handzeichen und nachdem ich mich von dem Alten verabschiedet hatte, führte mich Fred zu den Spieltischen.

An sechs der Tische wurde gespielt, Texas Hold'em, Black Jack, Würfelspiele und auch ein Roulette gab es. Fred führte mich zu einem der Black-Jack-Tische. Ein Yuppie, vollgepumpt mit Koks, spielte verbissen allein gegen die Bank.

Fred nickte der Begleiterin des Alleingängers zu. Ich folgte seinem Blick und hatte gleich darauf nur noch Augen für die schöne Frau, die gelangweilt neben dem Yuppie saß. Schulterlanges schwarzes Haar, das sich in wunderbaren Locken um ihren Kopf schmiegte und dessen vorwitzige Strähnen ihr ins Gesicht fielen, sodass sie ihr Gelegenheit gaben, sie sehr sexy wieder hinter ihre Ohren zu schieben. Sie hatte große, klare Augen, mitternachtsblau, und einen Mund, der zum Küssen einlud. Unsere Augen trafen sich, tanzten eine Sekunde, worauf sie den Blick von mir abwandte und sich wieder mit dem Glas in ihrer Hand beschäftigte. Sie hielt die Sektflöte wie eine Göttin. Ihre eleganten Handgelenke und die langen Finger waren wie gemacht dafür. Ihr geschlitzter Rock gab den Blick auf einen wunderbar geschwungenen Schenkel frei.

Fred trat neben den Croupier, worauf der zu mir sah und nickte. Der Yuppie, dessen Spiel dadurch unterbrochen wurde, war nicht im Mindesten dankbar dafür, dass er nicht weiter Geld verlieren konnte, und begann, wüst zu schimpfen. Fred legte ihm nur sanft die Hand auf die Schulter und drückte ihn zurück in seinen Sitz.

»Entschuldigen Sie bitte die Unterbrechung. Die Flasche geht aufs Haus, es wird sich sofort wieder jemand um Sie kümmern.« Er winkte einer der Gestalten im Hintergrund, die den Platz des Croupiers einnahm, und der Yuppie konnte wieder sein Geld verspielen, das er wahrscheinlich ein paar Pensionisten für seine private Pensionsvorsorge oder irgendeinem Rentenfonds abgeknöpft hatte.

Die Göttin mit dem Champagner in der Hand musterte mich nun eingehender, ich nickte ihr kurz zu und verschwand mit dem Croupier in einem Hinterzimmer. Ich quetschte ihn fast 20 Minuten aus, aber ohne Ergebnis, der Kleine wusste rein gar nichts. Er hatte Slupetzky einen Monat lang beschattet.

Von dessen Wohnung zum Flughafen und wieder zurück, Slupetzky hatte damals in einem Gemeindebau in Favoriten gewohnt. Ich wurde müde und gab es auf. Nachdem ich mich bei Fred bedankt hatte, gingen wir hinaus in den Barraum.

Es war mittlerweile schon ein paar Nasen lauter geworden. An manchen der Tische wurde gefeiert, als ob das Ende der Welt bevorstünde. Fred und ich hatten uns gerade verabschiedet, als die Tür aufging und Fuchs und Katze hereinkamen. Ich drückte mich schnell in eine der dunklen Ecken und versuchte, unsichtbar zu sein. Fuchs und Katze machten ein Tamtam und wurden nach hinten zum Alten geführt.

»Na, Sie sind mir einer.« Da erst wurde ich gewahr, dass ich nicht allein am Tisch saß. Mir gegenüber saß die Champagnerglasgöttin.

»Angst vor der Polizei?«

»Nein, Angst nicht, aber ich hab's lieber, wenn keine da ist. Tut mir leid für die Störung, drinnen am Spieltisch wie jetzt auch.« Ich stand auf und wollte gehen, da ließ sie wieder ihre dunkle Stimme hören.

»Ich wollte auch gerade gehen. Sind Sie mit dem Auto hier?« Irgendwo weit hinter ihrem gepflegten Hochdeutsch klang eine Kindheit in Kärnten nach. Vor allem in der Art, wie sie ihre ›A's‹ aussprach und an ihrer Intonation war es klar auszumachen. Irgendwie brachte das eine Saite in mir zum Schwingen.

»Nein, ich bin eingefleischter Öffifahrer.«

»Schade, dass Sie auf U-Bahnen stehen, denn wenn Sie wollen, kann ich Sie gerne mitnehmen und irgendwo absetzen.«

IX

Wenn das Schicksal Regie führt, soll der Mensch nicht hinein-
pfuschen, und so saßen wir zwei Minuten später in ihrem Auto
und fuhren die Simmeringer Hauptstraße stadteinwärts. Sie
fuhr einen der kleinen neuen Peugeots. Wäre Sommer gewesen
und kein nasskalter März, hätte sie das Verdeck öffnen können
und wir hätten die Fahrt im Cabrio gemacht. Draußen war
es bereits stockdunkel geworden und das nächtliche Wien
zog an uns vorbei. In den orangen Lichtkegeln der Straßen-
laternen waren Menschen mit eingezogenen Köpfen und hoch-
geschlagenen Mantelkrägen kurz zu sehen, bis sie wieder das
Dunkel verschluckte.

»Was wird nun aus Ihrem Freund?« Ich bezog mich auf
den Kokser, der sein Geld so sorglos verspielte.

»Der ist Geschichte.«

»Die Subprime-Krise wird ihn sicher holen.«

Sie lachte kurz, glockenhell und silbern. »Sie interessieren
mich wesentlich mehr. Was machen Sie so?«, versuchte sie,
das Gespräch erneut anzukurbeln.

Ich wollte gerade ansetzen, ihre Frage zu beantworten, als
mein Handy sich meldete. Ich fischte es aus der Innentasche
meines Jacketts. Es war Reichi.

»Entschuldigen Sie bitte, geschäftlich.« Sie nickte mir
gelangweilt zu.

»Ja«, sprach ich in den Hörer.

»Ich hab …«

»Nicht am Telefon«, sagte ich mehr für meine schöne Fah-
rerin als für Reichi. Ein bisschen Eindruck schinden schadet
nie. »Hast du Ergebnisse?«

»Ja.«

»Können wir uns heute irgendwo treffen?«

»Sicher, wann und wo?«

»Wie wär's in der Wunderbar?«

»Ausgezeichnet.«

»Gut, in 15 Minuten?«

»Ausgezeichnet.« Reichi legte auf.

Die Dame am Steuer sah mich fragend an. »Zum Schwedenplatz, der Herr?« In ihrer dunklen Stimme schwang eine
gesunde Portion Zynismus mit.

»Das wäre nett.«

»Normalerweise bin ich kein Privattaxi.«

Was soll man sagen, wenn einem eine formvollendete Frau
Vorhaltungen macht? Mir schien das Gold des Schweigens
besser als das Silber einer möglichen Antwort.

»Na gut, ich setze Sie am Schwedenplatz ab.« Mit einem
kurzen Seitenblick zu mir: »Die Gesprächigkeit in Person
sind Sie aber nicht gerade.« Nach einer kurzen Pause. »Hallo,
ist da wer zu Hause, hören Sie mir überhaupt zu?« Langsam
wurde sie ärgerlich.

»Mir geht da was im Kopf herum, würde es Ihnen etwas
ausmachen, mich kurz nachdenken zu lassen?«

Sie bremste abrupt ab und fuhr rechts ran. Wir hielten direkt
neben der Aspernbrücke. »Steigen Sie aus. Ein netter Mann
hätte mich zum Dank noch auf einen Drink eingeladen und
wer weiß, vielleicht hätte ich sogar ja gesagt. Einer mit Manie-
ren hätte sich wenigstens mit mir unterhalten und sich bedankt.
Sie hingegen sind ein Arschloch.« Mit ihrem Kärntner ›A‹ und
einer Idee von Hauchlaut auf dem ›R‹ brachte sie mein Herz
zum Schmelzen.

»Sie haben mir die Mitfahrgelegenheit angeboten, mich
praktisch in Ihr Auto gezerrt. Tut mir leid, dass ich deswegen nicht mein ganzes Leben aufgebe, um in Dankbarkeit zu

zerfließen.« Einen kurzen Augenblick war sie baff. Dann fand sie ihre Haltung wieder.

»Raus aus meinem Wagen.« Ihre Augen funkelten und ich gehorchte. »Und lassen Sie sich nie mehr blicken.« Sie beugte sich über den Beifahrersitz, sodass sich ihre seidenweiße Bluse ein wenig öffnete und einen kurzen Blick auf eine wunderschöne Brust freigab. Dann knallte sie die Tür zu und raste davon.

Es regnete noch immer, auf den Gehsteigen stand das Wasser zentimeterhoch, und der Wind schnitt durch meinen Mantel wie ein Messer durch Butter. Es war dunkel, nass und kalt. Ich hatte Hunger und war müde. Meine Taschen waren leer und in der Mordsache hatte ich überhaupt keinen Durchblick. Dazu kam erschwerend, dass ich mich geradezu spektakulär aus dem Auto der schönsten Frau, der ich je begegnet bin, bugsiert hatte. Wenn alles andere mit ihr genauso schön war, wie zu streiten, hatte ich die Chance meines Lebens verpasst. Das war eine Glanzleistung gewesen, da gab es nichts zu rütteln. Ich hatte in der 95. Minute ein Elfergeschenk eines gütigen Schiedsrichters bekommen und vor lauter Erleichterung den Ball aus dem Stadion hinausgeschossen. Reife Leistung.

In der Wunderbar war noch nicht allzu viel los, die Ledercouch in der Spiegelecke war frei und ich ließ mich hineinfallen. Meine Tasche legte ich neben mich und wartete auf die Bedienung. Inzwischen wärmte ich mich etwas auf und hörte Musik aus den billigen Boxen, die für ihr armseliges Leistungsvermögen viel zu laut aufgedreht waren. Es spielte irgendeine FM4-Soundselection und gleich darauf war die Bedienung an meinem Tisch.

In der Wunderbar sieden sie fabelhaften Kaffee, etwas Heißes war jetzt genau richtig. Außerdem haben sie im Eisfach des Kühlschranks immer eine Flasche Stolychnaya Kristall, auf der die Eisblumen wachsen wie im Garten der Schneekönigin, die schwarzes Haar und mitternachtsblaue Augen hat. Und Hände, um Champagnerflöten zu halten. Außerdem ist der eiskalte Wodka ölig, zieht Schlieren auf dem Glas wie ein guter Cognac und schmeckt nach klarem, reinem Quellwasser.

Ich bestellte einen großen Mokka und einen Wodka. Bis Reichi schließlich eintraf, war ich bei der zweiten Runde angelangt und spürte keinen Schmerz mehr. Alles war warm und wohlig, die Kälte war aus meinen Knochen verschwunden und ich schnurrte wie ein schwarzer Kater unter einem Kachelofen.

»Servus«, grüßte Reichi. Ich hob meine Hand und er setzte sich zu mir. »Also, das ist schon was!«

»Hast du den Computer geknackt?«

»Sicher, ist ganz leicht.«

»Könnte ich das auch?«

»Übersetz du lieber Aischylos, das liegt dir mehr.«

Inzwischen kam die Bedienung und Reichi bestellte ein großes Kozel.

»Sag mal, was trinkst du da?«

»Mokka und Wodka.«

»Anlasstrinken?«

»Na ja.«

Ich erzählte ihm die Geschichte mit meiner Chauffeuse. Reichi zerkugelte sich.

»Wir hätten uns auch in zwei Stunden treffen können, oder überhaupt erst Morgen früh! War doch kein Grund, so unfreundlich zu sein.«

»Ich wollte unbedingt wissen, was du erreicht hast mit dem AirBook.«

»Es ist gestohlen.« Reichi nahm triumphierend einen Schluck aus seinem Glas.

»Ich hab dir schon gesagt, ich hab's mir geborgt, das geht
schon in Ordnung, der Besitzer braucht es momentan nicht.«

»Ach was, das mein ich ja gar nicht.«

»Was dann?«

»Jeder Apple hat eine ID-Nummer, die kann man nach-
schlagen. Jedes Gerät ist individuell registriert und kann nach-
verfolgt werden. Deines ist gestohlen. Und rat mal, was das
Besondere daran ist!«

»Ich hab keine Ahnung.«

Reichi schnaufte verächtlich. »Das AirBook, das ich hier
habe«, er klopfte auf seine Laptoptasche, »ist gar nie in den
Handel gelangt. Ich weiß nicht, woher du es hast, aber der-
jenige hat es auf keinen Fall regulär bezahlt.«

»Gibt es sowas öfter?«

»Na schau her. In China wird viel gefaked, nimm nur meine
North-Face-Jacke zum Beispiel, du weißt vielleicht noch, der
Silkmarket in Peking?«

Ein fünfstöckiges Gebäude, vollgeräumt bis obenhin mit
Fälschungen. Fälschungen, die in bester Qualität von den Ori-
ginalen nicht zu unterscheiden sind. Wahrscheinlich sogar aus
den gleichen Maschinen kommen wie die Originale, nur eben
schwarz produziert werden, ohne Lizenzgebühren an den
Namenshalter abzuführen. Verkauft werden sie anschließend
zu einem Zwanzigstel des regulären Preises.

»Das gibt es auch mit Computern. Üblicherweise kauft
irgendwer ab und zu einen neuen Apple und kommt nie
dahinter, dass er ein Fake gekauft hat. Aber ein Bekannter von
mir, der auf Okto eine Computersache laufen hat, der hat so
einen Laptop gekauft, und dann herausgefunden, dass er nur
ein Fake war. Deiner hier ist ein Original, aber niemals in den
Handel gekommen! Irgendwo müssen ja die Originale bleiben.
Warst du schon im Türkenshop mit dem iPhone?«

»Noch nicht.«

»Was tust du eigentlich den ganzen Tag? Würd mich interessieren, ob das ein Original oder auch eine Fälschung ist.«

»Ist auf dem AirBook was drauf?«

»Nein, nur ein paar Textdateien und Tabellen. Ich glaube, der Besitzer interessiert sich für Wahrscheinlichkeitsrechnungen.«

»Ja, das kann hinkommen. Sonst nichts? Irgendwo was Verstecktes?«

»Nein, das AirBook ist nagelneu, da sind nur die Grundinstallationen drauf und noch fünf Dateien. Sonst nichts. Nicht mal Pornos.«

»Schade. Bist du sicher?«

»Ja, aber du kannst ja selber nachschauen.«

Reichi drehte sein Bierglas in der Hand und starrte in die gerstengoldene Flüssigkeit. »Was hast du eigentlich mit dem Gerät vor? Du hast ja keinen Apple, also kannst du das AirBook gar nicht nützen.«

»Werd's vermutlich irgendwo rumliegen lassen.«

»Ich hätt ein bisschen Geld dabei. So 900 Euro. Vielleicht liegt's ja lieber bei mir rum. Bis sich sein Besitzer wieder meldet.«

Ich runzelte die Stirn. Plötzlich hatte ich wieder Slupetzky vor Augen, wie er mit durchlöcherter Brust auf seiner Couch saß, zusammengesackt im Halbdunkel.

»Die Euro hast du natürlich nur per Zufall dabei.«

»Ich hab sogar einen Memostick, mit den Daten drauf. Auch nur Zufall!« Er schwenkte das schwarze Stäbchen.

»Komm schon, gib dir einen Ruck, ich weiß ja, dass du pleite bist.«

»Wie der Tschad. In Ordnung.«

»Geh morgen zum Türkenshop und wenn das iPhone echt

ist, kauf ich dir das auch ab. Egal, was der Türke bietet, ich zahl dir einen Zehner mehr.« Er drehte sich um. »Bedienung, noch ein Kozel und einen Mokka mit Wodka für uns.«

Mit der Zeit füllte sich die Bar, wir zahlten und gingen. Am Stephansplatz verabschiedeten wir uns und ich fuhr allein heim. Mit 900 Euro in der Geldtasche.

Zu Hause setzte ich mir einen Sencha auf, holte die Sachen von Slupetzky raus und kuschelte mich auf meiner Chaiselongue in die Decke. Zuerst ging ich die Sachen durch, die ich von Slupetzky hatte, seine Post, die Dateien von Reichi und was ich im Auto gefunden hatte. Es war aber nichts von Bedeutung darunter.

Danach holte ich eine alte Nummer des Gnomon raus, drehte mir einen Joint und stellte mich vor meine Plattensammlung. Mir war irgendwie nach Charlie Parker. Leider besaß ich von ihm keine Platten, so musste mein CD-Player herhalten. Ich kramte die remasterte ›Charlie and Miles – Historical Sessions‹ raus und legte sie in den Schacht. Dann drückte ich auf Play und dimmte das Licht. Das Klavierintro von ›A Night in Tunesia‹ flutete durch den Raum. Als der sanfte Bläsereinsatz kam, lag ich bereits unter der Decke. Der Joint knisterte, und als ich inhalierte, setzte Charlie zu einer Interlude an. Samtig-weich klagte sein Altosax in einer perfekten Phrase, und als das Zwischenspiel vorüber war, wiederholte die gesamte Band das Thema. Der Wodka und das Koffein rasten durch meine Adern, gejagt vom THC. Der Joint zwischen meinen Fingern wurde bleischwer und mein Herz pumpte wie verrückt. Den durchgeknallten Einstieg zu Charlies Solo mitsamt Drumbreak bekam ich noch vollständig mit, dann driftete ich weg.

Als ich wieder zu mir kam, lief die Scheibe dank der Repeat-Funktion immer noch. In der Rechten hielt ich den inzwischen ausgegangenen Joint. Charlie war gerade irgendwo im Mittelteil von ›Embraceable You‹, lyrisch schwermütig spielte er sich den Blues vom Herzen.

Unwillkürlich musste ich an Slupetzky denken. Ein Leben, verbracht in verrauchten Hinterzimmern und kahlen Hotels, immer auf Achse, immer auf der Jagd nach dem ultimativen Gewinn. Als er glaubte, endlich das große Los gezogen zu haben, starb er. Alt und allein in einem Loch, irgendwo in Wien gestrandet. Alle Hoffnung verloren.

Ich rauchte den Joint fertig und dachte an die Champagnerglasgöttin, bis mir die Lichter endgültig ausgingen. Charlie spielte ungerührt weiter, bis in alle Ewigkeit.

Kapitel 3

I

Am nächsten Morgen stand ich gegen sieben auf. Charlie spielte immer noch, ich ließ ihm seine Freude, während ich Teewasser aufsetzte, mich wusch und rasierte. Nachdem ich das nicht mehr kochende Wasser über die nach Heu duftenden Senchablätter gegossen und der Tee drei Minuten gezogen hatte, füllte ich ihn in meine ramponierte Siggflasche, packte alles Übrige zusammen und ging frühstücken. Es war ein völlig neuer Morgen, ich hatte Geld.

Vorbei am Café Mostar und hinauf durch den Reithofferpark, wo schon ein paar unverdrossene Migrantenkinder im Käfig dem Ball hinterherjagten, zur Märzstraße. Oben angekommen ging ich schnurstracks ins Kent, suchte mir einen Tisch und nach kurzem Warten kam ein Kellner. Im Kent, in dem in der Märzstraße ebenso wie in dem am Brunnenmarkt, verlässt man Europa und ist in Asien. Minuten werden zu Stunden, Stunden verrinnen in Sekundenschnelle.

Ein Freund von mir, ein starker Raucher, musste einmal eine Stunde auf ein Packerl Marlboro warten, der Ober eilte mit der rotweißen KKK-Schachtel mindestens dreimal an unserem Tisch vorbei. Auf die immer drängender werdenden Fragen antwortete er nur in typisch türkischem Tonfall »Kommt gleich« und ging ungerührt weiter. Nichtsdestotrotz sind die Angestellten sehr freundlich und das Essen ausgezeichnet.

Ich bestellte mir ein türkisches Omelett, mit Weißkäse belegt, der auf der heißen Unterlage seine bröckelige Konsistenz verliert und geschmeidig wird. Das alles in Olivenöl gebadet, dazu einen Korb voll frischem, duftendem und in Scheiben geschnittenem Fladenbrot, ließ mir das Wasser im Mund zusammenrinnen. Dazu trank ich zwei der fingerhutgroßen, picksüßen Apfeltees und hinterher gönnte ich mir noch einen türkischen Kaffee, zu dem im Kent ein Stück Lokum auf Zahnstocher serviert wird. Lokum, diese geleeartige Süßspeise, zäh, zuckrig und klebrig, die im ausgehenden 18. Jahrhundert von einem gewissen Ali Muhiddin, der damals eine Alternative zu den traditionellen türkischen Süßspeisen suchte, erfunden wurde. Die Fama will wissen, dass es Ali Muhiddin ein geschlagenes Jahrzehnt an Forschung kostete, um vom Konzept des Lokums zur ersten essbaren Version zu gelangen. Am ehesten vergleichbar mit Eibisch-Pastillen, nur viel besser. Vor allem, wenn man den Lokum ein wenig im siedend heißen Kaffee ziehen lässt.

Gesättigt verließ ich das Kent und machte mich auf in den Handyshop. Es war an der Zeit, hinter die Geheimnisse kommen, die Slupetzkys iPhone in sich barg.

Der Handyshop sieht aus wie Hunderte andere in Wien auch. Glasschaufenster, hinter denen sich die neuesten Handymodelle der verschiedenen Anbieter befinden. Alles in dem typisch türkischen Sinn für Trashdesign ausgestellt, der viel Rosa, Lichterketten und Fotos in unglaublichen Farben beinhaltet. Im Shop war es recht dunkel und, im Gegensatz zum wiederum grausig kalten Tag draußen, sehr warm. Der, wie Reichi sagte, ägyptische Besitzer saß hinter einem der Glasschaukästen. Ihm gegenüber saß einer der Brüder, die den Feinkostladen Ünsal auf der anderen Straßenseite führen. Die beiden tranken Tee, knabberten an Sesamkeksen und führten Männergespräche. Die wunderhübsche Frau des Inhabers stand hinter der Kassa. Mit Notizblock, Kugelschreiber und Taschenrechner bewaffnet, prüfte sie offenbar gerade die Bilanzen.

Die beiden Männer hechelten derweil die günstigsten Angebote aus der Mobiltelefonie-Branche durch. Beide lehnten lässig in ihren Stühlen, hatten die Beine übereinandergeschlagen und gestikulierten mit der Rechten, ihre Argumente unterstützend. Der Shopbesitzer vertrat die Ansicht, dass der neue A1-Tarif gegenüber Bob günstiger wäre, der Ünsal-Bruder argumentierte vehement dagegen. Ich war fasziniert und hörte ein Weilchen zu. Selten hatte ich eine solche Kompetenz erlebt, wie sie hier von den beiden Diskutanten an den Tag gelegt wurde. Akademische Debatten können da nicht mithalten. Im Verlauf der Diskussion wechselten die beiden zur erweiterten Fragestellung, bei welchem aktuellen Vertrag der beste Wechsel von einem alten Tarif angebracht wäre. Als sie letztendlich auch noch begannen, ausländische Netzbetreiber mit ins Spiel zu bringen, verlor ich endgültig den Faden und schaltete mich ins Gespräch ein.

»Entschuldigen Sie bitte ...«

Der Ägypter reagierte so, als ob ich gerade erst den Laden betreten hätte, und nicht schon seit einer guten Viertelstunde herumstehen würde.

»Ja bitte, was kann ich für Sie tun?« Dabei führte er die emaillierte Kaffeetasse mit zwei Fingern an den Mund.

»Ich habe ein Problem mit einem iPhone, man hat mir gesagt, Sie wären da Spezialist.«

»Schießen Sie los, ich bin ganz Ohr.« Kaum war das Wort iPhone über meine Lippen gekommen, spitzte der Ünsal-Bruder seine Ohren und versuchte unauffällig, einen gierigen Blick auf das Gerät zu erhaschen. Der Shopbesitzer war aufgestanden und blickte mich voll schlecht verhehlter Erwartung an. Seine Frau hörte auf zu rechnen und kam ebenfalls herüber.

»Mein Freund ist im Urlaub, erwartet aber einen wichtigen Anruf auf seinem Handy und hat es mir deshalb dagelassen.«

»Damit Sie das erledigen können.«

»Genau. Nur habe ich leider den Saft ausgehen lassen, und ich weiß seinen Code nicht.«

»Dann ruf ihn doch an«, ließ sich der Ünsal-Bruder vernehmen.

»Geht nicht, er ist im Ausland, ich habe keine Telefonnummer.«

»In welchem Land isser denn?« Der Ünsal ließ nicht locker.

»Indien.«

»Dort gibt es eh ein ursuper Netz.« Er hatte Blut gerochen und ließ nicht mehr los. »Roaming ist nicht so schlimme dort, hätt er Handy mitnehmen können.«

Ich wollte gerade antworten, als der Shopbesitzer einsprang. »Passt schon, der Türke macht nur Witze. Krieg ma Handy schon auf.«

»Passt scho, war nur Witz. Sag ich nie was.« Der Ünsal lächelte mich an.

»iPhone ist teuer«, meldete sich die Frau, »kostet Sie 50 Euro.«

»Gut. Wie lange brauchen Sie denn?«

»Mein Mann braucht nur ein paar Minuten. Wollen Sie einen Kaffe?«

»Gerne.« Der Ägypter war inzwischen durch eine Tür nach hinten verschwunden. Ich setzte mich hin und lauschte der Unterhaltung der Frau mit dem Ünsal. Ünsals Frau war zurück in die Türkei, in Österreich war es ihr »zu Oasch« gewesen. Da stimmte die Ägypterin zu, auch ihr sei hier fad, zum Geldverdienen großartig, aber sonst nix los. Beide hatten Kinder und so debattierten sie eifrig über die verschiedenen Wege, sich Sozialleistungen zu erschwindeln. Schließlich schauten mich beide an und fragten, ob mich das nicht aufregen würde, wenn sie das Sozialamt bescheißen würden. Ich meinte sinngemäß, dass mir das so was von wurscht wäre, wie wenn in China ein Fahrrad umfällt. Daraufhin meinte Ünsal: »War eh nur Schmäh, alle Kinder da, Frau auch. Bist schon ok.« Beide lachten. Ich bekam Kaffee nachgeschenkt, da kam der Shopbesitzer aus seinem Hinterzimmer zurück.

»Code is geknackt.« Er legte das iPhone vor mich hin. »Aber telefonieren besser nicht, kann man orten.« Er nahm einen Schluck aus seiner Tasse. »Immer vorher Chip rausnehmen.« Ein zweiter Schluck Kaffee folgte dem ersten, unbeteiligt sprach er weiter. »Wenn Sie verkaufen wollen, ich nehme schon …«

»Was krieg ich dafür?«

»Ohne Kabel, ohne Packung, ohne Kaufvertrag«, er kratzte sich am Kopf, schaute seine Frau an, die den Kopf schüttelte, »50 Euro?«

»Ah so, ist's ein Fake?«

»Nein, nein, ist echt, hat Original drinnen, 60 Euro?«

Ich schüttelte den Kopf und steckte das iPhone in meine Innentasche. Dann bedankte ich mich, zahlte und wollte gerade gehen, als ich in der Tür mit einem Mann zusammenstieß. Er war untersetzt und stank nach kaltem Rauch. Er schaute einfältig und hielt einen Palmtop in der Hand.

»Was gibt's mir für den? Ohne Kabel und Code, aber ganz neu.« Er hatte es furchtbar eilig und war außer Atem.

Der Ägypter meinte frostig, mehr als 20 Euro könne er nicht geben, der Mann brüllte, dass das Gerät neu mindestens 250 Euro kosten würde, worauf der Ägypter eiskalt erwiderte: »Aber du hast's geklaut. 20 oder nix.« Der Idiot stimmte zerknirscht zu, aber da war ich schon bei der Tür draußen und auf dem Weg zur U-Bahnstation.

II

Eigentlich musste ich auf die Uni, eine Sprechstunde und eine Lehrveranstaltung warteten auf mich. Aber inzwischen hatten meine kleinen Rädchen begonnen, unerbittlich ineinanderzugreifen und ich machte noch schnell einen Abstecher nach Favoriten.

Wieder stand ich vor dem Gemeindebau in der Leibnizgasse und klingelte. Es dauerte ein bisschen, dann spielte sich alles so ab wie beim letzten Mal und ich stand vor der Tür, auf der in schlechter Handschrift ComServe2000 geschrieben war. Ich klopfte, wieder schaute jemand vorsichtig durch den Spion und schob die Tür einen Spalt weit auf.

Die Blondine blickte durch den Spalt.

»Ah, du bist, von …« Sie musste nachdenken.

»Vorgestern.«

»Jaah«, sagte sie gedehnt. »Willst du wieder eine DVD-Spindel, oder doch lieber was Ordentliches?«

»Was Ordentliches.«

Sie öffnete die Tür und ich trat ein.

»Setz dich.« Sie wies ins Wohnzimmer. »Ich hol mir schnell ein Bier, willst auch eins?«

»Danke nein.«

Sie verschwand in der kleinen Küche und ich setzte mich aufs Wohnzimmersofa. Die Einrichtung war bieder. Holzschränke mit Glastüren, simple Bilder, langweilige Tapete und ein uralter fleckiger Teppichfußboden, dessen ursprüngliche Farbe nicht mehr herauszubringen war. Auf dem Couchtisch waren ein paar leere Bierdosen und Flaschen, vollgerauchte Aschenbecher und einige Alufolien mit weißen Pulverrückständen drauf. Ansonsten war alles bis auf den letzten Zentimeter vollgeräumt mit weißen Schachteln, in denen sich offensichtlich Elektronik befand. Das Zeichen der Flughafengesellschaft war auf vielen gut zu sehen.

Die Blondine kam zurück, in der rechten Hand hielt sie eine geöffnete Dose Ottakringer. Sie bewegte sich träge, wobei ihre Kurven federnd mitschwangen. Ihre Füße steckten in hochhackigen Pantoffeln, die Nägel ihrer Zehen waren im selben dunklen Rot bemalt wie die ihrer Finger. Sie trug schwarze, halbdurchsichtige Leggins, darüber einen Jeansmini mit breitem Gürtel, wie ihn Jim Morrison einst bevorzugt hatte. Ein hautenges, neongelbes, ärmelloses Top bildete den Abschluss. Ihre blonden Haare waren aufgesteckt, das Gesicht geschminkt. Ihr eines Auge war nun nicht mehr blau, sondern begann sich leicht grün zu färben.

»Bin gegen den Türpfosten gerannt«, meinte sie, als sie meinen Blick wahrnahm. Sie setzte sich, nahm sich eine Zigarette aus einer der Schachteln am Tisch und rauchte sie genüsslich an.

»Der Chef ist nicht da?«

»Nein, aber verkaufen kann ich dir auch, was du willst. Ich kenn die Preise genauso gut.« Sie trank von der Dose, ohne mich aus den Augen zu lassen.

»Ich bin nicht hier, weil ich etwas kaufen will.«

»Dann hab ich aber nichts für dich, kannst gleich wieder gehen.«

»Besser nicht, ich hab vielleicht was für dich. Und deinen Chef.«

Das Mädchen nahm einen weiteren Schluck von ihrem Bier und dämpfte die ausgerauchte Zigarette in einem der vollen Aschenbecher aus. Ich wartete ein paar Sekunden, aber sie zeigte nicht die geringste Neugier auf das, was ich ihr eröffnen wollte. Stattdessen fischte sie sich einen neuen Tschik aus der Packung und gab sich Feuer.

»'s ist ziemlich riskant, was ihr beide da treibt.«

»Ohne Risiko verdienst nix, meinst, ich will beim Billa an der Kassa arbeiten? 40 Stunden für 500 Euro im Monat? Und zu allem Überfluss auch noch die Kunden anlächeln? So ein Scheiß.« Sie schüttelte den Kopf und schaute in die Bierdose, als ob darin ein Orakel versteckt wäre. »Was geht's dich überhaupt an?«

»Ich mein nicht die Polizei.«

»Willst mir drohen? Der Herbert schraubt dich zsamm, Gschleckta.« Sie lächelte höhnisch. Abwechselnd führte sie Bier und Zigaretten zum Mund.

»In Fünfhaus haben sie einen erschossen.«

»Soll vorkommen. Was geht's mich an?«

»Der hat das Gleiche gemacht wie ihr.«

»Du hast ja keine Ahnung, 's is besser, du schleichst di jetzt.« Sie machte die Dose leer und stellte sie auf den Tisch. »Wo die Tür is, weißt eh. Und wennst irgendwem was sagst ...« Sie dämpfte einfach ihre Zigarette aus.

»Du verstehst mich falsch. Ich will euch helfen. Lasst's den Elektrokrempel verschwinden und schaut's, dass euch klein macht's. Da ist irgendwas am Kochen. So richtig, mein ich.«

»Schleich di, Gschleckta.«

»Sag's deinem Herbert, seid schlau und geht's, bevor noch was passiert.«

»Leck mi, Oaschloch.« Das Mädchen kochte entzückend über.

Wem nicht zu raten ist, dem ist nicht zu helfen. Trotzdem holte ich eine meiner Karten aus der Geldtasche und hielt sie ihr hin. »Wenn irgendwas ist, und du willst nicht mit der Kiberei, ruf mich an, oder komm vorbei.«

Sie nahm die Karte, sagte aber kein Wort. Ich stand auf, sie ebenfalls. Ich war bereits bei der Tür, das Mädchen in der Küche am Kühlschrank, als Herbert eintrat. In all seiner Pracht.

Er trug dieselbe Aufmachung wie vor zwei Tagen, nur dass er diesmal über dem weißen Rippshirt auch die zur violetten Glanzplastikhose passende Trainingsjacke trug. Der Tschik hing ihm verwegen aus dem Mundwinkel, unter den Arm hatte er die Morgeneinkäufe geklemmt. Eine Palette Ottakringer und ein weißes Sackerl, dem Geruch nach mit heißen Leberkässemmeln drin.

»Wüllst was kaufen?«

»Bin schon weg.«

Die dralle Blondine kam aus der Küche. Herbert, zu ihr gewendet, wurde auf einen Schlag aggressiv. »Sollst net so vül saufen am Vormittag, hab i g'sagt. Wirst no waach in der Birn.« Das Mädchen lächelte und schmiegte sich an ihn.

»Bertischatz, willst du auch einen Schluck?« Sie hielt ihm die Dose hin und klimperte mit den langen Wimpern, die einem geheimen Modediktat gehorchend dem Ton von Herberts Jogginghose entsprachen.

»Foah ab mit den Scheiß.« Er schlug ihr die Dose aus der Hand, sie fiel zu Boden und der Gerstensaft sprudelte auf den schmutzigen Spannteppich. Herbert ließ die Bierpalette und die Leberkässemmeln sinken, herrschte mich an: »Schau, dassd weiterkommst« und packte das Mädchen an den Schultern.

Ich ging durch die Tür und schloss sie von außen. Drinnen wurde es laut und ich machte, dass ich weiterkam.

Der saure Malzgeruch hing mir in der Nase und die dunkel glänzenden Bierpfützen, mit weißem Schaum geschmückt, blieben mir im Gedächtnis haften.

III

Auf der Uni angekommen, holte ich meine Post bei der Sekretärin ab und ging in mein Büro. Die Putzfrauen hatten keine Zeit gehabt, vorbeizuschauen. Deswegen lagen noch die Stummeln vom letzten Polizeibesuch herum und der Zigarettengestank hing schwer in der Luft. In Verbindung mit dem gewohnten Geruch nach Staub und Dumpfheit war die Raumatmosphäre geradezu deprimierend. Ein Feng-Shui-Supergau sozusagen.

Ich setzte Wasser für meinen Tee auf und begann, die Post durchzusehen. Es war nichts Interessantes dabei. Ich wollte gerade den Papierkorb füllen, als es klopfte und die Tür aufging. Es war meine Chefin. Die Chefin, der ich Prüfungsarbeiten abnehmen musste, die bestimmte, welche Lehrveranstaltungen ich abhalten durfte und was ich zu lesen hatte. Sie blickte kurz im Raum umher und rümpfte die Nase. Kein Wunder, hatte sie doch ein großzügiges, helles Büro. Große Fenster, geschmackvolle Einrichtung und einen unaufdringlichen Raumduft. Bei mir ließ sie sich selten blicken.

»Rauchen Sie etwa in Ihrem Büro?« Sie wedelte mit den Armen vor ihrem Gesicht, dem sie einen angewiderten Ausdruck gegeben hatte. Wahrscheinlich hatte sie den aufgesetzt, bevor sie bei mir geklopft hatte.

»Liegen hier etwa Zigarettenstummel herum?« Sie schob einen davon mit der Spitze ihres Pumps zur Seite, als ob es sich dabei um ein totes Nagetier handelte. Der Teufel trägt ganz bestimmt nicht Prada, denn Professorin Glanicic-Werffel trägt ausschließlich René Caovilla. Einmal im Jahr fährt sie hinunter ins Veneto, nach Fiesso d'Artico, und kauft beim Maestro persönlich in der Via Paradisi ein. Heute waren die Schuhe auf ihr dunkelblaues Kostüm abgestimmt, das wiederum ihre wunderbaren eisgrauen Locken hervorheben sollte. Wie immer war sie die reine Eleganz einer platonischen Idee.

»Ich muss mit Ihnen sprechen.« Kurze Pause. Das »Nicht, dass ich es gern täte« blieb unausgesprochen. Ihre Unterhaltungen bestanden zumeist eher aus dem Ungesagten als aus dem, was ihr über die Lippen kam.

»Was Sie in Ihrer Freizeit zu Hause treiben, geht mich nichts an, und davon will ich auch gar nichts wissen,« – bis auf die Arbeiten, die Sie für mich zu erledigen haben – »was hingegen Ihr Auftreten als Mitglied des Instituts angeht,« – wo wir beide genau wissen, dass Sie als Externer Lektor überhaupt gar kein Mitglied des Instituts sind – »maße ich mir an, Ihnen Regeln geben zu dürfen.«

Ich wartete unterwürfig ab.

»Für die Verlängerung Ihres Vertrages« – von dem Ihre ganze Existenz abhängt – »sieht es ohnehin nicht günstig aus. Ihre wissenschaftliche Produktion ist dürftig,« – weil alles unter meinem Namen veröffentlicht wird – »die Ergebnisse der Evaluierungen sind erschreckend,« – da Sie sich weigern, die politisch korrekten Geschlechtsendungen zu verwenden, und es einmal gewagt haben, einer Studentin zu erklären, dass Akkusativ oder Genitiv im Griechischen keine Frage einer spezifisch weiblichen Sicht auf die Wirklichkeit sind – »und nun haben Sie auch noch Besuch von institutsfremden Personen zweifelhaften Leumunds. Während Ihrer Sprechstundenzeiten!« Sie war, im Rahmen der Möglichkeiten einer kultivierten Dame, entrüstet. Natürlich war das meine Privatzeit gewesen, Sprechstunde war genau jetzt. Aber ich schwieg und versuchte, ein unschuldig-verwirrtes Gesicht zu machen. Schließlich sind die Frauen im Zorn wie das unendliche Meer, wie der Grieche sagt. Ihre Stürme kann man nur aussitzen.

»Wenn Sie einem Privatleben obliegen, das Sie in Kontakt mit der Polizei bringt, werden Sie einsehen müssen, dass Sie entweder dieses Privatleben oder aber Ihre Stellung am Institut aufzugeben haben.«

Sie hatte sich schön in Rage geredet und kam wieder auf die Aschehäufchen, die meinen Schreibtisch verzierten, zurück. »Und dass Sie nun auch noch die Bestimmungen des Nichtraucherschutzes umgehen, ist die Höhe!« Ihre Anschuldigung klang so schwerwiegend, als ob ich unter meinem Büro einen Keller ausgehoben hätte, um darin kleine Mädchen zu schänden.

»Ich habe durchaus verstanden, allerdings ist im vorliegenden Fall die Schuld nicht bei mir zu suchen, sondern bei einem Nachbarn, der ...«

»Ihre Nachbarn gehen mich nichts an und dürften mich auch keineswegs interessieren,« – vermutlich sind sie ohnehin nur grunzende Schweine, die den Unterschied zwischen einem jambischen Pentameter und einem Hexameter nicht erkennen können – »ein Angestellter der Alma Mater Vindobonensis sollte wissen, wo er wohnen kann, ohne die Universität zu kompromittieren!« Das Rufezeichen am Ende des Satzes bildete förmlich ein eigenes Wort.

Das Air ihres Parfüms, zweifellos Chanel, aber nicht Nummer 5, drang mir in die Nase und die Tür war zu und sie draußen. Dafür hatte ich also zahllose Pralinenschachteln zu Weihnachten, Ostern, Geburtstagen und Ähnlichem verschenkt, dass mich die Sekretärin ganz ungerührt verpfiff. Nicht einmal auf die Bestechlichkeit der Menschen war mehr Verlass.

Ich als Mann war ohnehin ein unerwünschter Kandidat, schließlich war Geschlechterparität der Uniführung ein auch finanziell dotiertes Anliegen, und in Zeiten der Reform waren Fächer, die keine Drittmittel aus der Privatwirtschaft lukrieren

konnten, darauf angewiesen, aus den limitierten Universitäts-
töpfen Geld zu schöpfen.

Die dunklen Wolken über meinem Haupt nahmen zu,
hingen tief und verkündeten Regen. Außerdem hatte ich
auch noch den zweistündigen Infight mit einer Handvoll
Besessener vor mir, der ›Lektüreseminar II: Sappho‹ hieß. So
sehr ich auch Sappho verehre, mit den neuesten Resultaten
der Genderforschung ausgestattete postmarxistisch-neo-
strukturalistische Studenten und -innen verderben auch noch
die kleinste Freude an der schönsten Liebeslyrik.

IV

Ich stand vorne am Pult, vor mir meine Texte und Exzerpte, neben mir meine Ledertasche auf dem Boden. In der Tasche befand sich Slupetzkys iPhone, und immer wieder umkreisten meine Gedanken die Frage, welche Nummern ich darauf wohl finden würde. Bis jetzt war ich nicht dazu gekommen, sie zu untersuchen, und so wie es aussah, würde das auch noch ein Weilchen nicht der Fall sein, schließlich steckte ich mitten im Seminar.

Um mich herum tobte der Kampf der Intellekte, den ich immer wieder durch ein paar gezielte Fragen aufstachelte, wenn er abzuebben drohte, ansonsten aber hielt ich mich zurück. Ein gutes Seminar soll von den Studenten getragen werden, der Lehrer sucht nur die Texte aus. Natürlich schaltet man sich selbst auch hin und wieder ein, schließlich gilt es Überlegenheit zu demonstrieren und sich den Respekt zu erhalten. Aber diesmal, der Vorkommnisse der letzten Tage wegen, war ich kaum vorbereitet und lenkte daher den Verlauf der Stunde weg von der Sekundärliteratur, hin zu mehr interpretativ-assoziativen Themen.

Meine Gedanken kehrten wieder zum iPhone und den letzten Telefonaten Slupetzkys zurück, als es an der Tür klopfte und die Katze und der Fuchs eintraten. Nach einem kurzen Wortwechsel, in dem sich meine Studenten hinter mich gestellt hatten, denn in ihren Augen war ich Opfer willkürlicher Polizeigewalt geworden, und das auf dem geheiligten Boden der Universität, musste ich die Stunde unterbrechen. Als ich den beiden Beamten auf dem Weg in mein Büro voranging, hörte ich aus dem kleinen Hörsaal noch ein Zitat aus dem Staatsgrundgesetz, Artikel 17: »Die Wissenschaft und ihre Lehre ist frei.«

Als wir den Gang zu meinem Büro folgten, ließ sich die Katze hören. »Sagen Sie, hätt das nicht heißen müssen: Wissenschaft und Lehre sind frei? Sie als Phi…«, die Katze ließ sich Zeit und der Fuchs vollendete, »…dingsbums müssten das doch wissen.«

»Wenn Wissenschaft als alleiniges Subjekt und Lehre nur als Beifügung gebraucht werden, hier ausgedrückt durch ›ihre‹, reicht die Copula im Singular. Aber deswegen sind Sie sicher nicht gekommen.« Inzwischen hatte ich mein Büro aufgesperrt, den beiden Plätze angeboten und mich hinter meinem Schreibtisch verschanzt.

»Worum ging's gleich noch das letzte Mal, ich hab soviel um die Ohren momentan …«

»Um Mord.«

»Ah ja, wie hieß …«

»Slupetzky, Ihr Nachbar.« Katze und Fuchs starrten mich böse an.

»Das war der, den ich getötet habe, weil ich …«, ich machte eine kleine Pause und eine hilflose Miene, »… helfen Sie mir, ich hab's doch glatt vergessen. Passiert mir öfter in letzter Zeit, dass ich Menschen töte und danach keinen plausiblen Grund für meine Tat angeben kann. Macht mir richtig Sorgen.« Ich legte meine Stirn in Falten und schüttelte trauernd den Kopf. »Meinen Sie, das ist gefährlich?«

Fuchs und Katze ignorierten meinen Anflug von Humor und schwiegen. Dann kramte die Katze ein zerknittertes Päckchen aus den Taschen ihres Mantels und schüttelte sich eine Zigarette heraus. Während sie das Zippo aufschnappen ließ, konnte ich mir nicht verkneifen, darauf hinzuweisen, dass zu meinem Bedauern im ganzen Gebäude immer noch Rauchverbot gelte. Wie beim letzten Mal zuckten beide simultan mit den Achseln. Nachdem die Zigarettenspitze zu glühen begonnen hatte, blickte sich die Katze um, sah auf den Boden und schnippte die Asche weg.

»Bei Ihnen schaut's ja aus, dass der Sau graust.« Er wies auf die Zigarettenstummel am Boden. »Wischen Sie denn nie den Boden auf?« Die beiden schüttelten angewidert die Köpfe.

»Sie sagten, Sie kennen niemanden aus Ihrem Haus.«

»Naja, die Hausbesorgerin, aber die spricht nur Polnisch, das Mädchen aus dem Erdgeschoss, mit den schönen Brüsten, aber nur vom Sehen ...«

»Und Michael Ried?«

»Sie meinen Mike, der im zweiten Stock wohnt?«

»Ja, den Sozialhilfeempfänger mit dem auffälligen amerikanischen Wagen.«

»Kenn ich, mehr vom Sehen nur.«

»Wir haben eine Meldung bekommen, von der Polizeistation in Penzing, eine gute alte Bekannte hat dort wegen öffentlicher Ruhestörung angerufen, was sie des Öfteren tut. Nur diesmal ging es um einen schwarzen Pontiac. Den von Herrn Ried. So viele fahren davon nämlich nicht mehr in Wien herum.«

»Und nur einer hat einen riesigen Adler auf die Motorhaube gemalt.«

»Haben Sie uns dazu etwas zu sagen?«

Ich schwieg eisern.

»Die Dame hat von zwei Männern im Wagen gesprochen. Alte Damen, die nicht mehr viel zu tun haben, sind oft sehr gute Beobachter. Der Beifahrer, das könnten Sie gewesen sein.«

»Kurze, schwarze Haare, Anzug, Kinnbart. Um die 30. Das trifft Sie gut.«

»Wie eine viertel Million andere Wiener auch«, entgegnete ich trocken.

»Es ist halt schon wieder so ein Zufall, dass Sie zufällig mit dem anderen Hauptverdächtigen eine kleine Unterredung haben.«

»Man gerät ja nicht jeden Tag in eine Morduntersuchung hinein, da spricht man schon mal darüber, auch mit Leuten, die man sonst nicht so gut kennt.«

»Herr Ried hat ausgesagt, dass er Sie schon seit ungefähr zehn Jahren kennt. Er will Ihnen auch Ihre derzeitige Wohnung vermittelt haben.« Da hatte mich Mike ganz schön aufs Glatteis geführt.

»Sollten wir auf noch eine Ungereimtheit in Ihren Aussagen kommen, halten wir einen Durchsuchungsbefehl in der Hand.« Die Katze dämpfte ihren Glimmstängel wieder auf meiner Schreibtischunterlage aus. Langsam fragte ich mich, ob es die ungastliche Atmosphäre war, die meine Besucher veranlasste, sich aufzuführen, als ob sie sich in einer versifften Bahnhofstoilette befänden.

»Eigentlich sind wir nur gekommen, um Ihnen mitzuteilen, dass Sie Wien bis auf Weiteres nicht mehr verlassen und sich zu unserer Verfügung halten sollten.«

»Jede Zuwiderhandlung legen wir als Fluchtgefahr aus.«

»Das bedeutet dann Untersuchungshaft für Sie.«

»Ob Sie schuldig sind oder nicht.«

»Da sitzt man durchaus mal ein halbes Jahr, bevor der Prozess überhaupt beginnt.«

»Sie sollten sich also Ihre nächsten Schritte gut überlegen.«

Die beiden standen auf und gingen hinaus. Ich blieb allein zurück, schenkte mir einen Tee aus dem Samowar ein, und legte eine Fachzeitschrift, Block und Schreibzeug auf meinen Tisch, um Arbeit heucheln zu können. Dann holte ich das iPhone raus.

Zuerst aber nahm ich mir mein eigenes Handy vor, durchsuchte mein elektronisches Telefonbuch und wählte mit meinem Institutsfestnetz eine Nummer.

»Fred hier, wer dürt?«

»Arno. Sag mal, Fred, gestern der Koksyuppie mit der Frau, der du zugenickt hast. Sag, kennst du die?«

»Sicher. Hat di hemgführt, hm?«

»Na ja, nicht ganz, drum frag ich ja. Hast du ihre Nummer oder Adresse oder sonst was?«

»Isch was schiefglofä mit ihrä?«

»Ja. Sie hat mich aus dem Wagen geworfen.«

»Triebkontrolle untrschiedat dr Mensch vom Tier. Söttescht di entschuldiga. Isch ganz ä Bsundrigä.«

»Ganz so war's nicht, aber mit dem Entschuldigen hast du schon recht. Also, wer ist sie, wie kann ich sie erreichen?«

»Laura Lignamente, s'isch an Anwältin vo üs. Tellifonnummer han i jetzi koine, abr d'Adress. Hasch eppas zum Schrieba zr Hand?«

»Jep.«

»Sie schaffat Bäckerstraß 17, gegadübr vom Alt Wien. Kanzlei Bendit-Kohn & Söhne.«

»Danke, Fred.«

»Dr Kiberei war bei üs, hesch se knapp verpasst, wi'd gange bisch.« Es war wunderbar, wie Freds gesamte Sprache inklusive Tonfärbung, Modulation und sogar Stimmlage sich veränderte, als er das Wiener Wort für Polizei aussprach, um danach sofort wieder in seinen natürlichen Sprachfluss umzuschwenken.

»Ich hab sie gesehen. Und?«

»Hon 'n Hufa Froga gstellt. Dr Chef hat aber nüt gset.«

»Super, bis dann.«

»Grueziwohl.«

V

Jetzt konnte ich mich dem iPhone widmen. Ungefähr elf Zentimeter lang, sechs Zentimeter breit und einen Hauch mehr als einen Zentimeter dünn. Die Hinterseite war schwarz, mit einem eleganten Apfel als einzigem Schmuck. Die Vorderseite war ganz Display und Glanz. Ich wog es in der Hand, leicht wie eine Daunenfeder. Es war nagelneu, fast ungebraucht. Auf den glatten Oberflächen waren keinerlei Kratzer zu finden. Ich schaltete ein und durchsuchte die Inhalte. Slupetzky hatte mit seinem Technikjuwel nicht viel angestellt. Bis auf drei Telefonnummern war nichts Persönliches zu finden. Bei einer der Nummern konnte ich aus der Vorwahl schließen, dass es sich vermutlich um Telefonsex handelte. Dass dies zugleich auch die am öftesten gewählte Nummer war, ersparte mir viel Arbeit.

Unter der zweiten Nummer, die ich anrief, meldete sich nur die Mailbox. Leider ohne auch nur eine Spur von persönlicher Ansage, bloß eine unpersönliche Blechstimme, die den Standardtext herunterspulte.

Aber die dritte Nummer war ein Treffer.

»Mihailovic hier, ja bitte.« Eine männliche Stimme, leicht heiser und mit dem charakteristischen ›L‹ der Serben.

»Dober dan, Herr Mihailovic, ich habe Ihre Nummer von einem guten Bekannten. Vielleicht könnten wir uns treffen.«

»Ist gutt. Bin daheim so in einer Stunde etwa. Ist gutt?«

»Dobre«, sagte ich und hörte ihn lächeln. Ich atmete durch.

»Haben Sie Adresse?«

»Ich glaube, die hab ich verlegt, könnten Sie sie mir sicherheitshalber noch mal geben?«

»Herbststraße 20. 1150. Tür 6.«

»Bis in einer Stunde.«

Wir legten auf und ich holte tief Luft. Ich hatte mir eintausend Ausreden zurechtgelegt, um gut bluffen zu können, aber alles war so leicht gelaufen wie mit zerlassener Opferbutter geschmiert. So ein Telefonat ins Blinde hinein kann auch ordentlich schief gehen. Aber heute war ein guter Tag, ich hatte Glück gehabt.

Ich räumte auf, packte zusammen und sperrte die Bürotüre von außen ab. Ich verabschiedete mich noch nett von der undankbaren Sekretärin und war schon draußen vor der Uni. Am Schottentor stieg ich in den 43er und fuhr Richtung Gürtel hinaus zur U6-Station Alserstraße. Von dort ging's mit der U-Bahn weiter bis zum Urban-Loritz-Platz, wo die öffentliche Bibliothek mit der Freitreppe eines Mayatempels über der U-Bahn-Station thront. Ich stieg aus und überquerte die Straße. Wie immer ließ ich es mir nicht nehmen, durch die Lugner City zu gehen. Dort regiert das pralle, ungeschminkte Leben. Zwischen dem Frittierduft des Schnitzelhauses und dem Fischodeur des Running Sushi treibt sich eine bunte Masse an Shoppern herum. Ramschläden, Spielsalons, Lokale und Elektronik. Die Einkäufer geben Bilder liebenswürdiger Geschmacklosigkeit ab, die zumindest einen gewissen Anspruch auf Eigenständigkeit erheben können. All das strahlt eine Lebendigkeit aus, die alles ist, nur nicht angekränkelt von des Gedanken Blässe. Babylonisches Sprachgewirr liegt in der Luft. Ich inhalierte die Atmosphäre und bedauerte es, als ich auf der anderen Seite wieder draußen war. Am Vogelweidplatz überquerte ich die Gablitzgasse und ließ die Lugner City hinter mir.

Schließlich stand ich vor der Herbststraße, Nummer 20, im 15ten. Es war ein ansehnliches Gebäude mit der klassischen Gründerzeitfassade, graugrün gestrichen, die Farbe blätterte ein bisschen ab. Gegenüber war eine kleine Grünfläche mit einem Käfig zu erkennen, in dem herzhaft Fußball gespielt wurde. Die Klingelanlage von Mihailovics Haus war offenbar defekt, aber die Tür stand offen und so ging ich hinein. Im Halbdunkel wäre ich fast in die herumstehenden Mülleimer gestolpert, konnte mich aber gerade noch retten, indem ich einen Ausfallschritt zur Seite machte. Dabei stieg ich einer Katze auf den Schwanz, die fauchend davonraste. Ich holte tief Luft. Mit der Zeit gewöhnten sich meine Augen an das Dunkel. Vor mir ging es hinaus auf den Hof, die Milchglasscheiben der Tür waren grau wie Schiefer und ebenso undurchsichtig. Aber durch einen kleinen Spalt, durch den auch die Katze verschwunden war, drang Licht herein. Daneben ging links, eine Stufe höher, der Gang weiter und rechts die Treppe in den ersten Stock hinauf.

Nummer 6. Wahrscheinlich im Erdgeschoss, also beschloss ich, dem Gang zu folgen. Tatsächlich kam ich vor Nummer 6 zu stehen. Vor der Tür standen gezählte 25 Paar Schuhe, von Frauen und Kindern. Die Tür hatte keine Klingel, so klopfte ich. Sofort wurde geöffnet und eine alte Frau, gebeugt und bis auf die Augen in schwarze Tücher gehüllt, sah mich an. Hinter ihr drang der Geräuschpegel einer fröhlichen Großfamilie durch die Tür nach draußen. Sie fragte mich etwas in einer Sprache, von der ich annahm, dass es Türkisch wäre. Ich zuckte mit den Achseln, worauf die Alte nach hinten rief und zwei Frauen in der Tür erschienen. Beide mit Kopftuch, die eine vielleicht 40 und korpulent, die andere um die 30 und deutlich schlanker. Wieder wurde mir eine Frage gestellt, die ich nicht zu beantworten vermochte. Worauf die drei wieder hinter sich in die Wohnung riefen und eine ganze Horde Kinder an der Tür erschien. Jeder Quadratzentimeter war ausgefüllt mit Kindergesichtern, in denen die dunklen Augen neugierig strahlten. Alle Altersgruppen von 3 bis 15 waren vertreten. Ein kleines Mädchen wollte, den Finger im Mund, aus der Tür treten, aber die Großmutter zog sie blitzschnell zurück und schimpfte. Alle redeten gleichzeitig. Und laut. Plötzlich wusste ich, wie sich die Tiere im Zoo so fühlen. Um ein Haar wäre ich einfach davongerannt. Dann aber erbarmte sich ein etwa fünfjähriger Bub.

»Was wollen Sie denn?«

»Ich suche Mihailovic, Tür Nummer 6.«

Der Kleine übersetzte und alles machte »Ahhhh«. Ein neuerlicher Sprachtumult ging los, jeder gab offenbar seine Meinung ab. Die Oma setzte sich durch. Sie sagte dem Kleinen was. Er übersetzte.

»Mihailovics wohnen auf der zweiten Stiege.« Beim Wort ›zweiten‹ wurden mir von mindestens zehn Händen zwei Finger entgegengereckt, und nachdem ihm Oma weiter eingeflüstert hatte, sprach er bedächtig, »das ist hinter dem Hof, einfach die Stiege bei den Mistkübeln hinauf.«

Ich bedankte mich artig und ging. Alle blieben in der Tür stehen und beobachteten, wie ich zurückging. Sie tuschelten verwundert. So etwas hatten sie noch nicht erlebt.

Ich durchquerte den Hof, der ungefähr drei mal drei Meter maß und mit Mistkübeln, Fahrrädern, Kinderwagen und leeren Kisten vollgeräumt war. Ich fand die Tür und ging auf der anderen Seite wieder ins Haus. Dort war es ähnlich dunkel, und beinahe wäre ich der Katze wieder auf den Schwanz gestiegen, aber diesmal war die Felidin schneller und sauste davon, bevor der ungeschickte Zweibeiner ihr wehtun konnte. Ich ging eine steile Treppe hinauf und stand vor einer schönen alten, holzgeschnitzten Tür. Ich klopfte, und die Tür wurde einen Spalt geöffnet.

»Ja bitte?« Ein weibliches Wesen sprach, mehr konnte ich nicht erkennen. Die Stimme war volltönend, im Tonfall reines

Wienerisch, aber mit einer Ahnung von Letscho und Pleskia-witza im Hintergrund.

»Mein Name ist Linder, ich habe einen Termin mit Herrn Mihailovic, ich bin hier doch richtig?«

»Mihailovic ist noch nicht da, aber er wird bald kommen. Bitte einzutreten.« Die Kette wurde ausgehängt und die Tür geöffnet. Vor mir lag eine große Wohnküche. An der linken Wand eine Kochzeile mit Geschirrspülmaschine, Kühlschrank, Abwasch und Arbeitsflächen. Etwas Geschirr stand auch herum. In der Mitte des Raumes befand sich ein großer Tisch, beinahe eine Tafel. Ohne Tischtuch, aus dunklem, poliertem Holz. Dazu passende Schränke mit Glastüren befanden sich an den Wänden. In der rechten Wand schaute ein Fenster hinaus auf den Hof. In der der Eingangstür gegenüberliegenden Wand war ein Durchgang ins Wohnzimmer.

»Kann ich Ihnen etwas zu trinken anbieten? Ein Bier oder vielleicht einen Kaffee?« Die Dame des Hauses war um die 30. Mit sehr dunklem Haar, das sie lang trug. Ihre Augen eine Spur heller, aber immer noch fast schwarz. Wie viele Frauen vom Balkan war auch sie dramatisch geschminkt, violetter Lidschatten und dunkelrote Lippen. Sie trug eine geblümte Bluse, kupferne Armringe und eine dunkelblaue Jeans. Außerdem war sie gut gebaut und blühte, als ob sie ein Kind unter dem Herzen trüge.

»Gegen einen Kaffee hätte ich nichts einzuwenden.«

»Nehmen Sie Platz, bitte. Der Kaffee ist gleich fertig.« Ich setzte mich an den großen Tisch und wartete. Eine Minute später war das heiße Gebräu fertig, die Frau stellte eine weiße Porzellantasse mit Untersetzer vor mich hin und schenkte zuerst mir, dann sich selbst aus einer italienischen Espressokanne ein.

Der Kaffee war schwarz, ohne eine Spur von Braun. Es hatte sich ein wenig Schaum gebildet, dessen größere Bläschen wie Seifenblasen glänzten. Dort, wo die Bläschen in den Kaffee übergingen, spielte ein wenig Rot in das ansonsten dominante Schwarz hinein. Aus der Tasse stieg betörender Duft auf.

»Milch oder Zucker?«

»Nein danke, ich mag ihn schwarz.«

»So wie ich. Stört es Sie, wenn ich rauche?«

»Nein, überhaupt nicht.«

»Gut.« Sie zündete sich eine an. »Rauchen Sie?«

»Nein.« Ich nahm vorsichtig kostend einen Schluck.

»Seien Sie froh, ich hab schon zweimal aufgehört, aber ich kann's einfach nicht lassen.«

Inzwischen hatte ich den heißen Kaffee im Mund. Er war stark und ein wenig dickflüssig.

»Schmeckt er Ihnen?«

»Ausgezeichnet.«

»Sie können gern mehr haben.«

»Danke. Sehr gern.«

Sie schenkte nach.

Plötzlich läutete ihr Handy und sie holte es heraus. Der Klingelton war aus dem Soundtrack von ›Black Cat, White Cat‹. Das Handy war ein schwarzes Samsung, mit silbernem Giorgio-Armani-Schriftzug. Etwa acht mal fünf Zentimeter groß, und dünn wie eine Tafel Lindt-Schokolade. Nach ein paar Worten, die ich kaum verstehen konnte, reichte sie mir das Telefon mit der Bemerkung: »Es ist Mihailovic.«

»Guten Tag, Herr Linder, stecke in Stau, momentan. Wird noch ein bisserl brauchen. Tun's nur warten, gö!«

»Werd ich. Wie lange brauchen Sie in etwa?«

»So halbe Stunde.«

»Ist gut, bis gleich.« Wir legten auf. Ich probierte erneut vom Kaffee.

»Mihailovic ist immer auf der Jagd, heute war er in Wiener Neustadt unten. Es ging um ein paar Jugendstil-Aschenbecher. Sehr wertvoll.«

Die Geschäfte im Kunsthandel mussten gut gehen, wenn die beiden sich so ein Handy leisten konnten.

»Warum wollen Sie ihn sprechen?«

»Ich habe ein paar Bilder«, die Dame schaute sofort nach meiner alten Ledertasche, »nein, nicht dabei. Ich wollte erst einmal die Nase in die Luft stecken und sehen, woher der Wind weht.«

»Ah, ich verstehe. Sehr vernünftig. Gibt viele Betrüger in dem Gewerbe.« Ich nickte zustimmend.

»Mihailovic hat gesagt, dass er noch ein bisschen brauchen wird. Ich habe gekocht, sind Sie hungrig?«

Natürlich sagte ich zu und es wurde aufgedeckt. Es gab eine Art Lammeintopf, mit Pilzen, Paprika und Zwiebeln. Viel Knoblauch und recht scharf. Dazu frisches Weißbrot. Es war ausgezeichnet. Nebenbei plauderten wir und obwohl ich ihren Namen immer noch nicht kannte, wusste ich nach dem Essen bereits eine ganze Menge von ihr.

Im Anschluss an unsere kleine Mahlzeit setzten wir uns mit einer neuen Kanne Kaffee ins Wohnzimmer. Dort war alles Plüsch und Teppich. Ein paar Bücher lagen auch herum. Es handelte sich aber ausschließlich um Kunstkataloge, vor allem französische und deutsche, mit den letzten Auktionspreisen. Die Frau war noch in der Küche zugange und verräumte das Geschirr, sodass ich ein wenig Zeit hatte, mir in den Katalogen auszusuchen, was ich Herrn Mihailovic denn so zu verkaufen hätte. An diesem Tag lief alles wie geschmiert. Denn zuunterst fand ich zwei sehr aufschlussreiche Bücher.

Das eine war eine Wahrscheinlichkeitstabellensammlung auf Polnisch, das andere ein russisches Ikonenverzeichnis. Eine Ausgabe des Klassikers von Viktor Lasarew, 1977 von Gertrud Heider übersetzt. Etwa 170 Seiten stark, mit nahezu 90 guten Farbtafeln. Ein Zeugnis des großartigen Drucker- und Buchbinderhandwerks in der DDR. Der Leineneinband war fleckig und das Buch machte als Ganzes einen vielbenutzten Eindruck. Etliche Zettel in kyrillischer Handschrift waren in den Seiten eingelegt. Es handelte sich offenbar um Ergänzungen und Anmerkungen. Das Einzige, was ich problemlos entziffern konnte, waren Preise in Euro und Dollar, die eine ordentliche Hand mit dem Bleistift hinzugefügt hatte.

Als ich die Hausfrau kommen hörte, ließ ich es schnell wieder verschwinden und blätterte arglos in einem Auktionskatalog des Dorotheums.

»Schöne Amati, die Sie gerade ansehen. Wenn wir einmal eine Tochter haben, wird sie Geige spielen lernen und ich kaufe ihr zum 15. Geburtstag eine solche.« Wir machten noch etwas Small Talk, bis wir den Schlüssel im Schloss hörten und der Hausherr eintrat.

Mihailovic war ein Bär. Gut einen Kopf größer als ich, so um die 1,99 hoch, Schultern wie ein Bierkutscher und mit der Schuhgröße Kindersarg. Er wog gut 120 Kilo, ohne aber auch nur im Entferntesten fett zu sein. Er kam mit wiegenden Schritten auf mich zu und reichte mir seine Pranke, die dicht mit schwarzem Haar bewachsen war. Er steckte in weichen, hellbraunen italienischen Schuhen, und einem dunkelblauen Baumwollanzug mit weißem Hemd sowie einer rotbraunen Krawatte. An der Hand trug er einen schweren Goldring und eine massive Herrenuhr, bei der es sich durchaus um eine Rolex gehandelt haben könnte.

»Herr Linder, was kann ich für Sie tun?«

Wir schüttelten uns die Hände. Seine Stimme war ein voll-
tönender Bass, obwohl wie am Telefon der Eindruck einer
leichten Heiserkeit bestand. Wir setzten uns und er gab seiner Frau einen Wink. Daraufhin verließ sie das Wohnzimmer
und ging in die Küche.

»Ich habe Ihren Namen von einem Bekannten, und da ich
über ein paar kleinere Werke von Ernst Wildgau, aus dem österreichischen Biedermeier, verfüge, dachte ich, dass ich einmal
vorbeikomme und sehe, ob Ihrerseits Interesse besteht.«

Ernst Wildgau war einer der langweiligen Bilderkleckser
gewesen, die der Nachwelt kleine burgenländische Dörfer und
Kirchen erhalten hatten. Er hatte weder den Strich noch das
Lichtgespür, dass sein Name die Zeiten überdauern hätte sollen, aber für diejenigen, die mehr Geld als Kunstgespür besitzen, war er eine Option. Meiner Meinung nach hätte man ihn
hängen sollen, aber nicht an die Wand.

»Gutt.« In diesem Moment kam die Frau zurück, mit einer
Kaffeetasse für ihren Mann, einer Flasche und zwei Gläsern.
Nachdem sie den Kaffee eingeschenkt hatte, füllte sie für jeden
von uns ein Glas aus der unbeschrifteten Flasche, in der ein
Kräuterzweig eingelegt war. Die Flüssigkeit war gelblich und
ölig. Schweres Aroma füllte den Raum und wir tranken. Der
Schnaps glitt förmlich den Hals hinab, er hatte ein hartes,
mediterranes Kräuteraroma und war zweifellos ein wirklich
guter Trabaritzer.

»Gutt. Herr Linder, was ist Beruf?«

Ich erklärte meine berufliche Stellung und beide Mihailovics
waren ganz Respekt vor meinem Titel. Mihailovic blickte zu
seiner Frau und schließlich, nachdem er einen Schluck Kaffee
genommen hatte, rang er sich durch, mich zu fragen. Er war
aufgeregt wie ein Kind.

»Sie lesen Griechisch?«

»Ja, durchaus. Warum?«

»Habe da Buch, sehr alt, weiß nicht, ob echt.« Dazu machte er eine vielsagende Geste mit der Linken, als ob er sagen wolle, dass er für die Legalität der Sache nicht garantieren könne.

»Lassen Sie mal sehen. Ich bin da nicht kleinlich.«

Mihailovic stand auf, ging zur gegenüberliegenden Wand, schob ein Bild zur Seite und öffnete einen Tresor. Mit seinem Rücken nahm er mir vollständig die Sicht. Als er sich wieder umdrehte, war das Bild zurück an seinem Platz, der Safe verdeckt, und er hielt eine Frischhaltefolie in der Hand. Darin befand sich ein in ein Tuch eingeschlagener Gegenstand. Vorsichtig trug er den Beutel zum Tisch, seine Frau hatte die Glasoberfläche freigemacht, und Mihailovic legte ihn darauf. Er öffnete behutsam die Folie und legte das Paket vor mich auf den Tisch. Ich wickelte das Tuch ab und es kam ein Holzschächtelchen aus feinstem Balsa, leicht wie eine Feder, zum Vorschein. Ich machte es mit Bedacht mit den Fingerspitzen auf. Die Mihailovics schauten mir gebannt zu. Alle drei hielten wir den Atem an. In der Schachtel lag eine Rolle, die aussah, als ob sie aus Papyrus wäre.

»Haben Sie vielleicht Haushaltshandschuhe da?« Frau Mihailovic war postwendend auf und davon. Als sie wieder zurück war, zog ich das Plastik über, holte die Rolle heraus und legte sie auf das flach ausgebreitete Tuch. Ich atmete einmal tief durch und zog die Rolle behutsam auf. Es war Papyrus, das verrieten mir das leise Knistern und der Geruch. Während alte Bücher aus Pergament immer pfeffrig riechen, bleibt Papyrus nahezu geruchlos. Wenn man etwas riecht, dann fault es schon. Der Text war Griechisch, mit Schilfrohr in einer schönen rotschwarzen Tinte geschrieben, die im Lauf der Jahrtausende kein bisschen verblasst war. Meine Finger waren unter den Handschuhen schweißnass, mein Herz raste und ich vergaß alles um mich herum. Bis mich eine Bärenpranke berührte. Mihailovic hatte mich sicher nur leicht anstoßen wollen, aber er kegelte mir beinahe die Schulter aus.

»Und, ist echt? Sieht so neu aus.«

Ich brauchte einen Moment, um wieder ganz in der Wirklichkeit anzukommen. »Schwer zu sagen. Ohne chemische Analyse kann ich mich da nicht festlegen.« Eine kleine dramatische Pause, die beiden hingen mir an den Lippen wie die Studenten im Hörsaal. »Aber nach meinem Dafürhalten ist sie echt. Der Papyrus knistert richtig, von sehr guter Qualität. Das Griechisch ist korrekt, sowohl was die Buchstabenform als auch die diakritischen Zeichen betrifft.« Die beiden sahen mich fragend an. »Die Striche und Punkte über den Buchstaben.«

»Aha.«

»Der gewichtigste Punkt für die Echtheit ist aber die Schrift selbst. Tinte und Strich.«

»Sieht aber so neu aus.«

»Bei guter Lagerung kann das durchaus vorkommen. Vor allem aber ist die Buchstabenform perfekt gleichmäßig, sowohl in Hinsicht auf ihre Größe als auch ihre Form. Das Ganze ist definitiv mit einem Schilfrohr geschrieben. Ich habe mehrere Kurse in Paläografie gemacht, ich weiß, wie schwer das ist. Man muss ein Leben lang üben und auch dann wird man keinen Text verfassen können, der so perfekt wie dieser aussieht. Die antiken Schreibsklaven waren hoch ausgebildet.«

»Was ist es denn überhaupt und wie alt?«

»Das ist ein satyrischer Text, die Batrachomyomachia. Eine Erzählung vom Krieg der Frösche und Mäuse. So etwas wie eine antikes ›Hot Shots‹ oder ›Die nackte Kanone‹. Aber es ist nicht vollständig, sondern nur ein Gesang. Aber das reicht ja auch. Das Alter? Hmm.« Ich machte eine kleine Pause.

»Wenn es echt ist, wovon ich ausgehe, stammt es aus der Zeit zwischen dem Tod von Alexander dem Großen und dem Tod von Ptolemäus Soter. Also aus den letzten Jahrzehnten des vierten Jahrhunderts vor Christus.«

»Aber ohne chemische Analyse ist unsicher?«

»Nicht unbedingt. Zuerst einmal kann man auch alten Papyrus nehmen, ihn bleichen oder abschaben und anschließend neu beschriften. Zudem kann man ohne Probleme eine authentische Tinte erzeugen und somit ist eine chemische Analyse nur eingeschränkt aufschlussreich. Das stärkste Kriterium ist aber die Schrift selbst. Um so schreiben zu können wie ein antiker Schreibsklave, braucht es ein Leben lang Übung.«

»Und woher wissen Sie Alter?«

»Wegen der Buchstabenform und der diakritischen Zeichen. Ganz zu Beginn haben die Griechen ohne geschrieben, als dann aber im Hellenismus immer mehr Nichtgriechen die Sprache gelernt haben, hat man in Alexandria diese Zeichen entwickelt, um den Nichtmuttersprachlern zu helfen. Zeichen und Buchstaben stimmen überein.«

»Kann nicht sein, dass doch gefälscht?«

»Wenn der Text gefälscht ist, dann so gut, dass sicher auch richtiger Papyrus und Tinte verwendet wurde, und in diesem Fall kann niemand eine Fälschung nachweisen. Und wenn niemand die Fälschung beweisen kann, muss es echt sein.«

»Sehr gutt.« Mihailovic und seine Frau holten tief Luft. »Danke für Ihre Hilfe. An die Experten können wir uns nicht gut wenden, ohne dass wir unangenehme Fragen gestellt bekommen.«

Sorgsam packte ich den Text wieder weg. Heute lief alles prächtig. Ich hatte Geld, war satt und hielt nach einer wundersamen Fügung der Vorsehung einen Text in Händen, der

2.300 Jahre alt war. Ich beschloss, alles auf eine Karte zu setzen. »Sie könnten mir einen Gefallen tun.« Die beiden waren ganz Hilfsbereitschaft.

»Gern, sagen Sie nur.«

»Mirko Slupetzky, was können Sie mir von ihm sagen?«

»Ich kenne keinen Slupetzky.« Mihailovics Stimme war hart wie Granit. Er und seine Frau, die beide vor Aufregung aufgesprungen waren, standen nun direkt vor mir. »Besser, Sie gehen.« Mihailovics Riesenpranke wies zur Tür.

Ich schenkte mir den Rest vom Kaffee ein, ergriff die Tasse und lehnte mich in das weiche Sofa zurück. Dann nahm ich seelenruhig einen Schluck. »Seien Sie vernünftig, Mihailovic. Ich will Ihnen nichts Böses, nur ein paar Antworten.«

Der serbische Bär ging einen Schritt auf mich zu, seine Hände machten den Eindruck, sich um meinen Hals legen zu wollen. Ich blieb ganz ruhig. Er war sicher stärker als ich, aber vor ein paar Schmerzen hatte ich keine Angst.

»Herr Mihailovic, Sie haben hier eine wunderbare Wohnung, eine tolle Frau, auf Ihrem Sofatisch liegt ein antikes Original, für das jeder Sammler Haus und Frau verpfänden würde. Vergeigen Sie das nicht.« Ich deutete mit dem Kopf auf den leicht gewölbten Bauch seiner Frau. »Mit dem Geld können Sie Ihrer Tochter fünf Amati kaufen und das Konservatorium und die Privatlehrer in bar bezahlen.«

Er blieb stehen, seine langen Arme baumelten unschlüssig.

»Ihre Frau macht uns noch einen Kaffee, wir trinken einen Trabaritzer und reden. Ganz entspannt.« Ich leerte meine Tasse und legte den Kopf in den Nacken, um auch noch den letzten Tropfen zu erreichen. Alles war gut gegangen, heute war ein guter Tag.

VI

»Mirko war gutte Freund. Schon lange. Seit in Wien war. Er kannte viele Russa. Sehr gutte Kontakte. Nach Wende viel Geld in Rassia«, er sprach das Wort russisch aus, mit kurzem i und zischendem ss, »das sehr gutt für Kunsthändler. Feiner Markt dort.«

»Und der Lasarew da hinten, ging's da auch um Ikonen?«

»Früher, jetzt nicht mehr. Viel zu gefährlich. Seit drei, vier Jahren nicht mehr. Habe den Katalog nur mehr, weil so schön. Mit der Mafia ist nicht gut Kirschen essen.«

»Haben Sie und Slupetzky immer zusammengearbeitet?«

»Nein, nur bei Russen und seit keine Ikonen mehr, sehr selten.«

»Von was hat er denn gelebt, seit er nicht mehr gespielt hat?«

»Weiß auch nicht.«

»Sie brauchen gar nicht so zu tun, von der Computersache weiß ich. Aber was wissen Sie?«

»Nix.«

»Herr Mihailovic, stehen Sie sich nicht selbst im Weg, der Papyrus dort soll doch Ihr Leben sichern, nicht zerstören. Denken Sie an Ihr Kind.«

Ich holte mein altes Nokia heraus und entsicherte die Tasten. »Ein Anruf und Sie können sich alles abschminken. Wenn Sie einmal im Häfn waren, ist's vorbei mit der Kunst.«

Seine Frau nahm Mihailovics Hand und drückte sie innig. »Mirko hat Computer vertauscht. Apple Computer. Falsche an Geschäft und echte selbst verkauft, nach Rassia, die meisten. Viel Geld dort. Mehr weiß ich nicht, war mir zu viel.«

»Hat er einen Partner gehabt?«

»Ja, war einer, ein Wiener. Schmieriger Kerl. Immer Gel in die Haare, immer Zigarette in Mund, immer Koks im Kopf.« Er schaute tief in seine Kaffeetasse und schüttelte bedauernd den Kopf. »Habe immer gesagt, gell Sonja, habe immer gesagt zu ihm: Mirko, mit solche Weichbirne nix Geschäfte machen. Der Gauner, nix Ehrenmann. Aber hat total nix auf mich gehört. Jetzt Mirko tot.«

Sonja hatte die Arme um ihren Bären gelegt und tröstete ihn. Ein paar Minuten schwiegen wir für Slupetzky. Ich bedauerte, dass ich ihn nie kennengelernt hatte.

Normalerweise ist das ›de mortuis nihil nisi bene‹ nur ein Spruch und sobald einer in der Kiste liegt, schimpfen alle wie die Spatzen, aber von Slupetzky war wirklich nur Gutes zu hören.

»Sonst hatte Slupetzky keine Bekannten?«

»Mirko war Einzelgänger. Aber da war noch ein Wiener. Groß, blonde Haare, so kraus und mit rot-blaue Gurke im Gesicht. Der war öfter dabei, netter Kerl, Zuhälter, glaub ich.«

»Mike?«

»Ja, der. Sauft wie Fisch, aber gutter Kerl.«

»Ja. Mike ist in Ordnung. Von den Russen, haben Sie da jemals einen gesehen? Oder einen Namen gehört? Hatten die vielleicht einen Kontaktmann in Wien? Jemand, der hier ihre Interessen vertrat?«

»Nie eine Russa gesehen, war da immer nur Überweisung und Transport mit Spediteur oder Bahn.«

»Am Flughafen nicht?«

»Mirko wollte, aber Weichbirn ich nix vertrauen. Ich war für Kunst zuständig und Mirko für Geschäft, so war das.«

»Haben Sie irgendeine Ahnung, wer ihn denn auf dem Gewissen haben könnte?«

»Hm, ich sage, Koksbirne war's.«

Auch Sonja nickte zustimmend.

»Woher hatte Mirko das Geld für das Computergeschäft, oder haben Sie so viel mit Ikonen verdient?«

Mihailovic sah mich unschlüssig an.

»Bender?«

»Ja, Bender. Auch sehr gefährlich. Aber nicht so blöd wie Koksbirne. Der macht keine Blödsinn, der macht Geld.«

Ja, Mihailovic kannte Bender wirklich.

»Sie haben mir sehr geholfen. Danke wirklich vielmals. Hier haben Sie meine Karte. Wenn Sie wollen, kenne ich jemanden, der sich für Papyri interessieren würde. Der auch das Geld hat und sehr diskret ist. Soll ich dort einmal anfragen?«

»Ja, verkaufen von die Ding ist sehr schwer. Sehr illegal und sehr vorsichtig muss sein.«

»Keine Sorge, bin ich schon. Und kein Wort zu niemandem!«

Beide nickten. Wir tauschten Kontaktadressen und Telefonnummern aus. Schließlich stand ich auf, schüttelte ihm die Hand, bedankte mich für Kaffee und Gastfreundschaft. Dann verschwand ich durch die Tür.

VII

Bis Laura voraussichtlich Feierabend machen würde, hatte ich noch ein wenig Zeit, also ging ich die zehn Minuten zu Fuß nach Hause. An der Stadthalle vorbei, durch den Reithofferpark, am Café Mostar vorbei in die Felberstraße. Zu Hause zog ich mich aus, wusch und rasierte mich und zog mir ein frisches Gewand an. Suchte meine besseren Schuhe raus, überprüfte alles im Spiegel und machte mich auf in die Innenstadt. Gegenüber von Lauras Kanzlei setzte ich mich ins Alt Wien, in eine Fensternische, von der aus ich eine gute Sicht auf die Straße hatte, und bestellte einen großen Mokka.

Das Alt Wien ist ein klassisches Studentencafé. Verraucht und gemütlich, die Wände vollgekleistert mit Veranstaltungsplakaten der letzten 30 Jahre. Auf den Tischen aus falschem Marmor wird ausgezeichneter Kaffee serviert. Ich zahlte gleich, schließlich wollte ich sofort aufbrechen, wenn Laura käme. Dann holte ich meinen MP3-Player aus meinem Jackett, suchte mir ein Lied heraus und drückte auf Play.

Ich hörte Jimi Hendrix, die Aufnahme aus der Royal Albert Hall, in der er den Blues vom ›Bleeding Heart‹ spielt. Das Stück beginnt mit einem drei Minuten langen Solo, das ähnlich wie eine Sonatensatzform aufgebaut ist. Es gibt zwei klassische Bluesthemen, die ein Frage-Antwort-Schema bilden. In mannigfaltigen Variationen kehren sie immer wieder, die Überleitungssequenzen sind teilweise in klassischen Tonfolgen gehalten, die im zweiten Teil des Songs als Antworten zu den Textzeilen vorkommen. Das Ganze schließt mit einer todtraurigen zweiten Solo-Arie, die wieder in ein Wechselspiel mit dem Gesang eintritt, aber nicht so klar strukturiert ist wie die erste. Reines Feeling, reine Trauer.

Als Jimi mit den Worten ›My girl caused my heart to bleed‹ schloss und noch einen letzten Gitarrenseufzer folgen ließ, tauchte Laura auf der anderen Straßenseite auf. Draußen hatte es zugezogen und die Tropfen fielen hart und kalt vom Himmel. Es wurde langsam dunkel zwischen den alten Häusern. Ich verstaute den MP3-Player und ging hinaus.

Laura eilte auf der anderen Straßenseite, eingewickelt in einen knielangen Mantel in smaragdgrün, Richtung Postgasse. Sie hatte den Kragen hochgestellt und versuchte, so gut es ging, Regen und Wind zu entwischen. Der Gehsteig war nass und die Pumps, die sie trug, machten die Sache sicher auch nicht besser. Mit ein paar langen Schritten war ich neben ihr. Im ersten Moment bemerkte sie mich überhaupt nicht. Als sie mich entdeckte, war sie einen Augenblick lang unschlüssig, doch dann lächelte sie und blieb stehen. Der Wind blies ihr die schwarzen Locken ins Gesicht. Sie versuchte, sie hinters Ohr zurückzuschieben, aber im nächsten Moment befreite sie ein heftiger Luftzug wieder und sie flatterten frei und wild. Laura zog sich die Kopfhörer aus dem Ohr, neigte ihren Kopf, lächelte und fragte: »Sie?«

»Ja, ich.«

»Und, worum geht's? Brauchen Sie wieder ein Taxi? Wie Sie sehen, bin ich leider zu Fuß unterwegs. Diesmal kann ich Sie unmöglich mitnehmen. Und auch wenn ich einen Wagen hätte«, Laura machte eine kurze Pause und kräuselte die Lippen leicht, »würde ich Sie, glaube ich, stehen lassen.«

»Kann ich Ihnen auch nicht verdenken. Vielleicht lassen Sie mich alles wieder gut machen, …«

»Ja?«

»… indem ich Sie zum Essen einlade?«

Laura blickte mich unschlüssig an, kaute ein bisschen auf

ihrer wunderbaren Unterlippe. »Nur, wenn Sie mich nicht wieder sitzen lassen.«

»Sicher nicht.«

»Gut, wohin wollen wir gehen?«

»Am Luegerplatz gibt's ein kleines Restaurant. Heißt Schimansky. Dort ist es ganz nett.«

»Kriegen wir dort jetzt überhaupt noch einen Platz, so auf die Schnelle?«

»Ich hab angerufen, die hätten noch einen Tisch für uns.«

»Sie sind sich Ihrer Sache aber ziemlich sicher, ich weiß nicht, ob mir das gefällt.«

Sie beendete den Satz mit dem leisesten Hauch eines Lachens, das irgendwo, weit hinter dem Gesagten, den Horizont ihrer Sprache erhellte.

»Ich bin mir nur sicher, dass ich gerne mit Ihnen essen gehen würde, alles andere liegt bei Ihnen.«

Sie zog sich auch den anderen Stöpsel aus dem Ohr und verstaute die Kabel irgendwo in den Innentaschen ihres Mantels. Das Smaragdgrün harmonierte wunderbar mit dem Schwarz ihrer Haare. An einem Sonnentag wäre es vermutlich zu auffallend gewesen, aber im windigen Regen, wo alles Grau in Grau schien, war der Effekt einfach umwerfend.

»Na gut: Gehen wir essen.«

Also gingen wir. Ein paar Minuten später waren wir über die Dominikanerbastei in die Biberstraße gelangt. Ich öffnete die Tür und schob den schweren, dunkelgrünen Vorhang, der die Winterkälte draußen hält, zur Seite. Wir traten ein.

Das Schimansky ist sehr klein, es gibt nur ein Zimmer, das vielleicht Platz für fünf oder sechs Tische bietet. In der Mitte des Raumes, sofort nachdem man eintritt, führt eine Treppe hinunter zu den Küchen und Sanitärräumen. Die Tischdecken sind weiß und dick, die Servietten stehen sauber gefaltet auf den Untertellern, es riecht ganz leicht nach Kerzenwachs und gutem Essen. Die Wände sind getäfelt, die Sessel bequem, und man fühlt sich sofort wohl. Die Küche ist auf eine aufregende Art solide. Kein modischer Schnickschnack, keine Kinkerlitzchen, aber mit viel Liebe und Können zubereitet.

Ich half Laura aus dem Mantel, nahm ihr den seidenen Schal ab, der mit persischen Mustern bemalt war, und ließ alles auf einen Haken gleiten. Meinen hängte ich daneben. Eine Bedienung führte uns zu unserem Tisch, es war der links hinten. Laura saß mit dem Rücken zum Raum, ich wie die alten Revolverhelden mit dem Rücken im Eck. Das Mädchen reichte uns die Karten und verließ den Tisch.

»Ich hoffe, Sie sind keine Veganerin. Sonst sind wir im falschen Restaurant.«

»Keineswegs. Würden Sie mich bitte einen Augenblick entschuldigen?« Ich tat der Höflichkeit genüge und Laura ging die Treppe hinunter. Kaum, dass sie verschwunden war, läutete mein Handy. Ich nahm ab, es war Eugen. »Wie schaut's aus, Lust auf ein Debakel?«

»Wann?«

»So gegen elf.«

»Elf ist gut.«

»Bis dann.«

Wir legten auf. Gott sei Dank hatte das Laura nicht mitgekriegt. Heute lief wirklich alles glänzend. Ich schaltete den Klingelton aus, und eine Minute später war Laura wieder da. Ihre Haare waren nun geordnet und trocken.

»Schade, zerzuselt haben Sie mir besser gefallen.«

»Schade, allein hätte ich besser gegessen«, antwortete sie keck.

Die Bedienung kam und nahm unsere Bestellungen auf. Laura nahm sich vom schaumig gerührten Topfen und schmierte sich gekonnt ein Brötchen. Vollkorn mit Sesam. Die Frau hatte Geschmack. Ich tat es ihr gleich, das Brot war noch weich und duftete nach Korn und Hefe. Es war ein Genuss.

»Wie haben Sie mich eigentlich gefunden?«

»Fred.«

»Sie kennen die Bender-Partie?«

»Ich hab einmal für ihn gearbeitet.«

»Sind Sie auch so ein Unterweltler?«

»Nein, das war damals ein Studentenjob, ich war an der Bar und hinter dem Tresen.«

»Und was haben Sie jetzt mit ihm zu tun?«

»Ich schau dort ab und zu vorbei, Freunde besuchen.«

»Ich vertrete Bender für die Kanzlei. Der Alte ist nicht der Typ, der Bartender und Croupiers zu Freunden hat.« Sie sagte das sehr bestimmt. Inzwischen war unser Wein da, ich nippte, erklärte ihn für gut, und uns wurde eingeschenkt.

»Also, warum kennt Bender Sie?«, fragte sie mich über ihr Weinglas hinweg.

»Da war mal eine Sache, ich hab ihm ein bisschen geholfen und da hat er sich mich gemerkt.«

Sie war mit meiner Antwort alles andere als zufrieden. »Also, mit was verdienen Sie Ihr Geld?«

»Geld verdienen ist gut gesagt, aber ich arbeite auf der Uni.«

»Ah so, was?«

»Ich bin am Institut für Klassische Philologie angestellt.«

»Mit dem kümmerlichen Gehalt wollen Sie mich hier zum Essen einladen? Haben Sie einen Kredit aufgenommen?«

»Nein.«

»Also sind Sie doch ein Unterweltler. Aber der Wein ist gut, und wenn das Essen mithalten kann, verzeihe ich Ihnen.«

Sie trank erneut, ihr Glas war leer, und sofort tauchte die

Bedienung wie aus dem Nichts auf und schenkte nach. Mir nur einen Tropfen, denn ich hatte nur einmal die Zungenspitze eingetaucht.

»Sie trinken ja gar nicht.«

»Nein, ich bin kein großer Freund des Alkohols. Erst recht nicht zu einer Mahlzeit. Aber es freut mich, dass er Ihnen schmeckt.«

»Ungewöhnlich für einen Mann Ihrer Ausbildung, schließlich haben doch die Griechen und Römer den Wein erfunden.«

Ich zuckte einfach mit den Achseln.

Inzwischen war die Suppe serviert worden. Für Laura eine Kartoffelschaumsuppe, dem kalten Wetter angepasst. Ich hatte wie immer eine klare Bouillon bestellt, und wie immer war mir illegalerweise ein rohes Ei hineingeschlagen worden. Laura zog fragend eine Augenbraue hoch.

»Das ist eine Erinnerung an einen alten Freund, die der Küchenchef und ich teilen.«

Laura gab sich mit der Erklärung zufrieden und fragte nicht weiter nach.

»Wie kommt es eigentlich, dass Sie für Bender arbeiten?«

»Jeder hat eine juristische Vertretung verdient. Auch Bender. Als Konzipientin bin ich einmal mitgegangen, konnte gut mit Bender und seitdem betreue ich ihn. Viel mehr werde ich Ihnen nicht sagen, juristische Schweigepflicht.«

»Sagen Sie, kennen Sie eine Kanzlei Meyerhöffer & Unrath?«

»Sicher, das sind die Platzhirsche in puncto Wirtschaftsrecht.«

»In was für Sachen machen die hauptsächlich?«

»Begonnen haben sie als eine der Kanzleien, die das Vermögen der KPÖ hinter dem Eisernen Vorhang verwaltet haben.

Waren auch anfangs bei dem Prozess in Deutschland dabei. Als sie aber recht schnell gesehen haben, dass es dort nichts zu gewinnen gibt, sind sie ausgestiegen. Seither an allen Kuchen von Konsum bis Bawag mitgenascht.«

»Auch bei der Osterweiterung?«

»Ja, Billa, Bank Austria, auch OMV. Aber sie vertreten nur direkt, wenn sie sicher sind zu gewinnen, ansonsten machen sie immer nur Strategieberatung im Hintergrund. Meyerhöffer kann nicht verlieren, er ist schließlich ein Winner.« Als sie auf Meyerhöffer zu sprechen kam, wechselte ihr Tonfall von sachlich ruhig zu persönlich verletzend. Mit dem letzten Halbsatz brachte sie ihre ganze Verachtung vollendet zum Ausdruck.

Mittlerweile war unser Hauptgang gekommen. Für Laura gab es ein weißes Fischfilet auf einer Sahne-Goldhirse-Unterlage in einer mediterran duftenden Weißweinsauce. Ich hatte mir Filetspitzen Stroganoff bestellt. Mit einem Spritzer Rémy Martin in der Sauce und wunderbar saftig-bissigen Nockerln dazu.

Nach ein paar Bissen meinte ich: »Sind Sie immer noch der Meinung, allein besser gegessen zu haben?«

»In besserer Gesellschaft gegessen, das sicher. Aber das Essen selbst ist wirklich ausgezeichnet.« Ihre Augen lächelten mich an.

»Ich für meinen Teil habe noch nie in so guter Gesellschaft gespeist. Danke, dass ich Sie einladen durfte.« Ich hob mein Glas, worauf sie sich elegant den Mund putzte und es mir gleichtat. »Mein Name ist übrigens Linder. Arno, wenn Sie wollen.«

»Ah, Herr Dr. Geheimnisvoll gibt seinen Namen preis, ich bin überrascht. Wie ich heiße, wissen Sie sicher längst. Sie dürfen mich Laura nennen.«

Das Geräusch der Riedelgläser harmonierte mit dem ›Laura‹, und während wir tranken, berührte sie mit den

Fingerspitzen meine, ganz sachte und zart. Während des Essens turtelten wir dezent. Als wir fertig waren, einigten wir uns auf ein gemeinsames Dessert. Im Schimansky gibt es Powidltascherln wie sonst nirgends in Wien. Goldene Butter, in der zimtduftende Brösel schwimmen, bedeckt flaumigen Kartoffelteig, der, zu kleinen Dreiecken geformt, Powidl enthält. Powidl ist das schwarze Gold Böhmens. Eine Art Zwetschgenmarmelade, die bis zur Konsistenz und Farbe von Teer eingekocht wird. Totgekocht, sagen manche. Doch das Aroma ist unübertroffen, eine leichte Säure spielt mit dem Fruchtzucker und erzeugt ein Gefühl himmlischer Glückseligkeit. Dazu trank ich einen Kaffee, Laura einen Schluck Wein.

»Sag, Laura, könntest du für mich herausfinden, ob der Meyerhöffer Kontakte nach Russland hat? So ein bisschen was Ungehöriges.«

»Ich dachte wirklich, dass du dich bei mir entschuldigen wolltest, und das hättest du auch durchaus gut gemacht, aber du willst nur, dass ich für dich herumschnüffle.«

»Es ist wichtig, aber wenn du nicht willst, brauchst du es nicht zu machen. Du würdest mir helfen.«

»Was bist du nur für ein ungehobelter, selbstherrlicher Kotzbrocken.«

Ich schwieg beharrlich, mit der Rechten berührte ich ganz leicht ihren Handrücken.

»Na gut, dafür musst du mir aber sagen, um was es geht.« Ihre Augen strahlten vor Neugier.

»Ich weiß nicht, du bist Anwältin.«

»Hast du wen umgebracht?«

»Nein«, bei diesen Worten wirkte sie fast ein wenig enttäuscht, »wenn ich jemanden umbringen will, mache ich das schon richtig.«

»Na also, dann sind es eh nur Peanuts. Du kannst es mir ruhig sagen.«

»Jemand anderer hat wen umgebracht, und ich halte da wen raus.«

»Wie kann man nur so blöd sein! Und jetzt steht dir das Wasser bis zum Hals?«

»Nein, aber die im Dunkeln sieht man nicht, und ich muss wissen, was da hinter mir vor sich geht, damit es keine Überraschung gibt.«

»Gefährlich?«

Ich zuckte mit den Achseln.

»Gefährlich?«, fragte sie ein zweites Mal, drängender diesmal und mit mehr Biss.

»Nicht sehr.«

»Also spürst du das Messer im Nacken.« Das war einfach eine Feststellung. Trocken und klar. Da gab es keine Widerworte mehr.

»Aber die Powidltascherln sind legendär, da hab ich dir nicht zu viel versprochen?«

»Nein, die sind wirklich gut.« Sie legte ihre Hand in meine. Dann ließ ich ein Taxi rufen, zahlte, und wir gingen.

Laura wohnte in der Josefstadt, in der Kupkagasse am Hamerlingpark. Wir hielten vor einem schönen Haus, ich stieg aus und öffnete ihr die Autotür. Den Taxler hieß ich warten, er war Westafrikaner und sprach kein Wort Deutsch, aber der gesunde Menschenverstand ließ ihn mich verstehen. Ich begleitete Laura zur Eingangstür, sie fischte ihre Schlüssel heraus, ich stand ganz nah bei ihr, sie sah mir in die Augen, wir küssten uns. Ihre Lippen waren kalt und warm zugleich, weich und fest. Der Kuss schien ewig. Endlich löste sie sich von mir, stellte sich auf die Zehenspitzen, barg ihren Kopf an meinem Hals und flüsterte mir ins Ohr, wobei mich ihr Atem kitzelte: »Willst du mit hinaufkommen?«

Ich berührte sanft ihre Wangen, sah sie fest an und schüttelte ernst den Kopf. Ihre Augen brannten wie Feuer und sie zischte böse. Als ich den Augenkontakt unterbrochen und einen Schritt zum Auto gemacht hatte, hörte ich hinter mir ein leises: »Pass auf dich auf, du Idiot.« Ohne mich umzublicken, stieg ich ins Taxi und nannte eine neue Adresse. Es war zehn vor elf und noch immer ein guter Tag.

VIII

Eigentlich war die Taxifahrt nicht notwendig, die 200 Meter Distanz zum Debakel wären auch zu Fuß möglich gewesen, aber ich war stolzer Besitzer von 900 Euro, minus Frühstück, Kaffee und Abendessen. Ich war lange genug arm gewesen. Sollten doch die misera plebs durch die nassen Straßen schleichen, ich fuhr im geheizten Mercedes.

Das Debakel ist ein traditionelles Studentenbeisl. Montags geht das Murauer um drei Euro weg, die Soundauswahl schwankt zwischen grausam und schräg, aber die Leute sind nett. Es besteht aus zwei Räumen, von denen der vordere der größere ist. Dort ist auch die Bar zu finden und ein paar Stehtische. Im hinteren Zimmer lehnt man an der Wand, aber dort gibt es den Wuzzler.

Eugen saß an der Bar und wartete auf mich bei einem Murauer. Wir nickten einander aus der Entfernung zu und bewegten uns nach hinten, zum Tischfußballkasten. Es hatte sich zwischen uns so eingebürgert, dass wir uns ein- oder zweimal die Woche trafen, um am Wuzzler ein wenig zu entspannen. Wichtig ist dabei die Wahl des Lokals und des Wochentags. Es muss genug Publikum da sein, das einerseits zwar interessiert ist, andererseits aber nicht zu gut, man will ja nicht mehr verlieren als unbedingt nötig.

Was mit Eugen aber keine große Gefahr darstellt. Sein erster Ferienjob war im Schwimmbad, mit zwölf am Tischfußballkasten. Eugen hat Finger wie Menuhin, die Bälle kleben an seinen Stürmern. Wenn er schießt, sieht man gar nichts, nur das blecherne Krachen der kleinen Plastikkugel an der Torrückwand, das ist deutlich zu hören. Lange nachdem es eingeschlagen hat.

Wir spielen aus Freundschaft und nicht aus Ebenbürtigkeit zusammen. An guten Tagen bin ich normal, an normalen schlecht, an schlechten außergewöhnlich.

Am Wuzzler angekommen, legte Eugen zwei Euro auf die Glasplatte, neben eine ganze Reihe anderer Gebote. Um nicht länger als nötig warten zu müssen, legte ich nochmal vier Euro drauf, und wir waren die nächsten an der Reihe.

Eugen blickte mich fassungslos an. »Was ist los, hast du im Lotto gewonnen?«

»Ja, vier Euro, jetzt bin ich pleite.«

Die Partie vor uns war zu Ende, wir stiegen ein. Ich hinten, Eugen vorne.

Der Plastikball rollte surrend über die glatte Oberfläche, die Federn an den blanken Stahlstangen begannen zu singen, es roch nach Bier und Rauch. Meine Finger an den Griffen wurden sofort schweißnass und ich war im Spiel. Eugen spielte wieder einmal U-Boot-Kapitän und versenkte, was ihm über den Weg lief. Asche fiel von seiner Chesterfield im Mundwinkel auf das Glas, bis ein zarter Film der grau-weißen Flocken begann, uns die Sicht zu nehmen.

Üblicherweise haben wir ein Verhältnis von sechs oder sieben zu eins, wenn wir gut drauf sind, kann auch einmal ein acht zu eins herausschauen. Heute dauerte es 13 Partien und bis viertel nach zwölf, ehe wir das erste Mal verloren.

Wir saßen an der Bar und Eugen rauchte gerade eine neue Chesterfield an. Er ist gezwungen, schnell zu spielen, will er nicht mehr Geld verrauchen, als er durchs Wuzzeln gewinnen kann. Außerdem er ist um jede Minute Schlaf froh, denn schlafend raucht er nicht und das entlastet sein Budget.

»Was hast du mit der Polizei zu tun, dass die bei mir vorbeischaut und wissen will, wann du da warst?«

Ich erzählte Eugen so viel, wie ich für klug empfand. Er strich sich über die Haare an seinen Schläfen, heizte eine weitere Chesterfield an und blies den Rauch aus. Nachdem er mit drei Zügen die Hälfte der Zigarette zu Asche verwandelt hatte, blies er den Rauch aus und begann zu sprechen. »Das klingt aber ungemütlich. Würd ich nicht mitmischen wollen.« Eugen schaute nachdenklich in sein Bierglas. »Du hast also mit den Bullen zu tun. Das ist kein Spaß mit denen.« Er zündete eine neue Zigarette an, und nachdem er den Rauch ausgeblasen hatte, legte er los.

»Als ich zu studieren begann, wohnte ich in einer WG. War ein schönes Studentenleben damals. Lange schlafen, die Nacht zum Tag machen und solche Sachen. Richtig gemütlich. Irgendwann mitten in der Nacht, so um 8 Uhr morgens, machte es plötzlich einen Kracher. Die Tür brach auf, Holzsplitter flogen in der Wohnung herum und ein paar Bullen mit schusssicheren Westen und Visierhelmen, ich glaube, die waren von der Wega, standen mitten im Zimmer. Wir waren völlig verdutzt und mussten uns, teils nackt, mit den Händen im Genick an die Wand stellen, während die unsere Zimmer durchsuchten. Ziemlich ungemütlich.« Eugen kostete von seinem Bier.

»Weswegen?«

»Weil irgendwer unseren Meldezettel falsch oder unleserlich ausgefüllt hatte. Sie haben ein paarmal angerufen, immer dann, wenn entweder alle schliefen oder auf der Uni waren. Schließlich kamen sie zum Schluss, dass wir illegalen Ausländern Unterschlupf bieten würden. Ich glaube, sie gingen von Albanern aus. Jedenfalls war's nicht wirklich witzig. Pass auf dich auf.«

»Jetzt übertreib nicht.«

»Komm als Unschuldiger bloß nicht mit der österreichischen Polizei in Berührung. Lieber als Christ den Taliban in die Hände fallen, da ist man wenigstens auf YouTube zu sehen.«

Wir tranken unser Bier aus und kehrten zurück zum Wuzzler. Das Glück blieb uns treu und als wir so gegen drei aufbrachen, waren nur noch drei Niederlagen hinzugekommen.

Um 20 nach 3 stand ich vor meiner Wohnungstür. Ich hatte Eugen an meinem Reichtum mitnaschen lassen und ihn im Taxi mitgenommen. Nun wusste ich, welchen Kick sich die Reichen aus ihren Charity-Events ziehen. Nichts haut so rein wie eine gute Tat.

Ich drehte den Schlüssel im Schloss, öffnete die Tür, trat ein und wusste sofort, dass etwas nicht in Ordnung war. Ich bemerkte es an einem unbekannten Geruch, einem noch nie gefühlten Luftzug oder einfach an der Tatsache, dass mir ein Mann in Jeans und grauer Windjacke eine Knarre ins Gesicht hielt. Irgendwas Großes, silbern Glänzendes. Genau auf die Stelle über der Nase, wo sich die Augenbrauen bei normalen Menschen nicht treffen.

Bei meinem Gegenüber war das nicht der Fall, seine waren buschig, zusammengewachsen und tiefschwarz. Wie sein ölig-welliges Haupthaar. Er war unrasiert und hatte eine schöne Uhr an, in Gold gehalten, mit ebenso goldenem Armband, goldenem Zifferblatt und goldenen Zeigern. Was einem nicht alles durch den Kopf geht, wenn man dem Tod in die Mündung blickt.

Hinter meinem Gegenüber bewegte sich ein Schatten, stellte sich neben ihn und tastete mich ab. Als er nichts fand, meinte er nur ruhig und kalt: »Setz dich hin, warten wir gemeinsam.«

Der Schatten wies mit dem Kopf auf meine alte Couch. Er war etwa 1,75 groß und gebaut wie ein Schrank, doch bewegte er sich in seinen Turnschuhen so geschmeidig wie ein Jaguar.

Seine Schultern rollten mit den Schritten mit, er federte jede Gewichtsverlagerung perfekt aus und war schnell, sogar wenn er langsam war. Er trug ebenfalls eine Windjacke, seine beige, Jeans und darunter ein gestreiftes Hemd. Seine Haare waren zentimeterkurz und grauschwarz. Beide hatten ausdruckstarke Charaktergesichter.

Nachdem ich meine Schuhe ausgezogen und den Mantel aufgehängt hatte, leistete ich seinem Befehl Folge und nahm Platz. Die beiden taten es mir gleich. Die Augenbraue saß mir gegenüber, immer die Knarre im Anschlag. Der Boxer neben mir, aber mit gut einer Armlänge Abstand. Beide waren ruhig und kontrolliert, sie hatten so etwas offenbar schon hundertmal gemacht. Das beruhigte mich enorm, denn das hieß, wenn ich keine groben Fehler machen würde, würde mir auch nichts passieren.

Der Boxer holte ein Handy aus der Innentasche und telefonierte kurz, er sprach zweifelsohne Russisch.

»15 Minuten ist Boss da. Wir warten.«

Die beiden hatten also die ganze Nacht bei mir zu Hause auf mich gewartet, ihr Boss tat sich sowas nicht an. Der war wahrscheinlich gut essen gewesen und hatte sich um Wichtigeres gekümmert. Die Jungs waren wirklich organisiert. Ich fasste Mut, denn wenn sie mich hätten töten wollen, hätten sie das getan, möglichst ohne Spuren zu hinterlassen. Ihr Boss wäre da nie mit aufgetaucht. Das war keine Hinrichtung, sondern eine Demonstration. Sie wollten Eindruck schinden.

»Wenn wir hier schon rumsitzen, hol ich mir meinen Tee und leg einen Sound auf. Was wollt ihr hören?« Bei diesen Worten stand ich betont ruhig auf. Augenbraue brachte die silberne Pistole mit einer flüssigen Bewegung aus der Schonhaltung, in der er sich befunden hatte, in Anschlag. Der Boxer hatte sich erhoben, was so geschmeidig ausgesehen hatte, als ob Wasser aufwärts flösse. »Nix da, setzen.«

»Spokoistwie«, sagte ich in meinem Pidginrussisch, in dem nur Nennformen und Nominative vorkommen, und ging Richtung Kochnische. Ich wartete auf eine raue Berührung oder einen Schlag, aber es kam nichts. Nicht mal ein lautes Wort.

In der Kochnische holte ich meine Teekanne und drei Schalen und stellte alles auf den Tisch. Die Teekanne, in der ich meinen Alltagstee mache, ist eine monochrome Jameson & Tailor, 1,8 Liter. Früher hatte ich eine schwarze gehabt, heute eine hellbraune. Ich verteilte die Rauchglasschalen, schenkte meine voll. »Tschai, poschalista.«

Dann drehte ich ihnen meinen Rücken zu und überlegte mir, was ich hören wollte. Ich nippte am Sencha und wartete einen Augenblick. Hinter mir blieb alles ruhig, das war gut. Ich hörte, wie die beiden sich einschenkten. Ich kramte die ›Complete in a silent way‹-Sessions raus, ein samtener, ruhiger Sound. Sicher nicht Miles' größte Aufnahmen, aber vielleicht die gemütlichsten. Ich wählte die zweite der drei CDs, die, auf der John McLaughlin zum ersten Mal dazukommt. Ich drückte auf Play und Joe Zawinuls Klanggedicht ›Ascent‹ erfüllte den Raum, schmeichelnd und ein wenig unfokussiert.

Die Wahl war ein Zeichen für meinen Optimismus, denn zum Sterben hätte ich mir was anderes aus dem Plattenregal geholt. Sterben kann man nur zu Mozart. Oder vielleicht noch zu ›You can't always get what you want‹, in Notfällen.

IX

Es dauerte doch etwas länger, bis der Chef vorbeikam. Wir waren gerade über die beiden härteren Aufnahmen von ›Directions‹ hinweggekommen und befanden uns mitten in ›Shhh Peaceful‹, als Boxers Handy klingelte. Er stellte seine Teetasse ab und nahm das Gespräch an. Ein leises, gutturales »Da« drang aus seinem Mund und er ging die Tür öffnen. Augenbraue hielt mir immer noch die Knarre hin. Ich drosselte die Lautstärke von Miles auf einen ganz leisen Hintergrund, wie im Frühstückssaal eines wirklich guten Hotels.

Den beiden hatte der Tee geschmeckt. Ich hatte ihnen daraufhin noch einen starken Schwarzen aufgesetzt, den sie mit viel Zucker schmatzend tranken. Persönlich mache ich mir nichts aus Zucker im Tee, darum trank ich meinen ohne und genoss die herrlichen Aromen. Bis jetzt war alles gut gegangen. Ich war überaus gespannt, wer da kommen würde.

Als Boxer an der Tür beiseite trat und drei Männer einließ, gefror mir das Blut in den Adern. Nicht wegen der zwei Ikeaschränke, sondern wegen dem Mann im Kamelhaarmantel, unter dem er einen blauvioletten Designeranzug mit passendem Hemd und Krawatte trug.

Als der Mann näherkam, traf es mich wie ein Schlag. Vor Angst krampfte sich mir der Magen zusammen und ich musste an allem reißen, was ich hatte, um nicht durchzudrehen.

Einen von seinem Schlag hatte ich schon einmal getroffen. Vor Jahren war ich mit einem Freund im Altai unterwegs gewesen. Dort waren wir dem Sicherheitschef in die Hände gefallen. Und obwohl sie 10.000 Kilometer voneinander getrennt waren, war es offensichtlich, dass der Sicherheitsmann von damals und mein nächtlicher Besucher von heute dieselbe Kinderstube genossen hatten. Früher mal hatte sie NKWD geheißen, später SMERSCH, dann KGB, wie sie sich heute nennt, weiß ich nicht, will ich auch gar nicht wissen. Wer weiß, was auf dem Tor zur Hölle steht, ist schon mit einem Bein drin.

Auf jeden Fall war der Mann gefährlich. Wirklich gefährlich. Das Knacken von brechenden Oberschenkelknochen klingt in seinen Ohren wie für einen durchschnittlichen Menschen das verheißungsvolle Knistern einer Chipspackung. Einer, der auch dann noch lächeln kann, wenn ihm der Oberarm gebrochen von der Schulter baumelt.

Seine Augen waren von einem klaren Blau, die Haare kurz und graumeliert. Er musterte mich mit dem unpersönlichen Interesse eines Metzgers an einem frischen Stück Fleisch. Ich weiß, wovon ich spreche, schließlich arbeite ich im Sommer bei den Inzersdorfer Schlachthöfen. Ich wünschte mir jetzt doch ein wenig Mozart.

»Ein gemütliches Teekränzchen, wie ich sehe.« Er sprach sachlich und ohne den geringsten Anflug von Akzent. Als Boxer und Augenbraue sich vor ihm buckelnd entschuldigen wollten, raffte ich mich auf. »Ist doch viel unverdächtiger so. Ein bisschen Tee und Musik und das alles fällt viel weniger auf. In diesem Haus spitzen viele ihre Ohren.«

»Sie bekommen noch genug Gelegenheit, um zu reden. Besser, Sie warten, bis Sie gefragt werden.« Während er das sagte, grinste Augenbraue pervers. Offenbar konnte er es nicht mehr abwarten, von der Leine gelassen zu werden. Er wirkte in Gegenwart seines Meisters wie ein Pitbull, missgestaltet, hässlich und scharf.

Der Boss gab ein paar leise Anweisungen, die ich nicht verstehen konnte. Dann stellten sich die beiden von Ikea neben die

Wohnungstür, Boxer und Augenbraue hinter ihren Chef und der setzte sich mir gegenüber. Er schenkte sich gelassen eine Schale voll, leerte sie mit einem anmutigen Schlenker seines Handgelenks und fixierte mich.

»Wir haben Interessen in Wien. Es kann nicht sein, dass irgendein dahergelaufener Wicht da mitschneiden will. Verstehen Sie das?«

Ich sah ihn einfach weiter an. Er ließ seinen Blick durch die Wohnung wandern. »In was für einem Loch Sie wohnen.« Er schüttelte angewidert den Kopf. »Spielen Sie Schach?«

»An guten Tagen ein bisschen.«

»Dann wissen Sie sicherlich auch, dass man für sein Ziel Figuren opfert. Wenn das Ziel wichtig genug ist, gibt es nichts, was man dafür nicht tun würde. Stimmen Sie mir zu?«

Ich wurde gefragt, also durfte ich antworten. Die letzten Minuten hatte ich damit verbracht, nicht vor Angst zu sterben. Mein Hemd war durchgeschwitzt und ich hoffte nur, dass man den Angstschweiß nicht bis zu ihm riechen konnte. Denn von der Gestik her hatte ich mich bis jetzt einwandfrei gehalten.

»Nicht ohne Vorbehalt.« Ich gab ihm Zeit, um etwas einzuwerfen, aber er blieb still, deswegen sprach ich weiter. »Man riskiert nicht den Ausgang eines Spiels wegen eines Bauern.« Meine Stimme klang hohl und brüchig.

»Wenn Sie ein Bauer sind, stimmt das in der Tat. Aber manchmal stehen auch Bauern so wichtig, dass sie es wert sind, ein Risiko einzugehen.«

So hört sich also ein Todesurteil an, schoss es mir durch den Kopf. Diesen Gedanken verdrängte ich aber so schnell und gut, wie es nur irgendwie gehen mochte. Er würde sicher nicht bei einem Mord dabei sein und wenn, dann schon gar nicht in so einer Gegend, in einem Wohnhaus, wo es Dutzende Zeugen geben würde. Mein Argument war gut, beruhigte mich aber nur wenig.

»Lassen wir das, Sie werden nicht extra aus Russland eingeflogen sein, um mit mir über Schach zu sprechen. Fragen Sie, ich werde antworten.«

Er gab Boxer einen Wink, der bewegte sich geschmeidig einen Schritt nach vorn, bis an die Tischkante, ließ die rechte Schulter ein wenig sinken und beschrieb mit seiner Hand einen perfekten Bogen. In der Luft ballte sich die Hand zur Faust. Auch Muhammed Ali hätte dem Schwinger nicht ausweichen können. Zwischen dem Nicken des Chefs, über die Schlagauslösung bis hin zum Treffer hätte nicht der Lidschlag einer Libelle gepasst, wie Siggi Bergmann es formuliert hat. Irgendwie konnte ich noch meine Nackenmuskeln spannen, als mich die Faust des Boxers wie ein Hammer traf. Genau in die Beuge zwischen Hals und Schlüsselbein. Kurz darauf war alles schwarz.

Als die Lichter wieder angingen, litt ich wie ein Hund. Das Zentrum der Lehre des Buddha ist, dass Leiden nur eine Täuschung darstellt, und Schmerzen als Teil des Leidens somit auch nicht wirklich, sondern nur ein wesenloser Traum sind. Für diese Lehre spricht einiges, die Argumente meines Körpers hingegen, der hartnäckig darauf bestand, den Schmerz ernst zu nehmen, legten laut vernehmlich Widerspruch dagegen ein. Mein Mund war voller Blut, irgendwo hatte ich hineingebissen, bis sich die Zähne berührten und ich hoffte mit ganzer Seele, dass ich mir nicht die Zunge abgebissen hatte. Ich spuckte das Blut auf meinen Teppich, der sich nur ein paar Zentimeter vor meinem Gesicht befand. Irgendwie war ich wohl von der Couch auf den Boden gerollt. Als ich meinen Kopf aus dem blutnassen Gemisch heben wollte, ging das nicht. Meine ganze linke Seite war gefühllos. Nein, sie war taub, besser gesagt, tot. Ich war mir nicht mehr sicher, ob dort überhaupt noch etwas war. Es fühlte sich an, als ob an die 20 Kilo fremdes Fleisch an mir hingen.

Ich richtete mich mühsam auf und wuchtete meinen Körper zurück auf das Sofa. Ich brauchte ein paar Augenblicke, bis ich wieder einigermaßen meine Seele in meinem Körper verankert hatte. So richtig kaputtgegangen war nichts, aber alles fühlte sich irgendwie defekt an.

»Sie sprechen nur, wenn ich direkt eine Frage an Sie richte.«

Statt einer Antwort schluckte ich das lauwarme Blut hinunter, das meine Mundhöhle zu füllen begann.

»Wir wissen, dass Sie Slupetzky nicht getötet haben. Deswegen müssen Sie nicht lügen. Sie haben den Toten nur gefunden und wollen da Ihre eigene Sache durchziehen und das entspricht nicht unseren Vorstellungen. So einfach ist das.«

Er unterbrach für einen Moment. »Also, was haben Sie aus der Wohnung mitgenommen, in der Sie ihn gefunden haben und wem gehörte der Wagen, in dem Sie weggefahren sind?«

»Slupetzkys Computer, sein Handy, ein paar Briefe und die Mordwaffe.« Es fiel mir schwer, mich zu artikulieren, aber der Russe verstand trotzdem.

»Die werden Sie uns geben. Wem gehörte der Wagen? Ich frage zum letzten Mal.« Er wies mit dem Kopf auf Augenbraue.

»Ich werde Ihnen die Mordwaffe geben, dafür lassen Sie den Wagen aus der Sache heraus. Der geht nur mich was an.« Bei diesen Worten rann mir das Blut aus dem Mund und lief mir über das Kinn, um in meinen Schoß zu tropfen.

»Sie werden uns alles sagen, was Sie wissen, und uns die Mordwaffe aushändigen.«

»Dort, wo ich die Waffe aufbewahre, bekommen Sie sie nur, wenn ich lebe und alles unverdächtig ist. Selbst wenn ich Ihnen erklären würde, wo das ist, würde Ihnen das nichts nutzen. Wagen gegen Waffe oder gar nichts.«

Das war ein Bluff, ich war mit 2 und 6 All-In gegangen. Der Chef lächelte mich an. Bewegte sich aber nicht und sagte auch nichts.

»Sie können Augenbraue jetzt das Zeichen geben. Ich habe wieder gesprochen, ohne gefragt zu werden.« Ich wischte mir das trocknende Blut vom Kinn.

Er hob den Kopf, drehte ihn nach hinten und sagte etwas, worauf Boxer und die zwei Schränke verschwanden. Dann wendete er sich an Augenbraue und sagte ihm etwas auf Russisch, wobei er lächelte. Er lenkte seine Aufmerksamkeit wieder auf mich. Augenbraue kochte.

»Ich habe ihm gesagt, …«

»… dass ich ihn Augenbraue genannt habe. Jetzt ist er sauer.«

»Das gefällt ihm gar nicht.«

Ich schaute den hässlichen Pitbull an und lächelte. »Augenbraue.« Sein linkes Auge begann zu zucken.

Der Boss schüttelte den Kopf und lachte in sich hinein. »Sie gefallen mir. Sitzen hier ohne irgendwas und bluffen wie ein Großmeister, nur weil Sie ein paar läppische Euro wittern. Und das alles auf die vage Hoffnung hin, dass ich nicht so ein Idiot bin, mich am Schauplatz eines Mordes, der auch ein Wohnhaus ist, blicken zu lassen. Ich weiß nicht, ist das Mut oder Idiotie?«

»Wenn alles gut geht, ist man mutig, wenn nicht, ein Idiot. Wie's in einem drinnen aussieht, spielt da keine Rolle.«

»Also gut. Wenn sich aber herausstellen sollte, aus welchem Grund auch immer, dass der Wagen wichtig war, sehen wir uns wieder.«

Er blickte auf seine stählerne Armbanduhr. »Wann kann ich die Pistole haben? Ich hoffe, Sie haben die Fingerabdrücke nicht abgeputzt.«

»Nein, ist alles original. Sie können die Knarre morgen um acht Uhr abends in der Nationalbibliothek abholen. Dort fragen Sie einfach den zuständigen Bibliothekar nach Sitz 117.«

»Und was hindert mich jetzt daran, Augenbraue zuzunicken, nach Hause zu fahren und morgen Mittag von Ihrem langen, schmerzvollen Tod zu hören?«

»Neben Ihrer Intelligenz? Die Tatsache, dass das Buch noch nicht dort ist, wo Sie es abholen können. Es hat bis morgen Abend noch einen langen Weg vor sich.«

Wir erhoben uns und ich begleitete meine Gäste bis zur Tür. Als der Boss draußen war, wandte sich Augenbraue um und ließ ein Butterfly aufschnappen. Darauf hatte ich gewartet und war deshalb ein wenig schneller. Mit meiner Schulter blockierte ich seinen Arm, drückte ihn gegen die Wand und rammte ihm meine Stirn gegen die Nase. Nach all den Schmerzen tat es gut, sein Nasenbein brechen zu hören. Ich gab ihm einen Augenblick, um den Schmerz zu genießen, dann stieß ich ihm zum Abschied mein Knie in die Eier. Augenbraue sackte in sich zusammen und rollte zusammengekrümmt über meine Schwelle. Der Boss drehte sich um, sah mich an, und schüttelte den Kopf. Nachdem ich die Tür geschlossen hatte, hob ich den Butterfly auf, den er liegen gelassen hatte. War ein schönes Stück Stahl, lag gut in der Hand und war so scharf, dass sich einem die Härchen auf dem Handrücken aufstellten. Es war doch noch ein guter Tag geworden.

Ich schüttete den kalten Tee fort und setzte neues Wasser auf. Als es kochte, holte ich meine gusseiserne Arare heraus. Diese Kannen werden in Japan handgefertigt. Ähnlich wie die Nanbu-Tekkis aus der Präfektur Iwate sind sie, um den Tee lange warmhalten zu können, aus Eisen gegossen, von innen emailliert und für ihre Größe sehr schwer.

Nach dem Gießen von 1,5 Litern Flüssigeisen werden die inneren und äußeren Gussformen zerbrochen und die Kannen ausgelöst. Die unebenen Kanten werden geschliffen, die Innenseiten emailliert, und die Außenseiten gestrichen. Nach eingehender Qualitätskontrolle treten sie den langen Weg nach Europa an. Es sind die Kannen der japanischen Teezeremonie. Meine war ein Erinnerungsstück an bessere Zeiten, als das Geld noch nicht so knapp gewesen war. Die Zeit seit damals schien sich nicht in Jahren messen zu lassen.

Als das Wasser kochte, wusch ich die Kanne aus, gab den Tee hinein und goss auf. Dann stellte ich meine Arare auf das Tischchen, rückte es vor mein Fenster und holte meine Decke. Ich öffnete das Fenster.

Im Innenhof wuchs eine Kastanie. Im Frühling, wenn sie die Kerzen ihrer Blüte trägt, übertönt sie den Stadtgeruch. Im Sommer kühlt sie, und wenn der Wind durch ihre Blätter rauscht, hört man die Autos auf der Straße kein bisschen. Jetzt trug sie noch kein Grün, nur ein paar zarte Knospen waren zu sehen. Aber ihre majestätische Gestalt dominierte trotzdem den Blick aus meinem Fenster. Es war draußen noch dunkel, es regnete leicht und der Wind blies kalte, frische Luft zu mir herein.

Ich holte mir die Lester-Young-Aufnahme mit Nat King Cole und Buddie Rich aus dem Jahr 1946 heraus. Ich besaß die Vinylversion aus den 60ern, legte die Platte auf und kuschelte mich in die Decke auf dem Stuhl. Während wir den heißen Tee in kleinen Schlucken tranken, warteten Lester, Nat und ich auf den Sonnenaufgang.

Kapitel 4

I

Irgendwann, bei der zweiten Version von ›I cover the water-front‹, war ich eingeschlafen. Noch bevor Lesters Sax in die ersten zarten Takte von Coles Solo übergeht. Dort im Land des Jazz war alles schön, hier in der realen Welt wohnte der Schmerz. Ich fühlte mich wie ein 90-jähriger Greis, der einen 10-Stunden-Viagraritt hinter sich hat.

Draußen war es hell, es hatte aufgehört zu regnen. Dafür war, was selten ist für Wien in dieser Jahreszeit, der Nebel eingefallen. Und mit dem Nebel war die Nässe hereingekommen. Die Decke war klamm und mir war kalt.

Ich schloss das Fenster, quälte mich ins Bad, das eigentlich nur eine Ecke meiner Küche ist, zog mir die verdreckten und vollgebluteten Klamotten aus und stellte mich unter das kochend heiße Wasser. Zehn Minuten später war ich wieder ein Mensch, zwar ein schwer ramponierter, aber ein Mensch. Nachdem ich mich rasiert hatte, packte ich meine Sachen zusammen, zog mir etwas an und stieg die Treppen hinauf zu Mike. Der war immer schon früh wach, denn der Hunger nach Alkohol trieb ihn stets im Morgengrauen aus den Federn.

Ich klopfte an seiner Tür, von drinnen kam ein »Is eh offn« und ich trat ein. Mike saß vor seinem Wohnzimmertisch. Auf diesem herrschte ein Durcheinander aus Aschenbechern, Bierdosen und Essensresten. Vor sich hatte Mike einen Spiegel liegen, eine schöne alte Apothekenwaage und Zubehör. Er blickte kurz von seiner Arbeit auf und staunte mich an. Dann wandte er sich wieder seiner Beschäftigung zu, die darin bestand, Schnee in kleine mintgrün und rosa glänzende Briefchen zu packen.

»Du? Schaust aber gar nicht gut aus. Ein Bier oder einen Kaffee?« Er wies mit einer Hand auf die Kanne, die neben ihm auf dem Boden stand. Ich holte mir in der kleinen Küche eine der saubereren Tassen und schenkte mir ein.

»Was wird das, wenn's fertig ist? Sieht ja ziemlich professionell aus.«

Ich wusste, dass Mike nebenbei in kleinem Maße dealte. Hauptsächlich für seine Mäderln. Mittlerweile schien er aber größer eingestiegen zu sein.

»Ist für ein paar Mädchen, die wollen das so. Soll trendy sein.«

»Mikes Designerkokstäschchen, heute für 10,95.«

»So in etwa. Ist eine furchtbare Kletzlerei.«

»Für deine Mädchen?«

»Nein, die sind nicht so heikel, würd ich ihnen auch nicht raten.«

»Kann's mir denken.«

Ich setzte mich neben ihn und nahm einen Schluck vom Kaffee. »Mike, wegen Slupetzky.«

»Ja.« Er blickte konzentriert weiter auf sein kleines Silberlöffelchen und das Briefchen, das er füllen wollte. Aus der Entfernung hatte ich die kleinen LV-Zeichen gar nicht bemerkt, die auf der Glanzfolie für die Briefchen aufgedruckt waren.

»Wahnsinn, Louis-Vuitton-Kokstäschchen. Das ist ja der Renner.«

»Yeahh«, Mike klang stolz, »ich weiß, was die kleinen Schneggerln wulln.«

»Zurück zu Slupetzky.«

Wieder stierte Mike auf seine Utensilien.

»Den hast du doch gekannt.«

Mike legte die Briefchen zur Seite. Probierte von seinem Bier. »Wie man Leute halt so kennt.«

»Wie hast du den denn kennengelernt?«

»Was geht dich das an?«

»War vorher wer bei mir. Wär fast in die Hose gegangen. Hör zu, ich muss das wissen.«

»War ein paar Mal bei meinen Mädchen, hab ihm auch ein bisserl was verkauft.«

»Und du hast ihm die Wohnung besorgt.« Mike gehörte auf Umwegen das Wohnhaus.

»Ja.«

»Weißt du, was der abgezogen hat?«

»Keine Ahnung.«

»Lüg mich nicht an.«

Mike fing wieder an, sich um seine Louis Vuittons zu kümmern, so ganz wollte ihm das aber nicht gelingen. Ich war unausgeschlafen, alles tat mir weh und ich war sauer. Das war nicht der rechte Zeitpunkt, mir blöd zu kommen. Mit der Linken ließ ich den Butterfly des Russen aufschnappen, mit der Rechten packte ich Mike im Nacken. Wenn man auf den Schlachthöfen Rinderhälften schleppt, hat man Kraft. Ich hielt ihm das Messer vor die Augen. »Mir ist bald alles wurscht. Dann schneid ich dich in zuckende Fetzen.«

»Hey, easy, Mann.« Mike hob beschwichtigend die Arme. »Hatte irgendeine Computersache am Laufen. Ging wirklich gut. Hat massig Geld bei mir verfickt.« Seinen Kopf hatte ich weit nach hinten gebogen. Das Messer saß an seinem Hals, dort, wo die Haut weich ist und sich jeder fürchtet.

»Von den Computern weiß ich. Sonst noch?«

»Keine Ahnung.«

»Hast du seinen Partner gekannt?«

»Nein.«

»War da sonst noch wer, Kunsthändler oder dergleichen, irgendwie Ex-YU?«

»Nein, wirklich nicht, ich schwör's dir.«

»Mike, wenn du mich anlügst, bringt das nichts. Sag mir, was du weißt, und vielleicht kann ich dich noch raushauen. Die wissen viel und es dauert nicht mehr lange, und sie wissen alles.«

»Leck mich, du Arsch, was hast du denen gesagt, dass du noch lebst?«

»Ich hab mein Blatt nicht überreizt, aber du. Sei vernünftig, Mike, allein wirst du das nicht durchstehen.«

»Du willst mich nur bei denen reinreiten, um dich selbst zu retten. Fick dich.«

Ich ließ langsam das Messer sinken und lockerte den Griff um seinen Hals. Mike machte sich frei, rückte von mir weg und fuhr sich mit einer Hand an die Kehle, mit der anderen griff er sich sein Bier und trank einen Schluck. »Scheiße, ich dachte, du wolltest mich tranchieren.«

»Wollt ich auch. Hast eh mehr Glück als Verstand.« Ich ließ den Butterfly zuschnappen und legte ihn auf den Tisch. Dann stand ich auf und ging, ohne noch ein Wort zu verlieren oder mich auch nur umzusehen.

II

In der Zieglergasse befindet sich ein asiatischer Supermarkt. In den Gängen findet sich alles, was das Herz sich nur wünschen kann. Literflaschen Kikkoman-Sojasauce, Instant-Nudelsuppen in allen Variationen, Sobanudeln und Masalas in allen Schärfen und Geschmacksrichtungen. Tsingtao-Bier ist genauso erhältlich wie Blue Oyster Sauce. Alles im schreienden asiatischen Design. Vor allem aber haben sie M-140.

Das kommt aus Thailand und ist die Tyrannosaurus-Rex-Variante von Red Bull. Damit kann man die 110 Stunden von Chiang Mai nach Burma durch den Dschungel fahren, ohne müde zu werden. Wenn es zu stark gekühlt wird, flocken Taurin und Koffein aus.

Abgefüllt wird es in 125-Milliliter-Fläschchen, die viereckig und braun sind und leicht an die Laudanumflaschen des 19. Jahrhunderts erinnern. Das Etikett ist in Gelb und Rot gehalten, und mit einem roten Stern und den Schlagworten versehen: Heroism, Leadership & Devotion.

Davon kaufte ich mir drei, trank zwei sofort und steckte mir eins in die Jacke. 20 Sekunden später war ich wirklich wach und der Tag konnte beginnen.

Während ich auf die Uni fuhr, überlegte ich kurz, ob ich nicht Koks-Berti und seine Trashqueen anrufen sollte. Ließ es aber bleiben, die Russen wussten sicher bereits von ihnen und das hieß, dass ich ihnen nicht mehr helfen konnte. Zurückhaltung kann auch eine Tugend sein.

Auf der Uni war ich der Erste im Institut, nicht einmal die Sekretärin war schon da. Ich ging in mein Zimmer, setzte mich hinter den Schreibtisch und begann zu wählen.

»Hi, Fritz, Arno hier.«

»Servus.«

»Das Päckchen, erinnerst du dich?«

»Sicher.«

»Kannst du es mir so schnell wie möglich zur NB bringen? Gib es Erich dort und sag, dass es für mich ist.« Erich war der Chefbibliothekar der Nationalbibliothek. Er war bibliophil, und seitdem ich einmal ein seltenes Buch für ihn gefunden hatte, war mir alles erlaubt. Ich bin der Einzige, der im großen Lesesaal einen privaten Platz hat. Seit den Tagen, als die NB die Privatbibliothek der Kaiser war, jedenfalls.

»Sicher. Geht klar. Ich mach einfach eine Rauchpause.«

»Trag das Päckchen so, dass man es nicht sieht.«

»Wenn du willst.«

»Danke, Fritz, hast was gut.«

»Nur keine Schmierenkomödie abziehen, wir sehen uns.« Damit legte er auf. Vielleicht war es übervorsichtig, aber falls die Russen mir jemanden hinterhergeschickt hatten, wollte ich nicht mit dem Revolver durch Wien laufen. Ich wählte die nächste Nummer auf meiner geistigen Liste.

Zu der Zeit, als ich meine Dissertation verfasste, schrieb ein Seniorstudent seine Diplomarbeit bei meinem Doktorvater. Er war lange Jahre im Vorstand des Niederösterreichischen Elektrizitätsverbundes gesessen, und hatte ein paar Jahre im Nationalrat verbracht. Nebenbei war er in der Österreichischen Tabakregie der Mann hinter Mauhart gewesen. Er war auch in die Gründung der Kronenzeitung durch Gewerkschaftsmillionen verwickelt, ohne aber wie Ohla deswegen ins Gefängnis zu müssen. Soweit ich weiß, war er damals nicht einmal im Gesichtsfeld der Ermittler präsent gewesen und man hätte ein äußerst gewiefter Spürhund sein müssen, um mehr als einen Zeitungsartikel zu finden, in dem sein Name vorkam.

In der Pension, die mit dem Ende der Ära Vranitzky zusammenfiel, hatte er sich mehr auf seine schöngeistigen Interessen konzentriert und das Latein und Griechisch seiner Schulzeit aufgefrischt. Außerdem war er Sammler.

»Dittrich, Helmut.« Er sprach weich und fließend, in der Diktion und dem Tonfall der Sozialisten, die durch Kreisky geprägt sind.

»Guten Tag, Herr Dittrich, Linder hier.«

»Ah, Herr Linder. Worum geht's?«

»Ich habe einen Artikel zur Hand, der Sie interessieren dürfte.«

»Um was handelt es sich?«

»Nicht am Telefon, können wir uns treffen?«

»Sicher, ich habe heute Nachmittag Zeit. Sie können einfach vorbeischauen. Wo ich wohne, wissen Sie ja.«

»Ich kann Wien momentan nicht verlassen. Bestünde die Möglichkeit, dass wir uns in der Stadt treffen?«

»Natürlich. Sie müssen mir unbedingt erzählen, warum Sie nicht aus Wien raus dürfen. Gegen zwei in meinem Büro am Opernring, wenn Ihnen das recht ist?«

»Ja, das ist es. Wo finde ich Sie dort?«

»Opernring 1, Stiege II.«

»Dort, wo sich die Konsularabteilung der Indischen Botschaft befindet?«

»Genau dort, mein Name steht auf der Messingtafel, werden Sie ohne Probleme finden.«

»Bis dann.«

»Noch eins, werden Sie den Gegenstand gleich mitbringen?«

»Nein, das ist nicht möglich, sehr heikel.«

»Verstehe, bis dann.«

Wir legten auf. Gleich darauf wählte ich Reichis Nummer.

»Servus.«

»Wegen dem iPhone, willst du's noch?«

»Sicher.«

»Hast du gegen 12 Zeit und Lust?«

»Sicher.«

»Kennst du das Tenmaia?«

»Sicher, aber hast du auch genug Geld?«

»Sicher, lad dich ein, bis nachher.«

Endlich war ich dort angekommen, wo ich die ganze Zeit hinwollte. Ich wählte Freds Nummer.

»Gruetzi.«

»Dir auch, wie geht's dem Alten?«

»Guet. Hast dich entschuldiget, bei dr Dame?«

»Darum geht's. Kannst du bei ihr in der Kanzlei anrufen, einen Termin für etwa vier Uhr ausmachen?«

»Die het viel zum tua, würd ka Zit ho.«

»Weiß ich, aber dann wird die Sekretärin sagen, welchen Termin sie hat und wo.«

»Und es sägg i denn dir?«

»Genau.«

»Schick dr n SMS. Bisch ganz n Uskochta.« Fred kicherte in den Hörer wie ein kleines Mädchen.

»Apropos. Wie seid ihr eigentlich auf Laura gekommen?«

»S'isch scho immr üsre Kanzlei gsi, sie war halt denn a Nette.«

»Hat sie mir auch gesagt. Wie kommt es, dass eine Konzipientin mit zu Bender kommt?«

»S'war a Kunschtsach damals, da hatt sie sich uskennt.«

»Was hat Bender mit Kunst zu tun?«

»Bisch nügierig hüt.«

»Immer.«

»Gruetziwohl.« Fred legte auf. Mein »Ciao« sagte ich nur

mehr zu mir selbst. Ich packte zusammen und sperrte ab. Als ich an der Glastür des Sekretariats vorbeikam, ging die Tür auf und Frau Nettig stand vor mir. Sie wedelte mit einem Zettel.

»Von der Frau Professor, soll ich Ihnen geben. Mit Entschuldigung, dass sie's gestern vergessen hat.«

In der nächsten Sekunde war die Tür auch schon zu und ich las mir den Wisch durch. Am Dienstag sollte ich einen Vortrag im Rahmen eines interdisziplinären Kongresses halten. Ich faltete das Blatt zusammen und steckte es in meine Jacke. Gott sei Dank bestand die Möglichkeit, dass ich bis dahin unter die Räder gekommen war.

Ich trank das dritte M-140, die Farben explodierten, kleine Lichtpunkte schossen durch mein Blickfeld und ich machte mich auf zur Nationalbibliothek.

III

Ich ging die Treppen hinunter, aus dem Haupttor hinaus, und überquerte den Ring. Als ich am Café Landtmann vorbeikam, sah ich Hans Rauscher die Presse lesend frühstücken. Dann ging ich durch den Volksgarten, am Theseustempel vorbei. Der nasse Sand der Wege klebte an meinen Schuhen, der Wind blies und die kalten Tropfen stachen wie kleine Nadeln im Gesicht. Die leeren Beete und kahlen Bäume wirkten traurig in der grau-nassen Stadt. Schließlich überquerte ich den Heldenplatz und ging in die Nationalbibliothek.

Eine kleine Treppe, flankiert von zwei steinernen Löwen, führt in einen kleinen, vestibülähnlichen Vorraum. In den vier Ecken des Raumes stehen die Statuen von Göttern: Aphrodite, aus der Muschel steigend, Phöbos Apollon, die Jungfrau mit dem Kind und Athene mit der Eule. Sobald meine Füße den glatten Marmorfußboden des Innenraumes berührten, fand ich Ruhe. Ich legte in der Garderobe ab, ging an den Eingängen zum Ephesusmuseum und zur Antikensammlung vorbei und durch das Drehkreuz in die Bibliothek.

Drinnen setzte ich mich zu den Computern. Eine Bibliothek ist wie eine Orgel, wer sie zu benutzen versteht, dem gibt sie alles. Nachdem ich ausgiebig recherchiert hatte, füllte ich die Entlehnscheine aus und ging zur Ausgabe.

Erich begrüßte mich mit einem Kopfnicken. Er war recht klein, sodass er Mühe hatte, über die Ablagefläche zu blicken. Wie immer war er adrett gekleidet, seine Garderobe hätte einem Concierge in einem Nobelhotel zur Ehre gereicht. Ich gab ihm die Scheine.

»Expressaushebung?«

»Wenn's geht, wäre schön.«

»Sicher, kein Problem für Sie, Herr Doktor. In 20 Minuten können Sie die Bücher abholen.« Er reichte mir meinen Sitzplatzschlüssel und ich ging in den großen Lesesaal, der mit seinem biederen Design wie das Interieur eines sowjetkommunistischen Hotels aus den 60ern wirkt. Wenn man sich bemüht, vermeint man fast noch die Echos einer Breschnew-Rede an den Wänden huschen zu hören.

Die große Fensterfront schaut nach Südosten, was dazu führt, dass im Sommer selbst bei geschlossenen Fenstern Schweiß und Tinte auf dem Papier ineinanderfließen. Im Winter hingegen ist es gerne einmal beißend kalt, sodass den Lernbeflissenen niemals langweilig wird. Heute war der Blick auf den Burggarten trostlos. Grau in Grau in Grau.

Ich ging nach vorne, holte mir einen Band des deutschen Wörterbuchs der Brüder Grimm heraus und vertiefte mich in eines der größten Monumente menschlichen Geistes, das uns überliefert ist. Nebenbei ist es auch ein Fenster, um in die Zeit blicken zu können, da innerhalb weniger Jahrzehnte eben dieses Wörterbuch, die ›Kritik der reinen Vernunft‹, der ›Faust‹ und Mozarts ›40. Symphonie in G-Moll‹ die Bühne der Weltgeschichte betraten. In angenehmer Gesellschaft vergeht die Zeit schneller, und so waren die 20 Minuten längst verflogen, als ich auf die Uhr blickte.

Widerwillig kehrte ich in eine Zeit zurück, deren Highlights aus Tiefkühlpizza, Wolf Martin und Starmania bestehen.

Ich holte mir die Bücher und Zeitschriften ab, die ich bestellt hatte, und setzte mich zurück an mein Pult. Vor mir stapelten sich die Bücher zu einem Berg, dem nur wenig fehlte, um eine Krone aus ewigem Eis zu tragen. Es war Zeit, ein wenig über die Textgeschichte des Werks herauszufinden, dessen XVI. Gesang ich Dittrich verkaufen wollte. Mühsam rekonstruierte ich, in vergilbten Seiten blätternd, die Überlieferungsgeschichte der Batrachomyomachia, indem ich zuerst die Indizes der Jahrgangsendhefte der Zeitschriften auf Schlüsselworte durchforstete, die Stellen heraussuchte und über zig Umwege die relevanten Passagen in den Monografien ausfindig machte.

Viel zu schnell vergingen die Stunden, es ging auf 12, ich ordnete noch kurz meine Notizen und brachte die Bücher zurück. Um eine Habilitation zu verfassen, fehlte mir noch einiges, aber ich hatte die gröbsten Fakten und wichtigsten Hypothesen zusammengebracht. Ich verabschiedete mich von Erich und zog mich wieder an.

Draußen war es immer noch unfreundlich und es schien nicht so, als ob sich das Wetter zu meinen Lebzeiten ändern würde. Ich ging durch die Innere Hofburg, unter der grünen Bronzekuppel hindurch, auf den Michaelermarkt hinaus.

Diese Stelle kann ich nie passieren, ohne mich an ein Vorkommnis aus meinem ersten Studienjahr zu erinnern. Wie heute auch, war ich aus der Nationalbibliothek gekommen, als an jenem wunderschönen, glühendheißen Sommertag ein junger Mann im Mozartkostüm, inklusive Schnallenschuhen, Strümpfen, Spitzenmanschetten und gepuderter Perücke, Plakate einer Kunstveranstaltung austeilte. Damals waren diese Mozarts noch kein gewöhnlicher Alltagsgegenstand des Straßenbilds im ersten Bezirk. Der junge Mann mühte sich also im Schweiße seines Angesichts ab, einen Hungerlohn zu verdienen, als eine alte Dame seiner ansichtig wurde. Zweifellos war sie gerade zum allmittäglichen Konditoreitreffen mit ihren Jahrgängerinnen unterwegs. In adrettes Altrosa gekleidet, mit Brosche und Halstuch, die weißen Haare sorgfältig frisiert, kam sie auf den jungen Mann zu. Einen Meter vor ihm erhob sie Spazierstock und Stimme. Während sie wütend auf den jungen Mann einschlug, der weder wusste was, noch warum es ihm geschah, brüllte sie mit ihrer zarten Damenstimme: »Sie schwule Sau, dass Sie sich nicht schämen, verschwinden Sie zurück in das Loch, aus dem Sie gekrochen sind!«

Der junge Mann versuchte sich unter den gezielten Hieben schüchtern zu rechtfertigen: »Aber, aber, so hören Sie doch ...«

»Schämen sollten Sie sich, Sie Ferkel, verkaufen Sie doch Ihre Schweinereien woanders!«

Die aufgebrachte Dame wurde schließlich von Passanten beruhigt und der junge Mann von einem zufällig vorbeikommenden Arzt versorgt. Ob er aber in der Nacht nicht doch an einer Hirnblutung verstorben ist, kann ich nicht sagen.

Unter diesen Gedanken war ich an der Albertina vorbeigekommen, hatte die Maysedergasse durchquert und war schließlich in der Krugerstraße gelandet, wo sich das Tenmaya befindet. Als zentraleuropäischer Beitrag zur Ernährungssituation steht direkt vor dem Eingang des Lokals ein Pizza-Döner-Würstelstand, der dem hungrigen Wiener, der von rohem Fisch und kaltem Reis nicht satt wird, die gewohnte Eitrige anbietet.

Das Tenmaya ist klassisch japanisch eingerichtet, in cremigem Weiß und satten Holztönen gehalten. Rechts vom Eingang ist das Teppan Yaki zu finden, hinten die traditionellen Räume, wo man auf Reisstrohmatten sitzt, von den Nachbarn durch Shojiwände getrennt. Links vorne befinden sich die kleinen Tischchen für die schnelle Nudelsuppe und die Sushis.

Ich suchte mir einen Platz, wie immer waren relativ viele Japaner anwesend, und bestellte einen Tee. Neben der Qualität des Tees war auch die Ästhetik des Steinguts hervorragend. Nur der japanische Sinn für Schönheit vermag Plumpheit in Grazie zu verwandeln. Ich trank genussvoll in kleinen Schlucken.

Als Reichi schließlich eintraf, bestellten wir. Zwei Teller Udon Nudeln und ein paar Sushis. Insbesondere auf den Weißfisch hatten wir es abgesehen. Die butterweiche Konsistenz zerfließt auf der Zunge, der federnde Rundkornreis füllt den

Mund und es bleibt eine Ahnung von Meer und Ruhe. Während des Essens kamen wir nicht viel zum Reden, kulinarische Befriedigung war das Motto des Moments. Als wir zum Abschluss noch einmal an der Teetasse nippten, schob ich Reichi das iPhone mitsamt dem elektronischen Zubehör hinüber. Alles hatte in einem mit Seide gefütterten Jutesäckchen Platz gefunden, das mir einmal eine wunderbare Frau geschenkt hatte. Doch mit den Erinnerungen an Frauen ist es wie mit Mühlsteinen. Zur rechten Zeit und am rechten Ort sind sie vollkommen. Wenn man sie aber zu lange mit sich herumschleppt, ziehen sie einen unweigerlich hinunter. Und wer zu lange in den Abgrund starrt, in den starrt der Abgrund zurück.

»Was kriegst du?« Reichi fischte nach seinem Portemonnaie.

»Lass es, geht aufs Haus. Als Dank für die Hilfe.«

»Komm schon, du bist doch arm wie eine Kirchenmaus.«

»Langsam schließe ich seinen vormaligen Besitzer ins Herz. Es ist übrigens echt.«

»Typisch du. Nagst am Hungertuch und wirst einem Toten gegenüber sentimental, den du zuvor eiskalt beraubt hast.«

Auf meinen erstaunten Blick hin erwiderte er: »Hab's in der Zeitung gelesen und zwei und zwei zusammengezählt.«

»Reichi, sag, bei dem Geschäft ...«

»Du meinst, gefälschte Elektronik kaufen, als Kuckuckseier Apple unterschieben und selber weiterverkaufen?«

»Genau. Sag, was schaut da heraus?«

»Ohne dass es auffällt, meinst du?«

Ich nickte.

»Kann nur raten. Aber da in Wien praktisch das ganze Sortiment für Mittel- und Osteuropa ankommt, schätze ich, dass man im Monat so an die 100 Computer und entsprechendes Kleingerät unterbringen kann. Dann kommt's darauf an, was man verlangt.«

Ich nickte und genehmigte mir einen Schluck Tee. Nun stellte sich nur mehr die Frage, wie viel ein Menschenleben wert war und wie lange man so einen Deal durchziehen konnte.

»Das Ganze ist also eine Peanutssache.«

»Na geh, das wird im Jahr bestimmt auf eine runde halbe Million hinauslaufen, die übrig bleibt. Praktisch ohne Risiko und Arbeit. Wenn die Chinesen schon die richtigen Packerln machen, mit Logo und allem, sind das nach der Vorbereitung nicht mehr als 20 Minuten Gabelstaplerfahren in der Woche.«

»Gegen die 10.000 Nummern, die täglich in Wien bezahlt werden, oder die zwei Kilo Schnee sind das Peanuts.«

»Mhmmm, hast recht. Wir sollten den Beruf wechseln.« Er lächelte. »Ich meine, ich sollte den Beruf wechseln, du hast ja bereits umgesattelt, scheint's.«

»Ja, ich hab mich outgesourct, da liegt die Zukunft.«

»Hab's dir immer gesagt, als Philologe im Zeitalter des Shareholderkapitalismus stirbst du aus wie die Dinos.«

Ich zahlte, und wir machten uns daran zu gehen. Als ich mich ächzend erhob, konnte er seine Neugier nicht mehr zügeln. »Was ist mit dir passiert? Du schaust aus wie der junge Tod und bewegst dich wie sein Opa!«

»Renkontre mit einer 200-Kilo-Nutte. Auf Koks.«

»Schmäohne jetzt. Berufsrisiko?«

»Genau.«

»Naja, es hätt dich ja auch ein kupferbeschlagener Schweinslederfoliant aus dem obersten Regal erwischen können, während du irgendeinen alexandrinischen Grammatiker gesucht hast.«

»So kann man's auch sehen. Wär wenigstens ein würdiger Tod gewesen. Hätt eine gute Grabinschrift abgegeben.«

Er grinste schäbig und ging hinunter zur U2, ich hinauf zum Opernring.

IV

Vis-à-vis der Oper liegt der Opernringhof. Im Erdgeschoss befinden sich unter dem, was die 50er als Arkaden bezeichneten, Geschäfte und Lokale. Oben sind Büroräume, Praxen und Konsularabteilungen untergebracht. Zwischen dem Espresso-Café und einem Billigflugreisebüro führt an den Dum-Dum-Records vorbei der Weg zur Stiege E. Man tritt durch eine gläserne Tür in den Liftraum, der, ganz in braunem Marmor und stumpfem Messing gehalten, an das Mausoleum des Kim Il Sung in Nordkorea gemahnt.

Die Lifttüren glänzen stählern, während über ihnen zwei elektronische Liftstandsanzeigen aus dem Neolithikum der Technologie in roten, eckigen Zahlen ihren Dienst tun. Zwischen den beiden Türen, die schon leicht verbeult sind, steht, ebenfalls in bräunlich mahnenden Messinglettern, das Wort Lift. Der Besucher erschauert und tritt ein. Wenn noch irgendwo die 50er leben, dann hier.

Ich stieg in den Lift, wählte den 4. Stock und ruckend schlossen sich die Türen. Im Gegensatz zu den Aufzügen in Pjöngjang funktionieren hier allerdings die Türsensoren und so stieg im letzten Moment eine Schar von Frauen dazu. Sie glotzten mich an wie ein unbekanntes Tier. Eine nach der anderen stieg aus, bis ich alleine im Lift war, sich die Tür öffnete und ich in den Gang des 4. Stockes trat.

Ein grüner Läufer auf olivgrünem Linoleum, dunkelolivgrün mit Ölfarbe gestrichene Wände, über Schulterhöhe hellolivgrün. Ohne natürliches Licht, Neonleuchten an der Decke. Alles dreckig und alt. So mussten die Korridore ausgesehen haben, in denen brave Apparatschiks die Verwaltungsarbeit für den ›Archipel Gulag‹ leisteten. Ganz hinten fand ich Dittrichs Büro, ich klopfte und trat ein.

Vor mir lag ein kleines Vorzimmer, etwa vier mal fünf Meter groß. Zwei Fenster gingen hinaus auf die Straßenseite. Auf den Fensterbrettern standen kleine Grünpflanzen, stachlig und spitz. Die Stirnseite war mit einem großen Aktenschrank zugestellt, in dem Ordner aus vergessenen Jahrzehnten verstaubten. Es herrschte der klassische Büroduft nach Filterkaffee, Staub und Würfelzucker, mit einer Nuance Kopierflüssigkeit. Rechts von mir stand der Schreibtisch, hinter dem Dittrichs Sekretärin saß. Eine wahrhaft monumentale Frau, Mitte 50. Das graue Haar war zu einem Dutt zusammengebunden, sie selbst war korrekt gekleidet. Während sie die Augen vom Bildschirm hob, tippten ihre Hände ungestört weiter.

»Ja, bitte. Was kann ich für Sie tun?«

Die Dame hatte eine der schönsten Stimmen, die ich je vernommen hatte. Hätte ich sie am Telefon gehört, hätte ich mich sofort in sie verliebt. So mussten die Sirenen in Odysseus' Ohren geklungen haben, als er festgezurrt am Mastbaum stand, während seine Gefährten mit Wachs in den Ohren ruderten. Ich wusste, ich würde nie mehr ruhig schlafen können, immer wäre mir die Stimme im Ohr.

»Linder. Ich habe einen Termin mit Herrn Dittrich.«

Sie blickte kurz in ihr Notizbuch. »Ah ja, wenn Sie gleich eintreten wollen, Herr Doktor.«

»Danke.« Ich wollte gleich, aber nicht eintreten, sondern Ohren und Seelen an ihrer Rede weiden. Ihre ›A's‹ waren ein Wohlgefallen, und entsprachen dem, was die Brüder Grimm ›den edelsten, ursprünglichsten aller Laute‹ nennen. Ihre Semivocales, die fließenden Konsonanten ›LMNR‹, versetzten mich in Entzücken. Leider hatte ich noch kein ›M‹ von ihr gehört, aber das würde schon noch werden. Bereits an der Tür stehend, wandte ich mich zu ihr zurück.

»Könnte ich vielleicht einen Kaffee bekommen?«

»Sicherlich.«

»Mit Milch, bitte.«

»Mit Milch, sofort.«

Ich hasse Kaffee mit Milch, aber manchmal muss man über Leichen gehen. Zum Beispiel, wenn man ein ›M‹ hören möchte. Befriedigt klopfte ich leise und trat in Dittrichs Büro ein.

Hinter der Milchglasscheibe befand ich mich in einer anderen Welt. Obwohl es draußen regnete, war herinnen Sonnenschein. Ein weicher Turkmene in Rot, Schwarz, Weiß lag auf dem Boden. Er stammte offensichtlich noch aus der Zeit vor Turkmenbashis irrwitzigem Exportverbot. Ein schwerer Schreibtisch aus Ebenholz thronte vor der Stirnseite. Die Wände waren mit Bücherregalen vollgestellt. Neben handelsüblichen Exemplaren waren einige Reihen auch ausschließlich bibliophil besetzt. Ich sah Buchrücken mit Saffian-Leder überzogen, die von der goldenen Blüte venezianischen Handwerks zeugten, neben abgenützten Einbänden, vom Glanz Tausender Handberührungen geadelt. Ich roch ihn sogar, den leicht pfeffrigen Duft der Seitenschönheiten. In der Ecke neben dem Schreibtisch war eine Ledergarnitur aufgestellt, mit einem Armsessel, einer Chaiselongue und einem Rauchertischchen. Dieses war ein Frevel, denn seine Einlegearbeit bestand aus echtem Elfenbein. Alles atmete Kultiviertheit und Geschmack.

Dittrich stand auf und kam von hinter dem Schreibtisch auf mich zu. Wir schüttelten uns die Hände und er wies mir den Platz im Armsessel zu. Kaum hatten wir uns gesetzt, da kam bereits die wohlklingende Sekretärin mit einem Tablett, Kaffee, Tassen und dem üblichen Zubehör herein. Sie stellte es auf das Tischchen, Dittrich nickte ihr zu und schon schloss sie die Tür von draußen.

Ich machte mir einen Kaffee, wohl oder übel musste ich mir einen Tropfen Milch hineingießen. Dittrich ging zum Schrank hinter seinem Schreibtisch, öffnete eine Lade und Gläser klirrten. »Wollen Sie auch einen?«

»Nein danke, mir reicht der Kaffee.«

»Gut, aber es stört Sie doch nicht, wenn ich trinke? In meinem Alter muss man nicht mehr strenge Diät leben.«

Dittrich schenkte sich ein Glas ein und setzte sich mir gegenüber auf die Chaiselongue. Er war in den unvermeidlichen dunklen Anzug mit der roten Krawatte gekleidet, es fehlte nur mehr die Nelke im Knopfloch. An der Linken trug er eine schwere Uhr, am Ringfinger einen Goldring mit dunklem Bernstein. Er hatte schwere Tränensäcke, eine kleine Nase, tiefliegende Augen und hinter den Ohren zwei Büschel weißen Haars.

»Rauchen Sie?«

»Nein, auch hier muss ich leider ablehnen.«

»Aber in meinem Büro wollen Sie es mir doch nicht verbieten?«

»Keineswegs. Im Herzen bin ich Kettenraucher, nur eben ohne zu rauchen. Ein Raucher in der inneren Emigration, könnte man sagen.«

Dittrich stellte sein wohlgefülltes Glas ab und bückte sich unter den Tisch. »Das ist gut, ich kann diesem Gesundheitsfaschismus nichts abgewinnen.«

Einem Humidor entnahm er eine Cohiba, Siglo Dos, und ein Balsahölzchen, setzte dieses mit einem Streichholz in Brand und rauchte damit genüsslich die Zigarre an. Behutsam nahm er die ersten Züge, wartete ab und lehnte sich wohlig zurück. »Kaum zu glauben, dass Sie nicht rauchen, bei Ihrem Doktorvater!«

»Ja, er hat immer gern geraucht.«

»Die Vorlesungen hat er immer in zwei Einstündige aufgesplittet, damit er in den Pausen in seinem Zimmer rauchen konnte.«

»Das war aber erst, nachdem das Rauchverbot in den Lehrsälen durchgesetzt worden war. Davor hatte er immer eine Pfeife im Mund.«

»Über seinem Platz im Büro war ein richtig gelber Nikotinfleck, wenn ich mich recht erinnere. Gibt es den noch?«

»Nein, nach seinem Tod hat meine neue Chefin den Raum geerbt und sofort neu streichen lassen.«

Einen Moment saßen wir da und nickten uns zu, im vollen Einverständnis über die Grausamkeiten der Geschichte. Danach trank ich einen Schluck vom Kaffee. Obwohl es Filter war, gar nicht so schlecht. Ich nahm noch einen Schluck.

»Mein Büro haben Sie gleich gefunden?«

»Ja. Unten auf der Tafel steht geschrieben, für die, die lesen können, H. Dittrich, Beratungen und Konziliar, 4. Stock, Tür 17. Was und wen beraten Sie eigentlich?«

»Jeden, der bezahlen kann.«

»Bei welcher Art von Geschäften?«

»Bei jeder, in der ich um Rat gefragt werde.«

Einen Moment schwieg er, dann fügte er mit einem Lächeln hinzu: »Ehrlich gesagt, allzu viel Arbeit ist es nicht. Ich habe hier ein kleines Refugium, zu dem Frau Dittrich keinen Zutritt hat, ich habe einen Vorwand, um Frau Chmelar weiterzubeschäftigen, und manchmal verirrt sich tatsächlich jemand hierher, dem ich helfen kann.«

»Wie mir.«

»Genau.«

Dittrich rauchte gelassen weiter, nippte wieder an seinem Glas. Dem Geruch nach zu schließen, irgendeiner der Islay

Malts, wahrscheinlich ein Laphroaig. Dittrich war eiskalt, ich würde den ersten Schritt tun müssen.

»Interessieren Sie sich für antike Papyri?«

»Ja, so wie für einiges andere auch noch.«

»Was sagt Ihnen die Batrachomyomachia?«

»Eine antike Parodie der Ilias. Von Plutarch dem Sohn oder Bruder der Königin Artemisia zugeschrieben, wie hieß der gleich?«

»Pigres.«

»Richtig.«

»Es gibt aber auch Forschermeinungen, die auf die Zeit Alexanders hinweisen, aber das ist für uns nicht entscheidend.«

»Sie sprachen von antiken Papyri, es gibt aber keine vollständigen Fragmente, so weit ich weiß.«

»Ich habe Zugang zu einem.«

Ruhig nippte ich an meinem Kaffee. Dittrich hatte angebissen. Von meiner Zeit hinter dem Spieltisch wusste ich, wann jemand ruhig ist und wann er nur so tut. Dittrich tat es meisterhaft, aber kleine Anzeichen verrieten Anspannung.

»Zuerst muss die Echtheit überprüft und anschließend die Legalität des Dokuments sichergestellt werden. Es ist doch legal im Besitz Ihres Klienten?«

»Sicherlich, daran besteht kein Zweifel.«

»Den Museen und Sammlungen bieten Sie es nur nicht an, weil Sie von einem privaten Sammler einen höheren Preis erwarten?«

Dittrich wusste genau, was gespielt wurde, und ich spielte mit. »Genau so ist es. Den öffentlichen Institutionen geht weltweit das Geld aus, alles konzentriert sich in privaten Sammlungen, so wie die naturwissenschaftliche Forschung aus der Öffentlichkeit der Universitäten in die dunklen Geheimkammern mächtiger Konzerne wandert.«

»Wir leben im Todeskampf der res publica, da haben Sie recht.«

Dittrich nahm einen Zug und stand auf. »Ich werde mir nachschenken, Sie sind sicher, dass Sie nichts wollen?«

»Danke nein.«

Dittrich füllte sein Glas und setzte sich zurück an den Tisch. »Sie haben also jemanden an der Hand, der über einen solchen Papyrus verfügt. Ist es vollständig?«

»Nein, nur ein Gesang, der XVI.«

»Ist das nicht der, mit der Aristeia des Mäusehelden, wie hieß der noch?«

Dittrich wusste das alles selber, bloß wollte er nicht seine Karten auf den Tisch legen.

»Es handelt sich um die Stelle, in der der Mäuseheld Bröckchenräuber mit seiner Nussschale die Reihen der Frösche lichtet, worauf Zeus ihm Einhalt zu gebieten denkt, aber Ares und Athene fühlen sich dem großen Mäusehelden nicht gewachsen.«

»Köstliche Stelle.« Dittrich schmunzelte und schmauchte vergnügt vor sich hin. »Haben Sie den Papyrus selbst gesehen und sind von seiner Echtheit überzeugt?«

»Ja. Schrift, Tinte, Schreibweisen, alles ist perfekt. Nur die Unterlage konnte ich keiner chemischen Analyse unterziehen. Dazu bräuchte man ein Labor, über das ich nicht verfüge.«

»Ohne chemische Analyse ist nicht zweifelsfrei bewiesen, dass es sich um keine Fälschung handelt.«

»Wenn jemand so viel Aufwand betreibt, um die Schrift eines antiken Schreibsklaven perfekt zu imitieren, was Jahre an Übung bedarf, wird er auch den richtigen Papyrus verwenden. Wenn es eine Fälschung sein sollte, dann ist sie so gut, dass niemand das herausfinden kann.«

»Wie haben Sie sich die weitere Vorgehensweise vorgestellt?«

»Ich werde mit dem Besitzer Kontakt aufnehmen, danach werde ich Sie benachrichtigen und wir können einen Besichtigungstermin vereinbaren.«

»Sie gehen ja davon aus, dass ich Interesse habe, als ob es sich dabei um eine feststehende Tatsache handeln würde.«

»Herr Dittrich, ich sehe, was Sie hinter Ihrem Schreibtisch an der Wand stehen haben.« Ich stand auf und ging zum Bücherschrank. »Eine Abschrift von ›De veritate‹ des Heiligen Thomas, venezianische Bände illustren Inhalts, eine Handschrift des Satyricon, um nur die ersten drei zu nennen, die mir in die Hand gefallen sind.«

Ich drehte mich um, Dittrich glühte vor Besitzerstolz.

»Wenn ich das zum Anhaltspunkt nehme, um zu extrapolieren, was Sie zu Hause gelagert haben, bin ich sicher, dass sich dort auch ein paar Zeilen aus dem Nibelungenlied finden werden, die mit denen aus St. Gallen und Stift Melk konkurrieren können.«

»Was für einen Preis hätten Sie sich gedacht, wenn ich mich denn bereit erklären sollte?«

»Sie wissen sehr gut selbst, was so ein Text wert sein kann. Wir haben nicht vor, an die Schmerzgrenze zu gehen. Wir legen den Preis so, dass Sie, wenn Sie ihn weiterverkaufen wollen, weil Sie irgendwelche Unregelmäßigkeiten wittern, das auch noch mit einem satten Gewinn tun können.«

»Nennen Sie einen konkreten Preis.« Dittrich hatte angebissen, nun musste ich ihm Leine geben.

»Zuerst machen wir einen Besichtigungstermin, danach werden wir weitersehen.« Wenn ein Sammler das Knistern des Papyrus in den Ohren hört und seine feine Oberflächentextur mit den Fingerspitzen erfühlt, all die kleinen Details ausmachen kann, dann muss man über den Preis sprechen, nicht in irgendeinem Büro.

»Geben Sie mir einen ungefähren Anhaltspunkt.«

»Das wäre nicht seriös. Wenn wir einen Preis nennen, dann den endgültigen.«

Ich setzte mich wieder. Kaum hatte ich geendet, sprang Dittrich auf, die Glut seiner Zigarre war unregelmäßig, vor Aufregung hatte er zu stark gezogen. »Sie kommen zu mir, um mir einen gestohlenen Papyrus unterzujubeln, mit wer weiß was für einer Vorgeschichte und sprechen von Seriosität? Machen Sie sich nicht lächerlich, Herr Linder!«

Ich blieb ruhig sitzen, schlürfte an meinem Kaffee, er war längst kalt.

»Wenn ich diesen Papyrus kaufe, kann ich nichts damit anfangen. Wer weiß, wann die Polizei kommen würde!«

»Beruhigen Sie sich doch und nehmen Sie wieder Platz.«

Dittrich machte noch ein paar Schritte im Raum, bevor er sich erneut auf seine Chaiselongue fallen ließ.

»Sie werden den Papyrus besitzen, nur Sie allein. Wenn Sie wollen, dann können Sie auch einem ausgewählten Kreis gegenüber davon Gebrauch machen. Wenn Sie vorsichtig sind, wird niemand Sie behelligen.«

Dittrich hing mir an den Lippen wie ein Kind seiner Oma, die ihm Märchen erzählt. Genau das tat ich auch. »Sie sind jetzt an die 80, und bevor irgendetwas durchsickern kann, sind Sie lange tot.«

Ich machte eine Pause. »Dafür haben Sie die letzten Jahre Ihres Lebens mit einem echten Papyrus verbracht. Geschrieben in Alexandria, wahrscheinlich im Skriptorium der großen Bibliothek, in der Zeit von Ptolemäus Soters Tod. Vielleicht war es sogar eine Auftragsarbeit von ihm, er war ein großer Liebhaber der Batrachomyomachia.«

»Gut. Abgemacht. Wann werde ich wieder von Ihnen hören?«

»Morgen oder übermorgen. Es gibt da noch einiges zu regeln. Noch etwas. Bis das Stück in Ihrem Besitz ist, kein Wort zu niemandem.«

»Ich kann schweigen, keine Sorge.«

»Die Sorge mache ich mir nicht wegen mir, und wenn der Deal platzen sollte, habe ich genügend andere Interessenten an der Hand. Ich bin nur um Sie besorgt.«

»Abgemacht, kein Wort.«

Wir standen beide auf, dann schüttelten wir uns die Hände. Dittrich begleitete mich zu seiner Bürotür, draußen bekam ich noch ein »Auf Wiedersehen« zu hören und kurz darauf stand ich wieder im traurigen Gang mit den schmutzigen Olivgrüntönen und den flackernden Neonleuchten.

V

Draußen war es immer noch so unfreundlich, wie es in den letzten Tagen gewesen war. Bis vor dem Hotel Bristol der Ringwagen kam, war ich durchnässt und steif gefroren. Endlich erbarmten sich die Wiener Linien und die Türen einer alten Garnitur öffneten sich. Ich stieg die Treppen in die Tram hinein, und als die Sitzreihe über dem Heizkörper frei wurde, machte ich zwei schnelle Schritte und ließ mich auf der wohlig warmen Holzbank nieder. Bis der Wagen vor der Universität an der Station Schottentor hielt, war ich zweimal eingenickt.

Schläfrig, mit brennenden Augen und Ohrenrauschen kam ich oben im Institut an, wo mir Frau Nettig einen Umschlag mit der Bemerkung ›Fahrradkurier‹ in die Hand drückte. Ich sperrte mein Büro auf und warf den Umschlag auf den Schreibtisch. Dann versuchte ich, die Heizung in Gang zu kriegen, was nicht ging, denn sie war bereits aufgedreht. Ich befühlte den Heizkörper unter dem Fensterbrett. Er war eiskalt. Der Universität war offenbar von Wien Energie das Gas abgedreht worden. Fein, meine Institution war genauso bankrott wie ich. Wenigstens hatte ich eine Decke im Schrank, über die Akten der Lausanner Pindar-Tagung 1952 gebreitet. Offiziell schützt sie die wichtigen Dokumente vor Staub, aber eigentlich wärmt sie mich an eisigen Wintertagen.

Als ich meinen nassen Mantel an einen Haken gehängt hatte, setzte ich mich in den Stuhl, legte die Füße auf den Tisch und deckte mich zu. Während ich mein Handy herausholte und Freds SMS durchlas, fielen mir immer wieder die Augen zu. Endlich hatte ich die wenigen Zeilen gelesen, dann stellte ich mir den Wecker und versank in einen schwarzen, traumlosen Schacht.

Während ich fiel, hoffte ich, dass sich der Schacht als bodenlos herausstellen würde. Ich wollte ewig schlafen. Doch wie
alle Wünsche zerplatzte auch dieser, der Schacht war nicht
bodenlos. Er hatte einen Grund. Der war aus Granit. Auf
dem Granit lag mein Handy und es klingelte. Ich fuhr hoch,
das Handy fiel zu Boden, mir war schwindlig, mein Zahn-
fleisch brannte und irgendwie hatte ich einen toten Hund auf
der Zunge. Der Hund war schon lange tot und wenn es keiner war, wollte ich nicht wissen, was es sonst hätte sein können. Ich griff zum Samowar, goss mir aus der kalten Teekanne
ein und blinzelte. Ich probierte. Der Tee war alter, überstar-
ker Assam. Meine Zunge wurde pelzig, meine Schleimhäute
runzlig, es wurde mir ein bisschen schlecht, aber ich wurde
wach. Der Schlaf lag mir wie Blei um den Hals. Währenddes-
sen ich so mit mir rang, läutete das Handy unentwegt weiter.
Je länger es läutete, umso lauter wurde es. Anscheinend war
ich allein im Haus, denn sonst hätten schon ein paar freund-
liche Kollegen nach mir gesehen.

Endlich war ich halbwegs wach, sodass ich mich bücken
konnte, das Handy aufnahm und ausschaltete. Es war wieder
still.

Ich kämpfte fünf weitere Minuten mit dem Schlaf, dann
war ich soweit, dass ich aufs WC wanken und mich dort frisch
machen konnte. Erst beim Gehen fiel mir auf, dass ich steif
war wie ein Brett. Ich konnte mich kaum bewegen.

Der Waschspiegel enthüllte mir auch, wieso dem so war.
Meine ganze linke Hals- und Schulterpartie war ein einziger
blauer Fleck, allerdings von dunkelrotschwarzer Färbung.
Der Schlag musste auch meine Wirbelsäule in Mitleidenschaft
gezogen haben, denn die Schmerzen pulsierten zwischen den
Hals- und Rückenwirbeln hin und her wie die Pingpongbälle
von Forrest Gump.

Meine Stirn, mit der ich Augenbraues Nase zermantscht hatte, war leicht geschwollen, und der dazu passende Bluterguss hatte es irgendwie geschafft, innerhalb von 13 Stunden auf mein rechtes Lid zu sickern. Es war kohlrabenschwarz. Wenn ich es schloss, sah ich aus wie ein Pirat mit Augenklappe. Außerdem hatte ich tiefblaue Augenringe. Das Schlimmste aber waren die Schmerzen hinter der Stirn. Mit meinem Kopfstoß hatte ich mir offensichtlich eine leichte Gehirnerschütterung zugezogen. Mein einziger Trost war, dass Augenbraue in diesem Moment noch mehr leiden würde als ich.

Ich holte meine Zahnbürste heraus und begann mit der Mundhygiene. Da ich die Kiefer nur einen Spalt weit öffnen konnte, kam es einer Tortur gleich. Rasierzeug hatte ich keines dabei, deswegen ließ ich mir die Stoppeln stehen und hoffte, dass es verwegen und nicht einfach nur ungepflegt aussehen würde.

Meine Jacke und das Hemd waren zerknittert, der Kragen schmutzig. Wenigstens sah niemand den Bluterguss auf der Schulter, nachdem ich das Hemd zugeknöpft hatte. Ich band die Krawatte und bürstete kurz meinen Mantel aus. Schlussendlich verstaute ich meine Utensilien wieder in meiner Tasche und machte mich auf den Weg. Fred hatte gesimst, dass Laura bis etwa 17 Uhr im Landesgericht einen Termin hätte, nachher aber frei sei. Es war fünf vor fünf, also rannte ich los. Unterwegs fischte ich noch schnell das Kuvert vom Tisch, das ich beinahe vergessen hatte, und raste die Stiegen hinunter.

Um drei nach fünf stand ich vor dem Tor des Landesgerichts für Strafsachen. Vor Kopfschmerz wurde mir zwar alle paar Sekunden schwarz vor Augen, aber meine einzige Hoffnung war, dass ich Laura noch nicht verpasst hatte.

20 Minuten später hatte ich meine Zuversicht aufgegeben und bereitete mich auf einen einsamen Abend mit Bessie Smith und Dope vor, als Laura doch noch kam.

Es wurde dunkel, der Himmel war in Grau und Schwarz bewölkt, die Lichter der Laternen und die der Autos reflektierten sich auf den nassen Straßen und Gehsteigen in Rot und Gelb. Es war kalt und laut. Laura kam in einer Gruppe von Juristen heraus. Gegen die dunklen Anzüge hob sich ihr smaragdgrüner Mantel erfrischend ab und ihre dunkle Stimme drang durch den Lärm der Autos und der Anwälte bis zu mir. Laura hatte mich gesehen und kam, nachdem sie sich verabschiedet hatte, auf mich zu. Ich hielt ihr mein Gesicht so hin, dass sie den Bluterguss im Lid nicht sofort bemerken würde.

Sie schloss mich in die Arme, was mir ungeheuer weh tat, und wir küssten uns. Auch das war mehr Schmerz als Lust. Aber das ließ ich sie nicht spüren.

»Was machst denn du da?«, fragte sie erfreut.

»Dich zum Essen einladen wollen.«

»Das macht man nicht.«

»Doch, ich schon, ich mache den ganzen letzten Tag nichts anderes.«

»Ich bin aber müde. Ausgehen mag ich gar nicht mehr.«

»Gibt es eine Alternative?«

»Wir könnten uns was kommen lassen, ich bin eine lausige Köchin.«

»Wenn du willst, ich koche gerne. Was hast du zu Hause?«

»So so, gleich zu mir, warum nicht zu dir?«

»Weil meine Frau zu Hause ist.«

»Du bist nicht verheiratet.«

»Gut, ich hab keine Küche zu Hause, aber was hast du?«

»Zwei Flaschen Wein.«

»Bisschen wenig.«

»Naja, du trinkst ja nicht.«

»Ich mein, zum Essen.«

»Hmmm.«

»Einkaufen?«

»Gut.«

»Wohin?«

»In der Florianigasse ist ein Billa.«

»Das ist ja praktisch bei dir ums Eck.«

»Na gut, gehen wir zu mir. Wo du doch keine Küche hast.«

Wir küssten uns.

»Aber ein Bett wirst du wohl haben?«

»Nein.«

»Wo schläfst du dann?«

»Auf der Couch.«

»Na also.«

»Aber auf der haben wir nicht beide Platz. Und schon gar nicht, wenn einer von den beiden einen so prächtigen Hintern hat.«

Wir küssten uns nochmals, und gingen anschließend einkaufen. Mit Laura im Arm machte sogar das Wiener Wetter Spaß. Nasse Füße hatte ich trotzdem.

Eine halbe Stunde später standen wir vor Lauras Haus. Sie sperrte auf und wir stiegen die Treppen in den zweiten Stock hinauf. Laura bewohnte ein großzügiges Appartement. Das Vorzimmer war ein Gang, von dem links die Küche und rechts das Bad abzweigten. Gegenüber der Eingangstür war das Wohnzimmer, hinter dem das Schlafzimmer lag. Die Wohnung war hell und gut eingerichtet, die Wohnräume mit Parkett, Küche und Bad gefliest.

Nachdem ich abgelegt hatte, breitete ich die Zutaten in der Küche aus. Während ich das Wasser auf dem Herd zum Kochen brachte, schnitt ich das Fleisch, 400 Gramm

Rindslungenbraten, in Stücke und legte sie in Sojasauce, Weißweinessig, Knoblauch und Chilisauce ein. Danach schnitt ich Zucchini und eine rote Paprika in dünne Streifen und briet sie kurz in einer heißen Pfanne mit einem Löffel Öl an, holte das Gemüse heraus und ließ das Fleisch in die Pfanne gleiten, ohne zu viel von der Würzsauce mit einfließen zu lassen. Beides tat ich in einen Topf. Die Spaghetti, die für Udons herhalten mussten, brach ich klein und kochte sie im Salzwasser. Schließlich ließ ich alles zusammen in der heißen Pfanne aufdampfen, gab die Würzsauce hinzu und streute kleingehackte Frühlingszwiebeln darüber.

Laura hatte sich inzwischen umgezogen und die Haare getrocknet. Sie trug eine graue Jogginghose aus Baumwolle und ein hellblaues T-Shirt. Da es bei ihr zu Hause wohlig warm war, ging sie barfuß. Als sie in die Küche kam, ich war gerade dabei, die Portionen herzurichten, öffnete sie eine Flasche Wein und schenkte uns zwei Gläser ein. Wir nahmen die Schüsseln und den Wein und gingen ins Wohnzimmer. Dort schoben wir den kleinen Tisch von ihrer Sitzgruppe weg und saßen auf dem flauschigen Teppich, die dampfenden Schüsseln in der Hand.

Durch die beiden französischen Balkonfenster konnten wir hinunter auf den nächtlich beleuchteten Hamerlingplatz sehen.

Unsere Schüsseln standen auf dem Couchtisch und Laura schmiegte sich, mit ihrem Weinglas in der Hand, an mich. Obwohl wir das Licht gedimmt hatten, sahen wir unsere Spiegelbilder in den Fenstern vor uns. »Du hast schöne Bilder an den Wänden hängen«, kommentierte ich die wunderbare Aussicht.

»Ja, ich liebe Malerei. Wenn ich das Geld hätte, würde ich sammeln. Und du, magst du auch Bilder?«

»Ich bin Philologe.«

»Wie meinen? Das war doch keine Antwort.«

»Meine Liebe gilt der Sprache. Sie ist der Kern dessen, was es heißt, Mensch zu sein.«

»Aber Bilder sind doch auch genuin menschlicher Ausdruck, mit die ältesten Zeugnisse der Menschheit sind Bilder. Denk nur an die Höhlenmalereien von Lascaux.«

»Ja, aber Bilder sind nur Nebenprodukte. Wir brauchen die Sprache, um über sie reden zu können, in der Sprache trennen wir das Erlebte vom Reflektierten. Ohne Sprache könnten wir keine Bilder malen. Bilder sind nur ein defizienter Ausdruck der humanitas.«

Laura nahm einen Schluck von ihrem Wein und sah mich über den Rand ihres Glases hinweg an. Die vorwitzige Strähne fiel ihr wieder in die Stirn, aber bevor sie im Weinglas ankam, hatte Laura sie bereits hinter ihr Ohr geschoben.

»Aber Bilder sind schön.«

»Zweifellos. Aber auch Tiger und Gazellen, Rosen und Schnee sind schön. Trotzdem sind sie nur Produkte der unvernünftigen, rohen Natur.«

»Du bist ein seltsames Exemplar.« Laura hob den Kopf von meiner Schulter und setzte sich mit untergeschlagenen Beinen mir gegenüber hin. »Du hast ein Veilchen, das aussieht wie die Augenklappe von Captain Flint, kommst daher wie ein abgehalfterter Ganove und sprichst wie ein humanistischer Schöngeist aus dem vorletzten Jahrhundert.«

»Captain Flint hatte keine Augenklappe. Aber sonst hast du recht. Ich bin 200 Jahre zu spät geboren.« Ich nahm ihr das Weinglas aus der Hand und probierte ebenfalls. Er war warm und samtig, am Glasrand konnte ich sogar einen Hauch vom Duft von Lauras Lippenstift finden. »Sprache ist das Element von allem Schönen, Guten und Wahren. Die Natur in uns ist das, was bestialisch und hässlich ist.«

»Es ist unklug, so mit einer Kunststudentin zu sprechen, wenn du mit ihr ins Bett willst.« Sie sah mich neckisch an und war ein bisschen näher gerückt. In diesem Moment war es ganz still im Zimmer, die Regentropfen schlugen sachte gegen die Fenster und irgendwo unten fuhr ein Auto durch die nassen Straßen.

»Wahrheit ist keine Frage der Kalküllogik, lehrt Platon.«

»Was meinst du damit?«

»Wenn man die Wahrheit will, darf man sie nicht seinen eigenen Interessen und Absichten unterordnen. Sonst verdirbt man sie nur.«

Einen Augenblick schien sie in ihrem weiblichen Stolz gekränkt, der nicht so einfach hinnehmen wollte, dass ich die Wahrheit höher schätzte als ihre Schönheit. Darum wechselte ich schnell das Thema. »Kunststudentin? Ich dachte, du wärst Juristin.«

»Hab nebenher Kunstgeschichte studiert.«

»Fertig?«

»Ja, hat Zeit gekostet, war es aber wert.«

»Kann ich mir denken. Darum hast du damals bei Bender angefangen, bei der Kunstsache.«

»Das hab ich dir nicht erzählt, woher weißt du das?«

»Irgendwo aufgeschnappt.«

»So so. Rein zufällig, hast nicht irgendwo nachgefragt.« Sie dachte einen Augenblick nach. »Moment, jetzt kommt's mir erst! Woher hast du überhaupt gewusst, was ich heute mache?«

»Ein paar kleine Tricks. Ganz unschuldig.«

»Bei dir ist gar nichts unschuldig, und hoffentlich auch nicht klein. Sag schon, woher hast du's gewusst?«

Ich erzählte ihr von der Sache mit Fred.

»Fred, hätt ich mir denken können. Harte Schale, rauer Kern.«

»Jetzt hab ich dir was erzählt, jetzt hilf du mir auch ein bisschen.«

»Du meinst wegen Meyerhöffer?«

»Ja, aber vorher will ich wissen, was das damals für eine Sache mit Bender war. Da ging es um Kunstwerke.«

»Das ist vertraulich.«

»Ich will keine pikanten Details, nur eine grobe Übersicht.«

»Irgendwer schuldete Bender Geld und war pleite, hatte aber ein paar schöne Sachen zu Hause hängen.«

»Wenn er sie selbst verkauft hätte, hätte er mehr Geld rausholen können, als Bender ihm dafür erlassen hat?«

Laura nickte.

»Waren also heiß, die Sachen?«

Laura nickte.

»Da Bender keine Ahnung hat, und er sie nicht offiziell schätzen lassen konnte, hast du ihn beraten.«

Wieder nickte sie.

»Ihr habt das arme Schwein über den Tisch gezogen, und du hast auch etwas eingesteckt.«

Laura blieb stumm und still.

»Komm schon, ich kenne Bender gut genug, um das zu wissen. Hab ich auch schon mal gemacht.«

»Ja.«

»Und wer war der Irgendwer?«

»Kennst du nicht.«

»Du weißt nicht, wen ich alles kenne.«

Laura schüttelte nur ernst ihren schönen Kopf.

»Wem ihr sie verkauft habt, willst du mir auch nicht sagen.«

Wieder ein Nein.

»Also gut, lassen wir das.«

»Aber über Meyerhöffer kann ich dir was erzählen.«

Ich machte eine einladende Handbewegung.

»Die Kanzlei ist nicht mehr so aktiv. Sein Partner Unrath ist sehr alt und hat sich beinahe ganz zurückgezogen. Meyerhöffer macht kaum noch Fälle. Seitdem er 2003 bei der Bawag-Flöttl-Sache ausgestiegen ist, hat er keinen einzigen Prozess mehr geführt.«

»Womit verdient er dann seine Brötchen, oder ist er von Haus aus so reich?«

»Nein. Er hat zwar eine reiche Tochter aus bester Wiener Gesellschaft geheiratet, kommt selber aber aus einer Arbeiterfamilie. Papa war Kommunist.«

»Daher hat er auch das Vermögen der Partei verwaltet!«

»Wahrscheinlich ja. Er besitzt aber nur, was er mit der Kanzlei erwirtschaftet hat. Auch seine Frau hat nicht so viel geerbt, da ihr Papa kurz nach der Hochzeit bankrott ging.«

»Also hat er damals irgendwen kennengelernt, der ihm jetzt die Brötchen bäckt.«

»Ist anzunehmen.«

»Hmmm.« Ich kam ins Grübeln, obwohl ich unausgeschlafen war und der Rotwein mich angenehm dösig machte.

»Das ist doch jetzt alles nicht so wichtig«, lullte mich Laura ein. Nach ein paar Küssen setzte sie sich auf meinen Schoß und entfernte mir gekonnt die Krawatte.

»Da hat aber jemand Übung.«

»Wenn du meinen BH genauso schnell aufmachst, gibt's eine Belohnung.«

Ich mühte mich redlich, war aber chancenlos. Laura hatte gerade mein Hemd aufgeknöpft und zog es mir von den Schultern. Plötzlich hielt sie inne.

»Wow.« Sie hatte die Liebeszeichen von Boxer entdeckt.

»Ist nur ein Knutschfleck, brauchst nicht eifersüchtig zu sein, die Kleine bedeutet mir nichts.«

»Wenn das ein Knutschfleck ist, bist du Sodomit.« Sie maß die Größe mit schief gelegtem Kopf. »Deine Geliebte muss ja ein Maul wie ein Elch haben. Sag schon, woher kommt das? Von der Sache, aus der du jemanden raushalten willst?« Laura probierte wieder vom Wein. Sie musste sich stärken, es sah ja auch wirklich wild aus.

»Kann sein, ja.«

»Du hältst also für Geld deinen Kopf hin. Wie kann man nur so dumm sein?«

»Nicht nur, man hat einen Freund von mir ermordet.«

»Ich dachte, er wäre nur ›Irgendwer‹. Hast du zumindest gestern noch gesagt.«

»Als er lebte, ja. Jetzt aber, weil ich mich so viel mit ihm beschäftige, scheint es mir, als ob wir Freunde gewesen wären. Oder zumindest gute Bekannte.«

»Du bist ja sentimental«, meinte Laura erstaunt.

»Ist eine Schwäche von mir, ich weiß.«

»Ich find das sexy, wenn harte Männer sentimental sind.« Sie stellte das Weinglas auf das Tischchen, schlang die Arme um mich und alles andere zählte nicht mehr.

VI

Eigentlich hätte ich durchschlafen müssen. Es war ja nicht so, als ob ich die letzten Tage im Bett verbracht hätte. Aber der Teufel schläft eben nie. Laura lag neben mir, sie atmete sanft. Ganz sachte machte ich mich los von ihr und ging durch die dunkle, stille Wohnung. Noch immer hörte ich das leise Klopfen der Tropfen an den Fenstern, aber die Straßen waren wie tot, kein Auto war zu hören.

In einer fremden Wohnung im Dunkeln ist es seltsam. Alles ist unbekannt, jeder Schatten eine Drohung und ein Versprechen. Die Sinne sind geschärft, jeder Ton und jede noch so kleine Veränderung in der Beschaffenheit des Bodens wird registriert. Ich war gerade auf dem Weg von der Küche zurück, wo ich ein kaltes Glas Wasser getrunken hatte, als ich mit dem linken Fuß Lauras Handtasche umstieß. Ihre Sachen verstreuten sich auf dem Boden. Ich bückte mich, um sie einzusammeln. Es waren allerlei uninteressante Kleinigkeiten. Ein Schminkset, Handy, Schlüsselbund, Geldtasche, Taschentücher. Ein schönes Flakon fiel mir besonders auf. Es war geformt wie ein länglicher Tropfen, der wie ein Stück warmes Wachs gedreht worden und erstarrt war. Ich öffnete es vorsichtig und sofort hatte ich Lauras Duft in der Nase. In der dunklen Wohnung, in der Stille der Nacht, entfaltete der Wohlgeruch eine ganz besondere Wirkung. Kurz vergaß ich sogar die rasenden Kopfschmerzen.

Es blieb nur mehr Lauras Terminkalender übrig. Ihn hatte ich mir bis zuletzt aufgehoben. Nun sollte ich ihn zurückstecken, aber das war nicht so leicht. Der Teufel schläft nicht nur nie, er ist auch neugierig wie ein Wurf junger Kätzchen. Also

nahm ich den Time-Manager und ging ins Bad. Dort schloss
ich die Tür und schaltete das Licht ein.

Es waren die Termine und Telefonate dieses Jahres, sorgfältig notiert, mit kurzen Bemerkungen. In verschiedenen
Farben waren Merkzettel mit kleinen Notizen eingeklebt.
Geschrieben war alles mit gleichmäßiger, fließender Hand in
schwarzer Tinte und grauem Blei. Viel zu viel, um es hier und
jetzt durchzusehen. Aber wenn man sonst nichts hat, hat man
Glück. So wie ich.

Lauras Terminplaner war ein Wertstück. Es war ein
dunkelbrauner, streichelweicher Rindleder-Piquadro. Das
Innenfutter war aus Stoff, hell und dunkelblau gestreift,
mit den typischen beigen Piquadro-Achtern. Den Leder-
einband mit den Stahlringen verwendet man ein Leben lang,
nur die Einlageblätter werden gewechselt. So fanden sich
in dessen Innenseiten auch jede Menge Visitenkarten. Es
waren zu viele, als dass ich sie gleich hier hätte bewerten
können, aber eine war dabei, die mir ins Auge stach. Eine
billige Karte von einem Visitenkartenautomaten. Raymond
Aronofsky, Private Ermittlungen, stand dort zu lesen. Die
Karte war abgegriffen und die billige Schrift leicht verblasst. Ich merkte mir die Adresse und Telefonnummer.
Dann schaltete ich das Licht aus, legte den Piquadro zurück
in Lauras Tasche und stieß mit dem Fuß dagegen. Die Tasche
fiel um und alles lag wieder auf dem Boden. Ich stieg über
Lauras Siebensachen und ging zurück ins Bett. Kaum war
ich unter der Decke, als sich die Schöne an mich schmiegte,
ihren Kopf auf meine Brust legte und im Schlaf schnurrte
wie ein Kätzchen.

Als am nächsten Morgen der Wecker klingelte, verließen
wir nach ein bisschen Liebe das Bett. Laura war im Bad und
stand unter der Dusche, als ich hereinkam. Mir tat noch immer

alles weh, aber die Kopfschmerzen waren deutlich besser als am Abend zuvor.

Sie steckte den Kopf aus der Dusche heraus. »Ich habe keine Männerrasierer, du wirst wohl meinen nehmen müssen.«

»Rasier ich mich eben nicht.«

»Oh doch, du siehst ja aus wie ein Landstreicher. Außerdem küsst sich's rasiert besser.«

Also gehorchte ich und kramte die Utensilien heraus. Sie hatte einen rosaroten Rasierer und der Schaum war stark parfümiert. Da half alles nichts. Danach beutelte ich meine Sachen aus und strich sie glatt. Auch das half nicht viel.

»Du siehst noch immer aus wie ein Landstreicher. Aber wenigstens ohne Bart.«

»Hast du noch Zeit? Wir könnten im Landtmann frühstücken. Das heißt, wenn sie mich dort reinlassen.«

»Ich bin so schön, mit mir kommst du überall rein.« In ihrem freundlichen Lächeln zogen dunkle Wolken auf. »Übrigens, wenn du das nächste Mal meine Handtasche umwirfst, räum sie einfach wieder ein. Ich bin nicht die Putzfrau«, meinte sie ernst.

»Sorry, ich hab's nicht wieder eingeräumt, weil ich nicht in deinen Privatsachen herumstöbern wollte.« Ich spürte einen kleinen Stich im Herzen, als sie mich zärtlich ansah und einen Herzschlag später küsste.

VII

Wahrscheinlich liegt es in der Natur des Mannes, seiner Geliebten gegenüber ein wenig zu protzen. Jedenfalls fuhren wir mit dem Taxi ins Landtmann. Von den 900 Euro war noch genug übrig, sparen konnte ich später immer noch.

Wir hatten Eier mit Schinken, heißen Kaffee, und die Butter schmolz golden auf dem knusprigen Toast. Nachdem ich gezahlt hatte, küssten wir uns und ich ging über den Ring in die Uni. Nach ein paar Schritten drehte ich mich um und sah Laura gerade noch, wie sie mit wiegenden Hüften vergnügt um die Ecke verschwand.

Auf dem Institut war es still, alles war im Wochenende. In meinem Büro war es trostlos, wie eh und je. Das Wetter war besser als in den Tagen zuvor und so streckte sich ein kleiner Sonnenfinger auf meinen Schreibtisch. Ich holte meine Sachen heraus und wollte gerade anfangen, ein wenig zu arbeiten, als mir die Fahrradkuriersendung vom Vortag in die Hände fiel. Normalerweise enthalten solche Päckchen die Seminararbeiten von Studenten, die sich nach verpassten Terminen nicht mehr persönlich in mein Büro trauen. Den in der Regel schlechten Arbeiten liegen meist auch noch langatmige Erklärungen der Verspätung bei.

Ich riss die Lasche auf und fand ein paar Bogen bedrucktes Papier. Zuerst wurde ich nicht recht schlau daraus, bis ich auf der letzten Seite, in der letzten Zeile, vier Worte und einen Namen fand: Arno Gehlen, 11 Uhr, Café Schopenhauer. Meyerhöffer wollte mich sehen, sollte mir recht sein.

Bis zum Termin korrigierte ich ein paar kleinere Arbeiten und schaffte es auch noch, ein bisschen Energie in die Vorbereitungen für den Vortrag am Dienstag zu stecken. Das Gute an diesen interdisziplinären Vorträgen ist, dass sich niemand auskennt und man einfach altes Zeug aufwärmen kann. Ganz so billig wollte ich es nicht machen, aber auch kein Burn-Out riskieren.

Gegen 11 Uhr war ich beim Schopenhauer, Ecke Canongasse/Staudgasse. Das Schopenhauer ist braun, staubig und verraucht. An den Wänden hängen Schwarz-Weiß-Fotografien des alten Wien und eine Kurzanleitung für Carambol. Mit Spielarten, die sicher seit der Mitte des letzten Jahrhunderts ausgestorben sind.

Das Café hat die Form eines L, wobei der eine Teil Nichtraucherbereich und zu dieser Tageszeit dem Tarockieren gewidmet ist. Der andere Teil ist mit drei Caramboltischen bestückt, aber kurz vor Mittag war er fast leer. Die Bedienung saß an einem kleinen Tisch neben der Küchentüre, las Krone und rauchte Gitanes. Sie war dunkelhaarig, mit schwarzem Mini und weißer Bluse, offenbar Ex-YU. Bei ihrem Aussehen wunderte es mich, dass so wenig los war. Außer mir saß nur ein Pensionist vor seinem Achterl. Es sah aus, als würde er hier seit 20 Jahren warten und hätte selbst schon vergessen, worauf.

Ich nahm mir die FAZ vom Zeitungstisch und setzte mich zum straßenseitig gelegenen Ecktisch, bestellte einen Mokka und vertiefte mich in die Lektüre. Es dauerte nicht lange, bis Meyerhöffer eintrat. Er blickte einmal durch den Raum und kam dann gemessenen Schritts auf mich zu. Ich stand auf, wir schüttelten die Hände und er nahm Platz. Nicht, ohne mich vorher noch von Kopf bis Fuß zu mustern. Meine zerknautschte Aufmachung gefiel ihm gar nicht.

Meyerhöffer hatte sich alle Mühe gegeben, seine Erscheinung zu kaschieren. Er trug Jeans mit Bügelfalte, ein graublau gestreiftes Hemd und eine helle Windjacke. In Verbindung mit seinem Errol-Flynn-Bart und seiner George-Clooney-Visage kam das direkt bizarr.

»Ich kann nur hoffen, dass ich dem Richtigen vertraut habe. Sie sehen aus, als ob Sie in einer Mülltonne übernachtet hätten.« Er rümpfte wohlerzogen die Nase.

»Ist nur Tarnung, muss mich ja meiner Umgebung anpassen.« Das schien er mir leicht übel zu nehmen. Bevor er aber etwas erwidern konnte, war die Bedienung an unserem Tisch und Meyerhöffer bestellte eine Melange. Dabei betrachtete er die Kellnerin intensiv, und als sie zurück zur Küche ging, konnte er den Blick gar nicht mehr von ihr lassen. Schmutzige Gedanken waren auf seine Stirn geschrieben.

»Also, worum geht's, ich dachte, wir sollten uns vor Abschluss der Sache nicht mehr treffen?«

»Sie sollten sich nicht melden. Ich möchte allerdings unterrichtet bleiben, schließlich ist es mein Geld, das in der Sache drinsteckt.«

»Und Ihre Tochter, das wollen wir nicht vergessen.«

»Lassen Sie meine Tochter da raus.«

»Genau das versuche ich ja.«

Es war nicht schwer, ihn auf die Palme zu bringen.

»Also, wie steht's?«

»Die Polizei tappt im Dunkeln. Ich hab alle Beweise und Spuren beseitigt, es gibt keine Verbindung zwischen Ihrer Tochter und dem Toten.«

»Wie hieß der Mann noch gleich?«

»Slupetzky.«

»Ah ja. Was haben Sie über den herausgefunden?«

»Unsere Abmachung beschränkt sich darauf, dass ich Ihre Tochter aus der Sache heraushalte. Ich bin nicht Ihr privater Nachrichtendienst.«

»Jetzt hören Sie mir einmal gut zu, mein Freund.« War ich

zwar nicht und wollte ich auch nicht werden, aber ich ließ ihn weiterreden. Vielleicht hatte er ja was zu sagen. »Meine Tochter macht mir großen Kummer. Sie ist ein wildes Kind und tappst von einem Fettnäpfchen ins nächste. Ich will sichergehen, dass Sie nichts übersehen haben. In meiner Position kann ich es gar nicht gebrauchen, dass plötzlich irgendwelche Fotos oder Filmchen auftauchen.« Zur Beruhigung nahm er einen Schluck von seiner Melange. Er sah mir überhaupt nicht wie der besorgte Vater aus. Ich machte keinerlei Anstalten, irgendetwas zu sagen. So saßen wir uns schweigend gegenüber.

In der Zwischenzeit waren zwei Männer um die 50 hereingekommen. Sie waren Stammgäste, denn Gulasch und Bier standen pünktlich eine halbe Minute vor ihrem Eintreffen auf einem der Tische, gleich beim Carambol. Am Fuß eine Schüssel mit Wasser. Für das Hunderl, einen uralten, schwarzen Cockerspaniel. Er schlabberte ein bisschen und legte sich wie zum Sterben unter den Tisch. Die beiden hatten ihre eigenen Queues dabei und legten los. Die Billardkugeln rauschten samtig über den Tisch und klickten satt, wenn sie sich berührten. Die beiden Männer aßen, tranken und spielten, sprachen aber kein Wort. Mit Kreide notierten sie die Punkte auf der Schiefertafel. Karli und Ottl stand über den Strichreihen. Ottl ging mir nicht mehr aus dem Kopf.

Schließlich hatte ich Meyerhöffer ausgesessen, er gab seufzend nach. »Na gut, wenn Sie mir mehr über den Fall verraten, leg ich noch was drauf.«

»Das geht nicht.«

»Wieso nicht?«

»Weil Sie noch gar nichts hingelegt haben. Also können Sie auch nichts drauflegen«, machte ich ihm mit eiskalter sokratischer Logik klar. Meyerhöffer wurde weiß im Gesicht, das war er offenbar nicht gewohnt.

»Aber Sie haben recht, wenn Sie meinen, dass es an der Zeit wäre, über mein Taschengeld zu sprechen. Damit wir uns klar verstehen, noch will ich nichts von Ihnen, auch keinen Vorschuss. Solange ich keinen Profit bei der Sache mache, ist es für uns beide sicherer, rein juristisch, da werden Sie mir doch zustimmen.«

Meyerhöffer stimmte zu.

»Dass ich mich strafbar mache, indem ich Ihre Tochter schütze, und dabei durchaus auch in physische Gefahren laufe, sollte Ihnen durchaus etwas wert sein.« Ich zeigte ihm meine Augenklappe. Er war sichtlich begeistert davon. »Wie viel verlangen Sie?«

»Ich bin kein Basarhändler. Wenn die Sache vorbei ist, werde ich Sie aufsuchen, und Sie werden mich bezahlen. Sie allein legen den Preis fest. Wenn Sie mich auch noch als privaten Informationsdienst nutzen wollen, müssen Sie entsprechend drauflegen.«

»Ich soll Sie also nach Gutdünken bezahlen. Was ist aber, wenn ich den Preis niedrig ansetze, sagen wir, fünf Euro?«

»Das wäre, schlicht und ergreifend, keine gute Idee.«

»Was wollten Sie machen? Zur Polizei können Sie nicht gehen und einklagen können Sie auch nichts.« Er lächelte triumphierend.

»Das ist eben eine Vertrauensfrage. Ich vertraue darauf, dass Sie Ihre eigenen Interessen wahren. Wenn Sie dazu nicht imstande sind, hat alles andere auch keinen Sinn.«

»War ja nur ein Gedanke. Sie werden sich finanziell sicher nicht beklagen können. Also, was haben Sie herausgefunden?«

»Slupetzky und ein paar Partner haben ein krummes Ding

durchgezogen. Eine Import-Export-Sache, da ging es um ganz schön viel Geld, mit wenig Aufwand.«

»Was ist ›ganz schön viel Geld‹ Ihrem Verständnis nach?«

»300 bis 500.000 Euro Gewinn im Jahr.«

Er nickte in seine Kaffeetasse, während er schlürfte. Meine war leer, ich deutete der Bedienung, die mir dann einen neuen brachte.

»Und diese Partner haben ihn umgebracht?«

»So sieht es aus, ja.«

»Und die Polizei?«

»Die hält das Ganze für einen Spielermord. Glaub nicht, dass die Krimineser noch was Brauchbares herausfinden.«

»Und wegen der Computersache? Wie haben die das aufgezogen?«

»Das Geld für das Import-Export-Ding hatten die aus einem hohen Spielgewinn. Darum ist man bei der Polizei der Ansicht, dass der Mord eine Revanche war.«

»Ah ja. Aber eine Verbindung zu dem Geschäft und damit zum Mord sehen die keine?«

»Nein.«

»Und warum wissen Sie das?«

»Sehen Sie, da kommen wir wieder zur Vertrauensfrage. Ich vertraue Menschen, die mir vertrauen, und die sagen mir ein paar Sachen, die sie anderen nicht sagen.«

Ich machte eine kleine Kunstpause, in der ich mir den Zuckerstreuer nahm. Dann begann ich zu zuckern. »Und diese Menschen, die zu mir in so einem Vertrauensverhältnis stehen, wissen nicht alles, aber sehr viel, Herr Meyerhöffer. Was unter anderem auch eine Antwort auf Ihre vorherige Frage nach einer finanziellen Regelung mit beantwortet.«

Ich zuckerte meinen Kaffee ausgiebig, manchmal mag ich ihn picksüß. Wenn er schwarz und stark ist und beginnt, eine leicht sirupartige Konsistenz anzunehmen. Anschließend rührte ich lange um. Als der Löffel fast stecken blieb, trank ich an.

Meyerhöffer hatte seinen Kaffee mittlerweile auch geleert und winkte nach einem neuen. Aus seiner Windjacke holte er ein silbernes Zigarettenetui, öffnete es, nahm eine heraus und steckte sie sich zwischen die Lippen. Er verstaute das Etui und zündete sich die Zigarette mit seinem schwarz-goldenen Feuerzeug an. Irgendwie hatte er vergessen, seinen Auftritt mit den Parafernalien seiner Nikotinsucht abzustimmen.

»Also hat das Ganze mit meiner Tochter nicht das Geringste zu tun?«

»Naja, das frage ich Sie. Warum war Ihre Tochter in dieser Wohnung, wen könnte sie kennen?«

»Ich habe keine Ahnung.«

»Dann werde ich sie selbst fragen müssen. Sie wird's ja wohl wissen.«

»Schlagen Sie sich das aus dem Kopf. Mit meiner Tochter werden Sie sicher nicht sprechen.«

»Das liegt aber in Ihrem Interesse. Schließlich wollen ja Sie, dass es nicht noch irgendeine Nachgeburt gibt. Das kann ich erst ausschließen, wenn ich weiß, wonach und vor allem bei wem ich suchen muss.«

»Das denke ich nicht. Ich denke, Sie sollten sich ein bisschen anstrengen, dann wird das was. So«, er blickte auf seine wunderbare Golduhr mit schwarzem Blatt, dämpfte seine Zigarette aus und erhob sich, »ich habe mit meiner Frau einer gesellschaftlichen Verpflichtung Genüge zu tun. Und ich muss mich vorher noch umkleiden.« Mit Grausen sah er an sich herab. Er hatte sich das Outfit sicher extra für diese Gelegenheit angeschafft und würde es zu Hause sofort verbrennen.

»Sie hören von mir.«

Er verließ das Lokal. Zahlen ließ er mich. Auch eine Art, reich zu werden. Ich bestellte mir noch einen Mokka, und sah den beiden 50ern ein paar Sekunden beim Carambol zu. Inzwischen hatte sich ein dritter hinzugesellt. Auch um die 50, auch bierbäuchig und auch mit Stirnglatze. Er spielte aber nicht, sondern kiebitzte nur. Seine Kommentare würzte er mit Bezugnahmen auf Ereignisse und Prominente. »Geh Ottl, dei Spüboilln hat jo no weniger Effet als die Corner vom Ivanschitz«, gab er nach einem sehr schweren, tadellos ausgeführten Stoß, der die Bälle aus schwieriger Lage in einer Ecke konzentrierte, zum Besten. Nachdem dessen Kontrahent eine Neunerserie geschafft hatte, meinte er nur: »So wie du spüst, Karli, qualifizierst di als Kanzler, weil du kannst ja gor nix.«

Die drei würden sicher den Rest des Tages so verbringen. Also holte ich meinen iPod heraus, Meyerhöffer hatte mich auf einen Song gebracht.

Robby Krieger stieg mit einem Stakkato-Blues in Open-G-Stimmung ein, unnachahmlich trocken gespielt, Ray Manzarek malte ein paar Organ-Obertöne dazu und Jim stieg ein: ›Wild child, full of grace, savior of the human race …‹ Nach dem zweiten Vers variierte die Bridge, Organ und Gitarre jaulten orgiastisch, und Jim sang sich mit den Worten ›staring into a hollow idol's eyes‹ in eines der eindrucksvollsten Breaks der Musikgeschichte hinein. Egal, ob der Song nun von einer Stripperin, dem Mescalinkaktus oder einem dionysischen Mysterium kündete, ich beschloss, Aronofsky anzurufen.

Nachdem das Telefon eine Weile lang geläutet hatte, meldete sich eine verschlafene Stimme. »Raymond Aronofsky. Wer stört?«

»Guten Tag.«

»An diesem verschissenen Tag ist gar nichts gut.«

»Okay, sind Sie heute in Ihrem Büro?«

»Ich bin immer in dem Rattenloch, schließlich wohne ich da auch.«

»Kann ich in einer halben Stunde bei Ihnen sein?«

»Ob Sie können, weiß ich nicht, ich bin da.«

Er hatte aufgelegt. Sympathischer Kerl. Ich zahlte und ging.

VIII

Aronofskys Büro war im dritten Bezirk, in der Geologengasse. Das ist in unmittelbarer Nähe des Hauses, das Lud-
wig Wittgenstein für seine Schwester geplant und entworfen
hat. Heute ist irgendeine Botschaft darin untergebracht. Ich
glaube, die Bulgarische.

Zurück zu Aronofsky. Ich fand das Haus offen und die Tür
zu seinem Büro angelehnt, klopfte und trat ein. Aronofsky saß
über eine Patience gebeugt im Dunkeln. Die Jalousien waren
heruntergelassen und Licht hatte er keines angemacht. Außerdem schien es in der Wohnung noch kälter zu sein als draußen, wenn das möglich war. In der Luft lag eine Ahnung von
Schnee und ein leichtes Whiskyaroma. Außerdem hatte vermutlich jemand vor ein paar Tagen eine gute Zigarre geraucht.
Insgesamt wirkte alles schäbig und abgewohnt. Wie bei mir
zu Hause.

Als Aronofsky bemerkte, dass ich eingetreten war, hob
er seinen Kopf und sah mich mürrisch an. Er wies auf den
Stuhl vor seinem Schreibtisch und wendete sich wieder seinem
Kartenspiel zu. Mich würdigte er keines Blickes mehr.

Nachdem ich ihn ungefähr eine Viertelstunde beobachtet
hatte, er legte eine Variante, die ich nicht kannte, wurde er endlich mit seiner Patience fertig. Mir schien, er hatte ein wenig
geschummelt. Er verstaute die Karten, ein schönes Blatt, in
einer Box und verräumte diese in einer Schublade. Dann
bequemte er sich, sich mit mir zu beschäftigen.

»Wie kommen Sie zu meiner Nummer?« Aronofsky sprach
mit leichtem Akzent, aber so sehr ich mich auch anstrengte, ich
kam nicht dahinter, wo seine sprachliche Heimat lag. Außerdem
hatte er die Manie, die Worte eines Satzes ineinanderfließen

zu lassen, sodass seine Aussagen wie monolithische Blöcke wirkten. Allerdings nur in den Sätzen, die aus mehr als einem Wort bestanden, was nicht viele waren. Aronofsky sprach nach dem Motto ›Kein Wort zu viel‹. Cäsar hätte an dem Knaben seine liebe Freude gehabt.

Da er dabei auch je nach Gelegenheit Buchstaben verschluckte und Bindevokale hinzufügte, war er sprachlich gesehen eine absolute Ausnahmeerscheinung.

»Eine ehemalige Klientin von mir hat Sie empfohlen.«

»Wer?«

»Laura Lignamente.«

»Sagtmirnichts, derName. Wie siehtsieaus?«

»Dunkelhaarig, mitternachtsblaue Augen ...«

»... Gazellenbeine und Apfelbrüste?«, unterbrach er mich.

»Genau.«

»Kennichnichdie Dame«, schnurrte er und griff nach der Schublade mit seinen Karten.

Auf dem Schreibtisch standen eine Teekanne und eine Schale neben losen Blättern, Notizbüchern und dem Krimskrams der letzten Jahre.

»Würde es Ihnen etwas ausmachen, mir eine Tasse anzubieten? Es ist kalt hier drin und irgendwie ungemütlich.«

»Geht nicht.«

»Wieso?«

»Weil das nur 'ne Attrappe is. Haben mir Gas und Strom abgestellt.«

»Dann hätten Sie vielleicht die Freundlichkeit, mir eine Schale zu leihen, Tee hätt ich selber.«

Seine Augen blitzten auf. »Wassfüreinen?«

»Grün, japanisch, Sencha.«

»TeeGschwendtner?«

Ich nickte.

»Augenblick.« Er stand auf, verschwand in der Tür und kam mit zwei weißen Schalen zurück. Meine war mit einem Zweig geschmückt, seine mit einem Zweig und einem Vogel. Als Nicht-Ornithologe würde ich nicht meine Seele verwetten, aber der Piepmatz auf seiner Schale sah aus wie ein Rotkehlchen.

Ich kramte die Thermoskanne aus meiner Tasche, schraubte auf und goss den noch dampfenden Tee ein. Schweigend griffen wir nach unseren Schalen und hoben sie zur Nase, sogen den leichten Duft ein und nippten genießerisch. Wir seufzten beide behaglich.

»Ihre Kanne ist Bullshit. Die versautdenTee.« Aronofsky war ein Original, irgendwie schloss ich den Kerl in mein Herz.

»Besser als gar keiner.«

Aronofsky griff nach meiner Kanne und schenkte sich nach. Dass der Tee seiner Meinung nach schrecklich war, schien ihn nicht zu stören. Die Kanne stellte er direkt vor sich in Reichweite auf den Tisch. Er ließ sie nicht mehr aus den Augen.

»Also, waswollenSie?«

»Eine Auskunft.«

»Geb ich nicht.«

»Was haben Sie für Frau Lignamente gemacht?«

»Diskretion ist oberstes Gebot.«

»Ihre ehemalige Auftraggeberin ist Anwältin für meinen Boss. Er misstraut ihr und will wissen, was Sie genau bei Ihnen in Auftrag gegeben hat. Außerdem bestünden Ihnen gegenüber noch gewisse Unregelmäßigkeiten finanzieller Natur. Ich soll das bereinigen, je nach Gutdünken.«

Beiläufig holte ich einen Hunderteuroschein aus der Innentasche meines Mantels und legte ihn vor mich auf den Schreibtisch. Dann strich ich ihn glatt.

»Wie heißtIhrBoss?«

»Bender.«

»Siehtwieaus, der Kerl?«

»Uralt, graues dünnes Haar …«

»… tiefliegende Augen und Totenschädel?«

»Genau.«

»Nochniegesehn.«

»Kann ich mir denken. Und was haben Sie nicht gemacht?« Wieder ließ ich meine Hand in meine Innentasche gleiten und holte einen zweiten Hunderter heraus.

»Einen Kerl unter die Lupe genommen. Spieler, Pole, Sliguowski oder so ähnlich.«

»Worum ging's?«

»Gazellenbein und Totenkopf wollten wissen, was der mit ihrem Geld machte.«

»Und was machte der mit ihrem Geld?«

»Komisches Ding. Computerschmuggel.« Ich setzte alles auf eine Karte und zog den dritten Hunderter heraus. »Was noch? Da ging's um mehr.«

»Es warennichtnur Computerinden Schachteln.«

»Sligowitzky schickte auch eigene Sachen?«

»Ja.«

»War da noch wer dabei?«

»Ein großer, ich glaub, sein Leibwächter.«

»Was war in den Schachteln?«

»Hab nicht reingesehn, Totenkopf und Zuckerschnute warenzufrieden. Musste nichtunbedingtalles riskieren.«

Ich zögerte einen Augenblick und überlegte, ob ich noch eine Frage stellten sollte oder ob er alles gesagt hätte, da schenkte er sich die letzten Tropfen Tee ein, schnappte sich die Scheine und holte die Kartenschachtel wieder heraus. Dann glättete er die Noten und schob sie zu mir zurück. »Binnnichtbestechlich. Aberder Sencha hat geholfen.«

Ich steckte die Scheine wieder ein.

»Der Tee ist fertig. Wiedersehn.« Er wies mit dem Kopf zur Tür. Ich packte ein und ging. Als ich das Zimmer verließ, hörte ich ihn schlürfen. In seinen Briefkasten steckte ich zwei der Hunderter, er hatte sie nötiger als ich.

IX

Nun hatte ich Meyerhöffer genug Zeit gegeben, sich umzu-
ziehen und mit seiner Frau zu seiner gesellschaftlichen Verpflichtung aufzubrechen. Ich ging die Geologengasse hinunter
zur Marxergasse, bog in die Löwengasse ein und wartete vor
dem Hundertwasserhaus auf den N-Wagen.

Obwohl das Wetter besser war als in den Tagen zuvor, lag
Regen in der Luft, der Himmel war grau und das Licht flach.
Trotzdem war eine Horde Touristen dabei, Hundertwassers
Haus in Schnappschüssen zu dokumentieren.

Als ich in den N eingestiegen war und die Straßenbahn
losfuhr, kroch noch eine alte Oma, über ihren Stock gebeugt,
mit schwarzen, überknöchelhohen Schnürschuhen über die
Straße. Die fahrende Straßenbahn kam mit einem Ruck
zum Halt, Stahl rieb quietschend an Stahl und der Straßen-
bahnführer öffnete sein Fenster und brüllte die alte Dame
an. »Scho nimmer krölln kenna, awa vur da Bim aufs Gleis
hupfn!«

Die Oma hob drohend ihren Stock und kroch unbeein-
druckt weiter, im Tempo einer Galapagosschildkröte auf
gemütlichem Sonntagsspaziergang. Zehn Minuten später war
die Straße endlich frei und wir konnten weiterfahren.

Am Schwedenplatz stieg ich in die U4 um, fuhr den Donau-
kanal entlang bis Heiligenstadt, stieg dort in den 38a und ließ
mich hinauf nach Grinzing bringen. An der Cobenzlhaltestelle
verließ ich den Bus und folgte der Grinzingergasse hinunter
zum Unteren Schreiberweg.

Als ich in den Schreiberweg einbog, lag die Stadt unter
dem grauen Wolkendach. Durch den Regen, der zwischen-
zeitlich gefallen war und die Luft gereinigt hatte, sah ich hin-

unter bis zu den Gasometern. Mit einem guten Glas hätte ich unter Umständen Benders Casino in Simmering sehen können. Die ganze Stadt schien nass und sauber, und alle Farbkleckse wirkten wie Nuancen von Grau. In der japanischen Tuschemalerei spricht man davon, dass ein Meister mit Schwarz alle Farben darzustellen vermag. Das Wiener Wetter vollbringt das Gegenteil, alle Farben werden grau.

Der Sand knirschte nass unter meinen Sohlen, als ich den Gartenweg zum Haus der Meyerhöffers entlangging. Ich hatte nicht geklingelt und schlich mich zur Hintertür. Dort klopfte ich leise und hoffte, dass das Hausmädchen auch samstags da war.

Die Küchentür öffnete sich und Ivanka lugte hervor. Ihr brünettes Haar war zu einem Pagenkopf frisiert, der ihre schöne Kopfform hervorhob. Passend zu ihrem stolzen Haupt trug sie einen Hals, der einer japanischen Schönheit aus dem Sengoku Jidai Ehre gemacht hätte. Zwei kleine Jadekugeln baumelten an einer dünnen Silberkette von ihren Ohrläppchen. Passend zu den Steinen trug sie eine milchiggrüne Bluse und einen Rock in hellem Beige.

»Sie haben nicht geläutet«, begrüßte sie mich.

»Und Sie arbeiten samstags?«

»Nicht alle von uns sind reiche Universitätsprofessoren.«

»Weder noch. Darf ich reinkommen? Sie haben mich das letzte Mal zu einem Kaffee eingeladen und ich würde gerne auf das Angebot zurückkommen.«

»Sie haben damals abgelehnt, die Einladung war nicht auf einen anderen Zeitpunkt übertragbar. Außerdem würde das meine Herrschaft nicht gerne sehen.«

»Die sind doch sowieso auf einer Veranstaltung.«

»Wenn ich allein bin, darf ich Sie erst recht nicht hereinlassen.«

»Die Tochter ist nicht zu Hause?«

»Doch.«

»Dann sind Sie auch nicht allein.«

Sie lächelte schelmisch, trat zurück und öffnete die Tür. Ich trat ein und wir setzten uns an den Küchentisch. Die Küche war geräumig, über den Arbeitsflächen ließen großzügige Fenster viel Licht herein. Es war hell und sauber. Der ganze Raum war gefliest, die Schränke aus hellem Holz und etliche wohlgepflegte Grünpflanzen sorgten für ein angenehmes Raumklima. Kurz, ein Ort zum Wohlfühlen.

Ivanka machte Kaffee und wir flirteten ein bisschen. Mir wurde sogar noch ein Teller Krautfleckerln serviert. Mochte Ivanka beim Thema Kaffee durchaus einige Schwächen aufweisen, die Krautfleckerln ließen diese vergessen.

Das Kraut war dünn gehobelt und sorgsam angeschwitzt. Nicht in Sonnenblumenöl, sondern in Butter. Es war süß, mit ein wenig Paprika und viel Pfeffer gewürzt, wobei eine leichte Essignote den Aromen die nötige Spannung verlieh. Der Speck, in winzige Stücke geschnitten, besaß die obligaten Rauchnoten und rundete mit ein wenig Knoblauch das Ganze ab. Die Fleckerln waren ideal gekocht, kein Nudelmatsch, aber auch nicht al dente. Ich hatte sogar noch einen Löffel Sauerrahm auf den Tellerrand bekommen. Meine Großmutter hätte es nicht besser gekonnt.

Nachdem ich ihr für das Essen gedankt hatte, lenkte ich das Gespräch auf ihre Arbeitgeber.

»Die Frau Doktor ist sehr still, sehr nett. Sie liebt Blumen und Pflanzen. Ihr Mann ist fast nie da, er ist sehr streng und böse.«

»Die Kinder?«

»Sie haben nur eine Tochter. Sie benimmt sich gegen ihre Mutter unmöglich, sie ist da ganz wie ihr Vater.«

»Haben die beiden ein gutes Verhältnis?«

»Ich glaube nicht. Ich sehe fast nur die Frau Doktor, der Herr Doktor ist so gut wie nie da und die Tochter genauso wenig, sie sehen sich kaum. Und sind auch nicht traurig deswegen.«

»Was arbeitet die Kleine eigentlich?«

»Nichts.«

»Studiert sie?«

»Weiß ich nicht, wäre mir nicht aufgefallen.«

»Du hast gesagt, dass sie zu Hause ist?«

»Ja, aber sie ist in ihrem Zimmer, vielleicht schläft sie noch.«

»Werd mal nachschauen.«

»Nicht, sonst gibt's Ärger für mich.«

»Setz dich ins Auto und geh einkaufen, so kannst du nichts dafür. Gib mir eine Stunde.«

»Gut.«

»Wo schläft sie?«

»Im oberen Stock, das Zimmer ganz hinten links.«

Sie war ein wenig sauer und ich konnte ihr das auch nicht verübeln. Aus der Küche führte die Tür direkt ins Esszimmer, einem weiß gestrichenen Raum mit hellem Parkett und einer Tafel für acht Personen. Von dort aus ging es ins Wohnzimmer, einen Raum von geschätzten 95 Quadratmetern, mit dunklen Deckenbalken, großen Fenstern und schwerem Mobiliar. Eine offene Feuerstelle war gleichermaßen vorhanden wie eine vollgeräumte Bücherwand. Auch hier fanden sich ein paar Topfpflanzen. Was mir aber besonders ins Auge stach, war der Globus, ein wahres Prachtexemplar. Ein handbemalter Glasball mit gut 55 Zentimetern Durchmesser, einem Standfuß aus Teak und einem Gradbügel aus Sterlingsilber. Die Weltkugel stammte vermutlich noch aus der ersten Hälfte des 19. Jahrhunderts, Afrika war zum größten Teil nur an den Küsten kartografiert. Das Innere des schwarzen Kontinents war weiß geblieben: Terra incognita. Ebenso waren weite Teile Zentralasiens nur ungefähr angedeutet, und in Bolivien ließ sich noch eine Stadt namens El Dorado ausfindig machen. Ich musste mich mit Gewalt losreißen.

Aus dem Wohnzimmer führte ein Gang, an den sich verschiedene Zimmer anschlossen, an der Treppe vorbei nach hinten. Hier hingen, wie an den meisten anderen Wänden auch, Gemälde. Ich sage ausdrücklich Gemälde und nicht Bilder, denn es dominierten nachgedunkeltes Öl und schwere Goldrahmen. Auch ohne sich mit Kunst auszukennen, war klar, dass hier viel Geld herumhing. Genau das war auch ihr Zweck. Meyerhöffer sah Kunst als Repräsentationsfunktion, jedem Besucher sollte unmissverständlich klargemacht werden, dass hier Geld und Kultur zu Hause waren. Von Subtilität hielt Meyerhöffer offenbar nichts, wenn ihm das Wort überhaupt bekannt war.

Am Ende des Ganges fand ich eine Türe verschlossen, es musste sich um Meyerhöffers Arbeitszimmer handeln. Nachdem ich das Schloss kurz untersucht hatte, ließ ich es bleiben. Ich war ihm nicht gewachsen. Ohne passende Ausrüstung beißt sich auch ein echter Picker die Zähne an einem guten Drehscheibenschloss aus. Ich verfügte weder über Ersteres, noch war ich Zweiteres.

Notgedrungen ließ ich ab, spielte kurz mit dem Gedanken, mir von außen das Fenster anzusehen, verwarf es aber wieder. Meyerhöffer war blasiert, aber kein Trottel. Wenn er eine Stahltür mit Sicherheitsschloss hatte, war das Fenster auch nicht ungeschützt. Und das Letzte, was ich brauchen konnte, war ein stummer Alarm und womöglich Polizei im Haus.

Ich machte kehrt und stieg die Treppe hinauf in den ersten Stock. Ich folgte Ivankas Beschreibung und stand bald vor der hintersten, linken Tür. Ich klopfte, wartete einen Augenblick und trat ein.

Die junge Meyerhöfferin saß auf einer Couch und las eine Illustrierte. Sie trug einen zweiteiligen Seidenpyjama in blaugrün. Ihre Füße waren nackt und die Zehennägel tiefrot bemalt. In der Rechten hielt sie eine lange Zigarette, in der Linken die Illustrierte. Der Aschenbecher stand neben ihr. Ihr Haar, das sie unter einem dünnen Handtuch zusammengebunden trug, war nass. Sie war ungeschminkt und sah mich erschreckt an. Ihre Hand fuhr zum Handy, sie klappte es auf und das Hochglanzmagazin fiel zu Boden. Ich blieb in der Tür stehen, hob beschwichtigend die Hand und stellte mich langsam sprechend vor. Die Kleine beruhigte sich ein wenig, atmete aber immer noch tief und ihre Augen zuckten hin und her.

»Na und, was wollen Sie?«, erwiderte sie auf meine Vorstellung. Ihre Stimme war nasal und unangenehm, ihr Tonfall so blasiert, wie es nur die Oberen Zehntausend in Wien zustande bringen, ihre ganze Sprache strotzte nur so vor Stolz und Verachtung.

»Sie werden sich nicht mehr erinnern, aber ich habe Sie letzten Dienstag nach Hause gefahren.«

»Und jetzt wollen Sie eine Belohnung. Bleiben Sie stehen oder ich rufe die Polizei.«

»Nur ruhig Blut. Ich werde Ihnen nichts tun, ich will Ihnen nur helfen.«

»Wobei sollten Sie mir helfen können? Und jetzt verschwinden Sie.«

»Sie sind da in eine schlimme Sache hineingeschlittert und Ihr Vater bezahlt mich, dass ich Ihnen helfe.«

»Davon weiß ich nichts und es ist mir auch egal.« Ihr Panzer bröckelte schon ein wenig.

»Ich habe Sie in einer Wohnung mit einer Leiche gefunden. Sie hatten die Mordwaffe in Ihrem Gucci-Täschchen.«

»Es ist von D&G.« Sie sprach die Abkürzung englisch aus, wie sie darauf kam, kann ich mir allerdings nicht vorstellen. »Sie Kretin.«

»Mordwaffe bleibt Mordwaffe.« Pause. »Vor allem, wenn Ihre Fingerabdrücke drauf waren.«

»Sie lügen. Sie wollen mich nur erpressen«, fauchte sie mich an. »Ich werde jetzt die Polizei rufen.«

»Machen Sie keinen Unsinn.«

Sie wendete den Blick von mir ab und begann mit dem Daumen zu wählen. Mit zwei Schritten war ich bei ihr, meine Finger schlossen sich um ihr rechtes Handgelenk, noch bevor sie die zweite Zahl gewählt hatte. Ich drückte zu. Mit der Linken umfing ich ihre Taille und fixierte sie. Sorgsam vermied ich es, dass sie einen Tritt in sensible Regionen anbringen konnte. Alles ging gut und da ich doch um einiges stärker war, ließ sie nach ein paar Sekunden das Telefon aus tauben Fingern zu Boden fallen. Sie starrte mich wutentbrannt an, die Zähne aufeinandergepresst. Ihre Zigarette hielt sie noch immer in der Hand. Der Tabakgeruch vermischte sich mit den Duftnoten ihrer Badeseife und bildete einen reizvollen Kontrast. Überhaupt fühlte sie sich gar nicht schlecht an. Ich ließ ihre Hand los, hob das Handy auf, trat einen Schritt zurück und hielt es ihr hin.

»Ich will Ihnen nur helfen, Sie brauchen sich keine Sorgen zu machen.« Sie starrte mich noch immer hasserfüllt an, ihre Mundwinkel zuckten. Elegant hob sie die Rechte, und drückte mir die glühende Spitze ihrer Zigarette auf den Rücken der Hand, in der ich ihr das Telefon hinhielt. Sie keuchte erregt und lächelte. Tabak verglüht bei über 1.000 Grad, Gott sei Dank rauchte sie Eve, die so dünn sind, dass die Glut gleich erlosch. Ich hatte trotzdem ein nettes Loch im Handrücken. Ich konnte zwar nicht ganz durchsehen, aber es schien nicht mehr viel zu fehlen. Vor Schmerz hatte ich das Telefon fallen gelassen, sie lächelte noch immer.

»Ich scheiße auf Sie und Ihre Hilfe«, stieß sie hervor. Ihre Augen waren weit aufgerissen und glänzten feucht. Das Ganze hatte ihr einen schönen Kick gegeben.

Bist du nicht willig, dann brauch ich Gewalt, ein schöner Satz. Ich schlug ihr mit dem Handrücken ins Gesicht. Nicht fest, aber sie fiel nach hinten auf die Couch. Einen Augenblick starrte sie mich entgeistert an, dann begannen ihre Tränen zu fließen. Sie wirkte nun nicht mehr wie eine arrogante Frau, sondern war von einer Sekunde zur anderen ein schutzbedürftiges, kleines Mädchen geworden. Schwach und verletzlich. Ich hätte sie fast in den Arm genommen.

»Was haben Sie am Dienstag in der Felberstraße gemacht? Wie sind Sie dahin gekommen?«

Die Meyerhöfferin saß mit angezogenen Beinen auf der Couch. In ihren Augen glänzten ein paar stille Tränen. »Weiß ich nicht mehr.«

»Kommen Sie mir nicht so, Ihr Benz stand einwandfrei vor dem Haus geparkt. Als Sie gekommen sind, waren Sie vollkommen nüchtern.«

Sie schaute mich nur groß an, Wort bekam ich keines von ihr zu hören. Ich machte einen Schritt auf sie zu, versuchte dabei, groß und böse dreinzuschauen und schnappte mir ihr Handgelenk. »Sag's mir, oder ich brech dir den Arm.«

Eingeschüchterten Mädchen kann man gut drohen.

»Ich war bei ihm, weil …, weil er …«, sie schlug die Hände vor die Augen und schluchzte.

»Bei wem?«

»Ihm.«

»Bei wem? Sag mir den Namen.«

»Slupetzky.« Sie schrie den Namen und riss sich los. Nach diesem Aufschrei kugelte sie sich wieder wie ein Kätzchen zusammen und barg den Kopf in einem weichen Kissen. In diesem Moment hätte ich es wissen müssen, aber ich wusste es nicht. Ich war blind und machte einfach weiter.

Noch immer hielt ich ihr Handgelenk, ich drückte zu und drehte ein wenig. Sie sog hörbar Luft ein und kam wieder hinter dem Kissen hervor.

»Was ist mit Slupetzky und dir?« Ich brüllte fast. »Warum warst du bei ihm?«

»Weil …, weil …, er wollte …«, sie schluckte, aber bekam nichts mehr über die Lippen. Erst nach ein paar Sekunden war sie wieder so weit, sprechen zu können: »Und darum nahm ich auch die Tropfen, ich wollte es nicht mitbekommen …« Weiter kam sie nicht, wieder schüttelten sie Weinkrämpfe.

Endlich blickte ich durch. Der Moment der Erkenntnis kann entsetzlich sein. »Als du aufgewacht bist, hast du ihn gefunden.«

Sie nickte. Ich hielt sie noch immer an der Hand, aber nicht länger drohend. Ich setzte mich zu ihr. »Er hat dich erpresst?«

Sie nickte.

»War er allein?«

»Als ich kam, war es acht, da war er allein. Ich hab gleich die Tropfen genommen und dann weiß ich nichts mehr, erst wieder, als ich am Tag danach zu Hause aufgewacht bin.« Sie beruhigte sich wieder.

»Und um was ging's mit Slupetzky?«

»Wir haben Blödsinn angestellt und er wollte alles meinem Vater erzählen.« Sie nahm sich die Zigarettenpackung vom Beistelltischchen und rauchte an. Ihre Hände zitterten ganz leicht. Blaue Venen schimmerten sanft durch ihre weiße Haut, die ich am Handgelenk rot gefärbt hatte.

»Was für Blödsinn?«

»Sagen Sie, sind da wirklich meine Fingerabdrücke auf der Waffe?«

»Ich habe zuerst gefragt.«

»Aber ich bin das Mädchen.«

»Na gut, nein. Ich wollte Sie nur unter Druck setzen. Die Polizei weiß nichts von Ihnen und die Waffe ist ungefährlich. Jetzt bin ich dran: Was für Blödsinn?«

»Wenn ich Ihnen das erzähle, sind Sie der nächste, der mich erpresst.«

»Sagen Sie es mir. Sonst tauchen die belastenden Beweise wieder auf. Irgendwer hat sie. In Slupetzkys Wohnung waren sie jedenfalls nicht.«

»Es gibt keine Beweise. Wenn Slupetzky tot ist, kann niemand mehr etwas damit anfangen.« Sie trocknete ihre Tränen.

»Und bitte sagen Sie auch meinem Vater nichts von der Sache.«

»Keine Sorge, das bleibt unter uns. Aber geben Sie mir Ihre Telefonnummer, ich werde Sie sicher anrufen müssen.«

»Wie sind Sie eigentlich hereingekommen?«

»Ivanka hat mich reingelassen. Ihre Eltern waren nicht zu Hause, da haben Sie Glück gehabt.«

»Kann man sagen.«

Mittlerweile war die Kleine wieder ganz auf dem Damm. Hatte sich verflixt schnell erholt. »Wollen Sie vielleicht noch ein Glas mit mir trinken?«

»Nein, ich denke es ist besser, wenn ich jetzt gehe. Schon genug Unheil angerichtet.«

Sie lächelte tapfer und brachte mich zur Tür. Ich ging den

Steinweg entlang, durch das Gartentor und die Gasse hinunter. Hinter dem nächsten Busch, der zwar noch kahl war, aber ein dichtes Geäst hatte, blieb ich stehen und wartete. Das machte mir nichts aus, denn es gab genug nachzudenken, während ich Ivankas Erscheinen entgegensah. Irgendwo in den Bäumen rund um die Meyerhöffer-Villa sang ein einsamer Vogel sein Lied. Doch es war noch zu früh im Jahr, er war allein und sein Gesang hatte keine Wirkung.

X

Es dauerte nicht lange und Ivanka kam die Straße herunter-gefahren. Sie saß in einem der neuen Minis von BMW, er war im British Racing Green gehalten und hatte zwei schneidige, weiße Streifen auf der Motorhaube. Ich trat aus dem Busch und Ivanka blieb stehen.

Das Fenster an der Beifahrertür wurde heruntergelassen und Ivanka lehnte sich über den Sitz. »Ja?«

»Sag der Tochter …«, ich suchte nach dem Namen, konnte ihn aber nicht finden. Ivanka sprang ein. »Sabine.«

»Also sag Sabine bitte nichts davon, dass ich meine Karte dagelassen hätte, beim ersten Mal. Und auch nichts davon, dass wir miteinander geredet hätten.«

»Mach ich.«

Sie wartete auf etwas. Ich nicht, sondern bedankte mich nur und ging los. Hinter mir fuhr der Mini weiter.

Als ich ums Eck gebogen war, zurück in den Grinzinger Steig, holte ich mein Handy raus und wählte Mihailovics Ein-trag.

»Hier Mihailovic, ja bitte?«

»Linder.«

»Ah, wie schaut aus wegen Papyrus?«

»Gut, der Fisch hat angebissen. Wir sollten uns zusammen-setzen und alles bereden.«

»Gutt.«

»Sind Sie zu Hause oder sollen wir uns auswärts treffen?«

»Kommen Sie zu mir. Hört niemand zu.«

»Dann bin ich in 30 Minuten bei Ihnen.«

»Gutt.« Mihailovic legte auf.

Eine halbe Stunde später stand ich vor der Wohnungstür

der Mihailovics. Ich war durchnässt und fror. Draußen schlug der Regen gegen die Fenster im Treppenhaus und der Duft von heißem Kaffee drang durch die Fugen aus der Wohnung.

Als Frau Mihailovic die Tür öffnete, schlug mir ein Schwall warmer Luft entgegen und ich trat ein.

»Sie sind schon da? Mihailovic wartet im Wohnzimmer. Ihre Sachen können Sie dort an den Haken hängen.«

Sie drehte sich weg und kümmerte sich um den Kaffee. Ich ging ins plüschverzierte Wohnzimmer, wo Mihailovic in Morgenmantel und Hausschuhen eine dicke Zigarre qualmte. Er stand auf und begrüßte mich lächelnd. Die Zigarre hielt er zwischen den Zähnen und wies mir einen Platz auf dem Sofa. Die 20 Zentimeter lange Rolle aus kubanischen Tabakblättern wirkte bei ihm wie eine extradünne Damenzigarette. Es fehlte nur der blassrosa Filter.

»Wochenende ist heilig. Vor allem, wenn es regnet.« Er grinste. »Da kriegt mich nix vor die Tür.«

Er wickelte sich fest in seinen warmen Hausmantel und lehnte sich entspannt zurück. »Wie geht's Papyrus?«

»Gut. Alles hat funktioniert. Wir müssen uns nur mehr über den Preis unterhalten.«

»Ich denke, so 150.000 wäre gutter Preis.« Er sah mich fragend an. Ich ließ ihn warten.

Inzwischen war Frau Mihailovic hereingekommen und stellte uns zwei Tassen mit Kaffee unter die Nasen. Auf dem Tisch stand eine alte Dose aus getriebenem Silber, die ich das letzte Mal nicht bemerkt hatte. Innen war sie vergoldet und der warme Schein des Edelmetalls gab den Zuckerstücken eine fast lebendige Färbung. Ich nahm mir zwei und ließ sie in meine Tasse plumpsen. Die schwarze Flüssigkeit verschluckte sie auf Nimmerwiedersehen. Mit dem winzigen Löffel rührte ich um, bis sich der Zucker komplett aufgelöst hatte. Ich legte das Rührinstrument vorsichtig ab und führte die Tasse zum Mund. Danach stellte ich sie ab. Mihailovic und Frau waren gespannt wie ein Flitzebogen.

»So viel werden wir sicher bekommen. Ich würde aber dafür plädieren, bei 250 anzufangen. Geld soll man nicht verachten.«

»Glauben Sie, er zahlt so viel?« Mihailovic machte Augen wie ein Kind vor dem Christbaum.

»Wird er auch nichts ausplaudern? Das Geld nützt uns nichts, wenn die Polizei vor der Tür steht.« Frau Mihailovic ließ sich auch durch das Geld nicht blenden. Sie blieb ruhig. Ohne Zweifel tanzte der serbische Bär nach ihrer Pfeife.

»Der hält dicht. Er ist so versessen auf den Text, dass er alles beiseite schiebt.«

»Hat er genug Marie?«

»Da brauchen Sie sich keine Sorgen zu machen. Nach 50 Jahren in der Politik hat man genug Geld auf der Seite.«

»Ahh, Politik. Ist immer beste Option. Reich und gierig.« Mihailovic hatte die Hände seiner Frau gepackt und drückte sie fest. Das Ende seiner Zigarre zerkaute er vor Aufregung. Er war auf 180.

»Kommen wir jetzt zu meinem Honorar.« Das riss die beiden sichtlich aus ihren Tagträumen. Auch wenn ich sie mochte, ich hatte nicht vor, leer auszugehen. Und jetzt war der geeignete Moment, um meine Trümpfe auszuspielen.

»Ohne mich können Sie den Papyrus gar nicht verkaufen. Irgendwann, wenn er zehn Jahre herumgelegen ist, wird der Reiz zu groß und Sie werden auf eigene Faust versuchen, das Ding zu verkaufen. Dann schnappt die Falle zu. Wenn Sie beide Glück haben, sind es die Polizei und der Staatsanwalt. Ich sage, wenn Sie Glück haben. Es könnte auch viel schlimmer kommen. Ein solcher Wert zieht Haie an wie Ziegenblut.«

Ich trank noch einen Schluck Kaffee, hielt die Tasse hin und bekam nachgeschenkt. Dann wiederholte ich das Zucker-ritual.

»Außerdem wird der Besitzer, dem der Papyrus abhanden gekommen ist, auch danach suchen. Das heißt, ich bringe mich bei einem solchen Deal ebenfalls in Gefahr. Was ich will, sind zwei Sachen: Egal, wie der Deal ausgeht, 50.000 Euro, und eine Antwort. Klingt das akzeptabel?«

Beide nickten. »Was für Frage?«

»Was wissen Sie über Dr. Meyerhöffer?«

»Gar nix.«

»Kommen Sie, Mihailovic, halten Sie mich nicht für blöd. Ich kann mir ungefähr ausrechnen, wie Sie an das Ding gekom-men sind und da taucht auch Meyerhöffer auf. Der interes-siert mich, aber aus ganz anderen Gründen. Also los, sagen Sie schon.«

Die Mihailovice schauten sich lange an. Im Anschluss an diesen Blickwechsel wandte er sich weg und sie begann zu erzählen. »Wir haben mit ihm einen Kunstdeal gemacht.«

»Und weiter?«

»Gar nichts.«

»Lassen Sie sich doch nicht alles aus der Nase ziehen.«

»Mehr gibt's da wirklich nicht zu erzählen.«

»Na gut, dann erzähle ich eine Story und Sie sagen mir, ob sie wahr ist. Wenn ich der Meinung bin, dass Sie beide lügen, können Sie den Papyrus dazu benutzen, sich das nächste Mal den Arsch zu wischen. Zu mehr werden Sie beide ihn dann nicht mehr brauchen können.«

Wieder konferierte das Ehepaar stumm. Bis Mihailovic seine Zigarre im Aschenbecher zermalmte und seiner Frau mit dem Kopf ein Zeichen gab, die wiederum mir zunickte. »Slupetzky kam an und machte einen Kontakt mit Bender. Weil irgendwer Kunst am Spieltisch verloren hatte und Bender die Sachen loswerden wollte.«

Beide nickten.

»Bender hatte auch eine junge Anwältin dabei, wie hieß die?«

»Irgendwas Italienisches, glaube ich.«

»Was fällt Ihnen zu der ein?«

»Eiskalt. Das Biest hat uns über den Tisch gezogen.«

»Und an wen haben Sie die Bilder verkauft?«

»An einzelne Kunden.«

»Namen, Kontaktadressen?«

»Hab ich keine mehr.«

»Das nehm ich Ihnen jetzt nicht ab.«

»Werd ich Ihnen aber sicher nicht mehr sagen, dazu.«

»Kommen Sie, Mihailovic, das ist sehr wichtig für mich.«

»Für mich auch.«

Da biss ich auf Granit, war nichts zu machen. Also fragte ich nach etwas anderem weiter. »Und irgendwo unter den Sachen haben Sie den Papyrus gefunden.«

Beide nickten.

»Wo?«

»Hinter einem Rahmen. War in Plastiksack verpackt. Luftdicht.«

»Und Ihrem Freund Slupetzky haben Sie nichts gesagt?«

»Doch. Mirko wusste total Bescheid. Über alles.«

Während ich von meinem Kaffee trank, beobachtete ich die beiden. Sie saßen wie auf glühenden Kohlen. Ich schüttelte sachte den Kopf, fast ein bisschen bedauernd.

»Mit Mirkos Tod haben wir nix zu tun. Total nix«, brauste Mihailovic auf.

»Ich weiß, dass Sie beide Slupetzky nicht auf dem Gewissen haben. Aber Sie sollten vorsichtig sein. Sobald jemand von dem Papyrus weiß, finden Sie sich auf dem Präsentierteller wieder. Jedes Gericht in Österreich wird Sie verurteilen, auch wenn keine Fingerabdrücke vorhanden sind. Gier versteht jeder als Motiv.«

Ich leerte meine Kaffeetasse. Es war wichtig, den beiden Angst einzuflößen. Angst macht fügsam.

»Niemand weiß von dem Papyrus.«

»Da wäre ich nicht so sicher. Irgendwer wusste genug, um Slupetzky heimzudrehen. Doch fand er dort den Papyrus nicht. Der sucht jetzt weiter. Wir sollten das Ding so schnell wie möglich loswerden.«

Beide nickten. Ich musste ihnen ja nicht gleich alles auf die Nase binden. »Dann mache ich einen Termin für morgen aus. Gegen Mittag, wenn es geht.«

Wieder nickten beide.

»Halten Sie sich und den Papyrus bereit. Ich werde mich melden. Und kein Wort zu niemandem.«

Ich verabschiedete mich und machte mich auf den Weg. Draußen regnete es noch immer. Der Straßenverkehr war durch die nassen Fahrbahnen zudem lauter als gewöhnlich, sodass niemand mehr sein eigenes Wort verstehen konnte. Die Passanten hatten die Krägen hochgestellt und die Köpfe eingezogen, sie eilten dahin, ohne von irgendjemandem auch nur das Geringste wahrzunehmen. Jeder Einzelne von ihnen war eine fensterlose Monade, miteinander verbunden nur durch die prästabilierte Harmonie eines gigantischen, komplexen Wirtschaftssystems.

Da ich ohnedies schon nass war, blieb ich im Regen stehen und beobachtete das Schauspiel, an dem Leibniz seine Freude gehabt hätte, ein Weilchen.

Als es mir zu viel wurde, holte ich mein Handy raus und schickte Dittrich eine SMS mit Ort und Zeit des Termins.

Wenige Sekunden darauf piepste mein Handy. Nur ein Wort war zu lesen: »Einverstanden.«

In der trostlosen Umgebung der grau verregneten Großstadt war ich der Einzige, der lächelte.

Kapitel 5

I

Es regnete noch immer und ich ging die Pouthongasse hinunter, am Café Mostar vorbei. Es war zwar erst kurz nach vier, aber aus der Jukebox röhrte bereits irgendein Balkansound, die Gläser waren voll und es wurde heftig gefeiert. Muskulöse Tschetniks und leicht bekleidete Mädchen erfreuten sich am kombinierten Rausch von Alkohol und Pheromonen.

Ich ließ das pralle Leben hinter mir und bog in die Felberstraße ein. Mein Körper sehnte sich nach einer heißen Dusche und mein Geist nach ein bisschen Ruhe bei einer Kanne Tee, Mozart und ein wenig THC. Ich hatte schon den Schlüssel in der Hand, als mir eine wohlbekannte Stimme aus dem Hintergrund klar machte, dass daraus vorläufig nichts werden sollte.

»Gruezi, Kleiner. Komm stig i, der Boss wet a kle mit dir schwätza.«

Da Widerworte zwecklos waren, folgte ich Fred über die Straße, wo er den mitternachtsblauen Bentley Arnage RL von Bender geparkt hatte. Er hielt mir die Tür auf und ich stieg ein. Kaum saß ich im Ledersitz, hatte Fred den Motor angeworfen und sich in den ruhig fließenden Wochenendverkehr eingeordnet.

Das Armaturenbrett war aus echtem Holz, ebenso der Ganghebel. Das Leder der Sitze war ein halbes Grad dunkler als das der Dach- und Seitenpolsterung. Der V8 lief leise und gleichmäßig und verriet große Kraft. Leider saß ich auf dem Beifahrersitz, hinten im Fond schien alles noch eine Spur weicher und geräumiger zu sein. Doch der Platz war ausschließlich für den Alten bestimmt.

Wir fuhren hinunter zum Gaudenzdorfer Gürtel, wo Bender den zweiten Stock eines Mietshauses am Haydnpark in der

Siebertgasse bewohnte. Unnötig zu sagen, dass ihm das gesamte Haus gehörte. Vielmehr gehörte ihm praktisch das ganze Viertel zwischen Steinbauergasse und Flurschützstraße.

Freds Tonfall hatte mir klar gemacht, dass er rein dienstlich unterwegs war, für persönliche Rücksichten war da kein Platz. Deswegen war es meinerseits auch gänzlich unnötig, Fragen zu stellen. Er würde sie ohnehin nicht beantwortet haben. Bis jetzt hatte ich beim Alten eine gewisse Narrenfreiheit genossen, aufgrund eines Amalgams aus Sympathie und Dankbarkeit. So wie sich Fred benahm, schienen diese Zeiten vorbei zu sein. Das beschäftigte mich doch einigermaßen, schließlich gibt es angenehmere Lebensabschnitte als diejenigen, welche man auf der Abschussliste von Bender verbringt. Auch wenn sie meistens nur recht kurz sind.

Ich war mit meinen Gedankenspielereien nicht weit gekommen, als Fred auch schon gekonnt rückwärts einparkte, was bei der Größe des Wagens nichts Selbstverständliches darstellt. Wir stiegen aus, machten die paar Schritte zum Eingang und Fred sperrte auf. Drinnen betraten wir den Lift und fuhren in den zweiten Stock hinauf. Das Gebäude war innen genauso schmucklos wie außen. Einzig das schmutzige Braun der Außenseite war drinnen durch ein blutleeres Grau ersetzt.

Wir standen vor Benders Wohnungstür. Fred klopfte, worauf sich die Tür ein wenig öffnete und im freigewordenen Spalt, hinter der Stahlkette, sich Benders Haushälterin zeigte. Sie nickte bloß, schloss die Tür wieder, das Klirren der Kette war zu hören, und der Eingang war offen. Wir traten ein.

Das Interieur Benders passte eher zu einer Wohnung am Stefansplatz als zu einer in Margareten. Dunkles Parkett bedeckte den Boden, auf dem alte Perser lagen. Barockspiegel und alte Ölgemälde bedeckten die Wände. Fred führte mich nach hinten, durch das Wohnzimmer, in Benders Arbeitsraum. Die Fenster waren zugezogen, schwere weinrote Gardinen hingen bis auf den Boden. Es brannte nur eine kleine Lampe, die neben einem Ohrensessel auf einem kleinen Rauchtischchen stand. Das matte Licht spiegelte sich in der glattpolierten Oberfläche des Rokokosekretärs an der Wand. Die Wände konnte ich im Halbdunkel höchstens erahnen.

Bender saß im Ohrensessel, ein Buch auf dem Schoß, er schien ein wenig zu dösen. Fred wies auf einen Stuhl, der daneben stand, und schloss hinter mir die Tür.

Ich nahm Platz. Kaum hatte mein Hosenboden den Polster berührt, öffnete Bender die Augen und sah mich streng an. »Ich hab dich immer gemocht, Kleiner, und was mich betrifft, wird das auch immer so bleiben. Aber wenn du so weitermachst, wird der Punkt kommen, an dem ich zwischen Geschäft und Sympathie wählen muss und das wird eine sehr leichte Wahl für mich sein. Für dich aber sicher nicht.«

Darauf gab es nichts zu erwidern. Darum blieb ich stumm.

»Was willst du trinken?«

»Tee, wenn's einen gibt.«

»Gut.«

Bender setzte sich ein wenig auf und drückte einen Knopf auf einer Fernbedienung, die in den Rauchertisch eingelassen war. Sofort öffnete sich die Tür.

»Tee und Port.«

Fred nickte und schloss die Tür. Bender lehnte sich zurück und atmete hörbar aus. Dann herrschte Stille. Wir saßen im Dunkeln und schwiegen uns an. Das schwache Licht ließ den Alten noch älter wirken, mit der Zeit bekam er eine gewisse Ähnlichkeit mit einer ägyptischen Mumie. Ich lauschte dem

Ticken einer Uhr, die ich nicht sehen konnte, und wartete. Wenigstens war es warm.

Nach etwa zehn Minuten öffnete sich die Tür und Fred balancierte gekonnt ein Tablett herein, das er auf das Rauchertischchen stellte. Eine Porzellankanne mit Tee, eine Schale und eine Zuckerdose nebst Löffel für mich. Ein geschliffenes Bleikristallglas mit der dazu passenden Karaffe für Bender. Fred ging so geräuschlos hinaus, wie er gekommen war. Erst als sich die Tür wieder geschlossen hatte, erhob Bender sich ein wenig, entkorkte die Karaffe und füllte sein Glas mit der rubinroten Flüssigkeit, die in der Dunkelheit die Farbe geronnenen Blutes angenommen hatte. Als Bender die Karaffe wieder geschlossen hatte und sich im Stuhl zurücklehnte, um zu nippen, schenkte ich mir ein und nahm eine Nase voll. Ausgezeichnet, es gab eine starke Assammischung, vermutlich irgendeinen Ostfriesen. Dazu hätte ein Tropfen Sahne gepasst, aber ich war nicht in der Position, Forderungen zu stellen. So zuckerte ich nur und nahm einen Schluck. Obwohl ich mir beinahe die Zunge verbrannte, setzte ich erst ab, als die Tasse leer war. Ich hatte die Wärme bitter nötig. Ich schenkte mir nach und wartete darauf, dass Bender weitersprechen würde.

»Der Tee schmeckt dir?«

»Ja.«

»Das ist ein Kompliment, wenn es von einem Experten wie dir kommt.«

»Ich hätte jetzt alles Warme getrunken, aber der Tee ist wirklich in Ordnung. Ist ein Ostfriese oder täusche ich mich?«

»Mir sind alle Tees Jacke wie Hose, da musst du Gertrud fragen.«

Ich nahm die Tasse und trank erneut. Die weiche Stärke und das samtige Malzaroma umspielten meinen Gaumen.

»Wenn du gehst, kannst du dich ja bei ihr erkundigen, woher sie ihn bezieht.« Er nippte wieder an seinem Glas. »Für alte Knaben eine von den besten Gaben.« Er lächelte still in sich hinein. Dann stellte er das Glas weg und wurde schlagartig wieder ernst.

»Ich hab da jemanden kennengelernt, der auch dich kennt. Das macht mir Kopfzerbrechen.« Er wartete auf eine Antwort meinerseits, aber ich schwieg mich aus. »Dass du mit der Slupetzkysache ein klein wenig Geld machen willst, kann ich verstehen, und es stört mich auch nicht. Aber das Ganze wird ein wenig größer. Ich denke, zu groß für dich. Vor allem jetzt, da ich den anderen Partner von Slupetzky getroffen habe. Slupetzky war zeitlebens ein komischer Kauz, aber dass er sich als Pole ausgerechnet russische Partner geholt hat, ist mir immer noch ein wenig unbegreiflich.«

Ich nickte. »Er hätte wissen müssen, wen er sich da ins Boot geholt hat.«

»Genau. Die Russen sind sauer, nicht nur, dass ihnen jetzt das Flughafengeschäft stillsteht. Nein, Slupetzky hat sie, scheint's, auch noch beklaut.«

»Davon weiß ich nichts. Hat er etwas von dem Geld in die eigene Tasche gesteckt?«

»Nein, was anderes. Ich hab nicht rausbekommen was, aber vielleicht kannst du mir das verraten.«

»Wie kommst du darauf?«

»Weil du ein heller Kopf bist. Also sag mir, was du weißt, und vielleicht können wir beide ins Geschäft kommen.«

»So wie du und Slupetzky damals?«

»Ich hab den Polen nicht erschossen.«

»Ich weiß. Das tust du nie.«

»Fred auch nicht.«

»Ich weiß. Aber es gibt genug Idioten, denen gegenüber

man ein paar Halbsätze fallen lässt und die dann gierig werden, die Nerven verlieren und zuschlagen.«

»Dafür kann mich niemand verantwortlich machen.«

»Siehst du, das ist der Unterschied zwischen Moralität und Legalität. Verurteilen kann dich deswegen kein Gericht der Welt. Aber Schuld hast du trotzdem.«

»Nachdem es keinen Gott gibt, ist mir das gleichgültig. Schluss mit der Spintisiererei. Also was ist mit meinem Vorschlag?«

»Da ich nichts weiß, kann ich dir auch nichts sagen.«

»Geradeheraus gesprochen: Ich glaub's dir nicht.«

»Was du glaubst, geht mich eigentlich auch nichts an. Seit der französischen Revolution hat sich bei uns die Einsicht durchgesetzt, dass Glauben Privatsache ist.«

»Das ist nun mir egal. Wenn ich glaube, dass du was weißt, dann kann das für dich ungemütlich werden.«

»Das werden wir sehen.«

»Ich mag dich, Kleiner, hab dich immer gemocht und das soll auch so bleiben. Also versemmel es nicht. Ich geb dir bis morgen Zeit, um dich zu entscheiden, der alten Zeiten wegen. Du hast die Wahl.«

Ich trank aus, erhob mich und machte mich auf den Weg zur Tür.

»Ach ja, Fred war mächtig stolz auf dich, wie du den Russen zugerichtet hast. Er sagt, wenn er dich früher kennengelernt hätte, hätte er einen Boxer aus dir gemacht, nicht so einen Bücherwurm.« Ich drehte mich nicht um, sondern wartete mit dem Knauf in der Hand, bis Bender fertig war. Dann drehte ich ihn, die Tür öffnete sich mit einem kleinen Klicken, und ich stand im Licht, geblendet.

II

Nachdem mich Fred schweigend nach Hause gefahren hatte und ich vor meiner Wohnung ausgestiegen war, atmete ich durch. Galgenfrist bis morgen. Hatte ich nun einen Tag gewonnen oder ein ganzes Leben verloren?

Als ich endlich in meiner Wohnung stand, legte ich meine durchnässten Sachen ab und stellte mich unter die kochend heiße Dusche. Nach einer Ewigkeit wagte ich mich wieder heraus, zog mir warme Sachen an und kuschelte mich in meine Decken. Eigentlich wollte ich noch Mihailovic wegen des Verkaufstermins morgen informieren, aber der Schlaf kam schnell und zärtlich.

Am nächsten Morgen wachte ich mit dem leichten Kopfweh auf, das immer kommt, wenn ich zu lange und zu tief geschlafen habe. Es dauerte ein Weilchen, bis ich imstande war, mich aus dem Bett zu wälzen. Ich setzte Teewasser auf und stellte mich vor den kleinen Spiegel im Badezimmer. Diese Bezeichnung ist ein Euphemismus, eigentlich handelt es sich nur um eine mit einem Vorhang abgetrennte Ecke meiner Küche. Ich war noch ein wenig steif im Nacken von der russischen Massage, aber ansonsten großartig in Form. Nachdem ich meine Morgentoilette beendet und mir die Stoppeln von der Wange gekratzt hatte, war es Zeit zu frühstücken. Da ich nichts Essbares im Haus hatte, mussten viel Tee und gute Musik ausreichen. Lester Young, Nat King Cole und Buddie Rich spielten auf. Ich genoss meinen Tee und ließ mich in den zarten Solos von Young treiben, die auf wunderbar okkulte Art und Weise mit der Begleitung von Cole verflochten sind. Vor allem die zweite Version von ›I cover the waterfront‹ mit ihren kindlich einfachen Rufmotiven ließ mich wie immer erschauern. Lester bringt es zustande, sein Sax wie eine dunkle weibliche Stimme klingen zu lassen, wie eine Mutter, die ihr Kind ruft. Als ich die Scheibe zum zweiten Mal durchgehört hatte, war auch der Tee ausgetrunken und ich begann, mich anzuziehen. Viel gab mein Kleiderschrank nicht mehr her, aber ich fand noch eine hellgraue Hose aus Baumwollstoff, ein schwarzes Schnürlsamtjackett und ein hellgrau-grün-gestreiftes Hemd. Irgendwie passte sogar der Grünton der Krawatte zu den Hemdstreifen und ich war vorzeigbar. Schließlich tätigt man nicht jeden Tag ein Geschäft um eine Achtelmillion Euro. Oder vielleicht auch ein bisschen mehr.

Ich rief bei Mihailovic an, der schon mächtig aufgeregt war und kaum mehr an sich halten konnte. Nachdem ich mit Dittrich einig geworden wäre, würde ich ihm einen Treffpunkt benennen, wohin er mit dem Geld kommen sollte. Als das geklärt war, läutete ich bei dem Käufer an. Dittrich war ebenfalls in Hochstimmung, er schien mir ein wenig von seinem Whisky genascht zu haben. Umso besser für mich.

Ich machte mich auf, in sein Büro zu fahren. 20 Minuten später stand ich vor seiner Tür, klopfte und hielt den Atem an. Von drinnen tönte ein vollkommen intoniertes »Herein«, mein Herz schlug einen Purzelbaum der Freude und ich trat ein. Manchmal geschehen noch Zeichen und Wunder, und als ein solches sah ich es an, dass Frau Chmelar sonntags arbeitete.

Obwohl ich ansonsten Small Talk aus dem Weg gehe, grüßte ich freundlich, machte eine wohlerzogene Bemerkung über das Wetter und fragte nach Kaffee, nicht ohne einfließen zu lassen, dass er mir das letzte Mal wunderbar geschmeckt hatte. All das nur, um die gute Frau reden zu hören. Aber wie immer hatte auch hier der Teufel seinen schlechten Samen in der Herrlichkeit der Schöpfung versteckt, denn Form und Inhalt stimmten nicht zusammen. Die Schönheit der Sprache konnte bei

Frau Chmelar nicht die Dürftigkeit an Sinn verbergen, da ihr Geist offenbar nicht mit ihren Sprechwerkzeugen mithalten konnte.

Hätte ich nur nicht meiner Gier nachgegeben, so hätte ich bis an mein Lebensende in einer wunderbaren Illusion leben können, aber ich wollte es wissen und nun wusste ich. Genau wie damals am Baum der Erkenntnis, brachte auch mir das Wissen kein Glück. Die schönen Worte waren mir im Mund zu Asche zerfallen, nun konnte ich Hoffmannsthal nachfühlen. Enttäuscht trat ich bei Dittrich ein.

Er saß in seinem Stuhl und sprang auf, als er meiner ansichtig wurde. Mit drei schnellen Schritten war er bei mir und schüttelte mir die Hand. Jovial begrüßte er mich und forderte mich auf, Platz zu nehmen. Eine strenge Whisky-fahne begrüßte mich. Seine Augen glühten und die Backen glänzten rot. In der Linken hielt er ein Glas, das fast leer war. Als wir uns gesetzt hatten, war es wieder voll. Noch bevor wir zu Wort kommen konnten, war mein Kaffee serviert und ich kostete von dem dampfenden Heißgetränk. Ich hatte seit beinahe 24 Stunden nichts mehr gegessen, der starke Kaffee auf leerem Magen fühlte sich seltsam an. Aber er blieb unten und versetzte mich in koffeininduzierte Euphorie.

»Also, reden wir über den Preis«, platzte Dittrich heraus, er konnte seine Nerven offenbar nicht mehr im Zaum halten.

»Gerne. Aber zuerst reden wir vom Organisatorischen, wenn Sie einverstanden sind.«

»Sicherlich. Wie haben Sie sich die monetären Konditionen vorgestellt?«

»Wir wollen in bar bezahlt werden, natürlich in Euro.«

»Dollar wären ein schlechter Witz.«

»Genau. Außerdem sollte heute alles über die Bühne gehen.«

»Gut.«

»Sie haben Bargeld in ausreichender Menge zur Verfügung? An einem Sonntag?«

»Sicherlich.«

»Nicht, dass ich Ihnen nicht vertraute, aber manchmal geschehen in der Aufregung Fehler, und das wollen wir doch beide vermeiden.«

»Da stimme ich Ihnen zu.«

Dittrich rutschte auf dem Stuhl herum wie ein Kind zu Weihnachten. Er hielt es kaum noch aus. »Also, was verlangen Sie nun?«

»Wir verkaufen zum Schnäppchenpreis von 200.000 Euro.«

»Damit habe ich gerechnet.« Er atmete sichtlich auf. »Sie hätten durchaus mehr verlangen können.«

»Natürlich. Verlangen kann man, was man will, die Frage ist nur, was bezahlt werden wird. Außerdem scheint es mir bei so einem delikaten Geschäft besser zu sein, ein für beide Seiten erfreuliches Ergebnis zu erzielen, als dem Partner das Weiße aus den Augen zu pressen.«

»Und dadurch Unstimmigkeiten hervorzurufen.«

»Genau. Das können wir uns nicht leisten und Sie sich sicherlich auch nicht. Bei einer solchen Materie muss man die Vernunft über die Gier siegen lassen, sonst stehen zum Schluss alle mit leeren Händen da.«

Dittrich nickte, während er aus seinem Glas trank. Offenbar hatte er mit einer wahnwitzigen Forderung unsererseits gerechnet und war nun erleichtert. Offen gestanden war ich es auch, die letzte vergleichbare Auktion unter Privatpersonen hatte bei Sotheby's nicht einmal 100.000 Euro gebracht. Ich hatte hoch gepokert und gewonnen. Entweder wusste das Dittrich nicht, oder die Besitzergier war stärker als sein kaufmännisches Urteil. Solange er zahlte, konnte es mir gleich sein.

»Wo wird das alles stattfinden?«

»Die Wahl liegt bei Ihnen. Entweder hier oder im Lainzer Tiergarten, im Jagdpavillon. Das läge schon mehr auf Ihrem Nachhauseweg.«

»Ich kann der Idee nichts abgewinnen, 200.000 Euro zu Fuß durch einen Park zu transportieren. Ich denke, wir erledigen das hier in meinem Büro.«

»Soll mir recht sein. In dem Fall sind wir fertig für jetzt. Ich werde meinen Partner aufsuchen und das Weitere in die Wege leiten.«

»Sehr gut.«

Ich trank noch meinen Kaffee aus, schüttelte seine Hand und begab mich nach draußen. Alles war gut gelaufen, ich fühlte mich 10 Jahre jünger und 20 Kilo leichter.

Unten, in der Kim Il Sungs Mausoleum nachempfundenen Eingangshalle, kramte ich mein Handy heraus und wählte Mihailovic an. Nach dem zehnten Klingeln meldete sich die Mailbox. Ich legte auf und machte mich auf den Weg zur U-Bahn. Im Gehen wählte ich nochmals. Der Schweiß stand mir auf der Stirn, obwohl es draußen kalt und windig war. Wieder ging nur die Mailbox ran. Ich steckte das Telefon weg und rannte los.

III

Gute 30 Minuten später stand ich vor der Haustür in der Herbststraße 20 und klingelte. Der Summer ließ auf sich warten, deshalb drückte ich so viele Klingeln, wie ich nur erreichen konnte, und kurz darauf summte der Türöffner. Ich trat ein, lief den dunklen Gang entlang, zwischen den Mülltonnen hindurch in den Innenhof, der noch immer mit allem möglichen Krimskrams von Waschmaschinen über Fahrräder bis hin zu pittoresken Autoresten vergessener Ostblockmodelle vollgeräumt war. Dann durch den Eingang zur Stiege II hinauf in den Mezzanin. Die Wohnungstür fand ich angelehnt. Mein Herz raste, teils wegen des Sprints von der U-Bahn-Station hierher, teils der Aufregung wegen. Ich streckte bereits meine Hand aus, um die Türe zu öffnen, als endlich mein Verstand wieder zu arbeiten begann. Er hat zwar ungewöhnliche Arbeitszeiten und öfter ein paar Wochen hintereinander frei, aber wenn ich ihn brauche, ist er meistens da. Also zog ich meine Hand wieder ein und stellte mich ganz ruhig hin. Ich lauschte auf mögliche Geräusche in der Wohnung, hörte aber nichts, weil mein Herz zu laut schlug. Nach und nach beruhigte ich mich aber. Aus der Wohnung war kein Laut zu vernehmen. Ich wappnete mich gegen allerlei Katastrophenszenarien, zog den Ärmel meiner Jacke über die rechte Hand, um Spuren zu vermeiden, und öffnete leise und behutsam die Tür. Drinnen war es still. Vorsichtig trat ich ein, alle Sinne aufs Äußerste gespannt. Als sich noch immer nichts rührte, lehnte ich die Tür wieder an, so wie ich sie vorgefunden hatte, die Hand immer noch in meinen Ärmel gehüllt. Ich machte ein paar Schritte in die Wohnung hinein. Die Küche war leer und still. Im Wohnzimmer fand ich Mihailovic. Er lag bäuchlings über dem umgekippten Tischchen, mausetot. Ich musste weder seinen Puls fühlen, noch mein Ohr an seine Brust legen, um das zu wissen.

Er hatte sich für den größten Tag in seinem Leben herausgeputzt. Ein dunkelblauer Kammgarnanzug, ein blütenweißes Hemd und eine schwarz-gelb karierte Seidenkrawatte machten seine Aufmachung aus. Nur die unbekleideten Füße, von denen die Hauspantoffeln heruntergefallen waren, steckten in geflickten Socken. Ein großer Zeh lugte vorwitzig heraus.

Über dem Bauch war das Hemd zerrissen und blutig. Mehrere Einschusslöcher waren zu sehen. Das Blut, sowohl auf seinem Körper als auch in den Lachen am Boden, war noch rot und fast nicht geronnen.

Überhaupt fanden sich zahlreiche Kampfspuren, zerschlagenes Geschirr und umgeworfene Möbel. Mein Blick wanderte sofort zu der Wand, an der das Bild hing, hinter dem sich Mihailovics Safe befand. Es hing an seinem Platz, unverrückt. Ich holte tief Luft und schob es beiseite, nicht ohne vorher meine Hand wieder gut verpackt zu haben. Der Safe stand offen. Er war so tief in die Wand eingelassen, dass auch bei vorgeschobenem Bild die Tür nicht ins Schloss gepresst wurde. Ich öffnete vorsichtig die kleine Stahltüre und fand die beiden Fächer leergeräumt. Vollständig leergeräumt. Rein gar nichts war mehr übrig. Ich fluchte laut und um ein Haar hätte ich es Rumpelstilzchen gleichgetan, mir ein Bein ausgerissen und mich mit ihm in den Erdboden gehämmert. Aber ich nahm mich zusammen und suchte Frau Mihailovic. Im Wohnzimmer fand sich keine Spur von ihr, auch nicht im anschließenden Schlafzimmer. Ich ging zurück in die Küche und von dort in das Badezimmer. Die weiße Holztür mit den beiden eingelassenen Milchglasscheiben war blutverschmiert. Ich trat ein und sah die Frau, die gestern noch eine werdende

Mutter gewesen war, als leblosen Fleischhaufen auf den blau-weißen Fliesen liegen. Überall fanden sich Blutspritzer. Auf den gefliesten Wänden ebenso wie auf dem Boden und auf den Spiegeln des Aliberts.

Sie selbst war grässlich zugerichtet. Ein Auge war zugeschwollen und ihr Nasenbein gebrochen, weil offenbar irgendjemand nicht genug daran gehabt hatte, sie nur zu töten. Anscheinend hatte der Täter ihr mit dem Lauf seiner Waffe brutal ins Gesicht geschlagen. Ihr Brustkorb wies zwei Einschusslöcher auf, das geblümte Kleid war zerfetzt. Aus dem Traum einer amatispielenden Tochter würde nun nichts mehr werden. Ich wendete mich ab, ging zurück ins Esszimmer und nach ein paar Augenblicken der Sammlung rief ich Dittrich an. Ich hatte noch kurz überlegt, ob ich nicht zuerst den Schauplatz des Verbrechens verlassen sollte, aber das Risiko, auf der Treppe gesehen zu werden, war größer als das, vorerst in der Wohnung zu bleiben, und Dittrich musste ich sofort erreichen. Vielleicht war der Deal noch zu retten, auch wenn ich momentan keine blasse Ahnung hatte, wo sich der Papyrus befand. Aber das würde schon noch werden.

Ich wählte, und nach dem ersten Klingeln nahm Dittrich ab.

»Ja, bitte.«

»Herr Dittrich, es ist eine unerwartete Wendung eingetreten. Wir müssen nun alle die Nerven bewahren und dürfen keine Fehler machen, dann können wir unser Geschäft wie geplant zum Abschluss bringen und alle Seiten werden zufrieden sein. Mein Partner befindet sich in einer heiklen Situation, und bis diese nicht behoben ist, werden wir unser Geschäft auf Eis legen müssen. Sobald sich etwas ergibt, das Sie betrifft, werde ich mich bei Ihnen melden. Wir dürfen nur ja nicht die Nerven verlieren. Haben Sie mich verstanden?«

»Durchaus. Was ist denn passiert und …«

Ich ließ ihn gar nicht weiter reden. »Nichts, was für Sie von Interesse wäre. Seien Sie unbesorgt, es handelt sich um nichts, was bei Angelegenheiten einer solch emotionalen wie auch ökonomischen Größenordnung nicht an der Tagesordnung und völlig normal wäre. Wie gesagt, ich werde mich in den nächsten Tagen bei Ihnen melden. Sie wollen doch nicht abspringen?«

»Keineswegs. Ehrlich gesagt, ging mir bis jetzt ohnehin alles zu glatt. Ein wenig Aufregung erhöht nur den Reiz.«

»Finde ich gut, dass Sie das so sehen. Schönen Sonntag noch.«

Bei Dittrich schlugen nun die in der österreichischen Politik verbrachten Jahrzehnte durch und er verabschiedete sich mit dem Beamtengruß: »Mahlzeit.« Es war schließlich halb zwölf.

Nachdem ich aufgelegt hatte, löschte ich die zuletzt gewählten Nummern aus meinem Handy, nahm die Sim-Karte heraus und ersetzte sie durch eine 15-Euro-Wertkarte. Wie Sun Tzu sagte: Der siegreiche General gewinnt zuerst die Schlacht und zieht dann in den Krieg. Mit anderen Worten: Vorbereitung ist alles. Die Sim-Karte steckte ich unter meinen Federhalter in mein Etui. Falls etwas schiefgehen sollte, wollte ich meine Kontakte nicht sofort jedem auf die Nase binden.

Ich ging zur Spüle und wollte mir ein paar durchsichtige Plastikhandschuhe holen. Frau Mihailovic war eine ordentliche Frau gewesen und besaß sicherlich etwas Derartiges. Aber soweit kam ich gar nicht.

»Bleiben Sie stehen und nehmen Sie die Hände hoch, Freundchen.« Es kam also noch schlimmer als ohnedies. Wenn der Teufel Kinder kriegt, dann gleich einen ganzen Schock, wie meine Urgroßmutter sich auszudrücken beliebt hatte. Nur meinte sie damit ausgelaufenes Eigelb oder ranzige Butter. Es half alles nichts, ich blieb stehen und hob gehorsam die Arme. Ich hatte die Stimme sofort erkannt. Es war das Gesetz, das mit gezogener Dienstwaffe hinter mir stand. Hätte schlimmer kommen können.

Katze und Fuchs spielten sich die Wuchteln gut eingeübt zu.

»Na, wenn das nicht der Herr Professor ist.«

»Und wieder einmal mitten in einer Untersuchung.«

»Das wird doch nicht wieder einmal Zufall sein?«

»Ich glaube nicht.«

»Der kommt jetzt mit auf den Kort.«

»Genau.«

Einer der beiden packte meine Hände und hinter meinem Rücken klickten die Handschellen. Ein paar Minuten später war die restliche Mannschaft da und untersuchte den Tatort, mich brachte man im Dienstwagen der beiden unter und fuhr mich in das Gesetzesbüro am Schottenring 7–9.

IV

Das Büro der beiden ähnelte meinem eigenen bis aufs Haar. Klein, grau und hoffnungslos. Anstatt Zeugnisse und Tagungsunterlagen waren bei ihnen Akten zu finden, die wie meine aus den frühen 70ern stammten.

Im gesamten Gebäude herrschte striktes Rauchverbot. Aber auf jedem freien Zentimeter, der als Abstellfläche dienen konnte, fand sich ein Aschenbecher, der jeweils ein mittleres Urnenfeld beinhaltete. Die Katze hatte auch schon wieder einen Glimmstängel angeheizt.

Ich wurde auf einem harten Stuhl platziert und die beiden nahmen mich genau in Augenschein. Bevor sie aber zu Wort kommen konnten, hatte ich schon losgelegt. »Gemütlich haben Sie's hier. Respekt. Überhaupt nicht so schäbig und dreckig wie bei mir. Hätte doch Polizist werden sollen.«

»Die Sprüche werden Ihnen schon noch vergehen.«

»Sie haben sich nämlich halstief in die Scheiße geritten.«

»Bevor Sie uns nicht ein paar brauchbare Antworten geben …«,

»… gehen Sie sicherlich nicht mehr nach Hause.«

»Wir haben da ein paar Zimmer im Gebäude, die sind noch schöner als unser Büro.«

Die Katze setzte mit dem fast ausgerauchten Tschik einen neuen in Brand und ließ den immer noch glimmenden Rest des ersten einfach in den Aschenbecher fallen, wo bereits Dutzende Vorgängergenerationen ihre letzte Ruhestätte gefunden hatten. Mit qualmender Zigarette im Mundwinkel nahm er die Brille ab und reinigte die fettverschmierten Gläser mit einem zerknautschten Taschentuch. Langsam und genüsslich. Es schien, als wolle er gar nicht mehr aufhören. Endlich setzte er die Brille wieder auf die Nase.

Der Fuchs hatte sich inzwischen hinter den großen Schreibtisch geklemmt und versuchte, ein intelligentes, investigatives Gesicht zu machen. Gelang ihm aber nicht.

»Was hatten Sie in der Wohnung des Ermordeten zu suchen?«

»Ich hatte mit ihm einen Termin fixiert, er war Kunsthändler und ich wollte ihm ein Bild verkaufen.«

»Was denn?«

»Einen Wildgau.«

»Was haben wir uns darunter vorzustellen?«

»Maler des österreichischen Biedermeier, eigentlich eher unbedeutend, aber für Sammler durchaus interessant.«

»Wie sind Sie zu dem Bild gekommen?«

»Ererbt, von einem verstorbenen Verwandten.«

»Und warum wollen Sie es verkaufen?«

»Weil ich bettelarm bin. Vermögensklasse Kirchenmaus, Status Hungerleider.«

»Was bringt so ein, wie hieß der noch gleich?«

»Wildgau. Ein Kunsthändler kann dafür durchaus ein paar schöne Dreinuller rausholen. Für mich blieben davon vielleicht zweieinhalb übrig. Würde für ein paar Monate helfen, das Budget zu strecken.«

»Wie sind Sie auf Herrn Mihailovic gekommen?«

»Ein guter Bekannter arbeitet im Dorotheum. Den hab ich gefragt und der hat mir daraufhin den Mihailovic genannt.«

Katze und Fuchs blickten sich lange an. Schließlich fragte die Katze weiter. »Wie kommt's, dass Sie aber kein Bild dabei hatten, wenn Sie Mihailovic doch eines verkaufen wollten?«

»Oder ist das auch verschwunden? So unter dem Stichwort ›Zufall‹, das bei Ihnen so hoch im Kurs steht?«

»Ich wollte nur die Nase in den Wind stecken. Schauen, wie der Mihailovic so drauf ist. Das Bild hätte ich bei einem zweiten Termin gegen Geld getauscht.«

»Wo befindet sich das Bild jetzt?«

»Bei mir zu Hause an der Wand.« Ich bluffte. Das Einzige, das man bei mir zu Hause an der Wand finden konnte, war Schimmel.

Die beiden nickten. »Das lässt sich nachprüfen, Linder.«

»Und das werden wir auch, verlassen Sie sich drauf.«

»Den Durchsuchungsbeschluss haben wir beantragt. Der geht auch sicher durch, vielleicht aber erst morgen.«

»Dann haben wir Sie bei einer Falschaussage erwischt.«

Synchron nickten die beiden gewichtig mit den Köpfen. »Sparen Sie uns und Ihnen doch die Zeit. Wir wissen alle drei, dass es das Bild, zumindestens in Ihrem Besitz, nicht gibt.«

»Sie waren wegen der Slupetzkysache dort.«

»Die beiden waren nämlich beste Kumpel.«

»Haben zusammengearbeitet, vor allem nach Russland.«

Der Fuchs bückte sich und kramte was aus einem Plastiksack heraus. Es war eingeschweißt und mit einem Zettel versehen. Er warf es mir zu. Da meine Hände noch immer in den Handschellen hinter meinem Rücken steckten, war nichts mit fangen. So konnte ich nur den Kopf zur Seite drehen. Mit den gefesselten Händen verhakte ich mich aber irgendwie in der Lehne, blieb stecken und bekam den Kopf nicht mehr aus der Wurfbahn. Das Verzeichnis russischer Ikonen, das ich das erste Mal bei Mihailovic bewundert hatte, krachte mir voll ins Gesicht. Das Buch fiel mit einem lauten Knall zu Boden.

»Das ist ein Beweismittel, Linder.«

»Das könnte man fast als Versuch einer illegalen Beweisvernichtung ansehen.« Ein Grinsen schlich über zwei Gesichter.

»Außerdem, Sie als Phildingsbums sollten doch besser mit Büchern umgehen, als sie einfach auf den Boden fallen zu lassen.«

Mit der Zeit schloss ich die beiden wirklich in mein Herz. So wie in der Textzeile von LG Petrov: ›My heart is like a graveyard, they're dying to get in.‹ Na ja, Polizistenmord hatte ich nicht wirklich im Sinn.

Die Katze hob den Lasarew auf und hielt ihn mir hin. »Was ist das?«

»Ein Buch.«

»Was für eins?«

»Keine Ahnung. So wie ich nicht mit allen Mordfällen Wiens zu tun habe, muss ich Sie auch hier wieder enttäuschen. Ich kenne nicht alle Bücher dieser Welt.«

»Das ist ein Ikonenverzeichnis.«

»Mihailovic und Slupetzky haben Ikonen verscherbelt.«

»Das ist in Russland schwer illegal.«

»Dabei sind die beiden irgendwem auf die Zehen getreten.«

»Mit all den bekannten Konsequenzen.«

»Was halten Sie von unserer Theorie, Linder?«

»Ganz gut. Könnte hinkommen«, sagte ich in meinem seriösesten Professorentonfall. Ich legte die Stirn in Falten und schaute meine Gesprächspartner ernst an. Katze und Fuchs wirkten ehrlich interessiert.

»Könnte aber auch sein, dass H.C. Strache sich in einen braunen Umhang hüllt und als ›Sauberman‹ mit den Ausländern aufräumt. Zwei hat er schon, fehlt nur mehr eine knappe Million. Den Rest kann er per Flugzeug deportieren. Muss sich nur beeilen, solange die AUA noch in Staatsbesitz ist.«

»Hören Sie auf mit Ihren schlechten Witzen. Sie Sozi.«

»Ich wollte keineswegs Ihr politisches Idol despektierlich machen. War nur als Beispiel gemeint. Die Ausländerverbindung ist genauso dünn wie die mit dem Kunsthandel.«

»Das wissen Sie?«

»Wissen tu ich gar nichts. Sie haben mich ja nach meiner Meinung gefragt, die hab ich Ihnen ehrlich gesagt. Das ist alles. Im Übrigen denke ich, dass die Spielermordtheorie besser war.«

»Mit Ihnen kann man nicht vernünftig reden. Geben wir Ihnen einmal die Gelegenheit nachzudenken.«

Der Fuchs griff zum Telefon und drückte eine Kurzwahltaste. »Ja, abholen.«

Ein paar Minuten später öffnete sich die Tür und zwei Exekutivbeamte in Uniform kamen herein, packten mich am Arm und führten mich ab.

Aus dem Büro der beiden tönte noch ein: »Wir haben genug gegen Sie in der Hand, um Untersuchungshaft zu verhängen. Da sitzen Sie ganz schnell ein halbes Jahr im Knast, bevor der Prozess überhaupt beginnt. Und ob Sie unschuldig sind oder nicht, interessiert dort kein Schwein.«

»Denken Sie nur an die Umweltschützer, die vor dem Kleiderbauer demonstriert haben. Das war November, jetzt ist März und die sitzen immer noch.«

»Vor Herbst kommen die nie raus!«

Dann schloss sich die Tür hinter mir und es ging mit den beiden Kiberern den Gang hinunter, in den Lift hinein und drei Stockwerke tiefer wieder heraus.

Gleich links neben dem Lift befand sich ein kleines Büro, in dem zwei Beamte, einer männlich, der andere weiblich, Dienst taten. Meine Besitztümer wurden eingesammelt. Die alte Ledertasche mit meinen Büchern, Notizblöcken und Schreibsachen ebenso wie meine Geldtasche, das Handy und meine

Börse. Auch meine Uhr, die Schuhe, Gürtel und Krawatte musste ich abgeben. Ich hatte ein Aufnahmeformular für mich und eine Bestätigung für meine Sachen zu unterschreiben. Schlussendlich öffnete sich die Tür wieder und man schob mich hinaus auf den Gang.

Dort war alles still und nur mäßig beleuchtet. Wir gingen den Gang hinunter. Sie mit Schuhen, ich quasi barfuß, in Socken. Der Gang führte zu einer Serie von Stahltüren, mit kleinen Schiebefenstern in Augenhöhe versehen. Auf den Türen der Einzelappartements fanden sich Nummern. Die Tür, die sich hinter mir schloss, trug die Nummer 8. Es war ruhig und ich war allein. Wenigstens hatten sie mir die Handschellen abgenommen. Meine Hände waren wie tote Stücke Fleisch, die irgendein Demiurg mit schrägem Humor an meine Arme geklebt hatte. Ich schüttelte sie und als ich kurz davor war, ein wenig Angst zu bekommen, kam das Leben zurück. Zuerst freute ich mich, dann fühlte ich den Schmerz, und er war gar nicht nett. Aber das ging vorbei, schließlich blieben nur mehr ein paar Ameisen in den Fingern übrig, und auch die verschwanden mit der Zeit.

Unwillkürlich fiel mir der Fall von dem Mann im Gemeindekotter von Altach ein. Der war eingesperrt worden und die ganze Beamtenschaft hatte sich in den Urlaub verabschiedet. Mehrere Wochen war er ohne Essen und Trinken allein dort unten geblieben. Am Ende hatte er sich von seinem eigenen Kot und Urin ernährt. Überflüssig zu sagen, dass er danach nie mehr ganz der Alte war.

V

Mein Appartement war annähernd quadratisch, etwa zweieinhalb mal zweieinhalb Meter, und bis auf ein Bett, ein Waschbecken und eine Kloschüssel leer. Eine romantisch blinkende
Neonlampe an der Decke sorgte für Licht. In der einen Wand
befand sich ein Fenster, so in fast drei Metern Höhe. Es klebte
unter der Decke wie ein Schwalbennest. Die Scheibe bestand
aus dickem Milchglas, sodass unmöglich zu sagen war, was
sich dahinter auftat. Die Zelle war weiß gestrichen und mit
einem graugrünen Linoleumboden ausgestattet. Die Farbe des
Fußbodens war genau auf die Schimmelflecken an Decke und
Wand abgestimmt. Es hätte richtig heimelig sein können, wäre
es nicht so nass und kalt gewesen.

Die Zeit verging ausgesprochen langsam. Was eigentlich gar
nicht stimmt, denn ich hatte keinen Anhaltspunkt, um überhaupt auf ein Vergehen der Zeit schließen zu dürfen. Soweit es
mich betraf, hätte sie auch durchaus still stehen können. Nicht
einmal das bisschen Licht, das durch das winzige Fenster unter
der Decke eindrang, veränderte sich, obwohl es schon lange
Nacht sein musste.

Ganz so schlimm, wie sich das anhört, war es aber gar nicht für
mich. Schopenhauer hat einmal trefflich formuliert, dass die Ein-
samkeit dem wahrhaft Begabten nur Gelegenheit gibt, um sich
an seinen inneren Reichtümern zu weiden. Arm sind die Tröpfe
im Purpur der Welt, die so nur die eigene Leere erfahren.

Da ich mich durchaus in der Gruppe der Begabten sehe,
galt es somit, mich mit mir selbst zu beschäftigen. Also vertrieb ich mir die Zeit mit Zweierlei.

Zuerst erinnerte ich mich an eine Übung aus dem tantri-
schen Buddhismus Tibets, bei der ein Adept sich darin zu

beweisen hatte, dass er so lang wie möglich eine weiße Wand anstarrte. Es brauchte ein paar Anläufe, bis ich den Dreh raushatte, dann war es aber ganz unterhaltsam.

Irgendwann ließ meine Konzentration nach, müde aber war ich noch nicht. Von der weißen Wand hatte ich genug, also begann ich damit, die Ilias zu rezitieren. Mit 15 etwa hatte ich in zehn langen Wochen Sommerferien diese mnemotechnische Extraleistung geschafft. Natürlich war ein Mädchen und mit diesem ein gebrochenes Herz für die Kraftanstrengung erforderlich. Nur um die Dimension meines Herzeleides anzudeuten, sei gesagt, dass ich sie damals auf Griechisch lernte, ohne mehr als nur eine Handvoll grammatischer Formen und vielleicht zehn Dutzend Vokabeln zu kennen. Letztendlich hatte ich es aber geschafft. Nun kam mir diese Liebeskur zugute und ich unterhielt mich königlich damit, das Heldenepos herzusagen. Was nicht unwesentlich zu meiner Unterhaltung beitrug, war die Tatsache, dass ich in meiner damaligen Unwissenheit etliche Fehler gelernt hatte, die mir nun sofort ins Auge stachen. Ein paar Stellen verursachten mir Schwierigkeiten, und ich musste länger graben, um sie wiederzufinden, aber alles in allem ging es recht gut.

Ein paar Stunden später, gemessen an der Zeit, die so eine Rezitation braucht, befand ich mich am Ende des vierten Gesangs. Obwohl es mitten in der Nacht sein musste, brannte das flackernde Neonlicht immer noch nervenzermürbend über mir. Während der Rezitation war ich unablässig in meinem Gefängnis auf und ab marschiert. Jeweils drei Schritte in eine Richtung, da die Diagonale weder durch Klo, Bett noch Waschbecken verstellt war. Ich war nun nach meinem Spaziergang rechtschaffen müde und legte mich aufs Ohr. Zur Ehrenrettung der Wiener Polizei sei gesagt, dass wenigstens die Bettdecke sauber war. Also deckte ich mich zu und schlief ein.

Irgendwann erwachte ich. Das Licht über mir zuckte noch immer, die Milchglasscheibe verriet noch immer nicht, was für eine Tageszeit gerade herrschte, und ich war durstig. Nachdem ich am Wasserhahn getrunken hatte, ging es mir besser. Kurz wollte ich noch einmal meine Ausreden durchgehen, um für ein anstehendes Verhör gerüstet zu sein, aber ich ließ es. Schließlich hatte ich die ganze letzte Woche an nichts anderes gedacht. Für ein paar Improvisationen musste das reichen. Die tantrische Konzentrationsübung interessierte mich mehr.

Ich setzte mich auf den Boden, vor eine Wandstelle, deren Anstrich weder durch Spuren menschlicher Existenz noch durch Schimmel entstellt war, und versenkte mich in die weiße Leere.

Es begann gerade wieder Spaß zu machen, als die Tür aufging. Zwei Beamte kamen herein, rissen mich an der Schulter hoch, schnallten mir wieder die Arme auf den Rücken und hinauf ging es, in das Büro von Katze und Fuchs.

Im Büro schien eine helle Vormittagssonne durch die verdreckten Fensterscheiben herein. Die beiden tranken dampfenden Kaffee und aßen Briochekipferln dazu. Unnötig zu sagen, dass die Katze weder zum Trinken noch zum Essen die Zigarette aus dem Mundwinkel nahm.

»Na, Linder, guten Morgen.«

»Wissen Sie, wo wir heute Vormittag waren?«

Der Fuchs wachelte mit einem Zettel vor meinem Gesicht hin und her. Ich saß wieder auf dem harten Holzstuhl, während die Katze auf der Tischplatte und der Fuchs dahinter Platz genommen hatte.

»Sie werden's nicht glauben.«

»Wir waren in Ihrer Wohnung.«

»Und wissen Sie, was wir dort gefunden haben?«

»Besser gesagt, nicht gefunden haben?«

»Das Bild, das Sie Mihailovic verkaufen wollten.«

»An Ihren Wänden findet sich überhaupt nichts. Bis auf Dreck.«

»Mensch, hausen Sie in einem Loch.«

»Dort dürfen Sie sicher nicht mal eine Kanarie halten.«

»Genau, wär dem Tier nicht zuzumuten.«

Sie hatten also herausgefunden, dass ich geblufft hatte. Aber noch gab ich nicht auf. »Dann haben Sie nicht genau genug geschaut. Bin Ihnen nicht böse deswegen, passiert sicher öfter, dass Sie was Wichtiges übersehen.«

»Wir haben geschaut, aber das Bild nicht gefunden.«

»So groß ist Ihre Bruchbude mit den acht Wänden auch wieder nicht.«

»Dann hat mich jemand in meiner Abwesenheit beraubt.«

»Wir haben nicht mal einen Nagel in der Wand gefunden, auf dem ein Bild hätte hängen können.«

»Ach so. Aufgehängt hatte ich es ja nicht. Ich bin Aktivist bei ›Freiheit den Bildern‹. Wir glauben nicht an Nägel und aufgehängte Bilder. Sie sollen sich ganz natürlich wohl fühlen. Deswegen hatte ich es auch an den kleinen Schreibtisch gelehnt. Dort hätten Sie nachsehen müssen.«

»Haben wir gemacht. War aber nicht dort.«

»Ich wiederhole mich. Es muss mich jemand beklaut haben.«

»Glaub ich nicht, dass es das gibt.«

»Dass Bilder geklaut werden? Dann haben Sie aber den Beruf verfehlt.«

»Nein, dass es so was wie ›Freiheit den Bildern‹ gibt. Oder hast du schon mal was davon gehört?«, wandte sich die Katze an den Fuchs.

»In den Rundschreiben des Innenministeriums war davon noch nichts zu lesen.«

Wieder zu mir: »Was ist das für eine Organisation? Wie viele Mitglieder, wer finanziert das Ganze?«

»Gibt's dazu eine Web-Adresse?«

»Mitglieder: eines. Geld: keines. Homepage: under construction.«

»Aha. Sie wollen uns eine Einzeltätertheorie vorlegen. Das werden wir aber nicht schlucken.«

»Das haben wir nicht mal unserem Ernst Fuchs geglaubt!«

»Jetzt hören Sie mir auf mit dem Blödsinn. Das war nur ein Schmäh. Ich war einfach zu faul und hatte es nicht aufgehängt, das ist alles. Sie müssen nicht gleich den Verfassungsschutz informieren.«

»Und das sollen wir jetzt glauben.«

»Ja, war wirklich nur ein Schmäh.«

Die beiden schauten mich an, und tauschten anschließend ein paar Blicke untereinander aus. Ganz sicher waren sie sich nicht. Aber abgelenkt hatte es sie allemal.

»Na gut, Linder, das wollen wir mal glauben.«

»Übrigens. Sie haben eine unwahrscheinliche Sau.«

»In Ihre Wohnung wurde tatsächlich eingebrochen.«

»Alles verwüstet. Die Spurensicherung arbeitet daran.«

»Was glauben Sie, haben die gesucht?«

»Den Wildgau.«

»Schluss jetzt mit dem Unsinn. Wir wissen doch alle, dass Sie das Bild nicht haben. Nur beweisen können wir das jetzt nicht mehr.«

Inzwischen waren sie mit ihrem Kaffee fertig und von den sechs germduftenden Briochekipferln war nur noch eines übrig. Genüsslich ausatmend steckte sich Katze nach beendeter Mahlzeit eine verdiente Zigarette in den Mund, ließ ihr Zippo aufschnappen und rauchte an. Dann blies sie mir den Rauch mitten ins Gesicht. Das störte mich aber nicht weiter. Alles, was für mich von Bedeutung war, stand dort auf dem Tisch. Eine heiße Tasse Kaffee und das letzte Brioche, mit kleinen, weißen, appetitlichen Zuckerstückchen. Ich hatte seit den Krautfleckerln von Ivanka nichts mehr gegessen.

»Ein Frühstück wär nicht schlecht.«

»Haben die Ihnen unten nichts gegeben?«

»Nein.«

»Wir sind ja nicht im Krieg! Da, können's das letzte Brioche haben und a Kaffetschgerl wird sich auch noch ausgehen.« Der Fuchs schenkte aus der Thermoskanne ein und stellte den Teller und die Tasse vor mich hin. Der Duft stieg mir in die Nase.

»Sie trinken ihn eh schwarz, oder wollen S' a Milch und an Zucker? Nein? Gut. Mahlzeit.«

Beide lachten. Ohne Hände kann man nicht essen, und meine waren mir wieder auf den Rücken geschnallt.

»Wenn Sie bitte so freundlich wären und die Güte hätten, mir die Handschellen abzunehmen?«

»Nein. Seien Sie froh, dass Sie was zum essen kriegen von uns. Mehr spielt's nicht.«

Die beiden lachten. Die Katze musste ihre Brille abnehmen und die Gläser putzen. Sie hatte Tränen gelacht. Der Fuchs strich sich zufrieden über seinen roten Backenbart, lehnte sich zurück und legte die Füße auf den Tisch. Direkt neben Kaffee und Brioche. »Also. Ernsthaft jetzt. Was war in Ihrer Wohnung, deswegen jemand einbricht?«

»Nichts. Das einzig Wertvolle, das ich besitze, sind ein paar Jazz- und Bluesplatten aus den 50ern und 60ern. Aber auch die sind nur ein paar 100 Euro wert. Es gibt nichts bei mir, das die Aufregung wert wäre.«

»Jetzt sage ich Ihnen auf die Nase zu, was wir glauben.«

»Der Slupetzky hatte was, das war tödlich für ihn. Dann hatte es der Mihailovic, der den Slupetzky umgebracht hatte. Auch für ihn war es am Ende tödlich. Jetzt sucht es wer. Vermutlich der, dem es immer schon gehört hat. Drei Menschen sind tot. Das sollte Ihnen zu denken geben, Linder.«

»Solange Sie hier drin sind, sind Sie sicher. Aber wenn wir Sie rauslassen, schaut's schlecht aus für Sie.«

»Sie dürfen jetzt wieder runter. Denken Sie nach. Wenn wir Sie das nächste Mal holen und Sie keine Antworten für uns haben, schmeißen wir Sie raus und schauen zu, was passiert.«

»Der Einzige, für den die Jagd immer tödlich endet, ist der Köder.«

Die Tür ging wie auf ein verabredetes Zeichen hin auf, die beiden Exekutivgorillas nahmen mich in die Mitte und führten mich wieder zurück in mein Appartement. Auf meine Frage, ob ich was zu beißen bekommen könnte, gab's nur ein Lachen zur Antwort und ein lapidares: »Frühstückszeit ist vorbei. Haben Sie verpasst. Müssen S' aufs Abendessen warten.«

Dann ging die Zellentür hinter mir zu und ich war wieder allein mit mir. Ich setzte mich vor die weiße Wand und begann wieder mit der buddhistischen Übung.

VI

Die Wand war immer noch weiß, als einige Zeit später die Tür aufging. Herein kamen die beiden Beamten, die ich schon kannte. Wieder klickten die Handschellen auf meinem Rücken und es ging hinauf. Anscheinend stand der zweite Verhördurchgang auf dem Programm. Alles verlief so wie die Male bisher, als wir jedoch ins Büro eintraten, war neben Katze und Fuchs noch eine dritte Person anwesend. Ich brauchte einen Atemzug Zeit, um damit fertig zu werden. Laura stand, ihren schönen Hintern lässig an den Schreibtisch gelehnt, im Raum, während Katze und Fuchs sich katzbuckelnd versuchten aus der Bredouille zu reden. Laura war eisenhart und den beiden stand der sprichwörtliche Angstschweiß auf der Stirn. Mir schenkte sie, abgesehen von einem kleinen Augenzwinkern, gar keine Aufmerksamkeit. Mit einer strengen Handbewegung brachte sie die Krimineser zum Schweigen.

»Sind das Ihre Sachen, Herr Linder?« Sie wies auf einen unordentlichen Haufen, aus dem meine Schuhe herausragten.

»Ich denke schon.«

»Dann nehmen Sie alles an sich, quittieren das Formular und ziehen sich wieder an. Wir können gehen.«

Ich tat wie geheißen und ein paar Minuten später standen wir vor dem Polizeigebäude. Wir stiegen in ihr Auto ein und fuhren los. Ich blickte auf meine Armbanduhr. Es war Montag, 16.30 Uhr. Ein paar Blocks weiter fuhr Laura an die Seite und hielt. Wir hatten noch kein Wort gewechselt.

»Du könntest dich ruhig bedanken. Davon fällt dir kein Zacken aus der Krone«, wandte sie sich an mich.

»So schlimm war's da drinnen gar nicht …« Weiter kam ich nicht.

»Zuerst meldest du dich nicht, ich bin sauer, dann mach ich mir Sorgen, suche dich und finde dich in Polizeigewahrsam, ich hol dich raus und du kommst mir so?« Ihre wunderbaren Augen funkelten mich an. Es ist ein Klischee, aber schöne Frauen sind böse noch viel schöner.

»Du bist ein Arschloch. Ein Riesenarschloch.«

»So hab ich das nicht gemeint. Natürlich freu ich mich, dass ich wieder heraußen bin. Viel schöner aber ist es noch, dass du es bist, die mich rausgeholt hat.«

Laura schaute mich an. Der Zorn in ihren Augen war verschwunden, dahinter kam allerdings ein bisschen Traurigkeit zum Vorschein, die nach meinen Worten einem gewissen Ausdruck von Freude Platz machte.

»Du freust dich, mich zu sehen?«

»Natürlich.«

Ich nahm sie in die Arme und wir küssten uns. Nach ein paar stürmischen Küssen machte ich mich zärtlich von ihr los. Sie blickte fragend.

»Ich muss unbedingt was zwischen die Zähne kriegen und zwar schnell.«

»Haben sie dir da drin nichts gegeben?«

»Nein, irgendwie bin ich um die Mahlzeiten umgefallen. Bürokratisch hatte natürlich alles seine Ordnung, aber ich hab seit Samstag Nachmittag nichts mehr in den Magen gekriegt.«

»Dann gehen wir doch was essen. Worauf hast du Lust?«

»Auf viel, aber wenig Zeit. Am liebsten wär mir schnell irgendwas beim Würstelstand. Könntest du mich danach zu mir nach Hause fahren? Irgendwer hat eingebrochen. Ich muss wissen, was dabei alles zu Bruch gegangen ist.«

»Gut, ich fahr dich. Die Wohnung eines Mannes lässt viele Schlüsse auf seinen Charakter zu.«

Irgendwie war mir nicht ganz wohl bei dem Gedanken daran, was sie wohl aus meiner Wohnung über mich erfahren würde.

Ich sagte ihr den Weg an und wir kamen ganz gut voran, die Straßen waren vom Berufsverkehr noch nicht allzu verstopft. Wir ließen die blitzblanke Innenstadt hinter uns, fuhren unter der U6 hindurch auf den Gürtel hinaus. Da es gegen Abend ging, waren die heruntergewirtschafteten Wohnhäuser noch trostloser als gewöhnlich. Die angehenden Neonreklamen für Einzel- und Pärchenkabinen, Homopornos und Kebabs verstärkten den Eindruck noch. Die ersten Bordsteinschwalben waren herausgekommen und jagten bereits die vom Dienst heimkehrenden Familienväter. Mit Erfolg, was so manches haltende Auto bewies. Am Urban-Loritz-Platz verließen wir den Gürtel und fuhren in den 15. hinein. Unbedeutend weniger Puffs, dafür mehr kombinierte Kebab-Pizza-Buden.

Schweglerstraße Ecke Märzstraße hielten wir bei einem Würstelstand. Wir stiegen aus und der Duft der warmen Würste ging mir durch Mark und Bein. Ich hätte schwören können, dass mein Stammhirn sabberte, so wie damals das meiner Vorfahren, wenn sie dampfendes Mammuthirn aus dem frisch geknackten Schädel löffelten.

Mit einem Schritt war ich bei der Bude und bestellte. Das hölzerne Standerl war zugepflastert mit allen möglichen Reklamen, die teilweise noch aus der Kaiserzeit zu stammen schienen. Werbung für Pferdeleberkäse hing direkt neben der für kalorien- und fettarme Putenwurst. Mindestens drei verschiedene Generationen von Ottakringer-Firmenschildern hingen herum und auch die Preistafel war in mehreren Ausführungen vorhanden. Euro, Schilling und, wenn mich nicht alles täuschte, halb hinter einem Pro-Schweinefleisch-Plakat des Bundesministeriums für Gesundheit verborgen, auch noch eine in Reichsmark. Man konnte nie wissen, mochte sich der Besitzer gedacht haben, vielleicht kommt die gute alte Zeit ja noch mal zurück.

Der Chef trug über seinem schweren Schmerbauch eine weiße Schürze, die eigentlich ganz sauber war. Er selber aber schwamm im Fett. Die dünnen schwarzen Haare waren ölig, wie auch seine glänzende Nase und die leuchtenden Backen. Er befand sich hinter seinem Tresen, rechts neben ihm brutzelten die Würste, hinter ihm war der Eisschrank mit den Getränken und die Brotlade. Links neben ihm standen unzählige Dosen und Flaschen mit Ketchup und Senf, eingelegte Gurkerln in Essig und auch in Senf gab es ebenso wie Silberzwieberln. Außer uns war eine etwa 50 Jahre alte Frau am Stand. Mit ihrem Hund und einem Bier und zwei leeren, großen Schnäpsen.

»Zweimal Burenwurst, bitte.«

»Ich mag aber lieber Debreziner. Außerdem kann ich für mich selbst bestellen«, ließ sich Laura, die hinter mich getreten war, vernehmen.

»Die wären auch für mich gewesen, nie im Leben würde ich es wagen, für dich zu bestellen!«

»Wissen S' jetzt, was wuilln?«, grunzte der Chef.

»Also, zwei Buren und eine Debreziner.«

»Debreziner hätt ma original Ungarisch oder die vom Radatz. Was sagn's, Gnädigste?«

»Original, bitte.«

»Sull ma recht sein. Brot, Semmerln, Laugenstangerl oder Kornspitz?«

Ich nahm Semmeln, Laura einen Kornspitz.

»Sui is Eahne aufschneiden, oder im Ganzn?«

»Mir aufgeschnitten, bitte«, meinte Laura, ich wollte sie ganz. Langsam wurde mir schlecht vor Hunger. Von mir aus hätte ich sie auch roh hinuntergewürgt, die Wurst, nur schnell sollte es gehen. Der Chef nahm seine Arbeit aber sehr genau.

»Senf, Ketchup, nix?«

»Senf.«

»Wölchanan? Schorf, siaß, französisch? I hob mehrere.«

»Süß bitte.«

»Gurkerln oder Pfeffaroni? Oder vielleicht a poar Silberzwieberln?«

»Danke nein.«

»Bitte, die Herrschaften.« Er machte sich daran, die Bestellung zu verarbeiten. Ich zappelte bereits von einem Bein auf das andere. Endlich war alles fertig, die Pappteller standen vor ihm. Er gab sie aber noch nicht frei. Es war zum Verzweifeln.

»Zum Trinken ah wos?«

»Nein danke.«

»Is aber heit im Preis dabei.«

»Dann Bier.«

»Ottakringer oder Gösser?«

»Ottakringer.«

»Na heans, Sie san ma oba a ka Hülf. Hell, dunkel oder 16er Blech?«

Ich wollte kein Bier, sondern nur einfach meine Wurst. »16er Blech.« Wenn schon am Würstelstand, dann auch aus der Dose.

»Sehr wohl.«

Mit einer großzügigen Armbewegung warf er ebenso elegant wie achtlos die Pappteller mit den Würsten und dem Bier vor uns hin. Ein Franzose hätte noch ein ›Eh voilà‹ hinzugefügt. Wir schnappten unsere Beute und stellten uns an die Seite des Stands. Ich inhalierte das Aroma der Würste. Heiß, fettig, gut. Bei meinem Hunger war es nicht möglich zu sagen, ob sie wirklich so gut waren, wie sie schmeckten, aber da auch Laura blitzschnell aufgegessen hatte, konnten sie wahrscheinlich wirklich nicht so schlecht gewesen sein.

Während wir so aßen, bestellte sich vorne ein Wiener mit hörbar türkischem Migrationshintergrund auch eine Wurst. Dabei kam er ins Politisieren. Der Chef und die Dame mit Hund und Schnäpsen stiegen sofort ein.

»Wenn Regierung kracht und es gibt Neuwahlen, wähl ich Strache«, ließ sich der Türke hören. »Tschuschen sollen bleiben, wos hingeheren«, fügte er hinzu. Wurstfachverkäufer und Schnapsdame nickten.

»Kommen frisch aus Türkei rauf, glauben, alles wird geschenkt und wollen nix arbeiten. Habe auf Betrieb viele von dene. Fir nix zum brauchen! Machen nur Scherereien.«

»Genau«, ließ sich der Chef vernehmen, »letzten Monat wulltn mi a so a poar ausnehmen. Oba ih hob mein Puffn immer untern Tresen stecken. Grennt sans wia die Hosn!«

Zustimmendes Gemurmel von Türke und Schnapsdame.

»Kronenzeitung schreibt, alle kriminell und viele arbeitslos und wir missen blechen! Solln mi am Oasch lecken. I wähl Strache! Der schickt's wieder runter.«

»Genau, Pummerin statt Muezzin!«, stieß die Dame mit dem Hund atemlos hervor.

Die beiden Männer stimmten kräftig nickend zu.

Laura und ich warfen die leeren Pappteller mit den anheimelnden Fettflecken in den Papierkorb. Unsere Biere waren noch halb voll, die nahmen wir mit. Als wir zum Auto gingen, konnte ich mich nicht zurückhalten und warf noch ein ›Daham statt Islam‹ in die Runde. Alle nickten bekräftigend, nur Laura fand den Slogan gar nicht gut.

Wien ist, wo sogar die Ausländer xenophob sind.

VII

Ein paar Minuten später hatte Laura ihren Peugeot geparkt und wir gingen in meine Wohnung hinauf. Die Hausbesorgerin hörte uns kommen und lief aus ihrer Wohnung auf mich zu. Sie war Polin, und wie alle Parteien im Haus, bis auf Mike und mich, sprach sie praktisch kein Deutsch. In der rechten Hand hielt sie einen Zettel. Sie schob sich die Großmutterbrille auf die Nase und las vor, was ihr ein netter Zeitgenosse aufgeschrieben hatte. Sie war aufgeregt wie ein Schulmädchen und sichtlich nervös. Sie musste beim ersten Mal abbrechen, beim zweiten Mal klappte es ganz gut. Offensichtlich verstand sie selbst kein Wort davon. Sie erinnerte ein wenig an Kennedy mit seiner Berliner Rede in Lautschrift.

»Herr Doktor, beim Einbrechen ist das Schloss Ihrer Wohnung kaputt gegangen, ich ließ den Schlosser kommen, der was es repariert hat. Wohnungstür soll nicht offen stehen! Hier Rechnung.«

Sie präsentierte mir einen weiteren Zettel. Ich kramte meine Brieftasche raus und händigte ihr 175 Euro aus. Danach las sie weiter. »Gutes Schloss, wie ich selber habe.«

Ich nickte ihr zu und dankte ihr. Sie lächelte und gab mir die Schlüssel. Dann schlurfte sie zurück in ihre Wohnung. Laura blickte mich verdattert an. »Was war das?«

Da ich keinen salbungsvollen Blödsinn verzapfen wollte, zuckte ich nur mit den Schultern und ging voran die Treppe hinauf.

Oben angekommen öffnete ich die Tür mit dem neuen Schlüssel und wir traten ein. Nachdem ich die Wohnung inspiziert hatte, stellte sich die angerichtete Verwüstung als nicht so schlimm wie befürchtet, aber lästig genug heraus.

Wohl waren meine Bücher auf den Boden geworfen und die Schränke geöffnet worden, aber mangels Inventar ließe sich die Unordnung wohl recht bald beheben. Einzig meine Plattensammlung hatte ernsthaft gelitten. Die Scheiben waren aus den Hüllen genommen, auf dem Boden verteilt und einfach liegen gelassen worden. Die meisten waren unter dem Druck beschuhter Sohlen zerbrochen, nur wenige noch intakt, und diese zumeist schlimm verkratzt. Der Schmerz saß tief, aber ich hatte mich wohl ins Unvermeidliche zu fügen und den Verlust zu akzeptieren. Vielleicht kämen im Laufe der nächsten Jahre Gelegenheiten, die Sammlung wiederherzustellen.

Das Einzige, was wohl viel Zeit erfordern würde, waren meine Erinnerungs- und Notizzettel in meinen wissenschaftlichen Büchern. Die Bücher waren geöffnet und die Zettel herausgeschüttelt worden. Mit einem Schlag war so ein Gutteil der Ergebnisse meiner Arbeit der letzten 15 Jahre zunichte gemacht worden. Es würde Wochen brauchen, um wieder Ordnung hineinzubringen. Während ich noch ein wenig in meiner Wohnung herumschnüffelte, saß Laura auf dem Ohrensessel mit dem abgewetzten roten Samtbezug, auf dem ich gewöhnlich Musik höre, und trank in kleinen Schlucken ihr Bier.

Der Kontrast zwischen ihrer makellosen Erscheinung, dem dunkelblauen Businesskostüm und dem 16er Blech in ihrer Rechten war vor dem Hintergrund meiner verwüsteten Substandardwohnung sehr stimulierend. Fast hätte die Szene das Sujet für ein Werk des fantastischen Sozialrealismus abgeben können.

»Sollen wir ausgehen? Du könntest anschließend bei mir schlafen, hier wär es kein Wunder, wenn dich das heulende Elend holen würde.«

»Nein danke. Nach dem Häfn muss ich erst wieder runterkommen. Ich bleib zu Hause.«

»Soll ich bleiben oder willst du lieber alleine sein?«

Eigentlich wäre ich lieber alleine gewesen, aber es galt noch ein paar Fragen zu stellen. »Bleib nur, wär schön.«

Sie blickte mir verliebt in die Augen. Eine eiserne Faust fasste mir ans Herz. Die zu belügen, die man liebt, ist das Schwerste am Leben.

Ich schluckte die Schuld mit dem letzten Bier in meiner Dose, einem ausgerauchten, fade-saurem Rest, hinunter und setzte mir einen Tee auf.

Bis das Wasser kochte, räumten wir so gut auf, wie es nur irgendwie gehen mochte. Die Platten und das zerbrochene Geschirr warfen wir einfach weg. Stellten die Bücher zurück ins Regal, rückten die Möbel zurecht und pfefferten meine verstreuten Exzerpte und Notizen auf den Schreibtisch. Gott sei Dank hatte ich keine Studentenarbeiten zu Hause, das hätte unangenehm werden können. Als das Wasser kochte und ich kurz durchgefegt hatte, ging es wieder einigermaßen. Ich schenkte den Tee ein und wir ließen uns auf meine Schlafcouch sinken. Der erste Schluck Tee reinigte meine Seele und nach den nächsten zwei Tassen war ich wieder soweit gefestigt, dass ich klar denken konnte.

»Wie hast du mich eigentlich gefunden?«

»Du hast mich nicht angerufen. Da war ich zunächst sauer. Dann hab ich mir, wegen der Geschichte, in der du drinsteckst, ein bisschen Sorgen gemacht. Deswegen herumtelefoniert, aber nichts rausbekommen.«

»Du hast bei Bender angerufen?«

»Jein, bei Fred.«

»Mhm, und dann?«

»Die wussten auch nichts. Heute Morgen hab ich in der

Zeitung von dem Mord gelesen und dass ein Verdächtiger am Tatort verhaftet wurde. Der hatte deine Initialen.«

»Und wie hast du mich rausgekriegt?«

»War leicht. Nach all den Pannen der letzten Zeit wollte der Staatsanwalt, den ich auch so recht gut kenne, nicht schon wieder einen Unschuldigen ein halbes Jahr oder länger in U-Haft lassen. Ich musste nur ein paar unerfreuliche Schlagzeilen erfinden und du warst draußen.«

»Du musstest keine Kaution stellen?«

»Nein, das war nicht nötig. Er hat mir einfach geglaubt, dass keine Verdunkelungsgefahr besteht. Wenn's geht, tauch nicht ab. Wär nicht gut für meinen Ruf.«

»Keine Sorge, ich bin anständig und dankbar.«

»Und blöd.«

»Warum?«

»Wer lässt sich denn am Tatort eines Mordes erwischen, noch dazu von der österreichischen Polizei? Was hattest du eigentlich dort zu suchen?«

»War wegen der Sache, in die ich da hineingeraten bin.«

»Du meinst wohl, wegen der Sache, in die du mit aller Gewalt eingestiegen bist und die, für jeden ersichtlich, von Anfang an ein paar Nummern zu groß für dich war?«

»Genau.«

»Erzähl mir doch davon. Zwei Augen sehen mehr als eines, vielleicht kann ich dir helfen.«

Ich schaute nachdenklich in meinen Tee, ich war ein bisschen langsam heute. »Hmm, weiß nicht.«

»Vertraust du mir etwa nicht?«

Diesmal war ich schneller. »Willst du was rauchen?«

»Nein danke, bin Nichtraucherin. Wär mir lieber, du würdest auch nicht rauchen, Zigaretten stinken so.«

»Nein, ich meine Gras.«

»Ah so, wieso nicht? Hab ich seit Ewigkeiten nicht mehr.«

»Hab da eine Höllenqualität, ist unglaublich giftig, das Zeug. Kommt aus der Schweiz, aus dem Tessin. Gute Sonnenlagen dort. Wenn man nicht gerade echten Chitrali hat, gibt's nichts Besseres.« Ich stand auf und ging in die Küche. Laura folgte mir.

Als ich in mein Gewürzregal griff, das völlig unberührt geblieben war, und das Glas mit der Aufschrift ›Bockshornklee‹ herausnahm, war Laura baff.

»Bockshornklee, was ist denn das für ein bescheuerter Name? Und da kommt niemand dahinter? Weder die Einbrecher noch die Polizei?«

»Niemand weiß, wie Bockshornklee aussieht.«

»Klar, den gibt's ja auch gar nicht.«

»Doch, ist ein Gewürz, wenn man indisch kocht. Für verschiedene Massalasachen braucht man das. Ist gelb und fein gemahlen, schmeckt wie Maggi. Ist ein Geschmacksverstärker.«

»Du scheinst unter Verfolgungswahn zu leiden, oder hast du das alles vorausgesehen?«

»Ich sehe nie was vorher, aus Prinzip nicht. Aber die Paranoia hab ich von meiner Oma. Die hat immer gesagt, ich soll nicht mit schmutzigen Unterhosen spielen gehen, denn wenn ich einen Unfall hätte …«

»… würde das im Krankenhaus peinlich werden.«

»Siehst du, ich hab nur die Regel von den Unterhosen auf wichtigere Sachen umgelegt, das ist alles. Du sagst dazu Paranoia, ich sag dazu, auf den Rat einer erfahrenen Generation hören.«

Draußen war es inzwischen dunkel geworden. Ich schaltete das Licht ein, legte harmlose Hintergrundmusik auf und wir versanken wieder auf meiner Schlafcouch. Ich rückte das Tischchen mit den Teesachen zurecht und stellte mein Equipment auf den Tisch.

»Ziemlich schwummrig, die Beleuchtung hier drinnen. Haben das die anderen Frauen, die du mit nach Hause nimmst, gern und werden eher schwach?«

»Ob du's glaubst oder nicht, du bist die erste Frau in dieser Wohnung.«

»Bist Auswärtsvögler, nehm ich an?«

»Nein, ich bin erst seit Januar hier ansässig.« Ich grinste und fügte hinzu: »Und mehr als eine 20er Birne kann ich mir nicht leisten.«

»Kein Wunder, wenn du alles verkiffst.«

»Man muss Prioritäten setzen, alles geht sich nicht aus.«

Inzwischen war der Joint fertig, ich hatte sachte gemischt, schließlich sollten uns beiden nicht sofort die Lichter ausgehen. Der Duft von bestem Gras und Tabak erfüllte die Wohnung und wir drifteten, während wir uns prächtig unterhielten, hinüber in die sanft orientierungslose Welt des THC.

Als wir vom ersten Hoch wieder herunterzukommen begannen und unser Gespräch wieder ein wenig bestimmter wurde, hielt es Laura nicht mehr aus und fing an, wieder in die Richtung zu fragen, die sie am meisten interessierte. »Sag, um was geht's eigentlich wirklich bei der Sache, in der du Kopf und Kragen riskierst?«

»Ich halte jemanden aus einem Mord heraus, bin pleite und kann die Nebeneinkünfte dringend brauchen.«

»Das hast du mir schon gesagt, aber dahinter steckt doch mehr. Sonst wäre der zweite Mord nicht passiert.«

»Kann sein, dass du recht hast, kann aber auch sein, dass nicht.«

»Sag mal, dafür, dass du zusammengeschlagen, verhaftet und

ausgeraubt worden bist, bleibst du erstaunlich reserviert. Jeder andere würde von nichts anderem mehr sprechen.«

»Ich bin aber nicht jeder andere. Außerdem gibt es viel, das mich mehr interessiert als diese Angelegenheit.«

»Ich seh schon. Jetzt nimm deine Hand aus meiner Bluse und sei für einen Augenblick vernünftig.«

Das hatte ich aber überhaupt nicht vor, also ließ ich meine Hand, wo sie gerade war, und küsste Laura auf den Mund. Schlussendlich stellte sich doch heraus, dass sie meine Interessen teilte, leider aber auch, dass meine Schlafcouch tatsächlich zu schmal war für zwei. Es wurde eine aufregende Nacht, vielleicht auch eine romantische, aber sicherlich keine bequeme.

Kapitel 6

I

Am nächsten Morgen brach Panik aus. Wir hatten ein bisschen zu lange geschlafen und Laura musste unbedingt noch zu sich nach Hause, denn mit zerzausten Haaren, verwischtem Make-up und zerknautschtem Kostüm konnte sie nicht arbeiten gehen. Meine Beschwichtigungsversuche beruhigten sie keineswegs, eher fachten sie das Feuer an, bis es an die Decke loderte. Irgendwie gelang es mir doch noch, sie zu besänftigen, und als sie ging, waren wir wieder gut. Ich versprach, sie anzurufen und dann war es wieder still und einsam in meiner Wohnung.

Ich biss in den sauren Apfel und begann damit, gründlich aufzuräumen. Es ging mir zwar nicht allzu leicht von der Hand, aber es war auch keine unüberwindliche Qual. Als ich schließlich ans Einordnen meiner Blätter kam, stieg Stolz in mir hoch. Stolz auf meinen nicht für möglich gehaltenen Ordnungssinn und meine intellektuelle Reife. Ich hatte doch tatsächlich über 90 Prozent meiner Zettel mit einer Seitenzahl und Bandnamen beschriftet, sodass es keine Probleme verursachte, sie zuzuordnen. Ich hatte mich bereits gesehen, wie ich monatelang Buch um Buch durchblättern würde, um auf Verdacht hin einzuordnen. Aber ich war schlauer gewesen, als ich mir selber zugetraut hatte. Den wichtigsten Teil hatte ich schnell eingelegt, den unwichtigeren Rest würde ich irgendwann erledigen, wenn ich die Zeit dazu hätte.

Jetzt würde ich mich belohnen. Ich holte mir meinen Sophokles aus dem Regal und begann zu lesen. Zuerst war ich mir nicht sicher, ob ich von Ajax und seinem schlimmen Verhängnis lesen sollte oder von den Trachinierinnen und dem Tod des Herakles. Ich war in düsterer Stimmung und beides schien passend. Wie so oft im Leben aber gab eine Kleinigkeit den Ausschlag, denn zum ersten Mal wurde mir der Eröffnungssatz der Trachinierinnen so richtig bewusst. Er schien meine Situation zu treffen wie die Faust das Auge: »Unter den Menschen geht seit alters her der Spruch, dass vor dem Tod sich nicht entscheiden lässt, ob gut, ob schlecht ein Leben war.« Ich vergrub mich in Sophokles' gemessener Sprache und genoss den Fortgang der Tragödie, bis ich auf die Uhr blickte und feststellte, dass es Zeit war, ein wenig dafür zu sorgen, dass mein Leben nach seinem Abschluss als positiv beurteilt werden könnte. Also rief ich Reichi an.

»Hi«, begrüßte er mich, »dachte schon, dass du unter die Räder gekommen wärst.«

»Na ja, fast. Deswegen ruf ich auch an.«

»Denk ich mir doch, dass es nicht aus selbstloser Sorge um deine Mitmenschen ist.«

»Also, Jurist, sag mir, wenn man als Verdächtiger, der sowieso bereits einen schlechten Eindruck macht, am Tatort eines Mordes verhaftet wird, was ist da die übliche Vorgehensweise?«

»Sag bloß, dass du gerade vor einer Leiche stehst. Dann lass dich nicht erwischen, hau ab, so schnell es geht. Und danke, dass du mich auch noch da mit reinziehst.« Reichi klang ernsthaft besorgt und ein wenig böse.

»Nein, nein, reg dich ab. So ist es nicht.«

»Gott sei Dank.« Er dachte einen Moment nach. »Wenn du vorhast, so was durchzuziehen, kann ich nur abraten. Besser, du kommst mit dem Gesetz nicht in Berührung. Österreich ist zwar ein Rechtsstaat, aber was für einer! Da haben sie mal ein chinesisches Ehepaar eineinhalb Jahre in U-Haft gehabt ...«

»Ja, ja, hast du mir schon öfter erzählt. Die Geschichte

mit den Austauschstudenten, bei der ein Konkurrent auf Schlepperei und Menschenhandel angezeigt hat.«

»Genau. Eineinhalb Jahre Häfn ohne Verfahren! Vergiss den Gedanken, dich an einem Tatort erwischen zu lassen.«

»Zu spät. Ist passiert.«

»Wie meinen?«

»Naja, am Wochenende.«

»Kein Scheiß?«

»Nein, sicher. Hast du's nicht gelesen? Mord an einem Kunsthändler im 15., Verdächtiger mit meinen Initialen abgeführt. Das wird dir doch nicht entgangen sein.«

»Ich les so was immer, darum kann ich sagen, das ist in keiner Zeitung gestanden. Erst recht nicht am Wochenende, da les ich alle. Hab da einen guten Kontakt, krieg sie alle gratis.«

»Du klaust sie einfach aus dem Zeitungsständer.«

Reichi kicherte vergnügt und kam postwendend zurück aufs Thema. »Sie haben dich also verhaftet. Wow. Rufst du aus dem Knast an? Ich kann dich nicht vertreten, hab noch keine Anwaltsprüfung und bei einem Strafverfahren ist nicht zu spaßen.«

»Nein, ich bin schon wieder heraußen, drum ruf ich ja an.«

»Glaub ich jetzt nicht. Ist der Täter geschnappt?«

»Nein.«

»Dann solltest du, egal, was du schluckst, weniger davon nehmen. Du hast Halluzinationen.«

»Nein, eine Anwältin hat mich rausgeholt. Drum will ich dich ja fragen, wenn du mich einmal ausreden ließest. Sie sagt, sie musste keine Kaution stellen, weil momentan alle nervös sind bei Exekutive und Justiz, und außerdem kennt sie den Staatsanwalt persönlich. Kann das sein?«

»Niemals. Nur mit Vitamin B kommt keiner aus dem Knast, und weder Justiz noch Polizei sind nervös. Wir haben einen schwarzen Innenminister …«

»Innenministerin.«

»Genau, und das sind alles Beamte, denen kann gar nichts passieren. Vor zwei Wochen erst ist ein Tatverdächtiger auf dem Fahrrad geflüchtet, die Exekutivbeamten haben ihn runtergeschossen und das Routineverfahren hat die beiden belobigt. Dort schwitzt niemand, außer wenn sie gerade in den Saunabereichen der Luxuspuffs sitzen, die dem Polizeiurlaubsfonds zuschießen.«

»Also nur über Beziehungen geht gar nichts?«

»Naja, da müsstest du mindestens einen Sektionschef im BMI haben, der hinter dir steht, oder den aktuellen oder einen Altbundeskanzler. Seitdem der ÖGB mit der Bawag den Bach runtergegangen ist, hat auch die Gewerkschaft keinen echten Einfluss mehr.«

»Also, da ich aber heraußen bin: Was ist passiert?«

»Frag doch einfach die Anwältin, die dich rausgeholt hat. Die wird dir das doch sicher sagen können.«

»Die arbeitet aber für die Gegenseite, ich vertrau ihr nicht und glaube, dass sie lügt. Wenn da jemand Kaution gestellt hat, könnte das sein?«

»Naja, eigentlich nicht. Das hättest du mitkriegen müssen, dafür gibt es eigene Verhandlungen. Da wärst du dabei gewesen. Aber vielleicht ist da irgendein Spezialinteresse dahinter, und dann geht das auch schnell und unbürokratisch.«

»Du meinst, ohne öffentliche Verhandlung, Geldkofferübergabe in einem Hinterzimmer?«

»Ja, so ungefähr, aber normalerweise braucht es dazu keinen Koffer, das geht mit Bankgarantien.«

»Gibt es da einen Weg, auf dem ich legal Einsicht nehmen kann?«

»Hm, üblicherweise ist man eben bei der Verhandlung persönlich dabei. Ist auch so ein Rechtsgrundsatz, den die Republik nicht ganz so ernst nimmt, wie sie eigentlich sollte. Du könntest deine Anwältin fragen, aber das geht ja nicht. Du müsstest einen Insider kennen, sonst wird's schwierig.«

»Danke, Reichi, hast mir sehr geholfen.«

Ich hörte noch irgendein mürrisches Gemurmel auf der anderen Seite der Leitung, dann hatte Reichi aufgelegt. Es wurde sowieso Zeit, dass ich den alten Dittrich wieder einmal anrief, so ließen sich gleich zwei Fliegen mit einem Schlag erwischen.

Ich lehnte mich in meinem Ohrensessel zurück und trank eine letzte Tasse Sencha. Als ich mich soweit gestärkt hatte, warf ich mir ein paar Sachen über, schnappte den Sophokles und machte schnell einen Ausflug. Vielleicht wurde ich wirklich paranoid, aber ich wollte nicht mit meinem Handy bei Dittrich anrufen. Er war der letzte Trumpf, der mir geblieben war, und den wollte ich nicht riskieren. Schließlich war ich nur auf Bewährung draußen, tatverdächtig in zwei Mordfällen. Wenn ich in meinem Handy nicht die Spitzel atmen hörte, dann nur, weil die gutes Equipment hatten und nicht, weil sie nicht da waren.

Der Telefonshop befand sich in der Schellingergasse, direkt gegenüber dem Lift zur U3-Station Schweglerstraße. Wie immer waren auch diesmal wieder ein paar gemischtgeschlechtliche Hauptschüler dabei, ein wenig zu rauchen und im trüben Wetter cool zu sein.

Im Telefonshop war nichts los. Das Milchgesicht hinter dem Tresen, dessen Auslage mit Hunderten Handymodellen dekoriert war, wies mir eine der Telefonzellen zu. Er war picklig, mit einer Art zivilisiertem Irokesenlook im Haar, und schien die Intelligenz nicht gerade mit dem großen Löffel gefressen zu haben. Ich betrat die Zelle und wählte Dittrichs Nummer. Es dauerte ein bisschen, aber zu guter Letzt nahm jemand am anderen Ende der Leitung ab. »Dittrich, ja bitte.«

»Guten Morgen, Linder hier.«

»Ah! Schön, dass Sie anrufen. Wie geht's dem Manuskript?«

»Dem geht's gut. Soweit ist alles in Ordnung, irgendwann diese Woche sollten wir die Sache hinter uns bringen können. Aber bis es soweit ist, brauch ich noch einmal schnell Ihre Hilfe.«

»Sicher, lassen Sie hören.«

»Sie werden nun nicht die Nerven verlieren. Was ich Ihnen jetzt erzählen werde, ist für so eine Art von Geschäft ganz normal. Sie brauchen sich weder um mich, noch um Ihren kleinen Darling, noch um sich selbst Sorgen zu machen. Haben Sie verstanden?«

»Ja, ich denke doch. Also, wie kann ich Ihnen helfen?«

»Sie kennen doch bestimmt jemanden im Innen- oder Justizministerium, der Ihnen noch einen Gefallen schuldet.«

»Ja, sollte sich machen lassen.«

»Gut. Ich möchte wissen, ob und wer gestern für mich Kaution gestellt hat. Und eine wirklich schöne Sache wäre es, recht genau zu erfahren, wie das Ganze vor sich ging. Lässt sich das einrichten?«

»Sicher, ist eine Kleinigkeit. Und ich dachte, Sie wollen was Großes.«

»Wär das auch zu haben gewesen?«

»Damit ich an den Papyrus komme? Da hätt ich Ihnen auch ein paar Tonbänder aus dem Archiv des Bundeskanzleramtes zukommen lassen, wenn Sie's verlangt hätten.«

»Guter Scherz. Im Bundeskanzleramt gibt es gar kein Archiv!«

»Glauben Sie! Sie wissen aber auch nicht, was dort alles archiviert ist! Lückenlos von den Tagen Metternichs bis heute. Ein Monument österreichischer Beamtenehre ...« Das ließ mir den Mund wässrig werden, darum unterbrach ich Dittrichs Sermon und lenkte zurück aufs eigentliche Thema. Nach Ablenkung stand mir jetzt nicht der Sinn.

»Gut, wie lange braucht es, bis Sie die Information haben?«

»Sagen wir 20 Minuten. Ich werde Sie wieder unter dieser Nummer anrufen, wenn Ihnen das recht ist.« Ich vergewisserte mich kurz beim Krochaboy hinterm Tresen, ob das auch möglich wäre, und stimmte zu. Wir legten auf.

Ich hatte mich gerade in den Sophokles vertieft, da läutete das Telefon. Ich nahm ab. Dittrich war dran. Er schien aufgeregt zu sein. »Ich hab, was Sie verlangt haben.«

»Mit wem haben Sie gesprochen?«

»Das sind meine Quellen, die brauchen Sie nicht zu kümmern. Hören Sie gut zu. Gegen Sie läuft eine Ermittlung wegen Mordverdacht in zwei Fällen. Eigentlich hätten Sie direkt nach der Vernehmung in U-Haft gehen müssen, aber es hat sich jemand für Sie verwendet und darum haben Sie die Nacht am Schottenring verbracht und nicht in der Landesgerichtsstraße. Dann hat man für Sie in einem Ausnahmeverfahren Kaution gestellt ...«

»Wer hat das getan, wissen Sie das?«

»Ja, eine Nummer im Glücksspiel mit Namen Bender. Kennen Sie den?«

»Ja, schon. Wie hat der herausgefunden, dass ich im Häfn war?«

»Mein Bekannter meinte, und der muss es wissen, schließlich sitzt er direkt bei der Staatsanwaltschaft, dass es dort im

Haus genug Leute gibt, die ein paar Euro gut brauchen können. Er ist sich sicher, dass Bender beziehungsweise ein paar Freunde von ihm dort jemanden haben, der sie auf dem Laufenden hält. Sie müssen für diese Leute recht bedeutend sein. Mir würde das Sorgen bereiten.«

»Mir nicht.«

»Geht's da um meinen kleinen Darling, wie Sie sich vorher auszudrücken beliebten?«

»Am Rande. Wenn ich alles richtig gemacht habe, wissen die noch nichts.«

»Warum sind diese Leute dann so energisch?«

»Weil Bender und Kumpanei ein Näschen für Euros haben. Die wittern das Geschäft, aber solange sie nicht genau wissen, um was es geht, tappen sie im Dunkeln und wir haben einen Vorsprung. Den wir auch ins Ziel retten werden.«

»Das beruhigt mich nicht sehr.«

»Seien Sie vernünftig, Dittrich. Wenn die Sache schiefgeht, erwischt es nur mich, keine Sorge. Sie bleiben da ganz draußen.«

Ich hörte Dittrich atmen, aber er erwiderte nichts.

»Sonst noch was in Erfahrung gebracht?«

»Ja, mein Bekannter hat es mir erzählt, ohne dass ich ihn danach gefragt hätte.«

»Bin ganz Ohr.«

»Sie wurden im 15. verhaftet, am Schauplatz eines Doppelmordes.«

»Genau.«

»Die Polizei bekam einen Anruf, in dem dezidiert davon gesprochen wurde, dass, bei hinreichender Eile, Sie sich am Tatort befinden würden.«

»So was in der Art hab ich befürchtet.«

»Hören Sie, Herr Doktor. Ich finde, wir sollten uns treffen und dann erzählen Sie mir haarklein, was da vor sich geht.«

»Schmeißen Sie nicht die Nerven weg, Dittrich. Wir können uns unmöglich treffen, ich bin mir sicher, dass sich mir ein paar Augen auf die Fersen geheftet haben. Alles hängt davon ab, dass es zwischen uns keine Verbindung gibt. Wenn Sie den Papyrus wollen, müssen Sie ruhig bleiben. Sonst finde ich bestimmt einen anderen Kunden.«

»Ich denke, den Papyrus haben Sie gar nicht mehr. Das Stück war im Besitz der Ermordeten und ist nun geraubt.«

»Da haben Sie teilweise recht. Aber was denken Sie, warum jemand viel Geld bezahlt, damit ein kleiner Philologe in Freiheit ist? Die wollen, dass ich sie zum Papyrus bringe, weil sie ihn dort nicht gefunden haben, wo sie gesucht haben. Jetzt soll ich sie führen.«

»Also haben Sie ihn?«

»Nicht bei mir, aber ich weiß genau, wo er ist. Ich muss nur den geeigneten Moment abpassen, dann hol ich ihn und wir treffen uns. Oder arrangieren eine andere Art der Übergabe. Wird sich schon finden.«

»Ich weiß nicht so recht, ob ich in eine solche Angelegenheit verwickelt werden will.«

»Sie haben mit der ganzen Sache gar nichts zu tun. Ein Telefonanruf heute, und Mitte der Woche liegt die Batrachomyomachia vor Ihnen. Weniger Mühe für so ein Stück ist gar nicht vorstellbar.«

»Na gut, wie Sie meinen.«

»Genau. Wir hören voneinander.«

Ich legte auf. Nun hatte ich Dittrich doch mehr erzählen müssen, als ich eigentlich gewollt hatte. Aber da ich weder wusste, wo der Papyrus war, noch wie ich ihn wieder beschaffen könnte, war Dittrich mein letztes Ass im Ärmel. Ich musste ihn, koste es was es wolle, bei der Stange halten.

Ich zahlte die Rechnung für das Telefonat und ging heim. Die Gedanken rasten durch meinen Kopf und ich hirnte wie verrückt, aber es wollte sich einfach kein Ergebnis einstellen. Ich war ratlos. Da das Nachdenken nichts fruchtete, beschloss ich, meine Sachen zu packen und ins Büro zu fahren. Dort wartete schließlich jede Menge wissenschaftlicher und bürokratischer Arbeit auf mich.

II

Nachdem mein beschauliches Gelehrtendasein in der letzten Woche restlos in sich zusammengefallen war, genoss ich es, in meine Arbeit einzutauchen. Kaum zu glauben, aber sogar die administrativen Tätigkeiten, die mit der letzten Universitätsreform notwendig geworden waren, schienen mir unterhaltsamer als sonst. Ich war allerdings noch nicht allzu weit gekommen, als mir ein Zettel in die Hände fiel, den ich vergessen hatte. Ich sollte morgen, Dienstagnachmittag, einen Vortrag halten. Gott sei Dank hatte meine Chefin keinen Augenblick gezögert und mein Thema schon bestätigt, bevor ich auch nur von dem Vortrag in Kenntnis gesetzt worden war. Ich sollte über Homer und die Bedeutung seiner Texte für die Entwicklung der abendländischen Kultur sprechen. Schönes Wald- und Wiesenthema, zu dem sich gut improvisieren lässt. Nach kurzem Zögern entschloss ich mich dazu, überhaupt keine Vorbereitungen zu unternehmen, sondern morgen Nachmittag um fünf einfach zwei Gläser Sekt auf nüchternen Magen zu trinken und leicht illuminiert meiner Beredsamkeit freien Lauf zu lassen. Mozart hat schließlich die Kadenzen zu seinen Klavierkonzerten auch kaum jemals durchgearbeitet und Charlie Parkers Soli entstanden auch immer im Moment, auf der Bühne, warum sollte ich mich also mit weniger zufriedengeben?

Kaum hatte ich den Entschluss gefasst und meine kurzzeitig verloren gegangene Seelenruhe wiedererlangt, als sich ohne ein höfliches Klopfen die Tür öffnete und meine Chefin hereinkam. Frau Professor Glanicic-Werffel war wie immer elegant gekleidet. Diesmal hatte sie ein Tweedkostüm an, das mit dem Gegensatz von biederem Oxford-College-Professor-Stoff zu weiblich-aufregendem Schnitt reizvoll spielte.

»Ich hoffe, Sie haben das Wochenende genützt, um Ihren Vortrag vorzubereiten. Diese interdisziplinäre Vortragsreihe wird von höchsten und allerhöchsten Universitätsgremien gehört. Das ist eine wirkliche Chance für das Institut, das um sein Überleben kämpft und sich profilieren muss.«

Sie atmete einmal kurz durch und schien abzuwägen, wie viel sie mir erzählen könnte. »Wir stehen kurz vor dem Rauswurf. Sogar die vergleichenden Literaturwissenschafter haben schon Drittmittel!« Sie ließ nach neuester Mode das ›l‹ aus, was gerade für eine Philologin eine Schande ist. Schließlich heißt es ja auch nicht Künster oder Sporter. Aber auch das war eigentlich nur ein Zeichen für den Geist der Zeit. »Wir können es uns schlicht und einfach nicht leisten, diese Gelegenheit zur Präsentation ungenützt verstreichen zu lassen. Wir müssen unser Profil schärfen. Gut gekleidet, intelligent, weltoffen, kulturübergreifend interessiert. Das sind die Attribute, die positiv auffallen. Ich will auf keinen Fall einen Vortrag hören, in dem es um homerische Partikel geht! Auch auf Etymologien hat niemand mehr Lust, außer sie sind vielleicht genderrelevant. Aber auch dann sparsam einsetzen. Und ich will Fremdwörter, Linder! Verwenden Sie klare, einfache Sätze mit simplem Inhalt und garnieren Sie das Ganze mit ein paar Wörtern, die keiner kennt.«

»Wenn dieser Vortrag so wichtig für das Institut ist, warum brauchen Sie dann mich dafür?«

»Mich kennt man längst, und wir müssen die ganze qualitative Breite des Instituts präsentieren. Die anderen, nun gut, Sie wissen, dass …«

»… die Kollegen nicht im Sinne des Anforderungsprofils präsentierbar sind. Wollten Sie das damit zum Ausdruck bringen?«

»Ja. In etwa.«

»Sollten wir in diesem Fall nicht wenigstens eine Philologin entsenden? Schließlich wollen wir nicht den Eindruck vermitteln, eine Bastion hinterwäldlerischer Männerbündler zu sein wie das Philosophische Institut.«

»Sie haben schon recht, Linder, aber das Problem hat uns Ihr Herr Doktorvater eingebrockt, indem er Sie hier reingesetzt hat. Sie wären mir als Frau, am besten mit Migrationshintergrund und Dreadlocks, auch lieber. Aber das sind die Fakten, die müssen wir akzeptieren.«

Ihr Blick war eiskalt und ich sah sie im Geiste die Möglichkeit einer Blitzoperation erwägen. Eine gender-gemainstreamte Philologin, die einmal ein Mann gewesen war, das wäre innovativ und würde das Institut auf Jahre hinaus retten. Diese Gedanken musste ich schnell abwürgen, bevor mir daraus noch unliebsame Konsequenzen erwüchsen. »Dann soll ich also ein bisschen auf die zivilisatorische Funktion der Sprachgelehrsamkeit eingehen, die für das Funktionieren einer pluralen Gesellschaft unabdingbar sind. Wie Toleranz, Pazifismus und Freiheit?«

»Genau. Spielen Sie die Trumpfkarte des Humanisten als Lehrer aus!«

»Die Tatsache, dass gerade die Generationen, die am stärksten humanistisch erzogen wurden, den Nationalsozialismus installiert und zwei Weltkriege entfesselt haben, verschweigen wir aber besser? Oder sollen wir, angesichts des zu erwartenden Rechtsruckes bei den nächsten Wahlen, uns schon vorausschauend einem blau-braunen Universitätsminister an die Brust werfen?«

»Lassen Sie die Witze, Linder. Nach der Wahl ist das früh genug. Wir müssen das nicht im vorauseilenden Gehorsam einbringen.«

Danach herrschte einen Moment Stille. Glanicic-Werffel

war aufgefallen, was sie da gesagt hatte. Sie räusperte sich verlegen und merkte an: »Sie verstehen mich schon. Wenn alles gut geht und Sie dazu beitragen, das Überleben des Instituts zu sichern, wird auch das Institut für Ihr Überleben sorgen. Und vergessen Sie die geschlechtsneutralen Endungen nicht. Wir sehen uns.«

Damit verließ sie mein Zimmer. Ich schenkte mir Tee aus dem Samowar nach und lehnte mich zurück. Um mich auf den Vortrag angemessen vorzubereiten, war es ohnedies zu spät. Jetzt konnte ich nur mehr dem Schicksal die Zügel in die Hand legen, mich in die Zuschauerränge begeben und auf einen interessanten Ausgang der Affäre hoffen.

Ich hatte mich gerade dazu durchgerungen, ein paar Takte Musik zu hören, als es an der Tür klopfte. Schnell simulierte ich intensive Arbeitsamkeit und ließ ein zerstreutes »Herein« hören. Die Tür ging auf und herein kamen meine russischen Freunde, Boxer und Augenbraue. »Sie haben Termin.«

»Davon hab ich aber gar nichts gewusst. Das nächste Mal verständigen Sie mich im Voraus und machen mit meiner Sekretärin einen Termin aus. Momentan sehe ich mich gezwungen, Ihre liebenswürdige Einladung abzusagen, da ich leider nicht abkömmlich bin.«

»Doch. Mittagessen. Mitkommen.«

Augenbraue blieb an der Tür stehen und blockierte sie mit seinen Schultern. Boxer machte zwei geschmeidige Schritte in Richtung auf meinen Tisch. Drohend blieb er stehen. Perfekt ausbalanciert, zum Schlag bereit. Es blieb mir nichts anderes übrig, ich musste der Gewalt weichen und mich einverstanden erklären. Boxer hielt mir meinen Mantel hin, ich sperrte mein Büro ab und wir verließen die Universität. In der Grillparzerstraße wartete ein schwarzer Mercedes auf uns und Boxer hieß mich einsteigen.

»Was, kein Wolga? Habt ihr kein Vertrauen mehr in eure eigenen Autos?«

»Schluss mit Sprüche! Einsteigen.«

Er hielt mir die Tür auf und stieß mich recht unsanft hinein. Augenbraue saß vorne beim livrierten Chauffeur und Boxer hinten, rechts neben mir. Wir fuhren den Ring hinunter zum Marriott, dort in die Tiefgarage und mit dem Aufzug hinauf in eine der Suiten.

Oben angekommen klopfte Augenbraue sachte an die edle Tür. Boxer stand hinter mir, der Chauffeur war beim Wagen geblieben. Die Tür öffnete sich, ein russischer Ikeaschrank lugte heraus und forderte uns nach eingehender Musterung mit einem Kopfnicken dazu auf, einzutreten.

Die Suite war atemberaubend. Hell und großzügig angelegt, mit luxuriöser, doch geschmackvoller Einrichtung. Werke moderner Meister, genau auf den Farbton der Wohnung abgestimmt, durften genauso wenig fehlen wie der obligatorische Flachbildfernseher.

Wir legten ab und gingen ins Wohnzimmer, das durch eine große Fensterfront einen Blick auf den ersten Bezirk freigab. In der Mitte des großzügig angelegten Raumes war ein Büfett aufgebaut. Mehrere Tische waren zusammengeschoben worden und mit weißen Damasttischtüchern verhüllt. Darauf türmte sich alles, was gut und teuer ist. Ein großer Samowar, neben dem die typischen russischen Teegläser standen, eine Pyramide aus Würfelzucker danebem. Mehrere Sektkübel standen herum, bestückt mit Champagner, Krimskoye und Wodka. Aufgeschnittenes Brot, mehrere Sorten Rohschinken fehlten ebenso wenig wie Früchte und Warmhalteplatten mit verschiedenen Speisen. Im Raum verteilt stand etwa ein Dutzend Menschen. Die Hälfte davon Männer, die einen in edles Tuch gehüllt, die anderen in der bekannten Windjacken-

Jeans-Kombi. Alle trugen Golduhren und spitze Glanzlack-
schuhe. Die andere Hälfte waren Damen. Alle schlank und
über 1,80 groß, mit Modellgesichtern und Beinen bis zum
Boden. Ein wüstes Durcheinander aus Pelz, Pailletten, Rosarot
und Cowboystiefeln machte klar, dass es sich bei ihnen um
Russinnen handelte. Die schweren Golduhren waren durch
Diamanten und D&G-Täschchen ersetzt.

Boxer und Augenbraue drängten mich durch die Menge
zur hinteren Wand. Während alle im Raum stehend aßen und
tranken, war dort ein kleiner Tisch aufgebaut. An ihm saßen
zwei Männer mit ihrer Damenbegleitung.

Den einen kannte ich bereits, es war der Mann mit Geheim-
dienstausstrahlung. Er saß neben einem jüngeren Mann, der
offensichtlich sein Chef war. Ende 30, Anfang 40 vielleicht. Sehr
kurzes, blondes Haar, gut geschnittenes Gesicht. Der Mann
stank förmlich nach Geld. Als Einziger von allen im Raum aß
er nichts. Die beiden Damen am Tisch ähnelten den anderen im
Raum, außer dass sie vielleicht von noch strahlenderer Schönheit waren. Während mich der Chef geflissentlich ignorierte
und seinen Leuten beim Essen zusah, sprach mich der KGBler
an. Seine blauen Augen funkelten lustig. »Herr Doktor, schön,
dass Sie kommen konnten. Ich darf Sie einladen, sich am Büfett
gütlich zu tun. Danach darf ich Sie in mein Arbeitszimmer
bitten, wir haben einiges zu besprechen.«

Jetzt war nicht der Zeitpunkt für Heldenmut und ein paar
witzige Sprüche, schließlich wollte ich ihn nicht vor seinem
Boss blamieren. Das hätte nur meine Position in der nach-
folgenden Verhandlung verschlechtert. Um was immer es auch
gehen mochte. Also bedankte ich mich mit ein paar wohl-
gemeinten Worten und begab mich zum Büfett. Dort richtete
ich mir einen Porzellanteller mit breitem Goldrand als Vor-
speisenplatte her. Ein paar dünne Scheiben Roastbeef, ein-

gelegte Pilze, warmes Brot und ein paar getrocknete Paradeiser. Von denen die Russen offensichtlich gar nichts hielten, denn sie waren noch unberührt geblieben. Dazu gönnte ich mir einen großen Wodka auf nüchternen Magen. Er war eiskalt und lief ölig die Speiseröhre hinunter. Mit Genuss leerte ich meinen Teller, ignorierte die Stimmen in meinem Kopf, die ›Henkersmahlzeit‹ flüsterten, und schöpfte mir eine Schale Consommé Double. Die Suppe war stark und heiß, eine von der Art, mit der man einen Gichtanfall provozieren kann. Danach machte ich mich über die heißen Hauptspeisen her, die das Niveau der vorhergehenden Speisen durchaus halten konnten. Bis zum Nachtisch kam ich nicht mehr, ich hätte gerne noch von der Crème Brulée und der Brombeertarte gekostet, als mich Augenbraue an der Schulter berührte und mich in eines der hinteren Zimmer führte.

III

Der Raum war etwas größer als sechs mal vier Meter und sparsam eingerichtet. An der Fensterfront, die aus zwei großen, die vier Meter fast gänzlich ausmachenden Scheiben bestand, befand sich ein schwerer ebenhölzerner Schreibtisch. Diejenige der Längswände, die der Tür gegenüberlag, machte ein Bücherregal aus. Auf der anderen Seite des Schreibtischs war eine Tür, die vermutlich in eines der Badezimmer der Suite führte.

Nachdem mich Augenbraue ins Zimmer geführt hatte, schloss er die gepolsterte Tür von außen. Zu beiden Seiten standen zwei der Ikeaschränke. Hinter dem Schreibtisch saß der harte Mann mit dem eisengrauen Haar. Er nippte an einem Teeglas und gebot mir mit einer Armbewegung, an den Schreibtisch zu treten und mich in den Bittstellersessel davor zu setzen. Tee bot er mir keinen an. Nach einer kleinen Ruhepause begann er zu sprechen. Hart und kalt in der Diktion, ohne auch nur den geringsten Anflug von Akzent.

»Ich hoffe, die Einladung kam nicht ungelegen und wurde von den Boten rücksichtsvoll überbracht. Ich weiß, Herr Doktor, Sie sind ein vielbeschäftigter Mann, aber die Angelegenheit, in die wir beide verwickelt sind, macht ein weiteres Gespräch unumgänglich. Ich möchte mich für die unerfreulichen Begleitumstände unseres letzten Treffens entschuldigen und mich gleichzeitig bedanken, dass wir mit Ihrer Hilfe einen wichtigen Schritt zur Wahrung unserer Interessen setzen konnten.«

Er machte wieder eine kleine Pause und leerte das Teeglas, das er während seines Vortrags in den Händen gedreht hatte. »Ich möchte nicht spekulieren, warum ein Mann wie Sie ein persönliches Interesse an einem so unbedeutenden Vorfall haben könnte, darum komme ich gleich zur Sache. Ich nehme an, dass Sie mittlerweile die Hintergründe der Tat, die uns zusammengeführt hat, erkennen.«

Als ich zu einer Verneinung anhob, unterbrach er mich rasch.

»Aus sicheren Quellen wissen wir von Ihrer Bekanntschaft mit dem serbischen Kunsthändler und seiner Frau und von Ihrer Anwesenheit am Tatort des Verbrechens, das an ihnen verübt wurde. Nun, ich weine den beiden keine Träne nach; wer sich in Gefahr begibt, kommt darin um. Aber es würde sowohl Ihre als auch meine Intelligenz beleidigen, wollten Sie mir weismachen, dass Sie allein der Zufall in die Wohnung geführt hat.«

Ich wartete ab, sollte er nur weiterreden, vielleicht käme ich so an ein paar Informationen heran, die mir sonst verwehrt bleiben würden. Wer viel redet, sagt oft mehr, als er eigentlich wollte.

»Im Zuge unserer Geschäfte, die dank der Bedeutung des Wiener Flughafens und dem Fleiß chinesischer Geschäftsleute sehr angenehm für uns waren, kam es zu ein paar kleinen Unregelmäßigkeiten, von denen wir bis vor Kurzem noch keine Kenntnis hatten. Der unerfreuliche Zwischenfall mit dem polnischen Spieler hat uns gezwungen, ein bisschen genauer hinzusehen, nicht, dass wir nicht ohnedies früher oder später hinter die Nebengeschäfte unserer Partner gekommen wären. Sei es, wie es will, im Zuge unserer Nachforschungen mussten wir feststellen, dass ein kleiner, aber sehr wertvoller Gegenstand, dem wir schon einige Zeit nachspüren, auftauchte. Wir schlugen zu, aber zu spät. Besagter Gegenstand, der sich eigentlich rechtlich in unserem Besitz befinden müsste, war bereits verschwunden.«

Er spielte weiter mit dem Teeglas in seiner Hand, ohne mich auch nur für eine Sekunde aus dem Bannstrahl seiner blauen Augen entwischen zu lassen. »Wir haben Sie nun hierher gebeten, um in dieser Angelegenheit eine Übereinkunft zu erzielen, unsere weitere Vorgehensweise aufeinander abzustimmen und dadurch zu garantieren, dass wir unsere und Sie Ihre Interessen zu wahren vermögen.«

»Sie schwingen da schöne Reden und zu Ihrem Deutsch kann ich Sie wirklich nur beglückwünschen, aber mir stellen sich doch einige Fragen. Erstens, wenn ich den Papyrus besitzen würde, rein hypothetisch, bräuchte ich Sie nicht, um es zu verkaufen, und Sie würden das auch nie erfahren. Zweitens, wenn ich wüsste, wo es sich im Moment befindet, wüsste ich sicher auch, wie ich in seinen Besitz gelangen könnte, was uns zu Punkt eins zurückführt. Drittens, wenn Sie wirklich so gut sind, wie Sie mir weismachen wollen, und glauben, dass ich so gut bin, wie Sie mir Honig ums Maul schmieren, dann erübrigen sich Ihre schönen Worte, und all das, die Einladung, das Gespräch und was noch kommen wird, war redundant. So wie ich die Situation einschätze, hätten Sie mich gleich gefoltert. Also, ich wäre dafür, dass Sie sich nochmal ein Glas Tee kommen lassen, gerne auch eins für mich, und dass wir dann noch einmal von vorne beginnen, vernünftig diesmal.«

Ich hatte während meines Monologs, der leider nicht von Shakespeare war, die ganze Zeit über seine Mimik beobachtet, bereit, auf das kleinste Zeichen zu reagieren. Seine Miene hatte sich zwar im Laufe des Gesagten ein wenig verdüstert, aber nicht in bedrohlichem Ausmaß. Also hatte ich, wieder einmal, alles auf eine Karte gesetzt.

Er wandte den Kopf den Ikeaschränken an der Tür zu, zeigte mit einem Finger an sein Teeglas und deutete mit zwei Fingern, wie viele gebracht werden sollten. Im Anschluss an seine lautlosen Signale nickte er mit dem Kopf. Ich konnte die Reaktionen der beiden Türsteher zwar nicht direkt sehen, aber die Autorität seiner Gesten und der minimale Zeitabstand zwischen seinem Befehl und dem Öffnen der Tür zeigte mir, dass die beiden vermutlich auch auf einen Wink von ihm hin aus dem Fenster zu springen bereit gewesen wären. Wenn ich's nicht schon gewusst hätte, hätte mir das einiges über ihn und seine Organisation verraten.

30 Sekunden später hielten wir beide wohlgefüllte Teegläser mit Untertassen aus Porzellan, auf denen zwei Stück Würfelzucker lagen, in den Händen. Er ließ beide Zuckerstückchen in sein Teeglas fallen und rührte um. Ich nahm eines, tauchte es vorsichtig in die heiße Flüssigkeit und schob es mir in den Mund, wo ich es in meiner rechten Backe verstaute wie ein Hamster. Dann nahm ich den ersten Schluck. Ein Blitz der Erkenntnis huschte über sein Gesicht. »Sie waren schon mal im Iran?«

»So wie Sie anscheinend auch.«

Wir grinsten uns an. Mein Trick hatte funktioniert. Gemeinsamkeiten verbinden. Auch Gangster und Philologen. Aber nur dann, wenn besagte Philologen noch nie im Iran waren, dafür aber in ihrem Leben schon einige Bücher gelesen hatten.

»Aber was ich glaube, ist, dass Sie uns helfen können, unser Eigentum zurückzuerhalten, mit einem Minimum an Aufwand und wesentlich unauffälliger, als wir das alleine regeln könnten.«

»Und was schaut da für mich dabei heraus?«

»Sie meinen, abgesehen davon, dass Sie intakt, mit allen Extremitäten und Genitalien, überleben?«

»Genau. Das Leben ist sowieso eine Qual. Da müssen Sie schon noch was drauflegen.«

»Wie ich höre, haben Sie im Zuge Ihrer Unternehmungen einen alten Freund und ehemaligen Geschäftspartner, mit dem nicht zu spaßen ist, verärgert. Da könnten wir Ihnen durchaus behilflich sein.«

»Klingt gut. Aber was mir mehr am Herzen liegt, sind Antworten auf ein paar Fragen.«

»Sie werden verstehen, dass wir nicht mit allem, was wir haben, von vornherein herausrücken können. Wo bliebe denn da die Motivation für Sie, Ihren Beitrag zu leisten. Motivation ist der Schlüssel zur Leistung und das Herz modernen Managements.«

»Sie hören sich an wie ein Strategieberater für Großkonzerne.«

»Was ist denn die Interessenvertretung, die ich repräsentiere, anderes als ein global agierender Konzern? Wir geben Leuten Arbeit und somit die Möglichkeit, sich ihre Brötchen zu verdienen, wir sorgen für die Sicherheit unserer loyalen Mitarbeiter. Solange es nur irgend möglich ist, befolgen wir die Gesetze und zahlen Steuern.«

»Jetzt klingen Sie aber fast wie der Weihnachtsmann, respektive der Osterhase.«

Schlagartig verdunkelte sich seine Miene. »Lassen Sie es gut sein, Herr Doktor, Sie verspielen sonst noch Ihren Kredit.«

»Nüchtern betrachtet macht Ihr zweiter Anlauf auch nicht mehr Sinn als der erste. Ich bekomme, was ich will, wenn ich erledige, was Sie wollen. Da ich aber das, was ich von Ihnen will, brauche, um dasjenige zu erledigen, das Sie von mir wollen, haben wir uns schon wieder in einem viziösen Zirkel verfangen.«

»Na gut, lassen Sie hören. Ich bin mir aber nicht sicher, ob ich Ihre Frage auch beantworten kann.«

»Was hat es mit der Knarre auf sich, wofür haben Sie die gebraucht? Ich nehme nicht an, dass Sie sie nach Fingerabdrücken untersucht haben.«

»Haben wir auch nicht.«

»Für ballistische Untersuchungen wohl auch nicht?«

»Nein, keineswegs. Ich sehe aber nicht ein, inwieweit Ihre Fragen mit unserem Papyrus und seinem Verbleib in Zusammenhang stehen.«

»Es reicht auch, wenn ich das tue. Eine zweite Frage noch. Erzählen Sie mir ein bisschen was über das Fragment und seine Geschichte.«

»Da sind doch Sie der Spezialist.«

»Ich will ja auch nichts über die antiken und mediävistischen Verwicklungen erfahren, in die das Schriftstück involviert war. Ein Überblick über die letzten 100 Jahre würde mir vollkommen reichen.«

»Was vor der Oktoberrevolution mit dem Papyrus los war, davon haben wir keine Kenntnis. Sicher ist, dass es irgendwann nach dem Bürgerkrieg in den erweiterten Beständen der Eremitage auftauchte. Ob es irgendwann ein Geschenk an die Romanows war oder ein Teil der Beute bei einem Feldzug gegen das Osmanische Reich, oder ob es ein bibliophiler Adeliger in irgendeinem Hinterzimmer in Konstantinopel entdeckt hat, lässt sich nicht sagen. Fest steht nur, dass es eben Anfang der 20er-Jahre in der Eremitage zum Vorschein kam. Warum es dort gelandet ist, ob aus staatlichen oder privaten Quellen, ist auch unklar. Es grenzt an ein Wunder, dass es in dem Vierteljahrhundert, das es dort vergessen gelegen hat, niemand mit genügend Sachkenntnis und Tatkraft entdeckt hat und dass es sowohl die Revolution als auch den Bürgerkrieg und den Zweiten Weltkrieg – Petersburg war 1.000 Tage lang belagert – überlebt hat.

Die Leute haben damals Gürtel und Schuhe gegessen, und auch einander.

Erst als im Zuge der Entstalinisierung die Kataloge neu bearbeitet wurden, ist es einem Archivar in irgendeiner staubigen Truhe aufgefallen. Dann war es im Staatsbesitz sicher wie in Abrahams Schoß.«

»Bis der Staat selber wieder für Unruhe gesorgt hat.«

»Genau. Damals in den Umbauzeiten war das Geld knapp. Staatsbedienstete waren monatelang ohne Einkommen, da wurde alles verkauft, was nicht niet- und nagelfest war. Kunstprivatisierung gewissermaßen. Auch gab es große Gewinne für Einzelpersonen. Natürlich wurden nicht die auffallenden und bekannten Stücke verkauft, sondern die kleinen, unbekannten, aber fast genauso wertvollen. Viel ging ins Ausland, aber viel blieb auch in Mütterchen Russland. Das war etwa Anfang '91. Danach blieb das Stück wieder für mehr als 15 Jahre verschollen, bis sich langsam ein Gerücht darüber zu verbreiten begann. Sie wissen doch, wie Sammler sind. Irgendwann halten sie es nicht mehr aus und zeigen es ihrem liebsten Konkurrenten. Wenn einmal der Damm gebrochen ist, gibt es kein Zurück mehr, und mit der Zeit spricht sich das herum. So ist das Gerücht dann auch bis zu mir gelangt.«

»Da waren Sie bereits in der Privatwirtschaft tätig.«

»Ich verstehe nicht ganz?«

»Ich zähle nur eins und eins zusammen. Beim Zusammenbruch der Sojus waren Sie noch im Staatsdienst. Nehme einmal an, irgendwo im Innenministerium und auch ein bisschen mit Kunst beschäftigt. Deswegen wussten Sie auch von dem Papyrus, und als es weg war, hat es Ihnen bloß ein anderer knapp vor der Nase weggeschnappt. Sie hatten sicher schon alles eingefädelt und als Sie es abholen wollten, war es verschwunden. Stimmt's?«

»Sie kommen ungefähr hin. So oder so.«

»Dann haben Sie es gesucht, aber weil der Sammler zu der Zeit noch vorsichtig war, konnten nicht einmal die KGB-Ressourcen helfen. Daraufhin sind Sie in die Privatwirtschaft gewechselt, hatten aber immer ein Ohr an der Szene. Sonst hätten Sie niemals von dem Gerücht erfahren. Als Sie aber wussten, in wessen Besitz es war, hatten Sie nicht mehr die Mittel und die Macht zu Verfügung, um es einfach zu beschaffen. Ihnen waren die Hände gebunden und Sie mussten abwarten.«

»Genau. Aber die betreffende Person, in dessen Besitz es gelangt war, ihr Name tut hier nichts zur Sache, war schon alt. Als letztendlich die Natur ihre Schuldigkeit getan hatte und der Sohn und Erbe bankrott ging, waren wir wieder zur Stelle. Aber auch diesmal wieder etwas zu spät.«

»Ich nehme an, der Herr Sohn war ein zwielichtiger Charakter und brauchte Geld, sein alter Herr war bettlägrig und nahm nicht mehr alles wahr, was sich um ihn herum abspielte. Als es zur offiziellen Versteigerung kam, war der Papyrus weg.«

»Ich habe gar nicht bis zu einer offiziellen Versteigerung gewartet, aber zu spät war ich trotzdem. Zum zweiten Mal war es mir durch die Finger gerutscht.«

»Ich denke, da war aber noch mehr Zufall im Spiel, als Sie mir verraten wollen. Wenn der Erbe gewusst hätte, was er da verkauft und an wen, dann hätten Sie das herausgefunden. So oder so, und wir säßen jetzt nicht hier.«

»Dieser Idiot hatte keine Ahnung, er dachte, er verkauft ein paar Bilder. Dass sich in einem davon der Papyrus befindet, hat er nicht gewusst.«

»Und da er das Ganze mehrmals und mit verschiedenen Käufern durchgezogen hatte und nach dem Tod des Alten niemand mehr wusste, hinter welchem Bild das Fragment versteckt war, schien es aussichtslos.«

»Genau. Ich lehnte mich also zurück, behielt den Markt und seine dunklen Kanäle im Auge und hoffte wieder auf ein bisschen Glück.«

»Und das hatten Sie, als Sie nach Wien flogen, um ein unbedeutendes Nebengeschäft am Laufen zu halten und plötzlich auf den Papyrus gestoßen sind.«

Er nickte grimmig. »Jetzt wollen Sie mich sicher fragen, ob wir Slupetzky und Mihailovic erledigt haben und dabei so ungeschickt vorgegangen sind, dass uns der Papyrus erneut entwischt ist.«

»Das ist kein Kreuzverhör.«

»Wie bitte?«

»Vor Gericht sollte man nur Fragen stellen, deren Antwort man bereits kennt. Wir beide plaudern nur, da muss ich nicht nach etwas fragen, was ich schon weiß.«

»In diesem Fall wissen Sie aber auch, wer den Papyrus hat.«

»Es muss sich nicht um die gleiche Person handeln. Wenn ich recht habe, handelt es sich auch tatsächlich nicht um die gleiche Person. Aber ich denke, dass sie sich bei mir melden wird, im Laufe der nächsten Tage. So oder so. Dann verständige ich Sie umgehend. Es war ein nettes Gespräch, aber ich habe noch viel zu erledigen.«

Ich stand auf und reichte ihm die Hand. Er schlug ein. Anschließend begleitete man mich zur Tür der Suite und warf mich höflich hinaus. Ich nahm den Lift, fuhr hinunter in die Lobby und wanderte am Ring entlang. Es war zwar grau, kalt und nass, aber in den letzten Tagen hatte ich mich an das schlechte Wetter gewöhnt und begann es richtig zu genießen.

IV

Ich überquerte den Parkring und schlenderte ein wenig im Stadtpark umher. Dabei spielte ich mit den Möglichkeiten, die sich aus den mir bekannten Personen und ihren Interessen ergaben. Natürlich hatte ich in Gegenwart des Russen ein wenig übertrieben, definitiv wusste ich gar nichts über den Verbleib der wertvollen Schilfblätter und konnte auch gar nichts wissen. Schließlich gibt es immer Unbekannte in einer solchen Gleichung. Aber ich war mir doch recht sicher, wie sich die ganze Angelegenheit abgespielt hatte und was noch zu erwarten war. Nicht so sicher, dass ich die Seele meines Erstgeborenen darauf verwettet hätte, aber doch sicher genug, um seinen rechten Arm zu setzen. Glück für das arme Geschöpf, das wahrscheinlich niemals das Licht der Welt erblicken würde.

Als ich genügend nachgedacht und mir dabei hinreichend kalte Füße geholt hatte, fischte ich mein Handy aus der Tasche und beschloss, noch ein wenig auf den Busch zu klopfen. Ich wählte Freds Nummer und nach dem ersten Klingelton nahm er ab. Da war jemand furchtbar neugierig.

»Gruezi. Witt mit'm Alta schwätza?«

»Servus. Ja, das wär mir recht. Wo und wann?«

»Er hät grad gessa, danoch macht er an klina Spaziergang in Schönbrunn. Mir künntn üs in aner halben Stund dürt treffa.«

»Gut, beim Haupteingang?«

»Genau. Bis denn. Grueziwohl.«

Wir legten auf. Eigentlich hatte ich auf ein warmes, gemütliches Kaffeehaus gehofft, aber wenn der alte Herr spazieren wollte, musste ich das auch tun. Ich ging durch den Stadtpark zur U-Bahn-Station gleichen Namens und bestieg dort die U4 Richtung Schönbrunn.

In der U-Bahn war es schön warm, im sozialistischen Wien sind die Öffis nicht gezwungen, bei den Heizkosten zu sparen. Ich suchte mir einen Platz, setzte mich und döste fast augenblicklich ein. Um ein Haar wäre ich, in meinen Mantel gekuschelt, eine Station zu weit gefahren. Im letzten Moment sprang ich auf und rauschte an den stehenden Fahrgästen vorbei. In der offenen Tür wäre ich beinahe mit einer alten Dame zusammengestoßen, die sich mit ihrer Gehhilfe und ihrem kleinen Hündchen abplagte, in den Waggon zu kommen. Es gelang mir gerade noch auszuweichen und so zu verhindern, dass ich die Alte umstieß. Ihr Hündchen war nicht so glücklich. Es tat einen Fehltritt und geriet mit den Hinterbeinen in den Spalt zwischen U-Bahn und Bahnsteig. Wäre der Pudel nicht so überaus fett gewesen, er wäre als Ganzes in den Spalt geplumpst. Sofort machten sich die Fahrgäste daran, den kleinen Hund unter Ausrufen wie »Das arme Viecherl« oder »So ein Rowdie« und »Dass dem armen Hunderl bloß nix geschieht« den Kaniden zu retten.

Die Alte stand daneben und war zwischen ihren Gefühlen der Sorge um ihren Hund und des blanken Hasses auf mich hin und her gerissen. Ich versuchte zwar, mich zu entschuldigen, aber der Zorn der Gerechten entlud sich nichtsdestotrotz über meinem Haupt. Daraufhin drehte ich mich um und ging. Hinter mir tobte die zornige Menge, bis sich die Tür schloss und der Zug an mir vorüberfuhr. Die alte Dame stand hinter dem Glas einer Tür und reckte mir grimmig ihren Mittelfinger entgegen. Dann verschwand sie mitsamt dem dahindonnernden Zug.

Ein paar Minuten später stand ich vor dem Haupttor des Schlosses und wartete auf Bender und Fred.

Ich lehnte neben dem schmiedeeisernen Tor und versuchte, alles im Blick zu behalten. Ganz traute ich den beiden nicht mehr. Aber vorerst waren nur eine Menge Touristen zu sehen, die sich mit grimmiger Härte daran machten, den Kaiserpalast zu besichtigen. Über ihnen schwebte, einer Wolke gleich, polyglottes Geschnatter aller Erdteile.

Als es langweilig zu werden begann, erschienen Bender und Fred. Fred ging wie immer links von Bender, etwa einen halben Schritt hinter ihm. Es schien, als wäre er jederzeit bereit, den alten Mann, sollte er straucheln, aufzufangen. Er trug eine schwarze Lederjacke, Jeans und Cowboystiefel, Bender einen dunkelblauen Mantel aus dickem Wollstoff, schwarz glänzende Schuhe und einen elegant pfiffigen Hut aus grauem Stoff mit dunkelblauem Hutband. In der Rechten schwang er unternehmungslustig einen Spazierstock aus schwarzem Holz.

Ich trat auf die beiden zu, als sie gerade im Begriff waren, das Schlosstor zu passieren. Fred bemerkte mich sofort und auf ein winziges Zeichen hin drehte mir Bender seinen Kopf zu, ohne dabei aber stehenzubleiben. Seine Augen lagen wie immer tief in seinem Totenschädel, er presste die Lippen hart aufeinander, sodass sie zu dünnen, blauen Strichen wurden. »Geh ein Stück mit uns. Wir müssen reden.«

Daraufhin schwieg er wieder und ich ging rechts neben ihm. Da sich Fred nie erlaubt hätte, in Gegenwart des Alten ungefragt zu sprechen, herrschte Funkstille, während um uns herum die Touristen plapperten. Der Gegensatz zwischen dem stillen Ernst Benders und der in Anbetracht des strahlenden Wetters fröhlichen Ausgelassenheit der anderen machte mir klar, warum Bender in Schönbrunn spazieren ging.

Obwohl ich nicht genau weiß, wie alt er wirklich ist, entstammte er ohne Zweifel noch einer Generation, der es bewusst

war, was für ein Privileg es ist, im kaiserlichen Garten zu lust-
wandeln. Vielleicht waren in Benders Kindheit noch Ehren-
wachen am Tor gestanden, hinter dem der Kaiser wohnte,
und Bender hatte aufgeregt zugesehen, wie Limousinen und
Kaleschen den Palast verließen. Diesen Gedanken schob ich
schnell beiseite, denn so alt war Bender sicherlich nicht; aber
den letzten Hauch von Tabu hatte er in seiner Kindheit sicher
noch gespürt.

Wir gingen zwischen dem Hauptgebäude und der Wagen-
burg nach hinten in den Garten, das große Parterre. Da um
diese Jahreszeit noch keine Blumen gesetzt waren, fehlte die
barocke Farbenpracht des Frühlings und Sommers, aber die
weite Fläche, begrenzt von grünen Hecken, zwischen denen
weiße Marmorstatuen stehen, war trotzdem eindrucksvoll.
Wir gingen geradewegs auf den Neptunbrunnen zu und bogen
danach links ab in den Weg, der zwischen den Bäumen zur kleinen Gloriette hinaufführt. Kaum hatten wir den Wald betreten,
waren wir alleine. Wir gingen noch ein paar Meter weiter, verließen den Weg und gingen direkt unter den Bäumen, bis Bender stehen blieb und Fred ihm einen kleinen Sack mit Nüssen
reichte. Bender ging äußerst mühsam in die Knie, wobei er sich
mit einer Hand auf seinen Stock stützte und eine Haselnuss in
seine Linke nahm. Während er regungslos verharrte, präsentierte er die Nuss auf der offenen Handfläche. Sofort zeigten
sich zwei Eichhörnchen, die zwischen den Bäumen daherge-
sprungen kamen. Drei oder vier Schritte vor uns blieben sie
stehen und stellten sich schnuppernd auf die Hinterbeine, die
roten Schwänze zuckten buschig hinter ihnen. Dann machte
das linke den ersten Schritt und kam vorsichtig näher, bis es
sich an den Fingern Benders festhielt und die Nuss in einer
blitzschnellen Bewegung mit seinen scharfen Zähnen packte.
Daraufhin machte es kehrt und hoppelte ein paar Sprünge

von uns weg. Setzte sich mit aufgerichtetem Schwanz hin und begann, an der Nuss zu knabbern, die es in seinen Vorderpfoten hin und her drehte.

Bender nahm eine zweite Nuss in die Hand und bot sie wie zuvor an. Doch das zweite Eichhörnchen war nicht so mutig wie das erste. Es tänzelte an einem unsichtbaren Kreisbogen entlang, ohne sich jedoch näher zu wagen. Dann sprang es nach hinten und huschte geschwind einen Baumstamm hinauf. Ich wollte mich schon enttäuscht abwenden, als Fred mir ganz leise zuflüsterte »Wart no a kläle.« Als ich ihn anblickte, wies er nur mit seinem Kopf nach oben. Das Eichhörnchen war in den Baum hinaufgestiegen und schwang sich nun zu einem Ast der Eiche, die direkt hinter uns stand. Anschließend kletterte es aufgeregt fiepsend den Stamm hinunter, bis es etwa 20 Zentimeter über dem Boden hielt und uns das Köpfchen entgegenreckte. Bender drehte sich ganz vorsichtig um und hielt dem Tier wiederum die Nuss hin. Es schnappte sich die wohlschmeckende Frucht und verschwand sofort im Unterholz.

Inzwischen hatte das erste Tier seine Mahlzeit beendet und schaute hungrig zu uns herüber. Der Winter war hart gewesen, eine Nuss reichte nicht. Bender hielt ihm die leere Hand hin. Das Tier kam angehuscht und schaute neugierig in die Handfläche, doch dort war keine Nuss zu finden. Enttäuscht machte es sich wieder davon, nicht aber ohne sich mitten in der Bewegung umzudrehen und nochmals auf Benders Hand zu klettern, es wollte offenbar sicher gehen, dass es sich nicht geirrt hatte. Dann verschwand das Eichhörnchen.

Bender richtete sich beschwerlich wieder auf und wir gingen weiter. Nach ein paar Schritten tauchte ein kleiner Marmortisch auf und Fred breitete auf Benders Seite ein Tuch aus. Ich musste auf dem kalten Stein Platz nehmen.

»Na, Kleiner, wie wor's denn in Häfn? Host's eh überstanden?«

Der sonst so kultiviert artikulierende Bender wechselte in
den Tonfall seiner Jugend, inklusive dem berüchtigten Fall-
fehler. Offenbar löste das etwas in ihm aus.

»Damit kann ich leben.«

»Du waßt eh, wer die Kaution gstöt hot?«

Ich nickte.

»Ich sage das jetzt nicht, um dich unter Druck setzen zu
wollen. Es soll nur klarmachen, wie gut ich zu dir stehe und
was es bedeuten würde, wenn du die Brücken hinter dir
abbrichst. Also, ich stelle dir zum zweiten Mal die Frage, die
ich dir auch schon bei mir zu Hause gestellt habe. Was hat
Slupetzky den Russen geklaut?«

»Ich hab's dir damals gesagt, und auch heute sag ich es wieder: Ich weiß es nicht.«

»Du enttäuschst mich. Es hat eine Zeit gegeben …«, er
seufzte tief und brach den Satz ab. »Das hat jetzt keinen
Sinn mehr. Ich will dir nur sagen, dass ich dich sowohl für
anständiger als auch für gescheiter gehalten hätte.«

»Warum?«

»Weil ich inzwischen ganz genau weiß, was das war, was
Slupetzky und sein inzwischen toter Kumpan den Russen
geklaut haben. Das hättest du berücksichtigen müssen. Wenn
ich dir Laura schicke und dich raushole, dann weiß ich auch,
dass du beim Serben warst, und dann muss es um eine Kunstsache gehen. Und dann muss man nur den Beteiligten auf die
Füße steigen, den Schwächsten zuerst.«

Ich schwieg.

»Genau genommen hast du dich jetzt von einer …«, Bender wandte sich Fred zu, der übernahm für ihn, »… Win-
Win-Situation in eine Lose-Lose-…«, nun fuhr Bender fort,

»… Situation gebracht. Das ist traurig.« Der alte Mann schüttelte schwach seinen Kopf.

»Wenn dem Verurteilten noch eine letzte Frage zugestanden wird?«

Bender nickte.

»Was hast du mit Kunstsachen zu tun, Bender? Das interessiert dich doch gar nicht. Und nur um Geld geht's dir nicht, da hast du schon genug.«

Bender nickte Fred zu, der hinter ihm stand. »Es ghöret üs, des Papyrus, zumindeschtns 'n Teil davo.«

»Also befand es sich versteckt unter den Kunstgegenständen, die damals irgendein Spieler zur Deckung seiner Schulden bezahlt und die Slupetzky vermittelt hat?«

Fred nickte, doch Benders Augen blitzten auf und fuhren durch mich hindurch. Sofort beruhigte er sich wieder, aber er hatte schon zugegeben, einen Fehler gemacht zu haben.

»Also, Bender, lass uns offen miteinander reden.«

»Ich glaub nicht, dass das noch viel Sinn macht.«

»Doch, ich glaube schon. Mein neuer Auftraggeber will, dass ich den Papyrus finde und das ginge leichter, wenn du mir helfen würdest.«

»Glaub nicht, dass ich vor der Mafia kusche, mein Kleiner.«

»Glaub ich ja auch nicht, aber ich glaube, dass du klug genug bist, um zu sehen, dass du gegen die Organisation nichts ausrichten kannst. Aber wenn sie den Papyrus haben, kannst du ja bei ihnen deinen Anspruch anmelden. Und da du in Wien sitzt und sie ihre Geschäfte hier sicher weiterführen wollen, hast du gute Argumente dafür, dass sie dir deine Auslagen ersetzen. Dann wären wir alle gut ausgestiegen.«

»Wenn nicht?«

»Der Russe, mit dem ich geredet habe, ist nur einer in der Organisation und sicher nicht das höchste Tier, gegen den im Vergleich ist Fred ein Kuschelbär und du bist ein Gutmensch. Der jagt dem Schilffetzen schon gut 20 Jahre hinterher und er ist bereit, so weit zu gehen, dass hinterher keiner mehr laufen kann von denen, die seinen Weg kreuzen. Es ist einfach klüger so. Lass die Sache ruhen und mich machen, dann bekommen die Russen ihren Fetzen, du deine Kompensation und wir alle leben noch.«

Bender schwieg eisig.

»Und wenn du willst, kannst du danach noch immer deinen Zorn an mir auslassen. Wenn du's jetzt tust, dann ...«, den Schluss ließ ich in der Luft hängen.

»Was dann?«

»Ich hab jetzt eine Versicherung. Der Russe glaubt, ich hab den Papyrus in der Hand. Wer mir jetzt was tut, der ist in seinen Augen Hauptverdächtiger.«

Bender stützte wieder den Kopf auf seine Hand und nickte bedächtig.

»Gut, schließen wir einen Waffenstillstand, solange die Russen da sind. Danach sehen wir weiter.«

»Also, Bender, was kannst du mir sagen?«

»Nur das, nach dem du fragst, Kleiner.«

»Ich habe nur zwei Fragen.«

»Gut, schieß los. Ich hoffe, es sind die richtigen und du weißt danach, wo das Papierl ist.«

»Es gibt immer Unbekannte, Bender, und darum ist alles möglich. Also, zuerst zum Unbekannten. Der Spieler, der die Kunstwerke als Sicherheit gegeben hat, war ein Russe, stimmt's?«

»Genau. Ein junger Blödkopf, er war mit seiner Freundin da, übrigens eine Österreicherin. Seltsam, da haben die Russen die schönsten Frauen der Welt daheim und der sucht sich irgendeine Zicke aus Döbling oder Grinzing aus.«

»Zweitens, wer hat die Sachen gekauft?«

»Das kann ich nicht genau sagen, weil der Serbe sie aufgeteilt und über ein Jahr hinweg oder sogar noch länger verkauft hat. Aber irgendwo müssen sich ja jetzt bei ihm die Unterlagen finden.«

»Die findet momentan nur die Polizei und solange der Fall nicht abgeschlossen ist, bleiben sie unter Verschluss und nützen uns somit auch nichts mehr. Wie könnten wir an die Käufer kommen?«

»Das ist jetzt eine dritte Frage, und ich würde sie dir auch beantworten, wenn ich's wüsste. Hast du keine Ahnung, wer es sein könnte?«

»Doch schon, allerdings liegt zwischen Wissen und Glauben ein feiner, aber bedeutsamer Unterschied. Könnte es sein, dass Laura was weiß?«

»Unsere Anwältin, mit der du ein Gschpusi hast?«

»Genau die.«

»Vielleicht, hast du sie noch nicht gefragt?«

»Doch, aber sie wollte nichts sagen.«

»Braves Mädchen!«

»Kannst du ihr nicht auftragen, dass, wenn sie es weiß, sie es mir sagen soll?«

»In solche Sachen mische ich mich nicht gerne ein«, Bender lachte fast ein wenig, »aber ich werde schauen, was sich machen lässt.«

Wir saßen noch ein bisschen unter den kahlen Bäumen und froren. Dann machte Bender eine Handbewegung und ich war entlassen. Er blieb sitzen, während Fred weiterhin hinter ihm stand, starr wie eine Statue.

Ich ging hinunter zum Schloss, unten aber bog ich rechts

ab und ging an der Orangerie vorbei zum Meidlinger Tor. Ich war noch gar nicht draußen, als das Telefon läutete. Ich fischte es heraus und nahm ab.

»Hi, Doktor.«

Es war Mike. Wie immer hörte ich im Hintergrund das Brummen seines Pontiac.

»Servus, was ist los?«

»Ich hab ein paar Bier dabei und wollte mit dir reden.«

»Ah so, wegen was?«

»Na ja, weil es mir halt leidtut, war ein Blödsinn, dich zu verpfeifen.«

»Denk ich auch. Und jetzt stehen dir die großen Viecher auf den Zehen und du willst, dass ich dir damit helfe.«

Mike schnaufte tief durch. »Genau.«

»Also gut, ich bin am Meidlinger Tor, komm mich holen.«

»Bin in fünf Minuten da.« Bevor er auflegte, hörte ich im Hintergrund den Motor aufheulen und die Reifen quietschen. Dann wartete ich.

V

Wir saßen in Mikes Wagen und fuhren unter der Westbahn hindurch Richtung Felberstraße. Mike war mitten in seiner Beichte. »Na ja, und vor drei Tagen, da hams vorbeigschaut bei mir.«

»Du meinst die Russen.«

»Genau.«

Mike trug noch die Zeichen ihrer Freundschaft für alle sichtbar mit sich herum. Ich fand, dass ich da besser ausgestiegen war. »Was wollten sie denn?«

»Wegen der Slupetzkysache hoit, und i hab ihnen gsagt, was ich gwusst hab.«

»Von was denn?«

»Stöll di net bleder, als d' bist, wegen die Computer halt.«

»Was wollten's denn genau wissen?«

»Den Partner vom Slupo beim Flughafen.«

»Und das hast du ihnen verraten?«

»Sicher, i bin ja net bled.«

»Da wär ich mir nicht so sicher.«

»Warum?«

»Passt schon. Aber sag, wollten die auch was wegen der Kunstsache?«

»Wegen dem haben s' mich auch gfragt.«

»Was hast du da geantwortet?«

»Hmm, dass i net vül waß davon.«

»Und das haben sie dir geglaubt?«

»Na, net wirklich.«

»Und dann?«

»Hob i eana vom Serben dazöhlt, dem bei der Stadthalle.«

»Der kurz darauf mitsamt seiner Frau einer letalen Dosis Schwermetall ausgesetzt wurde. Sag, der Kumpel vom Slupetzky, das ist doch der ComServe-Typ?«

»Genau.«

»Lebt der noch?«

»Wie manst?«

»Naja, du sagst den Russen von mir, sie besuchen mich und ich komm mit mehr Glück als Verstand davon. Kurz darauf wollen sie noch was wissen und du erzählst ihnen von Mihailovic, darauf stirbt der, wär doch interessant zu wissen, ob der Berti noch am Leben ist.«

»Woher kennst du denn seinen Namen?«

»Mike, das werd ich dir nicht sagen, sonst gibt's noch mehr Besuche. Also, was meinst du, lebt der Berti noch?«

»Also gestern waren sie noch quietschfidel, er und seine Dulcinea.«

»Gut. Ruf an und schau, wie's ihnen geht, aber ganz unverdächtig.«

Mittlerweile waren wir angekommen und ausgestiegen. Mike holte mit einer Hand sein Handy aus der Lederjacke, während er mit der anderen, seine unvermeidliche Bierdose haltend, versuchte, den Wagen abzuschließen. Als es endlich klappte, hatte ich bereits auf der anderen Straßenseite die Haustür aufgesperrt. Ohne auch nur ansatzweise nach links oder rechts zu schauen, überquerte er die Fahrbahn und trat ins Treppenhaus ein. Er telefonierte konzentriert.

Inzwischen schloss ich meinen Briefkasten auf, er quoll über vor lauter Werbezusendungen und ich zog alle heraus, um sie in den Altpapiercontainer im Hof zu werfen. In letzter Sekunde fiel mir ein dünner Brief in hellbraunem Kuvert auf. Schnell ließ ich ihn in meine Manteltasche gleiten, während ich die Mülltonne schloss. Mike hatte telefoniert und nichts bemerkt. »Dem Berti geht's leiwand. Keine Russen vorbeige-kommen.«

Innerlich atmete ich auf, versuchte es mir aber nicht anmerken zu lassen. »Dann bist du wenigstens an einem Tod nicht mit schuld.«

»Komm, gehen wir zu mir, trinken ein Bier und hören Musik.«

Da ich nichts Besseres vorhatte, gingen wir hinauf in seine Wohnung. Dort war es so unordentlich wie immer. Der Couch-tisch war von einem Aschefilm überzogen, in den sich Reste von Nahrungsmitteln und Drogen mischten. Ansonsten war die Wohnung einfach mit allerlei Krempel vollgestopft, alles unordentlich und heruntergekommen. Seinem Wohnstil sah man es nicht an, dass er mit den Mädels ordentlich Geld ver-diente. Während Mike am Kühlschrank zwei Bier holte, ließ ich mich auf die Couch plumpsen. Wenigstens war es warm.

Als Mike zurückkam, hatte er sein Bier schon offen und hielt mir meins vor die Nase, während er im Stehen trank. »Was wüllstn hern?«

»Mir egal.«

»Gut, dann such ich was aus.« Mike stocherte in der Müll-halde, die er Plattensammlung nannte, herum. Dabei grunzte und schüttelte er den Kopf, bis er endlich gefunden hatte, wonach er suchte.

»Is a praktisch ungespielte Originalpressung von ›Blind Faith‹. Echte Rarität, war nicht billig.« Er legte sie auf und die Band legte mit ›Had to cry today‹ los. Blind Faith war eines der kurzlebigen Projekte, an denen Eric Clapton in den 60ern nach Cream mitarbeitete. Das gleichnamige Debüt ist recht solide, ohne allerdings die ganz großen Momente. Ich wollte Mike nicht kränken und behielt das für mich.

»Das war noch Sound.«

»Mhm. Sag, Mike, hast du eine Ahnung, wem Slupetzky die Stücke von Bender verkauft hat?«

»Dem Mihailovic.«

»Und der?«

»Keine Ahnung.«

»Komm, streng deinen Brain an. Es geht um viel.«

»Ich weiß es nicht.«

»Komm schon, so schwer ist das doch nicht.«

»Gut, ich war ein paarmal dabei, wenn Slupo und der Serbe die Sachen gemeinsam verscherbelt haben, aber ich kann mich an keine Namen erinnern. Mit de Gschleckten is es wie mit de Chinesara. Schaun alle gleich aus für mi.«

Das führte zu nichts. Also saß ich brav da, machte artige Bemerkungen über den Sound und trank mein Bier aus. Zwischendurch schauten immer wieder ein paar von Mikes Mädchen vorbei, um ihm Geld vorbeizubringen, ein Näschen zu holen und ihm ein bisschen Honig um den Bart zu schmieren. In der Küche war immer eine Kanne mit heißem Kaffee aufgesetzt, an dem sich die Mädchen wärmen konnten. Schließlich war es draußen kalt und eine der Witterung angepasste Garderobe wäre dem Geschäft abträglich gewesen. Er hatte für jede ein freundliches Wort und einen aufmunternden Klaps auf den Hintern übrig.

»Waaßt eh, i bin kaner von dene, wo ihre Mädels schlagen«, sagte er mit nicht wenig Stolz in der Stimme. Er nahm einen Schluck aus der Dose und lehnte sich zu mir herüber. Dabei schaute er, als wolle er mir eine tiefe Einsicht mitteilen. »Den ganzen Tag pudern is a ka Gschpaß.«

Irgendwie schien er mit seiner Feststellung nicht ganz zufrieden. Er grübelte über das eben Gesagte nach und fügte einräumend hinzu: »Natürli, manchmal brauchen's a starke Hand, aber des is eh bei alle Weiber so.«

Nachdem ›In the presence of the Lord‹ mit einem ziemlich coolen Gitarrensolo, das mit einem krachigen Breakeinstieg loslegte, vorbei war, verabschiedete ich mich und ging.

Unten in meiner Wohnung sperrte ich die Tür hinter mir ab, machte mir einen Tee warm und setzte mich hin. Ich zog den Brief mit dem braunen Packpapierumschlag aus meiner Manteltasche. Absender stand keiner drauf, zumindest keiner, den ich lesen hätte können. Ich öffnete vorsichtig den Umschlag, drinnen fand sich ein gefaltetes Blatt Papier und eine CD-ROM. Ich begann zu lesen.

Der Brief war von Sonja Mihailovic. Sie schrieb nach ein paar einleitenden Worten: »Mihailovic will Ihnen nichts davon sagen, aber weil Sie so freundlich waren und uns geholfen haben, will ich Ihnen auch was Gutes tun. Ich habe Ihnen die Datei von Mihailovic kopiert, in der die Verkäufe mit Slupetzky aufgeführt sind. Das wird Ihnen sicher helfen ...«, dann kamen ein paar Floskeln und der Brief schloss. Darauf folgte ein kleines, nicht unwichtiges Postscriptum: »Die Datei ist passwortgeschützt. Es lautet einfach ›Code‹.«

Das war entschieden zu viel für mich. Hier saß ich Idiot, hatte mich hoffnungslos in die Patsche geritten, aus der es kein Entkommen mehr gab. Dazu hatte ich eine reizende Frau mit ihrem ungeborenen Kind mitsamt Vater und Ehemann auf dem Gewissen. Ein echter Mann würde jetzt einfach mit steifer Oberlippe die bittere Pille schlucken. Aber nein, ich wand mich heraus, und wenn es dazu eines Briefs aus dem Jenseits bedurfte. Mir war kein Preis zu hoch und kein Verbrechen zu schrecklich. Ich ekelte mich vor mir selbst.

Aber nur kurz, dann wischte ich die Selbstvorwürfe zur Seite und spielte die CD-ROM auf meinen Computer. Ich öffnete die Datei und tippte in das Dialogfeld die Buchstaben ›C, o, d, e‹ ein und drückte Enter. Ich wartete einen Augenblick und musste lachen. Denn der Code war falsch. Ich dachte kurz nach. Klar, die Mihailovics waren Serben, sie schrieben in kyrillischer Schrift. Ich stellte meine Sprach- und Zeichenwahl um und gab wieder ›C, o, d, e‹ ein. Wieder nichts.

Mein Gewissen atmete durch. Ich war doch verdammt, das Schicksal hatte es nur besonders niederträchtig gemeint und mir eine Chance vorgegaukelt, wo gar keine bestand. Doch mein böses Ich gab keine Ruhe und ich googelte nach einem serbischen Wörterbuch. Nachdem ich ein bisschen gestöbert hatte, fand sich auch eines. Es führte zwölf mögliche Übersetzungen für das englische ›code‹ an. Ich probierte alle durch, sowohl in lateinischen als auch kyrillischen Buchstaben. Noch immer hatte ich keinen Zugriff, es war frustrierend.

Ich dachte ein wenig nach. Dann legte ich mir die ersten drei Brandenburger Konzerte von Bach auf, richtete mir meine Utensilien her und baute mir einen kleinen Joint. Irgendwie musste ich ja die Gehirnwindungen in Gang bringen. Mit dem ersten Zug schaltete ich den CD-Player ein und die herrliche Musik flutete durch den Raum. Geordnet, geschmackvoll und wunderbar logisch. Ich inhalierte tief und hielt bei geschlossenen Augen den Atem an, solange es nur irgendwie gehen mochte. Dabei konzentrierte ich mich ausschließlich auf die Musik, bis der Schmerz in den Lungen zu groß wurde und ich ausatmen musste. Das wiederholte ich, bis der Rauch so heiß wurde, dass es beim besten Willen nicht mehr auszuhalten war. Ich nippte an meiner Teetasse und setzte mich wieder vor den Bildschirm. Obwohl ich einen Mäusejoint gemacht hatte, war ich ganz schön high, mein Hinterkopf brannte, als ob ihn eine glühende Hand anheben würde, und meine Beine kribbelten, als ob ich in einen Ameisenhügel geraten wäre. Außerdem war mir furchtbar kalt. Ich holte meine Decke und warf sie mir über die Schultern, ich hatte mich wohl ordentlich verkühlt. Am liebsten hätte ich jetzt alles stehen und liegen gelassen und mich einfach auf die Couch geworfen, um zu schlafen. Aber irgendwie kramte ich den letzten Rest von Stolz und Willen hervor, den ich nur irgendwie auftreiben konnte und machte mich daran, des Rätsels Lösung zu finden.

Aber auch das THC verhalf mir zu keiner neuen Inspiration. Mir fiel genau genommen gar nichts ein. Schließlich gab ich auf und fing einfach an, alle Anagramme von ›code‹ durchzuprobieren, sowohl auf kyrillisch als auch in Latein.

Da die Anzahl der Permutationen auf eine Menge von n Elementen genau n ist, hatte ich jede Menge Arbeit vor mir. Schließlich reicht die Palette der zwölf möglichen Wörter im Serbischen von ›moral‹ bis zu ›instrukcija‹, alles zusammengerechnet waren es über 200 Möglichkeiten. Irgendwann hatte ich alle durch, jedoch ohne Resultat. Der Zugang zu den lebensrettenden Daten blieb mir verwehrt.

Wie ich so grübelnd vor dem Computer saß, fiel mir siedend heiß ein, dass ich Laura versprochen hatte, sie anzurufen. Ich holte mein Handy heraus und wollte ihre Nummer wählen, als mir schlagartig bewusst wurde, dass ich jetzt nicht mit ihr reden wollte. Also beschloss ich, ihr zu simsen.

Ich war gerade beim Schluss, der aus ›Küsse, Arno‹ bestand, angelangt, als ich des Rätsels Lösung hatte. Das Handy legte ich beiseite und tippte ›C, m, d, d‹ in das Dialogfeld. Daraufhin erschien eine Excel-Datei mit Namen, Preisen, Kontaktadressen, Daten und Gegenständen.

Ich war vielleicht ein skrupelloser Arsch, aber auch ein Genie. Das entschädigt für vieles. Imponierende Idee von Frau Mihailovic, das Passwort durch die T9-Schreibhilfe eines Handys zu schicken. Würde ich mir merken müssen.

VI

Eifrig blätterte ich durch das Dokument. Es war zwar anfangs nicht ganz leicht herauszufinden, wie alles zusammenhing, aber nach und nach lernte ich Mihailovics Buchführung zu lesen. Zuerst ordnete ich die verkauften Gegenstände, denn nur um die handelte es sich, nach dem Zeitpunkt, da sie Mihailovic in die Hände gefallen waren. Unter der Gruppe der Einträge, die für das Geschäft zwischen Bender und Mihailovic infrage kamen, gab es unter etwa zwei Dutzend Namen nur einen, den ich kannte und der noch dazu einer der Player in unserem kleinen Spiel war: Meyerhöffer. Er hatte vor zehn Tagen ein Bild von Mihailovic gekauft, einen kleinen russischen Impressionisten aus dem letzten Drittel des 19. Jahrhunderts. Im Gegensatz zu den anderen Käufen, die er beim Serben getätigt hatte und den Gemälden, die ich in seiner Villa gesehen hatte, fiel dieses Bildchen aus dem Rahmen. Weder vom Preis noch von seinen Maßen her passte es in Meyerhöffers Kunstverstand. Mit 50 x 30 und dem Titel ›Gans auf einer Sommerwiese‹ schien es nicht dazu geeignet zu sein, zu beeindrucken und zu repräsentieren.

Neben Meyerhöffers Vorlieben und dem Erwerbs- und Verkaufsdatum fügte es sich auch sonst gut in die Sammlung eines russischen Kunstfreundes. Alles passte haargenau zusammen. Erleichtert lehnte ich mich zurück und speicherte die Datei unter anderem Namen irgendwo in den chaotischen Abgründen meiner Harddisk.

Ich erhob mich und setzte Wasser auf. Während ich darauf wartete, dass es zu kochen beginnen würde, reinigte ich meine Arare gründlich mit einem feuchten Tuch und stellte mich vor meinen Speiseschrank. Ebenso wie meine Teekanne stammt auch meine Teesammlung noch aus einer Zeit, als das Geld ein wenig üppiger vorhanden gewesen war. Nach eingehender Untersuchung fanden sich zwei Teesorten, die dem Augenblick angemessen waren. Der eine war ein Matcha Hikari, ein gepulverter, japanischer Grüntee der absoluten Spitzenklasse. Die saftig grüne Tasse besitzt ein völlig eigenes, leicht süßliches Aroma. Die Hikaritees sind recht selten und bieten ein außergewöhnliches Erlebnis.

Der andere in der Auswahl war ein Keemun Chuen'cha, einer der wenigen chinesischen Schwarztees von internationalem Renommee. Ich hatte ihn in einer luftdichten Box verschlossen, denn die Qualität schwankt enorm zwischen den einzelnen Ernten und manchmal ist jahrelang kein ordentlicher zu bekommen. Seine bräunlichrote Tasse besitzt eine Ahnung von Rosenaroma und er ist samtig weich, wie die Schenkel einer Göttin.

Nachdem ich eine Weile die verschiedenen Für und Wider gegeneinander abgewogen hatte, pfiff der Teekessel und es musste eine Entscheidung getroffen werden, bevor ich das Wasser zu Tode kochte. Napoleon kam mir mit seiner Behauptung in den Sinn, dass eine schnelle Entscheidung auf dem Schlachtfeld immer einer richtigen vorzuziehen sei. Also wählte ich den Keemun und goss auf, stellte die Uhr und trug die Kanne zur Couch. Ich hatte etwa zwei Minuten Zeit, um fristgerecht meine andere Belohnung in Form einer Aromatherapie vorzubereiten. Das glückte zwar nicht ganz, aber fast. Ich warf meinen CD-Player wieder an und erfreute mich an Bach, während ich genüsslich an meinem Tee nippte und durch tiefes Inhalieren mein Wohlbefinden nachhaltig steigerte.

Der F-Dur-Satz des Ersten Brandenburgischen Konzertes, der polyfon die Streicher, Hörner und Holzbläser einander in Gruppen gegenüberstellt, um sie in sechs verschiedenen

Anläufen auf verschlungensten Wegen wieder in ein Tutti zu führen, wogte in all seiner barocken Majestät durch meine kümmerliche Wohnung. Ich erforschte die kleinen, obskuren rhythmischen und melodischen Abwegigkeiten, die einem bei den ersten 20 Höranläufen gar nicht auffallen, und genoss die logische Geschlossenheit und den musikalischen Geschmack des alten Meisters. Bei aller konventionalen barocken Steife und Förmlichkeit seiner Musik drang aus sämtlichen Phrasierungen und Punktierungen die Emotion in all ihrer radikalen Individuierung. Nicht, dass die Strenge der Form der Expression im Weg gestanden hätte, durch den Kontrast, den sie hervorrief, steigerte sie den Ausdruck so, wie es der formloseren, weniger strengen Musik der degenerierten Jahrhunderte danach nicht mehr möglich war. Bei aller Achtung vor Mozart und Charlie Parker, so einer wie Bach war der Welt nicht mehr geschenkt worden.

Vom pompösen Hoch des ersten Satzes stürzte ich ansatzlos in die Molltrauer des zweiten. Das Adagio besteht im Wesentlichen aus dem weit ausgeführten und reich verzierten Zwiegesang von Oboe und Solovioline. Die Einzelstimmen werden schlussendlich in einen Chor zusammengeführt und das Ganze in einem Continuo abgeschlossen, das herrlich klagende Seufzer in den Oberstimmen bringt, voller Dissonanz. Ich wartete gerade auf die Schlussakkorde der Orchestergruppen, als unerwartete Paukenschläge meinen Hörgenuss trübten. Mir war bewusst, dass die Aufnahmen scheußlich waren, sowohl von der Klangqualität als auch von Besetzung und Führung her gesehen, aber dieses schreckliche Klopfen war mir vorher nie aufgefallen. Ich wunderte mich. Eine Zeit lang. Bis das Stück vorbei war und mir klar wurde, dass es an der Tür klopfte. Ich raffte mich auf und quälte mich aus dem Sessel. Meine Decke hatte die Tendenz, mir von den Schultern zu rutschen, neben den anderen Problemen machte das die Situation auch nicht einfacher. Irgendwie gelang es mir, mich bis zur Tür durchzukämpfen, und ich öffnete.

Vor mir stand Laura. Sie kochte geradezu vor Wut, drängte mich zur Seite und stürmte in meine Wohnung. Ich war ihr hilflos ausgeliefert und tappste einfach hinterdrein. Angestrengt versuchte ich mich zu konzentrieren, aber immer wieder entglitten mir die Gedanken und gerieten auf Abwege. Es schien Stunden zu dauern, bis ich bei der Couch angelangt war und mich in meine angewärmte Sitzkuhle fallen lassen konnte. Ich fror entsetzlich und zog die Decke fester um die Schulter. Meine Zähne klapperten. Der Adrenalinstoß, den mir Lauras Eintritt verursacht hatte, schien sich letztendlich doch noch auszuzahlen, ich wurde etwas klarer im Kopf. Ich konnte zwar immer noch nicht ganz verstehen, was sie mir erzählte, während sie in der Wohnung auf und ab schritt. Aber immerhin verstand ich einzelne Wörter und es war mir überhaupt bewusst geworden, dass sie redete. Zuerst hatte ich das irgendwie gar nicht mitgekriegt. Es schien darum zu gehen, dass ich nicht angerufen, ja, mich überhaupt nicht gemeldet hatte. Dann kam ein Teil, der sich darum drehte, dass sie nur gekommen sei, um mir mitzuteilen, dass unsere Beziehung, wenn man das überhaupt so nennen könne, nun zu Ende sei. Wenn ich nur an billige Nutten gewöhnt sei, sei das mein Problem und nicht ihres. Sie wolle anständig behandelt werden. Zunehmend verstand ich mehr und mehr. Schließlich kam sie zum Finale Grande.

»So, und zu alldem hast du nichts zu sagen, sitzt einfach da und schaust mich an, als ob du überhaupt nicht verstehen würdest, worum es geht. Ich hab's schon gesagt und sag es wieder: Du bist ein Arsch.«

Ich starrte sie an. Sie starrte zurück, unendlich böse. Auf eine unbestimmte Art und Weise jagte sie mir mehr Angst ein als all die Boxer und Augenbraues und anderen rohen Gewaltmenschen, denen ich in den letzten Tagen begegnet war.

»Also, wenn du nicht mit mir reden willst: Ich gehe.«

»Laura, warte«, ich wollte noch mehr sagen, aber ein Hustenanfall kam mir zuvor. Der Husten war trocken und schüttelte mich wie eine Riesenfaust. Laura drehte sich um. Dann überlegte sie kurz.

»Du bist doch nicht etwa krank? Lass mal sehen.«

Mit diesen Worten schritt sie auf mich zu und beugte sich über mich. Das hatte zwei Vorteile. Der erste war, dass ich ihre kalten Lippen auf der Stirn spürte, der zweite bestand darin, dass ich ins Dekolleté linsen konnte, ohne dass es ihr auffiel. Es hatte aber auch einen Nachteil.

»Mein Gott, du glühst ja richtig.«

Sie nahm mein Gesicht in die Hand und gab mir einen kleinen Kuss. »Tut mir leid, ich dachte, du hättest mich einfach nur vergessen, ich wusste doch nicht, dass du so krank bist. Was hat denn der Doktor gesagt?«

Wieder musste ich ein wenig husten, als ich sprechen wollte, aber dann ging es doch. »War keiner da.«

»Du hast über 40 Grad Fieber, du zitterst am ganzen Körper und dir rinnt der kalte Schweiß aus allen Poren. Du brauchst unbedingt einen Arzt.« Sie holte ihr Handy aus der Tasche und wollte gerade eine Nummer wählen, als ich sie unterbrach. »Warte, ich kann mir das nicht leisten.«

»Was soll das jetzt wieder heißen, das zahlt doch sowieso die Versicherung.«

»Ich bin aber nicht versichert.«

»Jeder ist versichert, wir sind ja nicht in Amerika.«

»Ich nicht.«

»Jeder ist über seinen Arbeitgeber versichert, für dich zahlt die Uni Wien.«

»Nein, tut sie nicht.« Wieder musste ich husten.

»Was sind denn das für Verträge? Ihr solltet euch beschweren und auf rechtmäßige Vertragssituationen drängen. Mit Solidarität lässt sich viel Druck ausüben.«

»Laura, in all diesen klassischen kultur- und geisteswissenschaftlichen Fächern kann man nur an der Uni überleben. Wer die Situation nicht akzeptiert, der kann sich ja einen anderen Job suchen.«

»Aber es studieren doch so wenige in solchen Fächern, sind da nicht genügend Plätze frei?«

»Hast du eine Ahnung, es sind zwar pro Jahrgang nur vier oder fünf Absolventen, aber die führen einen Vernichtungskrieg gegeneinander, sowohl fachlich als auch menschlich.«

»Ihr seid ja schlechter gestellt als irgendwelche Gastarbeiter.«

»Genau.«

»Das ist sehr nachlässig von dir, du solltest einen Teil deines Lohns vernünftig einsetzen und dich selbst versichern, wenn es dein Arbeitgeber schon nicht tut.«

»Du machst Witze, bei zehn mal 700 Euro im Jahr geht sich das nicht aus.«

»Was, das verdien ich ja fast im Monat. Wie lebst du von dem Geld?«

»Na ja, siehst du ja. Außerdem arbeite ich im Sommer in Inzersdorf auf den Schlachthöfen. Ich hab mir Anatomiebücher gekauft und eigene Messer, ich bin ziemlich gut. Ich darf die Lämmer und die Kälber zerteilen.«

Laura blickte mich mit einer Mischung aus Verwunderung und Abscheu an. »Woher hast du denn das Geld, um mich einzuladen und das alles?«

»Was glaubst du?«

»Raubst du alte Frauen aus?«

»Ach was, aber glaub nicht, ich steck aus reinem Spaß an der Freud in der Sache drin.«

Laura dachte nach. Sie war geradezu fasziniert von der Idee, dass es in Österreich Menschen gibt, die nicht sozialversichert sind. »Und wenn du zum Zahnarzt musst, was dann?«

»Keine Chance.«

»Was willst du dann mit dem Zahnweh machen?«

»Hoffen, dass ich bis dahin einen Pott geknackt habe, der mir ein bisschen was bringt.«

»Bis dahin lebst du am Rande des Abgrunds.«

»Die politisch korrekte Bezeichnung, die wir auch für uns selbst verwenden, ist ›Tänzer am Vulkanesrand‹.«

»Wie stellst du dir eigentlich deine Zukunft vor, macht dir der Gedanke daran gar keine Angst?«

»Mein zweiter Vorname ist Abenteuer.«

»Nein, Dummkopf.«

Sie schien ein paar Augenblicke lang zu überlegen. Als sie sich neu orientiert hatte, sprach sie weiter. »Du bist also in die Sache eingestiegen, weil du dachtest, es könnte schnelles Geld für dich dabei herausschauen.«

»So in etwa.«

»Worum ging's da?«

»Ich hab eigentlich nur jemanden heimgefahren.«

»Na, und weiter?«

»Der ein bisschen unter Mordverdacht gestanden haben könnte, wenn man ihn dort angetroffen hätte, wo ich es getan habe.«

»Und dann, wie ging's weiter?«

»Ich denke, das weißt du sehr gut selber.«

»Woher soll ich denn das wissen?«

»Weil du Benders Anwältin bist.«

»Auch seinem Anwalt verschweigt man Dinge.«

»Hättest du nicht Anwältin sagen müssen?«

»Mir gefällt einfach Anwalt besser. Anwältin, das klingt so noch Urältin oder Ähnlichem. Aber zurück zur Sache, du entwischst mir nicht. Also, hinter was bist du her?«

»Tu nicht so, Laura. Du bist doch nicht auf den Kopf gefallen, kannst du dir doch zusammenreimen, wenn du's nicht längst weißt. Ich glaube sogar, du weißt davon länger als ich.«

»Wie kommst du denn darauf?«

»So ein Gefühl. Kann sein, dass Bender dich von Anfang an auf mich angesetzt hat oder dass du da selber initiativ geworden bist, als dir klar war, dass ich irgendwie in der Slupetzkysache mit drin hänge. Ich könnte mir gut vorstellen«, da musste ich wieder husten, Marlowe wäre so was nie passiert, »dass du Bender oder Fred schon in der ersten Nacht im Kasino gefragt hast, wer ich bin.«

Ich machte eine kleine Pause, wollte ihr Zeit geben, etwas zu erwidern, aber sie hatte sich im Griff, blieb ruhig. Nur ihre Augen funkelten böse.

»Als es dir Fred – sicher war es Fred, Bender sagt nie was – erzählt hat, dass ich wegen der Slupetzkysache dort bin, hast du den Yuppieschnupfer liegengelassen und darauf gewartet, dass ich gehen würde. Zum Glück hab ich mich ja auch brav neben dich gesetzt, aber du hättest mich sowieso irgendwie angesprochen. Und zum Mitfahren genötigt.«

»Der Armanianzug hat mich an dem Abend übrigens sitzengelassen. Nicht umgekehrt.«

»Wegen einem der Mädchen von Bender? Oder war er bi und hat sich so einen Glanzkörperjoggingtürken aufgerissen?«

»Red nicht so blöd. Auch mich lassen Kerle sitzen.«

»Glaubst du selber nicht. Du bist eine Fünf auf der Fingerskala.«

»Wie meinen?«

»Nie ›Last Boy Scout‹ gesehen?«

»Nein.«

»Dann vergiss es, nicht so wichtig. Darf ich noch mal von vorne?«

Laura nickte und setzte sich mit übereinandergeschlagenen Beinen auf meinen kleinen Couchtisch. Ihre Strumpfhosen glänzten an den wohlgeformten Waden und der Rock war gerade die zwei Zentimeter über die Mitte des Oberschenkels gerutscht, die am schönsten sind.

»Ich bin ein kleines Licht. Viel zu klein für dich. Es gibt schönere, reichere und klügere Männer als mich. Wie Sand am Meer. Und du bist eine von den Frauen, die sich nicht mit einem dieser Attribute bescheiden müssen. Du kannst aus denen auswählen, die alle drei besitzen.«

Laura wollte aufmucken, aber ich ließ sie gar nicht zu Wort kommen. »Mein Wissen um die Frauen ist gering, aber ich bin noch nie bei einer so schnell und einfach gelandet wie bei dir. Erst recht nicht bei einer, bei der sie derart Schlange stehen wie bei dir.«

Wieder wollte sie zu Wort kommen, aber ich sprach einfach ungerührt weiter. »Und sogar wenn da etwas Reales zwischen uns wäre, du würdest das in dem Augenblick vergessen, in dem du hast, wonach du suchst. Jetzt darfst du.« Gnädig erteilte ich ihr das Wort.

»Ich bin keine von den Frauen, die so denkt. Eigentlich müsste ich wütend sein, war ich auch einen Moment. Jetzt bin ich aber nur mehr traurig. Wenn ich draußen bin, werden wir uns nie mehr wiedersehen. Schade, dass du es so vermasselt hast.«

Mit diesen Worten stand sie auf und ging. Ich blieb sitzen und hörte, wie draußen im Gang die Tür zufiel. Entweder hatte ich mich geirrt oder sie war viel gefährlicher, als ich geglaubt hatte. Was aber nicht heißt, dass ich gegrübelt hätte. Ich war mir sicher. Ich hatte mich geirrt.

VII

Ich hörte danach noch etwas Bach und trank meinen Tee, aber richtige Freude wollte keine mehr aufkommen. Vom Leben und den Rückschlägen, die es bringt, misstrauisch gemacht, hatte ich mir selbst alles verbaut. Dass die Zeit tickte und ich noch nicht sicher wusste, wo der Papyrus war, verblasste völlig gegen die Erinnerung an Laura. Sollten mich doch die Russen holen, mehr hatte ich ohnedies nicht verdient. Abwechselnd döste ich und schwamm im Selbstmitleid, da klopfte es erneut an der Tür.

Rein routinemäßig ließ ich den Aschenbecher und den Bockshornklee unter der Couch verschwinden und quälte mich zur Tür, um sie zu öffnen. Draußen standen Fuchs und Katze. »Sie sehen ja furchtbar aus.«

»Als wären Sie direkt dem Grab entstiegen.«

»Ich fühl mich nicht wohl«, stimmte ich ihnen zu.

Die beiden waren bester Laune und konnten es gar nicht abwarten, bis sie in der Wohnung waren, um mir die freudige Nachricht zu überbringen. »Wir werden Sie jetzt abführen und auf den Kort mitnehmen.«

»Wir haben endlich was gegen Sie in der Hand.«

»Hieb- und stichfest.«

»Kommen Sie erst mal rein, zwischen Tür und Angel hol ich mir noch den Tod.« Diesmal passte mein Hustenanfall wunderbar. Es rasselte und knackste in meinem Thorax, dass es die helle Freude war. Den beiden schlug offenbar doch ein menschlich Herz in ihrer Brust und sie ließen sich erweichen, einzutreten.

Ich setzte mich. »Nehmen Sie Platz, wo Sie wollen. Und dann rücken Sie raus mit der Sprache.«

Es stand nur eine Sitzgelegenheit zur Verfügung. Die nahm der Fuchs. Die Katze rauchte im Stehen. Unter den dreckigen Schuhen der beiden Polizisten befand sich mein einziges teures Stück. Ein Erbteil in Form eines antiken Persers. Reine Lammhalswolle mit Seide. Doppelte persische Teppichknoten. Naturfarben. Geometrische Muster, wie sie nur die Frauen der Nomadenstämme südlich von Masshad fertigen. Er war blau und beige im Hauptton. Das Beige wirkte bei richtigem Licht golden und das Blau schwarz. Dazwischen war etwas Schwarz und Rot.

»Bitte aschen Sie doch auf den Tisch oder von mir aus auch in meinen Mund, aber schonen Sie meinen Teppich. Den Dreck krieg ich raus, aber die Brandlöcher bleiben ewig.«

Betreten schaute die Katze an ihren Füßen hinunter. An die Vorstellung, dass ein Teppich ein wertvoller Gegenstand sein könnte und nicht bloß eine Art Schutzschicht für einen Laminatboden, würde sie sich vermutlich nie gewöhnen können. Aber die Katze respektierte meinen Wunsch und aschte auf den Tisch.

»Also, wir wissen jetzt, wie Sie in der Sache drinhängen.«

»Ihr Alibi ist falsch.«

»Sie haben in der Mordnacht jemanden gefahren.«

»Ich dachte, der Mord am Serben wäre Samstagvormittag passiert?«, erkundigte ich mich.

»Nicht Mihailovic, sondern Slupetzky, Ihr Obernachbar.«

»Ah so. Ich soll ihn gefahren haben in der Mordnacht?«

»Nicht ihn, aber einen Tatverdächtigen. Vielleicht sogar den Täter, damit haben Sie sich der Beihilfe mitschuldig gemacht. Zumindestens aber der Behinderung der Ermittlungen. Das ist strafbar.«

»Würden Sie jetzt bitte aufstehen und mitkommen?«

»Sagen Sie mir erst, wen ich denn gefahren haben soll.«

»Einen Herrn Dr. Meyerhöffer. Anwalt in Wien 1 und wohnhaft in Grinzing.«

»Wer soll das sein?«

»Drücken Sie nicht herum damit. Sie haben ihn gefahren. Wir haben einen anonymen Anruf erhalten.«

So also war das. Ich atmete innerlich auf. Ich hatte Laura doch richtig eingeschätzt. Sie hatte mich verpfiffen. »Den hab ich nicht gefahren. Das bin ich bereit zu beschwören. Auf die Bibel, den Slip von Kate Winslet oder jede sonstige Heiligkeit, die Sie mir unter die Nase halten.«

»Lügen Sie nicht. Das bringt jetzt nichts mehr. Wenn Sie uns aber ein bisschen mit den Hintergründen helfen, gehen Sie praktisch frei aus.«

»Ich habe niemanden gefahren. Wissen Sie was, rufen Sie doch den Kerl an und dann wird sich das schon aufklären.«

»Haben wir vor, aber das machen wir auf dem Kort.«

»Hören Sie, ich bin krank, mich schüttelt das Fieber. Tun Sie mir doch den Gefallen, lassen Sie sich die Nummer geben und bereinigen das jetzt, das ist nur ein Anruf, fünf Minuten. Und alles ist geklärt.«

Die beiden schauten sich beratend an, bevor sie nickten und die Katze sich einen neuen Tschik anzündete, offenbar, um sich für ihre Gutmenschlichkeit zu belohnen.

Er rief irgendwo an, Polizeitelefonzentrale, nehme ich an, und nach wenigen Minuten hatte er ein paar Nummern. Fuchs schrieb sie auf. Die probierten sie durch. Die Telefonnummer der Anwaltskanzlei ergab gleich einen Treffer.

Katze buckelte vor dem hohen Tier, das offenbar noch um halb neun Uhr abends arbeitete, und fragte mit vielen Bücklingen und Kratzfüßen, was der sehr verehrte Herr Doktor juris denn letzten Dienstagabend gemacht habe.

Dann verstummte er und lauschte ehrerbietig der Antwort. Die keineswegs leise ausfiel, denn das Rauschen konnte ich bis zu mir herüber vernehmen.

Unter vielen Verbeugungen und Verbiegungen verabschiedete er sich und bedankte sich höflichst für die geschätzte Kooperation. Nachdem er aufgelegte hatte, starrte er seinen Partner an. »Recht hat er, der Schlaumeier.«

»Warum?«

»Meyerhöffer will ihn nicht kennen.«

»Das besagt nichts.«

»Nein, aber dass er letzten Dienstag auf einem Empfang war. Die ganze Wiener Schickeria kann das bezeugen, sowie Bürgermeister und Justizminister. Meyerhöffer war nebst Gattin bis 3 Uhr anwesend. Totales Alibi. Außerdem sagt er, er war sogar ein paar Augenblicke im Fernsehen. Societymagazin.«

Die beiden waren stinksauer.

»Sehen Sie, meine Herren, Sie sollten mir mehr vertrauen. Und unbekannten Telefonstimmen weniger.«

»Wollen Sie eigentlich gar nicht wissen, wer Sie angeschwärzt hat?«, fragte mich der Fuchs misstrauisch.

»Nein. Da ich ohnehin niemanden kenne und in die Sache außerdem nicht verwickelt bin, erscheint es mir unnütz, eine solche Frage zu stellen.« Außerdem wusste ich auch so, dass es Laura gewesen war.

»Sie sind glatt wie ein Fisch, Linder. Aber wir kriegen Sie noch!«

Damit trampelten sie zur Tür und verschwanden. Offenbar aber waren sie auf der Polizeischule mit dem Prinzip Tür nicht hinreichend bekannt gemacht worden, denn sie hatten vergessen, sie hinter sich zu schließen. Aber das war mir egal. Ich kuschelte mich einfach in meine Decke und döste ein.

Sofort fiel ich in Tiefschlaf, aus dem mich mein Handy riss. Ich konnte noch keine Viertelstunde geschlafen haben, als ich schon wieder hellwach war. Mein Schädel dröhnte, meine Finger zitterten und ich hatte durchaus Mühe, meine Sinneswahrnehmungen mit meinen Handlungen übereinstimmen zu lassen. Irgendwie schaffte ich es noch, das Handy abzunehmen. Meyerhöffer war dran. Er überfiel mich mit einem Orkan aus Vorwürfen und Beschuldigungen. Ich hielt den Hörer ein paar Zentimeter vom Ohr weg, wartete ab und nützte die Zeit, um im Kopf wieder so richtig klar zu werden. Als es soweit war, unterbrach ich ihn. »Jetzt hören Sie mal. Erstens halte ich es für unklug, dass Sie mich anrufen. Gott sei Dank sind die Krimineser keine Atomphysiker, sonst hätten sie schon einen Abhörbeschluss gehabt, bevor sie bei mir waren. So werden sie den erst morgen früh haben. Zweitens macht das überhaupt nichts. Die beiden werden über kurz oder lang über den echten Täter mitsamt Waffe stolpern, nur keine Sorge. Dem Töchterchen wird nichts passieren.«

»Woher wollen Sie das so genau wissen?«

»Weil ich die Ohren offen halte. Der Mörder ist auch anderen auf die Füße getreten, die behalten ihn noch ein Weilchen in der Hinterhand, bis deren Geschäft über die Bühne gegangen ist und dann wird er der Polizei serviert.«

Ich hörte Meyerhöffer schlucken. Das war ihm gar nicht recht. Denn dann wäre er den Papyrus für immer los und außerdem in Gefahr, nochmals in die Sache hineingezogen zu werden.

»Dagegen können Sie nichts mehr machen?«

»Gegen was?«

»Dass der echte Täter überführt wird.«

»Ich denke nicht.«

Ich hörte förmlich Meyerhöffers Rädchen durchs Telefon. Er kalkulierte wie verrückt. »Wird auch irgendwie gehen. Aber halten Sie nur meine Tochter raus.«

»Keine Sorge.«

»Sobald der Täter verhaftet ist, können Sie bei mir Ihr Geld abholen.«

»Apropos, Herr Meyerhöffer. Sagen Sie, hat eigentlich einmal eine Frau Lignamente in Ihrer Kanzlei gearbeitet?«

Er dachte nach. »Nein. Ich glaube nicht.«

»Vielleicht als Konzipientin? Sehr intelligent, wunderschön, dunkelhaarig? Sind Sie sich sicher?«

»Nein, ich bin mir sicher. Hat nie bei uns gearbeitet.«

»Na, kann man nichts machen. Bis dann. Behalten Sie einen kühlen Kopf. Rufen Sie mich nie mehr an und löschen Sie die Nummer aus Ihrem Telefon.« Ich legte auf, ohne seine Antwort abzuwarten.

Meine Gedanken kehrten zurück zu Laura. Ich war zu müde und zu krank, um dem Schmerz lange standzuhalten. Erschöpft fiel ich in ein Koma. Schwarze, weiche Fluten spülten mich in langer Dünung auf einen Ozean unter einem mitternachtsblauen Himmel. Nur Sterne gab es keine mehr.

VIII

Langsam stieg ich aus der schwarzen Tiefe empor. Dabei passierte ich hellere Gefilde, in denen ich träumte. Was, war schwer zu sagen. Dann erwachte ich. Irgendetwas hatte sich geändert. Im Dämmerzustand brauchte ich ein paar Augenblicke, um gänzlich zu mir zu kommen. Noch nicht ganz wach, begann ich, mich zu orientieren. Das Kopfweh und auch das Fieber waren noch da. Ebenso wenig war die Erschöpfung verschwunden. Aber ich war mir sicher, dass sich irgendetwas geändert hatte. Als ich soweit war, dass ich die Augen öffnen konnte, wurde klar, was anders war. Ich war nicht mehr allein. Vor mir stand eine Frau. Wider besseres Wissen hoffte ich einen Moment. Nein, es war nicht Laura. Vor Enttäuschung wäre ich fast wieder eingeschlafen, aber letztendlich gewann meine Neugier die Oberhand über mein Schlafbedürfnis. Ich schaute genauer hin. Es war weiblich, kurvig, jung. Außerdem war es stark geschminkt und seltsam gekleidet. Irgendwoher kannte ich es, konnte es aber nicht genau einordnen. Dann kam die Erleuchtung. Vor mir stand die Trashqueen aus dem Computerladen.

Sie beugte sich vor und beäugte mich kritisch. Irgendwas sagte sie, aber so ganz drang es nicht bis zu mir durch. Was allerdings durchdrang, bis ins Kleinhirn, waren ihre sekundären Geschlechtsmerkmale unter dem dünnen, kanariengelben Shirt mit dem tiefen Dekolleté. Ganz sicher, ob ich vielleicht nicht doch halluzinierte, war ich mir nicht. Trotzdem sprach ich sie an. »Wie sind Sie eigentlich hereingekommen?«

»Die Tür is offn.«

»Und was wollen Sie von mir?«

»Na ja, du hast mir ja deine Karte gebm. Wenn was wär.«

»Haben Sie die Türe hinter sich geschlossen, als Sie reinkamen?«

»Sicher, meinen S', wir ham Palatschinken daheim?«

Ich musste sie verständnislos angestarrt haben, denn erläuternd fügte sie hinzu: »Zum Durchfressen statt Zumachen?«

»Also die Tür ist zu?«

»Eh.«

»Das ist gut. Haben Sie auch abgeschlossen?«

»Na. Is ja net meine.«

Um ein Haar hätte ich die Frage gestellt: Tür oder Palatschinken? Aber ich ließ es bleiben. Denn mir war aufgefallen, dass sie Jeans trug, die künstlich gebleicht waren, sodass manche Stellen dunkelblau, andere verwaschen weiß waren. Verhängnisvollerweise entstand so der Eindruck, als ob sie es nicht mehr rechtzeitig auf die Toilette geschafft hätte. Beim Versuch, die Hose in einen ästhetischen Zusammenhang mit ihrem Shirt, den grellen Farben ihres Make-ups und dem herumbaumelnden Modeschmuck zu bringen, gab ich auf.

Ich atmete tief ein, stand auf, suchte den Schlüssel und schloss die Wohnungstür ab.

»Bist paranoid oder ist dir sonst nicht gut, dasst a so einen Tick wegen deiner Tür hast?«

»Es sind heute schon so viele Leute durch diese Tür gekommen, und wenn die Welt untergeht: Heute lass ich niemand mehr rein.« Mit diesen Worten hatte ich mich zurück in meinen Sessel gequält.

»Also, warum sind Sie hier?«

»Lass des Siezen sein, sag du.«

»Ok. Warum bist du da?«

»Wegen deiner Karte und dem, was du gsagt hast.«

»Ihr habt also irgendwelche Probleme?«

»Na, eigentlich ned, oder doch, vielleicht eh …« Dem war

ich momentan nicht gewachsen.«»Tief durchschnaufen, alles der Reihe nach. Aber zuerst muss ich mir einen Tee machen. Willst du auch was?«

Beim Wort Tee war sie förmlich zusammengezuckt.

»Ja, hast ein Bier für mich?«

»Nein.«

»Was hast denn sonst zum Trinken da?«

»Tee, Kaffee, Wasser.«

»Nein, ich mein Wein oder so?«

»Hm, einen Schnaps kannst haben. Absinth oder Whisky.«

»Dann nix.«

Mittlerweile hatte ich Wasser aufgesetzt, die Kanne ausgewaschen, das Sieb gesäubert und aus meiner Büchse neuen Tee hineingegeben. Drei mal zwei Finger voll. Das frische Teeblatt des Senchas war dunkelgrün und duftete leicht nach Heu. Wenn man es zwischen den Fingern rieb, entstand der Eindruck einer subtilen Öligkeit. Heißen Tee, literweise, das war jetzt genau das Richtige für mich.

»Sag, bist krank, dass d' Tee trinkst?«

»Ja, leicht verkühlt. Aber ich trinke auch sonst Tee, wenn ich gesund bin.«

So wie sie mich anblickte, war mir klar, dass sie einen gesunden Teetrinker für eine contradictio in adjecto hielt. Wer Tee trank, musste krank sein, so oder so.

»Ah.« Eine langgezogene Silbe nur. Daraufhin ein kurzes Zögern, dem die Feststellung »Schaust eh oarg aosch aus« folgte. Da fiel aber sogar ihr auf, dass das eine Spur zu viel sein könnte. Also relativierte sie mit: »So als a Kranker, mein ich.«

»Schon gut.« Inzwischen kochte das Wasser, ich goss ein und nahm die Kanne, um zurück zu meinem Sessel zu gehen. Sie folgte mir. Als ich mich von den Strapazen so weit erholt hatte, dass ich wieder die Augen öffnen konnte, saß das Mädchen mit untergeschlagenen Beinen auf meiner Couch und rauchte eine Marlboro. Das Packerl lag vor ihr auf dem Tisch.

»Is eh oke, wenn ich tschik?«

»Sicher, aber ich hab auch einen Aschenbecher, du musst nicht auf den Tisch aschen.«

»Ich hab glaubt, weil da eh schon so viele Stummel rumliegen, is des bei dir so.«

Ich stellte den Aschenbecher auf den Tisch. »Das war nur der Besuch vor dir, unangenehme Menschen. Aber egal, warum bist du da, und sag jetzt nicht wieder, wegen meiner Karte.«

Sie starrte in den Aschenbecher. Meine Frage hatte sie anscheinend überhört.

»Drum.« Sie hielt einen Jointstummel hoch. »Darum hast nichts zum Trinken da, du bist ein Kiffer.«

Sie strahlte über das ganze Gesicht, das hinter der dicken Schminke versteckt erschreckend jung und naiv wirkte. »Hast was da zum Puffn?«

»Sicher.«

»Darf ich, wenn ich schon nix zum Trinken krieg?«

»Sag mir erst, warum du da bist, dann schaun wir weiter, aber ich weiß keinen Grund, der dagegen spricht.«

Vielleicht würde sie ja unter THC ein wenig klarer und direkter. Aber wahrscheinlich würde, wie gewöhnlich, alles nur noch viel schlimmer.

»Weil der Berti mich gschlagen hat.«

Zu dem mittlerweile schon sehr verblassten blauen Auge waren keine weiteren Anzeichen für Gewalt hinzugekommen, zumindest keine, die ich sehen konnte.

»Und warum stört dich das plötzlich? Ist ja nicht das erste Mal, dass er dich geschlagen hat.«

»Eh schon, früher hat er mir eine gschmiert, wenn er fett

war oder wenn er mich mit einem anderen erwischt hat oder so. Mit der flachen Hand.«

Sie holte Luft und zündete sich eine neue Marlboro an.

»Aber jetzt, da macht er's anders, und das will ich nicht. Ich geh auch nicht mehr zu ihm zrück.«

»Ich weiß jetzt nicht, wie ich dir da helfen soll. Du solltest zur Polizei gehen, am besten gleich, solange die Gewaltspuren noch gut sichtbar sind. Sind sie doch noch, oder?«

»Eh, sicher.« Sie legte die Zigarette in den Aschenbecher und hob ihr T-Shirt. Dort, wo die enge Hose auf ihren Hüften saß, waren dunkle Flecke, zwei an der Zahl.

»Das macht er mit seine Tschik. Ich hab noch mehr davon.«

»Dann solltest du bei der Polizei Anzeige erstatten. Ums Eck ist eine Wache, vielleicht 50 Meter entfernt, du könntest gleich gehen.«

»Ich geh net zur Kiberei.«

Sie klang trotzig. Allzu lange konnte es nicht her sein, dass sie in demselben Tonfall noch verweigert haben mochte, Spinat zu essen. Anderseits fiel es schwer, so ein biederes Familienidyll für das Mädchen zu imaginieren.

»Warum, da passiert dir doch nichts. Oder schämst du dich?«

»Na, aber ich geh net hin.«

»Na, da kann ich dir auch nicht weiterhelfen. Warum bist du eigentlich zu mir gekommen und nicht zu jemand anderem gegangen?« Als ich den Satz ausgesprochen hatte, war mir bereits klar, dass es ein Fehler gewesen war.

»Weil du mir doch die Karte gegeben hast.«

Ich nahm einen Schluck Tee, das beruhigt ungemein. »Du musst doch noch andere Leute kennen, zu denen du gehen hättest können. Warum ausgerechnet zu mir?«

»Eh kenn ich andere auch, aber die kennen alle den Berti, der wüsst, wo er mich suchen müsst. Warum interessiert dich des so?«

»Weil mir momentan jede Menge seltsamer Dinge passieren. Da wird man mit der Zeit ein bisschen misstrauisch. Was willst du von mir, was soll ich für dich tun? Wenn du nicht zur Polizei gehen willst.«

»Ich werd schon was Eigenes finden, aber ein paar Tage, könnt ich nicht bei dir bleiben?« Sie sah mich bittend an, von unten herauf, mit großen Augen. Sogar Dschingis Khan wäre gerührt gewesen.

»So, und jetzt bau ich dir einen schönen, der wird dich wieder auf die Füße bringen.«

Sie griff flink nach den Utensilien und ging ans Werk, während ich mir versuchte klarzumachen, dass mich ein Joint in meinem Zustand nicht auf die Füße, sondern ins Grab bringen würde. Es war harte Arbeit, mich selbst zu überzeugen, als mein Handy ging. Ich schaute auf das Display. Es war Meyerhöffers Nummer. Ich nahm ab. Bevor ich noch losschimpfen konnte, dass ich vorhin klipp und klar alle weiteren Anrufe untersagt hatte, merkte ich, dass eine andere Person in der Leitung war. Eine heisere Altherrenstimme, die von Jahrzehnten der Benutzung glattgeschliffen worden war, sprach zu mir.

»Herr Linder, es tut mir leid, dass ich Sie störe. Aber ich denke, es wäre gut für Sie, wenn wir beide uns treffen würden, um eine gepflegte Unterhaltung zu führen.«

Ich stand auf und ging ein paar Schritte durch den Raum in die Küche. Meine Trashqueen, deren Namen ich gar nicht kannte, musste nicht alles mithören.

»Wenn Sie mir zuerst verraten würden, wer Sie sind? Dann sehen wir weiter.« Ein heiseres Kichern drang leise an mein Ohr.

»Sie sind aber scharf!« Es klang reichlich spöttisch in meinen Ohren. »Geben Sie mal einen Tipp ab, wer ich denn sein könnte.«

»Unrath, Partner von Meyerhöffer. Genug geraten. Um was geht's?«

»Kommen Sie zu mir in die Kanzlei, dort sind wir ungestört und können reden.«

So wie ich mich fühlte, war das Letzte, was ich wollte, abends durchs kaltnasse Wien zu kutschieren und das Mädchen allein in meiner Wohnung zu lassen. Aber da war nichts zu machen. »Gut. Ich klingele in einer halben Stunde.«

Nachdem ich aufgelegt hatte, ging ich zu meiner neuen Mitbewohnerin. Die hatte inzwischen die unangenehme Arbeit hinter sich gebracht und widmete sich den Freuden ihres Schaffens.

»Dämpf aus und komm. Ich muss noch wen treffen, du kannst dich solang in ein Café setzen.«

»Ich geh nimma raus. Draußen is es oasch.«

Ich überlegte kurz. Meine letzten mobilen Besitztümer waren beim Einbruch draufgegangen, viel klauen konnte sie nicht mehr.

»Gut, bleib da, aber bleib alleine. Ich will nicht, dass du irgendwen einlädst.«

»Eh kloa. Bin ganz brav. Aber hast net a paar Euro, dass ich was essen kann?«

Ich kramte ein paar Scheine raus, viel war nicht mehr übrig vom Airbookgeld, legte sie auf den Tisch und wies auf ein paar Menükarten von Lieferfirmen. Ich zog mich um, wickelte mir einen Schal um den Hals und machte mich auf den Weg.

IX

Draußen war es schlimm. Ich fror, mir war schwindlig und ich hatte einen bitteren Geschmack auf der Zunge. Das abendliche Wien erschien mir unreal. Die hellen Laternen verschwammen mir ein wenig vor dem dunklen Hintergrund. Die überheizte U-Bahn mit den geschäftigen Passagieren kam mir vor wie ein unvertrautes Spiel, dessen Regeln und Ziele man nicht kennt. Ich fragte mich, ob ich für die anderen auch so fremd wirkte wie für mich selbst. Als ich ausstieg und die Herrengasse hinunter zum Graben ging, Richtung Stallburggasse, fühlten sich meine Füße an, als ob ich durch Watte ging. Später, vor der Klingeltafel der Nummer 9, musste ich kurz innehalten, um mich zu sammeln. Die Knöpfe verschwammen vor meinen Augen. Als ich mit dem Zeigefinger der rechten Hand den Klingelknopf der Kanzlei drückte, durchfuhr mich ein Schauer. Der Knopf war eisig kalt. Es dauerte nicht lange, dann summte der Türöffner und ich trat ein. Der Wachmann, ich wusste nicht mehr, ob es derselbe war wie das letzte Mal, las in irgendeinem Abendblatt und ignorierte mich nicht einmal. Ich ging zum Lift und fuhr hinauf in den dritten Stock. Die Tür zur Kanzlei war angelehnt. Ich betrat den Raum und ließ die Tür geräuschvoll ins Schloss fallen. Dann wartete ich ab, was passieren würde.

Auf dem Weg in die Kanzlei hatte ich fieberhaft, aber unzusammenhängend versucht, den Ursachen und Motiven dieses Gesprächs auf den Grund zu gehen. Meine Anstrengungen hatten nicht zu allzu viel geführt, denn sie waren immer wieder durch Hustenattacken und kleine Bewusstseinsausfälle unterbrochen worden.

Entweder Meyerhöffer hatte den Papyrus, brauchte mich

nicht mehr und das war das Ende für mich, oder Meyerhöffer hatte den Papyrus nicht, brauchte mich aber trotzdem nicht mehr und das war ebenfalls das Ende für mich. Es gab eine weitere Alternative: Der Anrufer war wirklich Unrath und er spielte sein eigenes Spiel, das gegen Meyerhöffer gerichtet war. Auf diesen Ausgang hatte ich gesetzt. Es gab noch ein paar andere, aber die waren alle so unvorteilhaft wie die ersten beiden.

Ich wartete keine zehn Sekunden im Dunkel der Kanzlei, als ich hinten eine Tür gehen hörte, mitsamt dem charakteristischen Knacken von guten Herrenschuhen auf bestem Parkett. Die Tür, die vom Empfangsraum nach hinten zu den Wartesesseln und den beiden Büros führte, öffnete sich. Das brachte ein wenig Licht in die Angelegenheit.

Zum Vorschein kam ein kleiner Mann mit glänzender Glatze. Seine Miene konnte ich im Gegenlicht nicht ausmachen. Aber seine einladende Handbewegung war eindeutig. Ich ging die paar Schritte auf ihn zu. Wir schüttelten uns die Hände und nach ein paar Floskeln folgte ich ihm ins Büro.

Der Raum war genauso eingerichtet wie der von Meyerhöffer auf der anderen Seite. Mit dem einzigen Unterschied, dass in Meyerhöffers Zimmer alles penibelster Ordentlichkeit Untertan war, während hier anheimelndes Chaos vorherrschte. Zeitungen lagen herum, Korrespondenz und aufgeschlagene Akten waren über das ganze Zimmer verteilt. Unrath bot mir einen Platz an und ich setzte mich. Bis jetzt hatte nur eine kleine Stehlampe auf dem Tisch für Beleuchtung gesorgt, das änderte sich, als Unrath einen Schalter betätigte. Alles wurde hell und die Augen schmerzten für ein paar Augenblicke. Unrath hatte ein bewegliches, ausdrucksvolles Gesicht, das mit den vollen Lippen und einer kleinen Nase mit dünnem Rücken fast ein wenig wie das eines nervösen Habsburgers wirkte.

»Wollen Sie nicht ablegen?«

»Nein danke, ich fühle mich nicht ganz wohl. Bisschen fiebrig.« Die Worte lösten einen Hustenanfall aus.

»Sie bellen ja wie Cerberus! Wenn ich das gewusst hätte ...«

Wie in Wien üblich, ließ er den Ausgang des Satzes in der Luft hängen. Meist werden diese Worte mit einem outrierten Pathos gesprochen. Dann sind sie gelogen und bösartig gemeint. Bei Unrath klangen sie echt.

»Schon in Ordnung. Wenn ich nicht gewollt hätte, wäre ich nicht gekommen.«

»Bei Licht betrachtet muss ich sagen, wenn ich mir die Freiheit herausnehmen darf: Sie sehen schrecklich aus. Sie müssen hohes Fieber haben, und was ist mit Ihrem Auge passiert?«

»Unwichtig. Wichtig ist, worüber Sie sprechen wollten.«

»Sofort. Zuerst mache ich Ihnen einen heißen Grog. Das wird Ihnen guttun.«

Der nächste, der meine Verkühlung mit Drogen zu kurieren hoffte. Aber bevor ich ablehnen konnte, war Unrath bereits verschwunden. Ich hörte ihn draußen herumwerkeln und lehnte mich in meinen Stuhl zurück, schlang den Mantel um mich und schloss die Augen. Ich war sofort eingeschlafen.

Unrath weckte mich, indem er mich an der Schulter berührte und den Grog vor mich auf den Schreibtisch stellte. Ich dankte mit einem Nicken und nahm das Glas in die Hand. Dann roch ich daran. Whisky, Zitronensaft, heißes Wasser. Das roch verdammt gut.

»Trinken Sie nur, der Grog wird Ihnen helfen. Morgen sind Sie wieder gesund.«

Der Mann hatte Optimismus, das war zu bewundern.

Ich probierte, es schmeckte gar nicht so schlecht. Der Zucker und der Alkohol warfen meine Generatoren an und die fuhren meine Stimmung hinauf.

»In Irland legt man sich mit einer Erkältung ins Bett, trinkt solange Grog, bis man am Fußende vier Füße herausschauen sieht, schläft und wenn man aufwacht, ist man wieder gesund.«

»Das haben Sie jetzt zweimal gesagt, und Sie können es von mir aus noch zweimal wiederholen, glauben werd ich's Ihnen trotzdem nicht.«

»Schmeckt aber gut?«

»Das schon.«

»Immerhin etwas.«

»Also, worum geht's und wie kommen Sie an meine Nummer?«

»Meine Kunden sind schon alle in der Pension«, er sprach das Wort französisch aus, das war mir ewig nicht mehr untergekommen, »ich habe nicht mehr allzu viel zu tun und komme eigentlich nur mehr in die Kanzlei, weil ich nach 45 Ehejahren meine Frau nicht auch noch in meiner Freizeit ertragen muss.«

»Wenn das eine Antwort auf meine Frage war, schnüffeln Sie herum, weil Ihnen langweilig ist.«

»Könnte man sagen, aber das ist immer noch meine Kanzlei und ich will auf dem Laufenden bleiben. Meyerhöffer ist ein ausgezeichneter Jurist, aber moralisch ein wenig labil. Ich habe keine Lust, in meinem Alter noch in irgendwelche schmutzigen Affären hineingezogen zu werden.«

»Sie sind aber gerade auf dem besten Weg, in eine hineinzugeraten.«

»Machen Sie sich da um mich keine Sorgen.«

»Wird mir schwerfallen.«

Ich trank erneut vom Grog. Er war süß und stark. Ein leichtes Kribbeln begann sich auszubreiten. Ich musste vorsichtig sein, meiner Sache war damit nicht gedient, dass ich haltlos betrunken herumlallte.

»Was mich aber wirklich beschäftigt, ist die Frage, wie Sie an meine Nummer gekommen sind.«

»Ich sage ja, in meiner Kanzlei passiert nichts, von dem ich nichts weiß. Genauso wenig wie mein Partner etwas tut, von dem ich nicht wüsste. Konkret habe ich einfach die Wahlwiederholungstaste an seinem Apparat gedrückt. Befriedigt?«

»Doch, einigermaßen.« Innerlich kochte ich vor Wut. Meyerhöffer hielt sich für schlauer, als die Polizei erlaubt, so jemand war wirklich gefährlich.

»Nur gut, dass Sie es waren, der die Nummer gefunden hat und niemand anderer. Also, worum geht's?«

»Wie gesagt, Meyerhöffer hat ein unzureichendes Schuldgefühl. Seit ich mich damit bescheide, herumsitzen und Zeitung zu lesen, von den gelegentlichen Besuchen meiner alten Freunde abgesehen, denen ich ein Testament aufzusetzen helfe, meint Meyerhöffer, tun und lassen zu können, was er will. Wir haben nie viele Prozesse geführt, dafür aber immer die großen. In letzter Zeit ist es da sehr ruhig um uns geworden. Mir scheint, Meyerhöffer treibt seine kleinen Geschäfte am Rande der Legalität. Letzten Mittwoch waren dann Sie bei uns. Klient waren Sie keiner, auch kein Kollege aus einer anderen Kanzlei. Ich war sehr gespannt. Gehe ich richtig in der Annahme, dass Sie in irgendeines von seinen Geschäften verwickelt sind, aber eher als Konkurrent denn als Partner?«

»Ich erledige etwas für Ihren Kompagnon, für das er mich bezahlt. Ich bin aber nicht sein Handlanger, wenn Sie das meinen.«

»Also verfolgen Sie auch eigene Interessen.«

Das war eine Feststellung und keine Frage gewesen. Ich versuchte, neutral zu antworten. »Tut das nicht jeder?«

»Wenn Sie einmal so alt sind wie ich, dann wird Ihnen auch

aufgehen, dass die meisten Menschen überhaupt nur Marionetten sind, die glauben, das zu wollen, was die Fäden, an denen sie hängen, verlangen.«

»Kommen Sie zur Sache.«

»Verzeihen Sie die Umschweife, das ist das Alter.« Er lächelte ein wenig in sich hinein. »Also hab ich mich gefragt, in welchem von seinen Geschäften Sie wohl mit drinstecken, und die Ohren aufgehalten. Als Sie dann am Wochenende in nähere Berührung mit dem Gesetz gekommen sind, wurde ich hellhörig. Und als auch noch für Sie Kaution gestellt wurde, hielt es mich kaum mehr auf meinem Stuhl, ich musste Sie sprechen. Leider hieß es abwarten, weil die Nummer Ihres Handys«, er sprach das Wort aus wie Syphilis oder Krätze, »von einem privaten Anbieter stammt. Wäre es noch die gute alte Post gewesen, hätte ich was erreichen können, aber bei den Privaten kenn ich die falschen Leute. Aber Gott sei Dank hat Sie Meyerhöffer angerufen.«

»Weiß denn eigentlich jeder davon, dass ich im Gefängnis war und dass eine Kaution gestellt wurde?«

»Anwälte sind wie Waschweiber, da gibt es keine Geheimnisse. Vor allem nicht, wenn es so spektakulär vor sich geht wie bei Ihnen. Wenn der Hauptverdächtige in einem Mordfall aufgrund der Intervention von Herrn Bender wieder freikommt, ist das schon was. Als ich herausfand, welche Anwältin die Kaution stellte, war mir klar, dass Meyerhöffer in der Sache mit drinhängt.«

»Warum, kennen Sie die Frau?«

»Sicherlich.«

»Und was ist die Signifikanz dieser Bekanntschaft?«

»Frau Lignamente war Konzipientin bei uns, nachdem sie ihr Studium abgeschlossen und ihr Gerichtsjahr hinter sich gebracht hatte. Eigentlich holte ich sie in die Kanzlei, sie sollte mich ein wenig unterstützen. Nebenbei aber, und das sage ich ganz ehrlich und das war die Hauptsache, hatten wir ein Verhältnis. Aber nicht sehr lange, bis die junge Dame sich mehr für Meyerhöffer interessierte.«

»Und jetzt wollen Sie Meyerhöffer deswegen eins auswischen?«

»Aber, wo denken Sie hin. Ich sage das ganz ohne Groll. So ist der Lauf der Welt, ich bin zu alt, sie zu jung. Ich war nur dankbar, noch einmal für eine kurze Zeit lieben zu dürfen.«

»Laura, ich meine …«, verbesserte ich rasch, aber Unrath war schneller.

»Dacht ich's mir doch. Sie haben was mit ihr.«

»Ist auch schon Vergangenheit. Aber das ist gleichgültig. Wie ging's mit Meyerhöffer weiter?«

»Frau Lignamente flog zur nächsten Blüte weiter. Bei Meyerhöffer lernte sie einiges über die Kontakte in den Osten und das leichte Geld, das damit hereinkam. Irgendwann weihte sie Meyerhöffer in ein kleines Geheimnis ein. Um was es genau ging, das wissen Sie besser als ich. Ein bisschen altägyptischer Schilf, das interessiert mich nicht weiter. Was mich aber interessiert, ist, dass er das besser nicht getan hätte, denn dann brauchte ihn Frau Lignamente nicht mehr. Sie ging dorthin, wo sie das Geheimnis vermutete. Zu Herrn Bender.«

»Es ist nett, dass Sie mir das alles erzählen, aber was verlangen Sie dafür, was soll ich für Sie tun?«

»Sie scheinen mir ein ganz passabler junger Mann zu sein. Also bin ich ehrlich.« Bei diesen Worten unterbrach er sich. »Ich sehe, Ihr Glas ist leer. Geben Sie her, ich mach Ihnen einen neuen.«

»Danke, ich hab genug für heute. Ich spüre meine Füße schon nicht mehr.«

»So soll's auch sein. Aber doppelt sehen Sie sie noch nicht?«

»Nein, keineswegs.«

»Na, wenn das so ist, müssen Sie noch einen nehmen.«

Er stand auf, nahm mir das Glas aus der Hand und ging. Ich hörte ihn wieder in der kleinen Küche, die sich irgendwo hinter dem Sekretärinnenschreibtisch befand, herumwerkeln. Ein paar Minuten später war er wieder da.

»Austrinken.« Die Stimme duldete keinen Widerspruch.

»Also, was ich von Ihnen will.« Er legte die Stirn in Falten und räusperte sich. »Meyerhöffer ist mit meiner Tochter verheiratet. So sehr ich ihn auch verabscheue, ich will nicht, dass sie zur Witwe wird. Es ist unnötig zu sagen, dass ...«

»... Meyerhöffer davon nichts wissen darf.«

»Genau.«

»Das überrascht mich aber. Ich hatte gehört, dass sie die Tochter einer wohlhabenden Wiener Fabrikantenfamilie war ...«

Unrath unterbrach mich. »Wenn Sie diese Information von einer gewissen jungen Dame haben, kann ich Ihnen versichern, dass Sie Ihnen nur erzählt hat, was ihr selbst am meisten nutzte. Frau Lignamente lügt, auch wenn sie die Wahrheit spricht.«

»Und was ist Ihrer Meinung nach das, was Meyerhöffer aus der Sache raus- und am Leben hält?«

»Er darf den Papyrus nicht in die Finger kriegen.«

»Aber das ist auch nur eine kurzfristige Lösung, er wird dann einfach den nächsten Blödsinn anstellen.«

»Erstens wird er nie mehr mit so einer großen Sache zu tun bekommen, und der Kleinkram, mit dem er sich sonst abgibt, überfordert ihn nicht so dramatisch. Zweitens, mein junger Freund, wenn Sie so alt geworden sind wie ich, werden

Sie erkennen, dass jede Lösung immer nur eine kurzfristige ist.«

»Wenn es aber nun so ist, dass Meyerhöffer den Papyrus schon in der Hand hält?«

»Dann werden Sie dafür sorgen müssen, dass er abhanden kommt.«

»Ich war schon bei ihm zu Hause. Seine Bürotür ist bombensicher, er hat dort wahrscheinlich auch eine Alarmanlage, ich wüsste nicht, wie ich einen Einbruch bewerkstelligen sollte.«

»Seien Sie kreativ.«

»Das hat nur mit Handwerk zu tun, Kreativität ist da nicht gefragt.«

»Dann seien Sie kreativ und finden Sie einen tüchtigen Handwerker. Solche soll es doch noch geben, oder?«

»Ich werde mein Möglichstes tun. Aber versprechen kann ich nichts.«

»Das wollen wir doch hoffen. Ich sehe, Sie sind fertig mit Ihrem Grog. Wie schaut's mit den Füßen aus? Irische Zustände?«

Ich senkte den Blick, unter dem Tisch war es dunkel. Schwer auszumachen. »Ich denke schon.«

»Sehr gut, dann werden Sie jetzt nach Hause fahren und sich ins Bett legen. Morgen sind Sie wieder gesund.«

Ich stand ein wenig unbeholfen auf.

»Ach ja, ehe ich es vergesse, danke dafür, was Sie für meine Enkeltochter getan haben. Es war gewissenlos von Meyerhöffer, dass er sie benutzt hat, um an den Russen heranzukommen.« Mit diesen Worten begleitete er mich zur Tür. Die Tür fiel ins Schloss und ein leises Echo huschte über die Wände des Stiegenhauses. Ich war mir allerdings nicht ganz sicher, ob die letzten Worte Wirklichkeit waren oder eine

Sinnestäuschung. Das Blut rauschte in meinen Ohren wie ein Orkan.

Ich stand allein im Dunkeln und es dauerte ein wenig, bis ich den Lichtschalter gefunden hatte. Eine Sekunde später fuhr ich hinunter.

X

Das nächtliche Wien huschte an mir vorüber, ohne dass ich allzu viel Notiz davon genommen hätte. Wie ferngesteuert fand ich den Weg nach Hause. Als ich vor meiner Wohnungstür stand und den Schlüssel ins Schloss brachte, fiel mir wieder ein, dass ich nicht allein war. Als ich Mantel und Schal aufgehängt und die Schuhe unter den Heizkörper gestellt hatte, in der vergeblichen Hoffnung, dass sie morgen wieder trocken wären, ging ich zur Couch. Müdigkeit, Krankheit und Whisky schränkten mein Blickfeld dermaßen ein, dass ich das Mädchen, das auf der Couch lag, erst wahrnahm, nachdem ich mich hingesetzt hatte. Sie sagte irgendetwas zu mir, durch das Rauschen in meinen Ohren drang es aber nicht bis zu mir durch. Ich griff nach meiner Kanne und trank ein paar Schlucke direkt aus dem Hals. Dann schnaufte ich tief durch und es ging wieder besser. Die schwarzen geometrischen Muster, die meinen Blick trübten, indem sie ungefragt durch das Bild huschten, verschwanden.

»Bist derrisch?«

Wie schön war es doch gewesen, nichts zu hören. Außerdem lief Musik, ich brauchte ein paar Augenblicke, um den Sound zu identifizieren. Es waren The Cure mit ihrem Album ›In a forrest‹. So viel Geschmack hätte ich ihr gar nicht zugetraut.

»Herst mi net?«

Sie wurde ungeduldig. Außerdem sprach sie undeutlich und schleppend, was wahrscheinlich darauf zurückzuführen war, dass sie eine Dose Bier in der Hand hielt, eine leere vor ihr auf dem Tisch stand und der Aschenbecher zwei Joints mehr enthielt als zu dem Zeitpunkt, als ich gegangen war. Ihre Lider mit den langen schwarzen Wimpern waren schwer wie Blei.

Wenn sie blinzelte, so brauchte es einige Zeit, bis sie wieder etwas sehen konnte.

»Sicher hör ich dich, aber könnte es nicht sein, dass ich einfach nicht antworten will?«

»Waas i net. Willst net a Stickl Pizza?«

Neben dem Bier waren zwei Kartons, einer leer, der andere halbvoll. Ich griff mir ein Stück und biss hinein. Obwohl ich den ganzen Tag noch nichts gegessen hatte, war ich gar nicht so hungrig. Die Pizza war kalt, ölig und man schmeckte es, dass sie direkt neben einem Döner das Licht der Welt erblickt hatte. Nachdem ich das Stück hinuntergewürgt hatte, beschloss ich, dass Zeit für ein wenig Konversation war.

»Und, dicht?«

»Hä?«

Sie setzte sich auf, wobei sich jede Menge nacktes Fleisch zeigte.

»Ob du high bist, will ich wissen. Ist ein super Gras, nicht?«

»Doch, schon. Woher?«

»Tessin.«

»Woissndes?«

»Schweiz.«

»Hätt i den Fondueschmelzern gar net zugetraut.«

»Also sag, warum bist du zu mir gekommen, und komm mir jetzt nicht wieder mit dem Kartenspruch.«

Sie beugte sich vor, baute drei Jobs zusammen und begann, das knisternde Papier zu füllen. Offenbar hatte sie bereits vorgesorgt.

»I hab halt sonst net gwusst wohin.« Sie drehte das Papier geschickt, besser als ich das gekonnt hätte, und leckte die Gummierung ab. Ihre Zunge war gepierct. Dann rollte sie zusammen und drehte die Spitze zu.

»Komm, sei ehrlich. Sag die Wahrheit.«

»Des is die Wahrheit. Wüllst aa a Blech, wenn i schon zun Kühlschrank geh?«

Heute war eh schon alles egal.

»Gut, bring mir auch eins mit.«

Sie stand auf und schwang ihre Kurven durch die Wohnung. Ein paar Augenblicke hielt sie mir die Dose ins Gesicht, als ich sie genommen hatte, setzte sie sich auf die Couch. Mit untergeschlagenen Beinen, ein wenig vorgebeugt.

»Du kennst doch Hunderte Leute in Wien, warum bist du nicht zu denen, oder zu deiner Familie?«

»Durt bin i tschari gangan, deswegen kann i ja a net zur Kiberei, sonst muaß i zruck.«

»Zurück musst du gar nicht, über 18 ist man erwachsen.«

»Des dauert aber no zwa Wuchn.«

Der Schlag saß.

»Du bist erst 17?«

»Eh, sicher, was hastn du glaubt?«

»Also willst du zwei Wochen warten und dann zur Polizei gehen?«

»Was du immer hast mit deine Kiberer. Wenn i 18 bin, kann i mir an Job suchn und a Wohnung derzahln. So einfach is des. Wenn i ma jetz a Hockn suach, bringen's mi zrück ham.«

Inzwischen hatte sie einen ersten Schluck aus ihrer Dose genommen und sich den Joint zwischen die Lippen gesteckt.

»Ganz glaub ich dir noch immer nicht. Wenn du den Berti sitzen hast lassen, weil er dich misshandelt hat, warum hast du dann nichts mitgenommen? Kein Gewand, kein Geld, gar nichts? Du bist doch nicht blöd.«

»I hab einfach net dran gedacht.«

»Hör auf mit dem Blödsinn. Das hat einen ganz anderen Grund, dass du abgehauen und zu mir gekommen bist. Also sag mir, was ist los?«

Sie gab sich selbst Feuer und nahm einen langen Zug. Sie hielt die Luft an und atmete ganz sachte aus. Dann reichte sie mir den Joint und nippte an ihrer Dose. Gleich darauf heizte sie sich eine Marlboro an.

»I sag do, i hab net denkt.«

»Wenn du irgendein Mädchen wärst, das noch mit Barbiepuppen spielt und von der großen Liebe mit Hochzeit in Weiß träumt, würd ich dir das vielleicht abkaufen. Aber du bist 17, von daheim abgehauen und sicher schon seit Jahren selbstständig. Dann willst du mir erzählen, du verlässt den Berti, der Kohle hat wie Heu, bei dem das Koks auf dem Tisch liegt und das Bier kartonweise im Kühlschrank steht, ohne irgendetwas mitzunehmen? Keine Wäsche, kein Geld, keinen Schnee, nicht einmal genug Geld für Zigaretten? Das glaubst du doch selber nicht.«

Ich nahm einen tiefen Zug und wartete auf ihre Antwort. Sie fuhr sich mit der Hand durch die schmutzigblonden Haare, ballte sie im Nacken zu einem Pferdeschwanz und ließ sie wieder fallen. Als sie mich anschaute, war aus der erwachsenen Frau wieder ein kleines Mädchen geworden. »Ja, du hast ja recht. Aber versprich mir, dass ich dableiben darf, und dass du mir hilfst.«

»Ein Versprechen ist auch nur ein Wort.«

»Komm schon, du bist ehrlich.«

»Gut, du darfst bleiben.«

»Der Berti ist nämlich tot.« Daraufhin begann sie zu schluchzen.

Ich legte meinen Arm um sie und versuchte sie mit ein paar Worten zu trösten. Sie legte den Kopf an meine Schulter und weinte sich aus. Als sie sich soweit beruhigt hatte, begann ich, ihr sanft ein paar Fragen zu stellen.

Sie war vom Einkaufen nach Hause gekommen und hatte die Wohnungstür offen vorgefunden. Daraufhin hatte sie die Einkaufstasche abgestellt und war vorsichtig in die Wohnung geschlichen. Dort war alles still gewesen und der Berti saß auf der Couch. Vor ihm ein Bier und in der Rechten eine Marlboro, die sich inzwischen tief in seine Finger gebrannt hatte. Der Kopf lag schräg auf der Schulter und sein weißes Feinrippleiberl war voller Blut. Daraufhin war sie Hals über Kopf aus der Wohnung geflohen. Als ich fragte, wer das denn gewesen sein könnte, zuckte sie nur mit den Schultern und sagte: »Jeder.«

Als das Bier alle war, machte ich ihr ein neues auf und wir saßen noch länger auf der Couch und redeten, hörten Musik und kifften. Irgendwann gingen mir die Lichter aus.

Am nächsten Morgen stellte sich mir ernsthaft die Frage, ob ich noch lebte. Ich hatte keinen Kater, der Schwindel und das drückende Kopfweh waren verschwunden. Ich entspannte mich und genoss die wundersame Überraschung. Doch nur einen Moment lang, dann schreckte ich hoch. Es duftete nach Kaffee und Eiern mit Schinken. Ich hatte das Mädchen völlig vergessen. Mir schwante Schlimmstes, schließlich war ich unter der Decke nackt. Ich zog mir die am Boden liegenden Boxershorts an und ging in die winzige Küche. Es war unheimlich warm in der Wohnung.

Auf der Herdplatte brutzelte das Frühstück in der Pfanne, daneben stand eine italienische Espressokanne. Das Mädchen hockte auf der Arbeitsplatte, die ihren Kurven gerade genug Fläche bot, um darauf sitzen zu können. Sie hatte die Beine hochgenommen und lackierte sich die Fußnägel. In Pink. Sie trug eines meiner Leiberl und eine Shorts. Als sie mich eintreten bemerkte, hob sie den Kopf und lächelte mich an.

»Guten Morgen. Hab einkauft und den Beuler hochdraht. 's war eiskalt herinnen.«

Der Morgen ist nicht meine beste Stunde, erst recht nicht unter solchen Umständen. Ich schwieg und aß im Stehen, was sie mir vorsetzte. Nach dem zweiten Kaffee begann ich, wach zu werden. Mit zunehmender Wachheit gewann auch die Frage, was zwischen uns in der Nacht passiert war, an Dringlichkeit. Zart besaitet bin ich nicht, aber diese Frage zu stellen, fiel mir doch einigermaßen schwer.

»Haben wir letzte Nacht …?«

Sie blickte von der Arbeit an ihren Fußnägeln auf, sah mich an und nickte. Ohne sich von mir ablenken zu lassen, widmete sie sich wieder ihrer Kosmetik. Ich nahm meinen Kaffee, bedankte mich für das Frühstück und setzte mich an meinen Schreibtisch.

Durch die Entwicklungen der letzten Woche war ich mit meinen Arbeiten hoffnungslos in Rückstand geraten. Weder hatte ich mich auf meine Vorlesungen vorbereitet, noch auch nur einen Strich an meiner Habilitation gearbeitet. Bis es Zeit wurde, zu meinem Vortrag zu gehen, wollte ich eigentlich ein wenig das Versäumte nachholen. Es gelang mir aber nicht. Sobald ich meine Gedanken gesammelt hatte, hämmerte mir mein Gewissen unablässig eine Zahl ins Bewusstsein: 17. Soweit ich weiß, ist das strafbar; in meiner Panik hätte ich um ein Haar Reichi angerufen und mich informiert. Ließ es aber doch bleiben. Hämischen Kommentaren war ich im Moment nicht gewachsen. Nach etwa einer Stunde, in der ich ganze zwei Sätze gelesen und kein Wort verstanden hatte, ließ ich es bleiben, stand auf und ging zu ihr hinüber. Sie lag auf der Couch und hörte Musik mit Kopfhörer.

Ich berührte sie an der Schulter und sie nahm die Kopfhörer ab.

»Wie heißt du eigentlich? Ich bin Arno.«

»Mila.«

»Den Mike kennst du?«

»Sicher.«

»Und den Slupetzky?«

»Eh.«

»Der Slupetzky hat doch mit euch das Flughafengeschäft gmacht, oder?«

Sie sah mich unsicher an. »Waaß i net.«

»Willst du mir sagen, dass du keine Ahnung hast, wie der Berti sein Geld verdient hat?«

»Net wirkli.«

»Der Slupetzky hat mit einem anderen, einem serbischen Kunsthändler, Geschäfte gemacht.«

»Na und?«

»Lass mich ausreden. Die beiden sind in ein Ding hineingeraten, an dem viele ein Interesse hatten. Am Anfang dachte ich, dass Slupetzky wegen der Flughafengeschichte draufgegangen wär, weil der Berti und er die Russen über den Tisch gezogen hätten. Darum bin ich ja damals zu euch gekommen.«

»Sicher. Aber jetzt glaubst das nimmer?«

»Nein. Der Slupetzky ist draufgangen wegen dem Papyrus, da bin ich mir ganz sicher. Und auch den Partner vom Slupetzky hat's deswegen erwischt.«

»Und du glaubst, dass auch den Berti deswegen ausblasn ham?«

»Wahrscheinlich.«

»Wer soll des gewesen sein?«

»Russenmafia. Oder ein Anwalt, den ich kenne. Vielleicht sonst auch noch wer, aber das glaub ich eher nicht.«

»Gegen die Mafia werd ma nix machen können.«

»Genau. Aber wenn des die Mafia war, suchn die dich.«

»Und?«

»Suchen an sich ist ja kein Problem, 's Finden aber schon.«

»Wien ist groß.«

»Das stimmt, aber die haben auch einen Haufen Leute. Und mich kennen sie außerdem auch ganz gut.«

»Wird scho nix werdn.«

»Einkaufen gehen und so halt ich nicht für die beste Idee.«

»Einsperren lass ich mich nicht.« Sie funkelte mich böse an. »Was bist denn du für ein Machoarsch? Zerst puderst mi und dann wüllst mi einsperren. Aber net mit mir!«

So war ihr nicht beizukommen. Also fragte ich andersherum. »Der Berti hat nicht am Samstag irgendwas ohne dich gmacht?«

»Berti hat viel ohne mich gmacht.«

»So am Vormittag vielleicht. War er besonders aufgregt?«

»Kann i net sagn.«

»War er weg, so zwischen zehn und zwölf?«

»Ja, schon.«

»Er hat nix dabeighabt, wie er heimkommen ist?«

»Na, net dass i was gmerkt hätt.« Sie stand auf und ging zum Kühlschrank. Das Reden machte sie offenbar durstig. Ich hörte die Kühlschranktür, kurz darauf das Knacken des Dosenverschlusses und lautes Schlucken. Schließlich kam sie zurück. Der Duft ihres Diskontparfüms vermischte sich mit dem des Ottakringer. Die Mischung passte gut.

»Wenn der Berti irgendwas zu Hause ghabt hätt, würdest du's mir sagen?«

»Sicher.«

»Wegen der Sache sind mindestens vier Menschen abgekratzt.«

»I komm nur auf drei.«

»Der Kunsthändler hat eine Frau ghabt, die war auch dran.«

Das schien sie ein wenig zu irritieren. Aber schnell verbarg sie ihr Gesicht wieder hinter der Bierdose.

»Wenn du irgendwas weißt, musst du's mir unbedingt sagen. Dann geht die Sache, für uns zumindestens, vielleicht doch noch gut aus.«

»Was isn des eigntlich, wohinter die her san?«

»Ein Papyrus.«

»Is sowas viel wert?«

»Doch, schon.«

»Wie viel?«

»So 200.000 ungefähr, vielleicht auch noch ein bisserl mehr.«

Sie pfiff leise durch die Zähne. »Des is ordentlich vül Marie. Woher waßt du des?«

»Ist mein Beruf.«

»Dei Beruf, i hab gmahnt, du bist Detektiv?«

»Wie kommst du auf so was?«

»Na, wegen deiner Karte!« Sie kramte das inzwischen schmutzige Kartonstückchen aus ihrer Jeans, die über den Stuhl geworfen dalag. »Philologe«, las sie nicht ganz ohne Mühe.

»Ja, eben.«

»I hab gmeint, des heißt Detektiv auf Gscheit.«

»Nein, das heißt nur, dass ich Doktor der klassischen Sprachwissenschaften bin.« Ich musste mich zusammenreißen, um nicht die Wortbedeutung zu dozieren.

»Ah so.«

Sie wirkte schwer enttäuscht. Aber nur einen Augenblick. Dann blickte sie wieder ganz zuversichtlich drein.

»Und da beschäftigt man sich mit solchenen Papyrüsse?«

»Nebenher schon ein bisschen, ja.«

»Mit was dann hauptsächlich?«

»Grammatik, Rhetorik, Poesie, den großen Dramatikern und Philosophen.«

»Grammatik, des hama auch ghabt, des war oarsch, für nix zum brauchen.«

»Meinst?«

»Sicher.«

»Wenn ein Klempner vorbeikommt und den Unterschied zwischen einer Rohrzange und einer Flaschenklemme nicht kennt. Was denkst von dem?«

»Dass es a Oasch-Klempner is.«

»Genau.«

Sie schaute mich nachdenklich an. Langsam ging ihr der Sinn auf. »Du manst, ma sollt des scho wissen, wenn ma den ganzn Tag red?«

Ich nickte. Sie lächelte mich verschmitzt an. »Hast recht, interessiert mi aber trotzdem nicht.«

Das regte mich aber auch überhaupt nicht auf, weil ich zum Ausgleich geküsst wurde. Und gegen einen Kuss verblasst das beste Argument.

Zu mehr als einem Kuss kam es nicht, denn das Schicksal führte Regie. Zuerst klingelte mein Handy, weil irgendeine SMS eintraf, der ich aber unter dem Lippenkontakt keine Bedeutung zumaß. Dann trat wer die Türe zu meiner Wohnung ein. Herein kam Berti. Rotglühend und bewaffnet.

XI

Er trug eine graue Jeans und schwarze Cowboystiefel, eine dunkelblau glänzende Bomberjacke und einen klobigen, schwarzen Revolver. Seine Augen wirkten wie Neonleuchten, angeheizt vom Koks war er nicht mehr ganz von dieser Welt. Wenn er das jemals gewesen sein sollte.

Berti machte zwei große Schritte auf uns zu. Ich versuchte, mich zwischen ihn und Mila zu schieben. Erst als wir fast Brust an Brust standen, fiel mir auf, dass er beinah einen Kopf kleiner war als ich. Das machte aber die Knarre locker wieder wett. Er war so außer sich vor Wut, dass er zwar etwas sagen wollte, aber offenbar nicht die richtigen Worte finden konnte. Also sprang ich ein. Mit leicht gehobenen Händen, die Innenseiten zu ihm gewandt, versuchte ich, ihn zu beruhigen. Solche Versuche wirken immer lächerlich, aber mir fiel partout nichts Besseres ein.

»Hören Sie, wir haben viel Zeit, vielleicht können wir reden. Wenn einer tot auf dem Boden liegt, nützt das keinem was.«

Berti starrte mich an, als ob ich Sanskrit gesprochen hätte. »Leck mi, Gschleckta.«

Er schob mich zur Seite, nicht ohne freundlicherweise den Lauf seines Revolvers zwischen meine Augen zu pressen. Mila wich vor ihm zurück. Zu seinem offensichtlichen Bedauern setzen die bescheidenen Dimensionen meiner Wohnung solchen Versuchen ein rasches Ende. Voll Hass starrte er Mila an und brüllte ihr aus kürzester Distanz ins Gesicht. Sein Kopf war rot, ihrer kreidebleich.

»Du klane Schlampn. Zerst verarscht mi und dann treibst es mit den Gschleckten.« Nach diesem Ausbruch verstummte er, offenbar wusste er nicht mehr weiter. Also schlug er ihr einfach mit dem Revolverlauf ins Gesicht. Mila lag am Boden und ich wollte einschreiten, aber Berti war fix und hielt mir sein stählernes Hoheitszeichen vor. »Geht di nix an. Genau nix.«

Noch immer zu mir gewandt, packte er Mila am Kragen und brachte sie wieder auf die Beine. Anscheinend hatte er sie nicht voll getroffen, oder das Ganze hatte schlimmer ausgesehen, als es tatsächlich war. Ich konnte weder Wunden noch Blut ausmachen.

»Wo hast es, Schneggerl? Sag scho, sonst wer i ungmüatlich.«

Mila starrte ihn an. Einen Anflug von Panik im Gesicht.

»Wo hast es versteckt? Wennsd as mir sagst, schleich i mi und kumm nimma wieder.«

Sie schüttelte den Kopf. Berti griff ihr ins Haar und bog den Kopf zurück, bis sie zur Decke sah. »Dann muss ich dir wehtun. Aber zuerst ein Abschiedskuss. I hab des alles nur für dich gmacht und du bescheist mi, du klane Schlampn.«

Er beugte sich vor und saugte sich an ihrem Hals fest. Da er seine Rechte mit dem Revolver in ihrem Haar hatte und mit der Linken ihre Handgelenke fixierte, hatte ich die Chance, etwas zu tun. Vielleicht war ich zu ungeschickt, vielleicht zu wenig entschlossen oder es war einfach Pech. Jedenfalls klappte mein Manöver nicht. Berti war schneller. Ich kam nicht richtig dazu, seine Revolverhand zu fixieren, seine Linke blieb frei und ich hatte einen schlechten Stand. Nach ein paar Augenblicken wortlosen Ringens stand fest, dass ich verloren hatte. Ich konnte den Augenblick, in dem ich kassieren würde, nur mehr hinauszögern, nicht mehr verhindern. Dann traf es mich. Hart und schwer. Als ich am Boden lag, war Bertie so zuvorkommend, noch ein paarmal nachzutreten. Ich kotzte auf meinen Teppich. Bittere, gelbe Galle. Als ich wieder einigermaßen zu mir gekommen war, hatte sich Berti wieder seiner

Ex zugewandt. Die Knarre war verschwunden, dafür hielt er ein langes Messer in der Hand und führte es an Milas Hals auf und ab. Er schien das ziemlich zu genießen.

»Komm scho, Schneggerl, sag mir, wo hast du's versteckt?« Seine Stimme klang süß und einschmeichelnd, mit einem drohenden Unterton, der gar nicht so leicht auszumachen war. Um was immer sich die Unterhaltung der beiden drehen mochte, Mila war offenbar nicht bereit, auch nur den kleinsten Hauch auszuplaudern. Während ich krampfhaft versuchte, wieder auf die Füße zu kommen, raste mir die Frage »Was hat sie ihm geklaut?« durch den blutpochenden Schädel. Bevor ich schließlich stand, war ich zweimal umgefallen. Und stehen blieb ich auch nur, weil ich mich an meinem Stuhl festhielt. Ich war gerade dabei, mir einzugestehen, dass ich nur noch zum Zuschauer taugte, als noch wer durch die Türe in meine Wohnung kam. Ich hatte mich noch nicht ganz umgedreht, als die Person hinter mir ihre Identität offenbarte.

»Laß äs blieba, Berti. 'S het gar kan Zweck.« Fred hatte angelegt und stand sicher mit gespreizten Beinen einen Meter von der Tür. Berti drehte sich um, ohne Mila loszulassen. Er verwendete sie wie einen Schutzschild. Als er seine Bewegung abgeschlossen hatte, ließ er sein Messer fallen und griff nach seinem Revolver, der vor ihm lag. Er war ganz überhebliche Selbstsicherheit.

»Des geht di nix an, Fonduezuzler. Lass es bleibm.«

Aber Fred wollte nicht. »Du kascht gern dinera Revolver bhalta, aber lass die Kline los und denn kascht go. 's würd do nüt passiera, Ehrawort.«

»Leck mit, Zuzler.«

Zu einem weiteren Schlagabtausch kam es nicht, denn Berti drückte ab. Ein Schuss, der laut in meiner Wohnung dröhnte, und Fred sackte in sich zusammen. Eine erblühende rote Rose auf dem weißen Hemd, etwas links von seinem Schlips. Seine Pistole fiel krachend zu Boden. Noch bevor der Schuss verklungen war, hatte ich Bertis Messer in der Hand und riss ihn von den Beinen. Im Fallen löste sich ein zweiter Schuss, wohin er ging, kann ich nicht sagen, nur mich traf er nicht. Diesmal hatte ich ihn überrascht, und obwohl mir flau war, hatte ich ihn nach ein paar Zapplern am Boden fixiert, die Knarre lag unter der Couch und das Messer an seinem Hals. Ich zog die Klinge ganz leicht von seinem rechten Ohr dem Kiefer entlang nach vorne. Etwa zwei Zentimeter. Es öffnete sich ein winziger Spalt in seiner Haut, in dem es rot schimmerte. Dort, wo die Arterie pulst, hielt ich inne. Berti starrte mich mit schreckgeweiteten Pupillen an.

»So, Berti. Du wirst jetzt gehen. Ganz leise und ruhig, ohne den geringsten Aufstand. Dann steigst du in dein Auto und vergisst die ganze Sache. Am besten an irgendeinem Ort, weit weg. Nimm alles Geld mit, das du tragen kannst.«

Berti zeigte keine Reaktion auf meine Ansprache. Ich drückte ihm das Messer ein wenig fester an sein Fleisch und fragte freundlich, in meiner besten Kellnerstimme: »Hast du verstanden, was ich von dir will?«

Zitternd nickte er. Ich schwang mich von ihm herunter, die Klinge behielt ich an seinem Hals. Zögernd erhoben wir uns beide. Ich war überrascht, Berti versuchte keine Tricks, er war doch offenbar vernünftiger als angenommen. Er machte ein paar Schritte von mir weg, drohte Mila und war draußen. Etwa eine Minute später hörten wir auf der Straße Reifenquietschen.

»Mila, ich muss jetzt die Polizei rufen, wenn sie nicht bereits auf dem Weg hierher ist. Davor müssen wir noch ein paar Punkte klären. Einverstanden?«

Mila nickte. Sie rauchte eine Marlboro und war ganz kalt und ruhig.

»Was hast du Berti geklaut?«

Sie druckste ein bisschen herum, bis ich sie rüde unterbrach.

»Sag's doch einfach, du hast den Papyrus geklaut, nicht?« Sie nickte.

»Berti hat Mihailovic überfallen und es ihm geklaut?« Wieder nickte sie.

»Warst du dabei?«

Mila schüttelte den Kopf. Diesmal konnte ich ihr glauben, solche Dinge erledigt man besser allein. Wahrscheinlich hatte sie irgendwo in der Lugner City auf ihn gewartet.

»Wie habt ihr von der ganzen Sache Wind gekriegt? Lass mich raten. Slupetzky hat es Mike verraten, dass er das größte Ding seines Lebens durchzieht. Der hat es Berti gesteckt und ihr habt Geld gewittert. Stimmt's?«

Sie nickte nur.

»Und warum hast du Berti über den Tisch gezogen?«

»Weil er ein Trottel is. Er wollt nicht weg aus Wien. Ich will dorthin, wos warm is, und mir die Welt anschauen. Aber Berti wollte nur zu Haus rumhängen und fernsehen. Dafür hätt ma den Serben net hamdrahn miaßn. Des hät ma bülliger a habn kennan.«

Wo sie recht hatte, hatte sie recht.

»Wo ist der Papyrus jetzt?«

»Da hinten.« Sie zeigte auf mein Bücheregal. »I hab's einigsteckt, wie i zu dir kommen bin. Du hast gschlafn.«

»Warum hast du mir nicht einfach was davon gsagt?«

»Weil i net gwußt hab, wie du drauf bist. I wollt di zerst kennenlernen.«

»Mila, pack deine Sachen zusammen. Geh, wohin du willst,

aber in zweieinhalb Stunden bist du beim Café Ritter. Dort setzt du dich rein, und wenn die Kiberer weg sind, komm ich dich holen.«

»Aber …«

»Kein Aber. Wenn du in meiner Wohnung bleibst, haben wir keine Chance. Vertrau mir. Mach, was ich sage, und der Papyrus ist in fünf Stunden verkauft. Dann haben wir keine Probleme mehr.«

»Aber ich nehm den Fetzen mit.«

»Der bleibt bei mir.«

Sie wollte schon danach greifen, aber ich hielt sie am Handgelenk zurück.

»Ich hab einen Husarenritt vor mir, ohne Papyrus mache ich das nicht. Entweder wir verkaufen das Ding gemeinsam oder du gehst in den Häfn, ohne Geld und ohne den Fetzen.«

Sie sah mich mit ihrem unschuldigen kleinen Mädchenblick an, kaute auf ihrer Unterlippe herum und nickte. Während sie ihre Sachen zusammensuchte, wählte ich den Notruf. Nach ein paar frustrierenden Momenten mit der Telefonistin war das auch erledigt. Mila war gerade dabei zu verschwinden, als sie sich umdrehte und fragte: »Warum hast du den Berti laufen lassen?«

»Weil er uns so viel mehr nützt als anders herum. Jetzt schau, dass du weiterkummst.« Es dauerte keine fünf Minuten, bis die Polizei eintraf, schließlich ist es ja zu Fuß mindestens eine Minute 40 von der Wachstube Belingasse bis zu mir. Eine weitere Viertelstunde später trafen Katze und Fuchs ein. Sie freuten sich, mich wiederzusehen. Es begann sich eine gewisse Routine bei unseren Zusammenkünften einzustellen. Mord, Polizei kommt, findet mich, ich lüge wie verrückt.

»Na, wen hamma d'n da? Den Herrn Doktor und wie gewöhnlich mit anara Leich.«

Die Katze beugte sich vor und beschaute sich Fred von oben bis unten. »Und was für a schene noch dazu! Gratuliere, prächtiger Fang, Herr Doktor.«

Wir standen in meiner Küche, die von der Spurensicherung bereits freigegeben worden war. Um uns herum herrschte das übliche Kriminalerchaos. Fingerabdrücke wurden genommen, Spuren untersucht, der Gerichtsmediziner war auch schon da gewesen und wieder verschwunden. Die Rettung hatte den Leichnam mitgenommen, fein säuberlich eingepackt. Fred hatte es hinter sich.

»Also, was wissen S' diesmal? Wer ist die Leich, wer hat's derschossn?«

»Der Tote ist Fred, ich glaube, sein Nachname ist Abächerli, genau weiß ich es aber nicht.«

»Er war das Mädchen für alles bei Bender, richtig?«

»Genau. Außerdem ein sehr guter Freund von mir.«

»Wie ist das passiert? Ich nehme an, Sie wissen von gar nichts und sind einfach über die Leiche gestolpert, als Sie heimgekommen sind. War's nicht so?«

»Nein, diesmal nicht. Ich war dabei.«

»Gut, dann erzählen Sie uns einfach alles, schön der Reihe nach.«

»Fangen Sie ruhig bei Slupetzky an.«

»Schön. Die ganze Sache dreht sich um einen antiken Papyrus.«

»Viel wert?«

»200.000?«

»Na bumm. Weiter.«

Ich erzählte die ganze Story vom Computerschmuggel, von der Verbindung Slupetzky, Berti, Mihailovic und Russenmafia. Auch zu Bender war ein bisschen was zu sagen, das hielt ich aber kurz. Von Meyerhöffer schwieg ich ganz.

»Dann hat Berti den Braten gerochen und Mihailovic besucht. Das ging schief, aber er hatte den Papyrus in der Hand. Ich denke, der Revolver, der unter meiner Couch liegt, ist auch die Tatwaffe bei den Serben und voll mit Bertis Fingerabdrücken.«

»Wie heißt der eigentlich mit vollständigem Namen?«

»Keine Ahnung.«

»Adresse?«

»Die hatten irgendeinen Computerladen in Favoriten. Genaueres weiß ich nicht.«

»Werd ma schon rausfinden.« Er winkte einen Untergebenen herbei und delegierte.

»Na gut, weiter mit der Papyrusgschicht.«

»Der Papyrus nutzte ihm aber nicht viel, weil er es nicht loswerden konnte. An die Russen traute er sich nicht heran und sonst kannte er einfach niemanden, der so etwas handhaben konnte.«

»Und darum ist er zu Ihnen gekommen und Fred tauchte auf, Sie beide haben ihn umgelegt und wollt euch den Erlös redlich teilen.«

»Schöner Plan, aber leider nicht meiner. Ich sagte bereits, irgendwie ist Berti der Papyrus abhanden gekommen. Er vermutete es bei mir, da hat er sich leider getäuscht.«

»Und was machte Benders Kettenhund hier? Wollte der einfach auf Besuch vorbeischaun?«

»Nein.« Ich fischte mein Handy raus und präsentierte Freds SMS. In einer stillen Minute vor dem Eintreffen der Polizei hatte ich mir die Nachricht durchgelesen, die kurz vor Bertis Ramboauftritt eingetroffen war. »Mila bei dir? Berti kommt, Vorsicht!« Den ersten Satz hatte ich einfach gelöscht und vertraute darauf, dass niemand Freds Handy genauer untersuchen würde. Dort konnte ich den Speicher nicht so einfach manipulieren wie bei meinem. Immerhin hatte ich es ausgeschaltet, die PIN zu finden, wäre der Polizei hoffentlich zu mühsam.

»Ah. Warum wusste Fred von Bertis Besuch?«

»Weil Bender gut informiert ist. Und weil wir uns kennen und freundschaftlich verbunden sind. Vermute ich zumindestens.«

Anscheinend stellte sie das zufrieden. Also machte ich weiter. »Den Papyrus zu verkaufen ist gar nicht so einfach. Dazu bräuchte ich einen oder zwei Monate. Schließlich müsste man da äußerst behutsam vorgehen. Blitzaktionen sind da unmöglich.«

»Was schätzen Sie, wie groß ist der Markt für so etwas?«

»In Österreich?«

»Ja. Für den Anfang jedenfalls.«

»Genau kann ich das nicht sagen, da müssten Sie Experten vom Dorotheum und Kunsthändler fragen, aber ich würde schätzen, ein Dutzend Personen etwa.«

»Und in ganz Europa?«

»Ein paar Hundert vielleicht. Sicher nicht mehr.«

»Also hat Berti Sie besucht, weil er dachte, Sie besitzen die Schriftrolle?«

»So denke ich es mir wenigstens.«

»Sie könnten sie aber auch wirklich besessen haben und Berti ist damit einfach abgehaut, wie klingt das?«

»Nicht so gut. Wenn mir jemand 200.000 Euro klaut, muss er mich schon umbringen, damit er wegkommt, und wie Sie sehen, lebe ich noch.«

»Na, dann ist das gute Stück einfach irgendwo hier in Ihrer Wohnung versteckt.«

»Warum ist Berti einfach so abgehaut? Er ist sicher kein Einstein, aber so blöd doch auch wieder nicht. Aber gut, das ist

Ihre Untersuchung, wenn Sie wollen. Nichts leichter als das, nehmen Sie einfach meine Wohnung auseinander.«

In dem Moment kam einer der Spurensicherer an uns herangetreten und zeigte den beiden zwei Plastiksäckchen.

»Na, was haben wir denn da, er war nicht allein, der Herr Doktor.«

»Warum verschweigen Sie uns denn so was?« Der Fuchs hielt freudestrahlend ein Säckchen hoch, darin waren weibliche Kosmetikutensilien. Die Katze heizte sich einen Freudentschik an und blies den blauen Rauch triumphierend durch die Nase aus.

»Ich hatte Besuch, das ist aber schon einen Tag her. Die Anwältin, die mich herausgeboxt hat. Sie hat hier übernachtet, Sie können das gerne nachprüfen.« Ich holte mein Handy raus und gab ihnen die Nummer. Dass der rosa String im anderen Säckchen Mila gehörte, verschwieg ich. Wenigstens hatte sie ihre leeren Bierdosen mitgenommen, die Lippenstiftspuren hätten nicht so gut zu Laura gepasst. Solange die Polizei Laura nicht mit dem Höschen konfrontieren würde, hatte ich nichts zu befürchten. Für eine plumpe Falschaussage war sie einfach zu klug.

Die Katze verschwand ins Wohnzimmer und telefonierte. Fuchs und ich blieben allein zurück. Ohne seinen Partner fiel ihm offenbar keine Frage ein. So schwiegen wir uns an.

Als die Katze zurückkehrte und nickte, wusste ich, auch dieses Problem war aus der Welt geschafft.

»Sie hat alles bestätigt. Leider.«

»Woher wusste Berti eigentlich, wo Sie wohnen?«

»Ich denke, weil Sie mich bei Mihailovic verhaftet haben und das die Runde gemacht hat. Berti hat eins und eins zusammengezählt. Ist halt auf drei gekommen, aber im Prinzip war's durchaus richtig.«

»Könnte stimmen.«

Nach ein paar weiteren kleinen Fragen ließen sie mich gehen. Ich hinterließ meinen Aufenthaltsort, sagte, dass ich ins Café Ritter gehen würde zum Mittagessen und danach ab 17 Uhr Vortrag hätte. Den Schlüssel könnten sie bei der Hausmeisterin deponieren, seit der Sache mit dem Einbruch hatte ich einen zweiten.

Ich packte meine Unterlagen zusammen und niemand wäre auf die Idee gekommen, es verdächtig zu finden, dass ich Wellhausens ›Prolegomena zur ältesten Geschichte des Islam‹ einpackte. Mila hatte einen guten Buchgeschmack bei der Wahl des Verstecks für den Papyrus bewiesen.

Ich war schon fast bei der Türe draußen, als mich von hinten die Frage erreichte: »Es stört Sie doch nicht, wenn wir die Wohnung ein bisschen untersuchen, oder?«

»Nein, keineswegs. Nur bitte seien Sie vorsichtig mit den Büchern.« Mila hatte den Bockshornklee sicherlich mitgehen lassen, da brauchte ich mir keine Sorgen zu machen. Als ich die Wohnungstür hinter mir geschlossen hatte, ging ich beschwingt die Treppe hinunter. Versuchte ich zumindest, aber bereits der erste Schritt führte mich an die Grenzen meiner Konstitution. Berti hatte einen ziemlich harten Schlag, zumindestens eine gute Eigenschaft.

Unten an der Haustür läutete ich an Mikes Türklingel. Wie erwartet war keiner da. Mike wollte in keine weitere Morduntersuchung hineingezogen werden. Er saß sicher irgendwo bei einem Bier mit ein paar Freunden und holte sich ein tüchtiges Alibi. Ich wählte seine Nummer und Mike nahm ab. Er klang ein wenig erschrocken.

»Hi, hättest nicht gedacht, dass ich Bertis Besuch überlebe, was?«

»Hör zu, Arno, ich hab's nicht bös gemeint …«

»Sicher, du hast mich nur schon wieder verpfiffen, das wird langsam zur Gewohnheit. Du solltest das lassen.«

»Es tut mir leid, ich bin ehrlich froh, dass nichts passiert ist.«

»Na, passiert ist schon was. Fred ist drüben auf der anderen Seite. Wenn Bender spitzkriegt, dass du dafür verantwortlich bist, sind die Tage der Freude vorbei. Meinst nicht auch?«

»Eh. Was soll ich tun?«

»Nichts von alledem wissen, wenn dich wer fragt. Egal wer. Und vor allem war ich allein.«

»Kein Wort von Mila?«

»Genau.«

»Gut. Mach ich.«

»Wir sehen uns.«

Ich hörte noch ein leichtes Aufatmen und dann wurde aufgelegt.

Gleich danach rief ich Dittrich an. »Ich habe sowohl die Frösche als auch die Mäuse bei mir und bin zu jeder Schandtat bereit«, begrüßte ich ihn.

»Wunderbar. Sie müssen mir nur ein bisschen Zeit geben, ich laufe nicht mit so viel Geld herum, Sie verstehen?«

»Sicherlich.«

»Wo soll das alles stattfinden?«

»Ich halte heute Abend einen Vortrag im Alten AKH, Hof 2, Hörsaal C1. Eine geistreiche Einführung in die klassischen Sprachwissenschaften sozusagen. Wenn Sie dort wären, denke ich, ließe sich etwas arrangieren.«

»Schön. Wie machen wir das dann?«

»Ich werde Ihnen einfach ein Buch, das Sie mir geliehen haben, zurückgeben. Im Tausch dafür vergessen Sie einfach Ihren Aktenkoffer.«

»Das klingt aber sehr nach Kriminalroman.«

»Stimmt, aber den Spaß können wir uns doch machen. Zum Abschluss geht sich vielleicht sogar noch ein Martini aus.«

»Geschüttelt, nicht gerührt?«

»Genau. Bis dann.«

Mittlerweile war ich beim Café Ritter angekommen. Jetzt kam der bitterste Teil des Tages. Ich musste Bender anrufen. Ich probierte es bei ihm zu Hause, aber die Haushälterin sagte mir, dass er schon unten in Simmering wäre. Dort probierte ich es auch, und nachdem irgendeine kleine Nummer abgenommen hatte, sprach ich mit Bender.

»Hallo, Kleiner, was gibt's? Willst dich bedanken, weil ich die Kavallerie vorbeigeschickt habe?«

»Auch. Aber vor allem, weil es schiefgegangen ist.«

»Was, ist die kleine Ratte hinüber? Warum ruft Fred nicht persönlich an, um das zu sagen? Er weiß genau, ich will den kleinen Wichser selber in die Mangel nehmen. Der hat mein ganzes Geschäft sabotiert.«

»Nein, das ist es nicht. Berti lebt noch, er ist abgehauen. Aber Fred nicht. Er ist tot.«

Stille, ein leises Atmen und darauf folgend ein Greisenräuspern. »Was sagst du?«

»Fred ist tot. Ich war zu naiv und hätte nicht gedacht, dass Berti auf Fred schießt. Ich glaube, Fred dachte das auch nicht.«

»Ich hab ihm immer gesagt, dass das Denken nicht seine besondere Stärke ist. Weißt du, hunderttausend Mal hab ich ihm das gesagt. Denk nicht, schieß.«

»Ja, aber Berti hatte die Kleine vor sich, Fred wollte da nichts riskieren.«

»Ah so.«

Wieder herrschte Stille. Es war nur ein Moment, aber die

Stille dauerte ewig. Sie trennte uns wie ein Ozean, der doch auch irgendwie verbindet.

»Na, wenigstens hat er bei seinem Abgang keinen Blödsinn gemacht und einen Unschuldigen verletzt.«

Ich antwortete nicht. Die Tränen waren der Greisenstimme anzumerken.

»Lang gedauert?«

»Nein, Herzschuss.«

»Wo kann ich ihn abholen?«

»Weiß nicht, musst du die Polizei anrufen. Oder soll ich das für dich erledigen?«

»Lass nur, Kleiner. Das mach ich schon selbst. Bin ich ihm schuldig.«

Wir schwiegen uns noch ein wenig an, dann legte Bender auf. Ich steckte das Telefon in die Tasche und ging ins Ritter hinein. Es war wie immer recht voll und laut. Die Luft war tabakdick und sauerstoffdünn. So wie es sein muss.

XII

Das Ritter bildet, wie viele Kaffeehäuser seiner Art, einen rechten Winkel. An schönen Tagen malt der Sonnenschein durch die fast raumhohen Fenster verträumte Muster in den Rauch. Heute war davon nichts zu sehen. Die Einrichtung ist gut eingesessen, aber noch nicht verbraucht. Nicht mehr jedenfalls, als sie es sein sollte. Einem unbekannten kosmischen Gesetz folgend, kaufen Cafés ihr Mobiliar grundsätzlich angewohnt.

Mila saß in einer der Fensternischen, die auf die Schadekgasse hinausblicken. Vor ihr stand ein silberglänzender Untersatz mit einem kleinen Gösser. Die Flasche und das dazugehörende Glas waren leer, der Aschenbecher voll. Sie blätterte mäßig interessiert in einer der aufliegenden Illustrierten. Ich ging hinüber und setzte mich ihr vis-à-vis hin. Sie ließ das Magazin sinken. »Und, alles leiwand?«

»Ja.«

»Der Fetzen?«

Ich hob meine Ledertasche und klopfte drauf. Sie nickte. Dann stand der Kellner neben uns. Sein unsteter Blick verriet, dass er nicht mehr ganz der Nüchternste war. Die Bedienung im Ritter ist entweder langsam oder betrunken. Zu späterer Stunde beides. Ich orderte einen großen Mokka und Mila noch ein kleines Gösser. Als der Ober verschwunden war, nahmen wir die Unterhaltung wieder auf.

»Was ist der Plan?«

»Heute Abend halte ich einen Vortrag. Der Käufer wird auch dort sein und wir werden in bester James-Bond-Manier eine Übergabe versuchen.«

»Was, wenn's schiefgeht?«

Ich zuckte mit den Achseln. »Werden wir dann sehen.«

»Kein Plan B?«

»Nur wenn's was bringt, einen zu haben. Wenn heute Abend irgendwas schiefgeht, dann etwas aus der Kategorie völlig unerwartet. Da hilft mir auch kein B-Plan weiter.«

»Wer ist der Käufer?«

»Ein sehr seriöser, gut betuchter Sammler. Von dem haben wir nichts zu befürchten. Er ist brav wie ein Lamm. Ein mit Euroscheinen gestopftes.«

»Und dann?«

»Sind wir reich. Wir teilen die Marie und jeder geht seiner Wege.«

Während sie nachdachte, kaute sie wieder auf ihrer Unterlippe herum. Der Kellner brachte unsere Bestellung und ich trank vom heißen Kaffee. Mila schenkte sich ein.

»Willst mich loswerden?«

»Nein, ich kann mir nur nicht vorstellen, dass wir zwei auf die Dauer miteinander glücklich werden. Eine freundschaftliche Trennung scheint mir bei unserer gemeinsamen Vorgeschichte ebenfalls unwahrscheinlich. Die Versuchung, dem anderen eins auszuwischen, wäre zu groß. Warum nicht einfach in Freundschaft auseinandergehen?«

»Hast recht.«

»Aber noch ist's nicht so weit, bis dahin müssen wir sehr vorsichtig sein. Mike weiß, dass du bei mir bist. Er hat's Berti gesteckt. Wenn er ein bisschen nachdenkt, kommt er drauf, dass wir beide jetzt den Fetzen haben.«

»Was will er machen?«

»Er kennt ein paar Leute, die ebenfalls scharf drauf sind, und mit denen ist nicht gut Kirschen essen. Aber ich hab ein Druckmittel. Der Tote vorher, das war Benders Majordomus. Momentan halten wir uns beide gegenseitig in Schach, mutual assured destruction gewissermaßen.«

Sie schaute mich groß an. Offensichtlich hatte sie nicht alles mitgekriegt.

»Keine Sorge, eine Weile geht das gut und bis dahin bist du verschwunden. Die Schrammen werd nur ich einkassieren. Das halt ich aber schon aus.«

»Bender is a Warmer?«

»Wie kommst du darauf?«

»Na wegen den Ma…, Maschodingsbums. Klingt schweinisch.«

»Nein, das heißt nur, dass Fred Benders rechte Hand war. Sein Haushofmeister, hätte man früher gesagt.«

»Warum sagst das denn nicht so, dass es jeder gleich versteht? Willst protzen?«

»Nein, aber oft bekommt man nicht die Gelegenheit, ein solches Wort zu verwenden. Stell dir vor, du hast eine Chance auf ein Date mit Brad Pitt. Majordomus ist das Gleiche für mich.«

»Ich steh nicht so auf blonde Männer, aber ich versteh schon.« Ein Moment Pause, dann ernsthaft: »Du bist ziemlich pervers.«

Das klang stark nach Kompliment. Ich lächelte und nahm einen Schluck von meinem Mokka, dann blickte ich auf meine Armbanduhr. Es war mittlerweile Viertel nach eins. Ich ließ mich in meine Fensterbank zurücksinken, bis zum Vortrag hatten wir noch massig Zeit, die wir bestimmt irgendwie totschlagen würden.

Als ich um 17.30 Uhr in den Hörsaal C1 trat, war ich angenehm illuminiert. Mila und ich hatten den Nachmittag im Ritter verbracht und danach noch schnell mit meinem letzten Geld Hose und Bluse für sie erworben, denn sie hatte darauf bestanden, bei der Übergabe dabei zu sein. Das barg zwar jede Menge Risiken, aber das Mädchen hatte einen diamantharten Willen und sich schließlich durchgesetzt. Sie saß irgendwo hinten im Saal. Dittrich hatte ich auch schon gesehen, er hatte mir mit Verschwörermiene zugeblinzelt. Ganz nach Plan hatte ich mir beim Empfang zwei Gläser Sekt hineingestellt. Der Alkohol bewirkte, dass die Farben strahlten, das Gescharre und Gemurmel der Leute im Saal Vorfreude erzeugte und ich in Hochstimmung meinen Vortrag begann.

Ich hatte wohl doch mehr Alkohol in meiner Blutbahn, als mir aufgefallen war, denn bevor das erste Wort heraußen war, hatte ich keine Ahnung, wovon ich sprechen würde. Normalerweise beginnt man einen öffentlichen Vortrag, bei dem nur wenig Fachpublikum anwesend ist, am besten mit einem geistreichen Wortwitz. Dann reicht für den weiteren Vortrag ein Lacher alle 15 Minuten, um die Leute bei der Stange zu halten. Mein Unterbewusstsein wählte einen anderen Weg. Angesichts eines heute Vormittag erlittenen tragischen Verlustes eines guten Freundes, so verkündete ich mit angemessenem Ernst, würde ich den Vortrag meiner momentanen Gemütslage anpassen. Anstatt über soziale Dynamiken spätbronzezeitlicher Gesellschaften und deren Bedeutung für die Krise des spätkapitalistischen Systems würde ich den Tod bei Homer zum Thema machen. Meine Ankündigung wurde mit anteilnehmendem Schweigen bedacht.

Danach begann ich mit einer Einleitungsfigur über die Bedeutung von Sprache überhaupt. Ich stellte sie als das wichtigste Werkzeug menschlichen Wesens dar, um somit auch der Forschung an, über und mit Sprache ausgezeichnete Bedeutung zuzuschreiben. Dann lenkte ich sachte auf das eigentliche Thema bei Homer hin, den Zorn des Achilles in der Ilias, und dessen Auswirkungen auf die Menschen, die sich unglücklicherweise innerhalb des ›event horizons‹ dieses Ereignisses befanden. Psychologisches und Narrativtheoretisches ließ ich gänzlich beiseite und konzentrierte mich auf diejenigen Teile des Epos, die sich mit dem Horror des Krieges befassen. Ich stellte die Ilias in eine Reihe mit Picassos ›Guernica‹, den Antikriegsfilmen der großen amerikanischen Regisseure, und Remarques ›Im Westen nichts Neues‹.

Ich kitzelte die drastischen Details, auf die Homer so viel Wert legt, heraus. Die durchstoßenen Zungen, die auslaufenden Augen der vom Speer Durchbohrten und vom Schwert Zerstückelten. Den völlig unglamourösen Tod im Staub der skamandrischen Ebene, ohne Ruhm und Ehre, nur mit Schmerz, Blut und Schmutz.

Im Anschluss holte ich die homerischen Gleichnisse heraus, in denen Achill mit Löwe, Wolf und Delfin verglichen wird. Einerseits betonte ich die Genauigkeit und Nüchternheit der Darstellung, denn sogar der Delfin hat bei Homer nichts von einem Flipper, sondern alles von einem verschlingenden Räuber, der Furcht und Schrecken verbreitet. Andererseits erleuchtete ich den größeren Zusammenhang und zeigte das ganze Epos als Darstellung des notwendigen Ergebnisses, wenn ein Mensch für sich herausnimmt, wichtiger als ein anderer zu sein. Als ich dann in einem geistigen Höhenflug noch kurz anmerkte, wie viel mehr diese Hybris bei den heute zur Verfügung stehenden Waffensystemen zu fürchten ist und im Zuge des Nationalismus sich ganze Völker als überlegen betrachten können, lenkte ich wieder zurück zur Bedeutung der kulturwissenschaftlichen Fächer im Allgemeinen und der philologischen im Besonderen für die kritische Reflexion.

Ich warf einen Blick auf die Uhr, ich hatte meine Redezeit um gute 15 Minuten überschritten, aber weder wurde gehustet noch mit den Füßen gescharrt. Alles war gut gegangen. Nach einem Schluck Wasser beendete ich den Vortrag. Ein warmer Applaus drang mir entgegen, es wurden Fragen gestellt. Die übliche Mischung aus Unwissenheit, Selbstdarstellung und Schüchternheit. Schließlich war auch das überstanden und ich konnte mich zum Büfett begeben.

Ich musste ein paar Hände schütteln und ein paar Komplimente schlucken, an der Bar traf ich auf Professor Glanicic-Werffel, die mir ebenfalls glücksstrahlend die Hand reichte und in eine nicht enden wollende Lobeshymne ausbrach. Irgendwer drückte mir ein Glas Sekt in die Hand und ich war dankbar. Denn so war alles leichter zu ertragen. Das Glas kam von Mila, somit war auch sie noch vorzustellen, was schwer war, ohne in einem Meer aus Peinlichkeiten unterzugehen. Als ich dachte, das Schlimmste hinter mir zu haben, fühlte ich eine schwere Hand auf der Schulter. Nun war auch noch die russische Mafia aufgetaucht. Glanicic-Werffel war ganz angetan von Sergej Trofimowitsch, der sich, ganz russischer Gentleman, nur mit Vornamen und Patronymion vorstellte. Es entspann sich eine skurrile Unterhaltung, in die Mila auch das eine oder andere Wort einwarf. Ich stand daneben und erwartete jeden Moment eine Wendung, in der irgendeine unbedachte Äußerung meinen Untergang bedeuten würde. Aber es kam keine. Zumindestens nicht, bis Dittrich zum Kreis hinzutrat. Ohne auch nur mit der Wimper zu zucken, fragte er mich, kaum dass er sich den anderen vorgestellt hatte, nach dem Buch. Wie ferngesteuert griff ich in meine Tasche und überreichte es Dittrich. Sergej Trofimowitsch registrierte das überhaupt nicht. Auch bemerkte niemand, dass er einfach seinen Aktenkoffer stehen gelassen hatte. Ich hatte meine Tasche vorsichtshalber im Büro gelassen. Also stellte ich den Aktenkoffer auf eines der Tischchen und legte meinen Homer und ein paar

Zettel mit Alibinotizen hinein. Der Koffer war voller Geld, lauter 500-Euro-Scheine. Mila und ich standen wie versteinert vor dem schönsten Anblick unseres bisherigen Lebens. Dann klappte ich zu. Niemand hatte auch nur das Geringste bemerkt. Es wurde getratscht, geflirtet und parliert. Sogar die beiden unvermeidlichen Leibwachen des Russen standen einfach wie Salzsäulen da und widmeten sich ganz der Aufgabe, hart auszusehen. Als Mila und ich wieder am Gespräch teilnahmen, verabschiedete sich die Frau Professor und wir blieben mit der Mafia allein zurück.

»Ich wollte Sie einladen, natürlich gilt das auch für Ihre Begleitung. Wir feiern ein kleines russisches Fest heute Abend. Morgen geht es zurück in die Heimat. Wir wissen von dem Besuch heute Vormittag, den Sie erhalten haben, und von seinen unerfreulichen Konsequenzen. Daher denke ich, dass sich der Papyrus Ihrem Zugriff entzogen hat.«

Ich war kurz perplex, ließ mir aber hoffentlich nichts anmerken. »Werden Sie den Mann verfolgen?«

»Nicht wirklich. Wir werden sehen, was die Polizei unternimmt; wenn sie ihn dann findet, sind wir zur Stelle, verlassen Sie sich drauf.«

»Was bedeutet das nun für unsere Vereinbarung?«

»Persönlich mag ich Sie, Herr Doktor. Sie haben die ganze Angelegenheit über kühlen Kopf bewahrt. Das schätze ich. Sie sind weder überängstlich noch tollkühn. Dass wir beide ein bisschen Pech hatten, ändert daran nicht das Geringste.«

»Das freut mich, aber Sie wollen mir doch nicht einreden, dass wir quitt seien, oder?«

»Nein, natürlich stehen Sie, bei aller Sympathie, tief in unserer Schuld.«

»Wie wird diese Schuld für mich zurückzuzahlen sein?«

»Wir verfolgen ernsthafte Interessen in Ihrer schönen Stadt.

Ein Mann Ihrer Qualität wird da immer für uns von Nutzen sein. Keine Angst, Sie werden auch ein wenig davon profitieren. Darf ich Sie nun bitten, noch ein bisschen russische Gastfreundschaft zu genießen?«

Mila und ich folgten ihm, die beiden Leibwächter uns. Alles war ein wenig unwirklich. In der Spitalgasse wartete schon der Fahrer und wir stiegen ins Auto. Die Russen hatten irgendwo in der Gegend ein Restaurant gemietet. Ähnlich wie in der Suite im Marriott war ein großes Büfett aufgebaut worden, mit kalten und warmen Speisen bestückt. Zur geistigen Stärkung fehlte ebenfalls nichts. Die Stimmung war bereits ausgelassen, als wir eintrafen, steigerte sich aber noch beträchtlich. Wildfremde Menschen fielen einander um den Hals, Emotionen kochten über und der Alkohol floss in Strömen. Mir sind nur mehr einzelne Bilder und Geräusche aus dem weiteren Verlauf jener Nacht in Erinnerung.

Irgendwann wankten Mila und ich Richtung Gürtel. Ungefähr um halb vier des Morgens. Kein Taxi wollte uns mitnehmen, denn wir hatten nur Fünfhunderter dabei. Wir kamen an einem Café vorbei, dessen Name uns anzog: Na und. Wir gingen hinein und bestellten uns ein letztes Bier. Außer uns war nur die Bedienung und ein mittelaltes Trinkerpärchen anwesend. Die beiden starrten stumpf in ihre Biergläser und sprachen kein Wort. Aus der Jukebox röhrte ›November Rain‹ von Guns'n'Roses. Die Bedienung, so um die 40, mit dunklen Locken, etwas füllig in der schwarzen Servieruniform, kam in ihren Gesundheitsschlapfen zu uns. Sie sprach die Art von Wiener Dialekt, der nur aus Verachtung und Enttäuschung zu bestehen scheint. Wir bestellten ein Bier.

»Zipfer oder Gösser?«

»Is wurscht.«

»Wurscht is a gfüllte Haut. Zipfer oder Gösser?«

Mila und ich sahen uns an. »Gösser.«

Ob wir mit einem Fünfhunderter zahlen konnten und dann mit dem Taxi heimfuhren, oder ob die Bedienung das Geld nicht annahm und wie wir dann zahlten, oder ob überhaupt, das kann ich nicht mehr sagen.

XIII

Der nächste Morgen fand mich allein und elend auf meiner Couch. Ich hatte meine Augen noch nicht geöffnet und der Kater noch nicht seine Krallen gezeigt, als mir schon klar war, dass Mila verschwunden war. Ich atmete tief durch und setzte mich behutsam auf. Als ich in die Küche geschlichen war, machte ich mir eine Kanne Sencha. Auf dem Kühlschrank, unter einem leeren 16er Blech, lag ein Brief. Eigentlich waren es nur ein paar Zeilen auf einem schmutzigen Blatt eines linierten Collegeblocks.

Als der Tee fertig war, nahm ich die Kanne und eine Schale, zog das Blatt unter der Bierdose hervor und setzte mich auf meinen Sessel. Dann schenkte ich mir die goldgrüne Köstlichkeit ein und labte Geist und Seele. Anschließend las ich Milas Zeilen. Als ich damit fertig war, faltete ich das Blatt sorgsam und verstaute es in meinem Notizbuch. Als Mahnung und als Stachel des Ansporns. Später legte ich die Bach-CD von Yuri Bashmet und Sviatoslav Richter ein, mit dem ›Adiago e piano sempre‹, das ich mittels Repeat-Funktion in die Endlosschleife schickte. Würdige, barocke Schwermut, von Bach in perfekte Tonfolgen gesetzt, voll von tiefem Gefühl, aber nicht ohne eine Spur von eleganter Repräsentation, erfüllte den Raum.

Mila war gegangen. Sie hatte unsere 200.000 kleinen Freunde mitgenommen. Eine schöne Stange Geld, wie sie schrieb, aber zu wenig, um zu teilen. Ich solle ihr nicht böse sein, so eine Gelegenheit böte sich nur einmal im Leben, die müsse sie ergreifen.

Als die Kanne Sencha leer war, hatte ich mich soweit gefangen, dass ich wieder in mein beschauliches Gelehrtendasein zurückkehren konnte. Die nächsten Wochen waren ganz der philo-

logischen Arbeit gewidmet. Wie vor dem verhängnisvollen
Joyride verbrachte ich meine Zeit in Bibliotheken und Archiven,
ganz in den sinnlichen Genuss philologischer Kontemplation
versunken. Ich hielt meine Lehrveranstaltungen präzise und
gut vorbereitet und war insgesamt auf dem Weg, meinen Vertrag zu verlängern. Diese wohlgeordnete und kirchenmaus-
arme Existenz wurde nur durch zwei Gespräche mit der Polizei
unterbrochen, bei denen ich jedoch nur als Zeuge und Helfer
fungierte.

Der arme Lawrentje Schatow, den das Erbe seines Vaters
das Leben gekostet hatte, wurde unterhalb Bratislavas an den
Donaustrand gespült. Der Zustand des Leichnams war bereits
so schlecht, dass sich weder sagen ließ, ob die Verletzungen
von Schiffsschrauben oder Schlimmerem herrührten, und
schon gar nicht, ob sie post- oder prämortal waren. Sergej
Trofimowitschs Leute hatten ganze Arbeit geleistet. Schatow
hatte einfach nur aus einem Teil seines Erbes Geld gemacht,
um in Wien ein nettes Wochenende zu verbringen. Ein paar
Gramm Papyrus, von deren Existenz er nichts ahnte, waren
ihm zum Verhängnis geworden. Als er realisierte, was sich
in den Rahmen der verkauften Bilder befunden hatte, war
er gierig geworden und wollte sein Eigentum zurück. Das
war ihm nicht bekommen. Außerdem hatte man in seinem
Hotelzimmer den Revolver, mit dem Slupetzky erschossen
worden war, gefunden. Damit war dieser Fall für die Polizei
geklärt, da sich direkt neben der Waffe Schuldscheine befunden
hatten, die von einem drastischen Spielverlust an Slupetzky
zeugten. Die angenehme Anordnung der Beweise wurde von
den ermittelnden Beamten, überarbeitet und unterbezahlt,
nicht in Frage gestellt.

Das zweite Mal kamen Katze und Fuchs zu mir, weil man
Berti entdeckt hatte. In einer kleinen Pension im Burgenland

war er tot aufgefunden worden. Mit einer Bierdose in der
Linken und einer Marlboro, die sich tief in das Fleisch seiner
Finger gebrannt hatte, in der Rechten. Sein weißes Feinripp
war blutig, was von einem Schuss in die Herzgegend her-
rührte. Das Kaliber der Tatwaffe, der benutzte Schalldämpfer
und die Zeugenaussagen ließen die Polizei an einen Auftrags-
mord glauben.

Die Gespräche waren mir nicht mehr als Last und
Bürde. Sobald Katze und Fuchs das Weite gesucht hatten,
war ich wieder froh, zu meiner Arbeit zurückkehren zu
können. Neben diesen beiden Besuchen gab es nur noch
ein erwähnenswertes Ereignis. Freds Beerdigung. Bender
hatte mich eingeladen und so fand ich mich am Freitag
nach meinem Vortrag am Zentralfriedhof ein. Schwarze
Schuhe, schwarzer Anzug, schwarze Krawatte, schwarzer
Mantel und weißes Hemd. Etwa 20 Personen beiderlei
Geschlechts standen um das leere Grab, ein Priester sprach,
ohne dass jemand zugehört hätte, und es nieselte unaufhör-
lich. Bender stand am Sarg und nahm die Kondolenzen entgegen, er wirkte wie ein Vater, der einen Sohn verloren hat.
Nach dem Leichenschmaus nahm er mich kurz zur Seite.
»Servus, Kleiner. Ich wollt dir nur sagen, ich werd Schluss
machen.«

»Mit was?«

»Mit dem Laden und all dem Blödsinn. Es gfreut mich nicht
mehr. Meine Freunde sind alle bereits ein Vierteljahrhundert
tot, ihre Nachfolger widern mich an und ohne Fred bedeutet es
mir nichts mehr. Ich werd meinen Besitz auflösen und irgend-
wohin in den Süden ziehen.«

Er zog den schwarzen Handschuh von seiner Rechten und
wir schüttelten uns die Hände.

»Leb wohl, Kleiner.«

Damit verschwand er aus meinem Leben und ich sah ihn nie wieder.

Ein paar Wochen nach dem Begräbnis, es war Anfang April, machte ich mich auf, um oben in Grinzing meine ökonomischen Interessen zu vertreten. Aus einer Laune heraus hatte ich meinen Begräbnisanzug an und wirkte mit dem dünnen Schlips fast wie einer der Gangster aus einem Quentin-Tarantino-Film. Nachdem ich geläutet hatte, ging ich den Gartenweg zum Haus. Ivanka öffnete mir die Tür und führte mich ins Arbeitszimmer des Herrn Doktor juris Meyerhöffer.

Das Zimmer blickte durch zwei große Fenster über das Scheiberbachtal hinaus auf die Stadt. Eine der Wände war unverbaut und mit Bildern geschmückt, die anderen beiden zu Bibliothekswänden hergerichtet. Meyerhöffer stand auf und wir begrüßten uns mit Handschlag. Er wies mir einen Platz an und ich setzte mich.

»Sie wollen Ihr Honorar einfordern, nehme ich an?«

»Genau das ist meine Absicht.«

Er faltete die Hände und presste die Fingerspitzen gegeneinander. »Und warum in aller Welt sollte ich zahlen, können Sie mir das verraten?«

»Weil wir es ausgemacht hatten.«

»Sie sind naiv. Und jetzt denke ich, dass unsere Unterhaltung beendet ist.«

»Nicht so schnell. Das Bild dort, dahinter war der Papyrus versteckt, nicht wahr?«

Ich wies auf eines der Gemälde, es war genauso, wie in Mihailovics Akten vermerkt. Allerdings war es tatsächlich ein Meisterwerk. Der Maler hatte wirklich nur mit Licht gemalt, man konnte förmlich den schweren Duft der Heublumen in der drückenden Sommerhitze eines ukrainischen Tages riechen. Die Gans stolzierte durch das hohe Gras, mit aller Würde und Freude, die ihrer Art gegeben war. So musste Gott die Welt gedacht haben, bevor er sie erschaffen hatte. Danach musste irgendetwas schiefgelaufen sein.

»Was meinen Sie?«

»Spielen Sie nicht den Unwissenden. Das steht Ihnen nicht, Sie wirkten ohnehin immer schon ein wenig langsam.«

»Das muss ich mir von Ihnen nicht sagen lassen, verlassen Sie mein Haus!«

Meyerhöffer war rot geworden, seine Stimme überschlug sich beinahe. Ich beschloss, eine weitere Theorie zu überprüfen, wenn ich schon hier war. »Was hat eigentlich der Killer gekostet, der Berti unten im Burgenland weggepustet hat? Hätten Sie sich schenken können, den Papyrus hatte er nicht mehr. Hätten Sie eigentlich wissen können.«

Meyerhöffer schaute mich verdutzt an. Irgendwie wollten ihm die Wörter nicht mehr über die Lippen kommen. »Das können Sie nicht beweisen! Damit können Sie mich nicht erpressen!«

»Will ich auch gar nicht, das wäre unter meinem Niveau. Ich hab mit Ihnen was ganz anderes vor.«

»Ihr Übervater lebt jetzt auf Menorca, hab ich gehört. Der wird Ihnen nicht mehr nützen können.«

»Den brauch ich jetzt gar nicht mehr. Aber das werden Sie noch alles früh genug mitbekommen.«

Ich stand auf und ging zur Tür. Den Knauf in der Hand, drehte ich mich um. »Schöne Tage noch, bis es so weit ist.« Dann schloss ich die Tür hinter mir. Im Wohnzimmer saß die Tochter, sie stand auf und kam auf mich zu.

»Ist Ihre Arbeit nun erledigt?«

»Kann man so sagen.«

»Übrigens habe ich Sie angeschwindelt und Ihnen nicht

alles erzählt, als wir damals in meinem Zimmer miteinander gesprochen haben.«

»Ich weiß, Sie haben mir nichts von Ihrem Verehrer gesagt. Um dessentwillen Sie bei Slupetzky waren.«

»Verstehen Sie doch, wenn ich was gesagt hätte, hätten Sie ihn gefunden und ...«

»... und dann wäre Lawrentje jetzt noch am Leben«, beendete ich nicht ohne Härte ihren Satz.

Sie starrte mich fassungslos an. »Das kann doch nicht sein, er ist einfach nur untergetaucht und in ein paar Wochen meldet er sich bestimmt wieder.«

»Ihr Lawrentje war nicht so ein Musterknabe. Sie waren nur interessant, weil Ihr Vater mit dem Papyrus in Verbindung stand. Sobald er das Stück in seinen Händen gehabt hätte, wäre er wieder verschwunden.«

»Das glaube ich nicht, er hat mich geliebt.«

»Deswegen hat er Sie auch mit der Mordwaffe allein gelassen? Hätte nicht ich Sie gefunden, sondern ein anderer, wären Sie jetzt schon im Knast.«

»Ich glaube Ihnen nicht. Er lebt.« Mit leicht verweinten Augen brüllte sie mich an.

»Da sagt die Polizei was anderes und bei all den Fehlern der Exekutive: Leichen identifizieren kann sie.«

Damit ließ ich sie stehen und ging in die Küche. Aus dem Augenwinkel sah ich sie noch in Tränen ausbrechen. Armes Mädchen. Sie hatte alles getan, um ihn zu schützen, war dabei aber von Vater und Freund einfach nur benutzt worden. Ich konnte ihr nicht helfen.

Ivanka saß in der Küche auf einem Hocker und sah zum Fenster hinaus. Es war einer jener Apriltage, die warm wie der Mai sind und nach Frühling duften. Das Fenster stand offen und die klare Luft trug viel Hoffnung mit sich. Ich ließ die Leichen im kalten März zurück und trat aus dem Winter in den Frühling.

»Na, Ivanka. Schöner Tag heute.«

»Sicher. Wollen Sie einen Kaffee, Herr Doktor?«

»Sag Arno.«

»Arno.«

»Nein danke, ich mag keinen Kaffee, aber vielleicht magst du ein Eis, ich lade dich ein.«

»Schon, aber ich muss arbeiten.«

»Ich denke, es ist sowieso besser, wenn du dir in der nächsten Zeit woanders Arbeit suchst. Den Meyerhöffern wird einiges passieren, da musst du nicht dabei sein. Komm schon, es ist der erste schöne Tag des Jahres. Da sollte man flirten und Eis essen.«

»Na gut, ich hol meinen Mantel.«

Ein paar Minuten später saßen wir in ihrem Mini und fuhren in die Stadt hinunter. Auf dem Weg hielten wir noch schnell bei einem Postamt. Ich kaufte mir einen Packen Kuverts und riss aus meinem Notizbuch eine Seite heraus. Darauf schrieb ich einen Namen, eine Adresse und ein paar Worte. Dann verschloss ich den Umschlag, notierte Absender und Zieladresse und gab ihn auf. Das Marriott würde schon wissen, wohin es einen Brief an Sergej Trofimowitsch Valudin weiterleiten müsste. Ich zahlte mit meinem letzten Zwanziger und stieg wieder zu Ivanka, die im Wagen gewartet hatte. Hoffentlich ging sich die Einladung überhaupt noch aus, in meiner Börse befanden sich nur mehr ein paar Münzen und ein Zehneuroschein. Ein fast neuer, Seriennummer N16167872334.

Weitere Krimis finden Sie auf den folgenden Seiten und im Internet:

WWW.GMEINER-SPANNUNG.DE

Funkelnde Steine

© Florian / stock.adobe.com

Martin Mucha
Das Diamantcollier
Kriminalroman
249 Seiten; 12 x 20 cm
Paperback
ISBN 978-3-8392-2567-7
€ 11,50 [D] / € 12,00 [A]

Arno Linder, seines Zeichens Professor für klassische Philologie an der Uni Wien, freut sich auf die beschaulichen Sommerferien mit seinen Kindern und seiner Frau. Doch wie immer in seinem Leben kommt es anders als er denkt. Seiner Frau zuliebe steigt Arno noch ein letztes Mal in die Tiefen der Wiener Unterwelt, um die verlorenen Brillanten eines Popstars zu suchen. Während seiner Suche nach den Edelsteinen stellt sich heraus, dass Arno nicht nur kalte Schätze, sondern vor allem seine Ehe retten muss …

GMEINER SPANNUNG

WWW.GMEINER-VERLAG.DE
Wir machen's spannend

MARTIN MUCHA
Funkenfeuer
· ·
978-3-8392-2213-3 (Paperback)
978-3-8392-5619-0 (pdf)
978-3-8392-5618-3 (epub)

FUNKENBRAUCH Der Stolz eines jeden Vorarlberger Dorfes ist der Funken – das Frühlingsfeuer, das den Winter vertreiben soll. Während Wachtmeister Schmiedle alle Hände voll damit zu tun hat, den Dorffunken vor den missgünstigen Menschen aus den Nachbardörfern zu schützen, verschwindet auch noch die neue Volksschullehrerin spurlos. Ein Motiv ist schnell gefunden: Die Lehrerin hatte den Bürgermeister wegen sexueller Belästigung verklagt. Doch wie gegen den Dorfkaiser ermitteln, der sich absoluter Beliebtheit erfreut, und dabei den Dorffunken nicht aus den Augen verlieren?

GMEINER SPANNUNG

WWW.GMEINER-VERLAG.DE
Wir machen's spannend

MARTIN MUCHA
Liebessiegel
. . . .
978-3-8392-1752-8 (Paperback)
978-3-8392-4767-9 (pdf)
978-3-8392-4766-2 (epub)

ALTE LIEBE ROSTET DOCH? Arno Linder ist am Ziel seiner Träume angekommen. Er ist endlich Professor, er ist verheiratet und seine Laura erwartet ein Kind. Die schlimmen Tage scheinen hinter ihm zu liegen und allem kann er widerstehen – bloß der Versuchung nicht … Die steht in Form seiner alten Jugendliebe Kaede Yoshikawa unerwartet vor der Tür. Als diese plötzlich die Stadt verlassen muss kann Arno aufatmen – doch nur kurz. Kaede wird ermordet und Arno versucht, ohne das Wissen seiner Frau und der Polizei, den Mörder zu entlarven.

MARTIN MUCHA
Erbschleicher
· ·
978-3-8392-1530-2 (Paperback)
978-3-8392-4355-8 (pdf)
978-3-8392-4354-1 (epub)

ERBLEIDEN Arno Linder heuert als Privatsekretär bei Millionär Sternwald an. Um den todkranken alten Mann hat sich seine liebende Familie versammelt, denn wer zum Erben zu spät kommt, den bestraft das Leben. Als Arno in einer Bank überfallen wird, verschwindet Sternwalds Testament und kurz darauf verstirbt der Millionär. Erben und Polizei jagen hinter dem verschwunden Dokument quer durch Wien. Nur Arno denkt sich: Warum nicht fälschen? Leider taucht das Original wieder auf – aber auch dem kann abgeholfen werden.

SPANNUNG

GMEINER

WWW.GMEINER-VERLAG.DE
Wir machen's spannend

MARTIN MUCHA
Beziehungskiller
. . . .
978-3-8392-1314-8 (Paperback)
978-3-8392-3949-0 (pdf)
978-3-8392-3948-3 (epub)

LIEBE UND MORD Der Wiener Universitätslektor Arno Linder begleitet seine Freundin ins Weinviertel. Mit eingeladen sind auch Lauras Auftraggeber, Kollegen und deren Lebensgefährtinnen. Es scheint ein erholsames Wochenende zu werden, wäre da nicht Arnos unheilvolle Gabe förmlich über eine Leiche zu stolpern. Die Polizei präsentiert zwar bald einen Täter, doch Laura ist nicht ›amused‹. Um seine Beziehung zu retten, bleibt Arno nichts anderes übrig als den wahren Täter aufzuspüren …

MARTIN MUCHA
Seelenschacher
. . . .
978-3-8392-1133-5 (Paperback)
978-3-8392-3633-8 (pdf)
978-3-8392-3632-1 (epub)

WIENER SEELEN Den schlecht bezahlten Wiener Universitätslektor Arno Linder plagen einmal mehr die Geldsorgen. Da kommt es ihm gerade recht, dass ihn ein alter Bekannter um einen Gefallen bittet. Bruder Erich, der Sekretär und Vertraute des Wiener Kardinals Gutbrunn, hat ein seltsames Anliegen: Ein kleines privates Kreditbüro akzeptiert die Seelen seiner Kunden als Sicherheit. Mutter Kirche ist natürlich beunruhigt und will sich informieren. Die Aussicht auf ein Nebeneinkommen und die eigene Neugier drängen Arno dazu, den Auftrag anzunehmen. Nicht ahnend, dass er damit schon bald knietief in neuen Schwierigkeiten steckt ...

GMEINER SPANNUNG

WWW.GMEINER-VERLAG.DE
Wir machen's spannend